Rudolf Jagusch, geboren 1967 in Bergisch Gladbach, arbeitet als Diplomverwaltungswirt in Köln. Er lebt mit seiner Familie in Bornheim im Vorgebirge. Im Emons Verlag erschienen »Nebelspur« und »Todesquelle«.
www.krimistory.de

RUDOLF JAGUSCH

Eifelbaron

EIFEL KRIMI

emons:

FSC
www.fsc.org
MIX
Papier aus verantwortungsvollen Quellen
FSC® C083411

Umschlagmotiv: Heribert Stragholz
Umschlaggestaltung: Tobias Doetsch
Druck und Bindung: CPI – Clausen & Bosse, Leck
Printed in Germany 2011
ISBN 978-3-89705-884-2
Eifel Krimi
Originalausgabe

Für meine Goldstücke Dana und Timo

EINS

Bruce Baron spritzte sich Wasser ins Gesicht. Er war allein auf der Toilette. Gut. So konnte er sich vor seinem großen Auftritt noch mal sammeln. Wie in Watte gepackt drang dumpf die Musik an seine Ohren. Die Band spielte ausgezeichnet, und er freute sich, dass er sie engagiert hatte.

Der Blick in den Spiegel zeigte ihm einen ausgemergelten und bleichen Mittfünfziger. Der drastische Gewichtsverlust in den letzten sechs Wochen hatte seine Wangen einfallen lassen, dunkle Ränder unter den Augen ließen ihn krank aussehen. Er nahm sich ein Papiertuch von der Ablage, trocknete sich die Hände und verließ die Toilette.

Im Ballsaal empfing ihn ein warmes gelbes Licht. Auf den runden Tischen, um die seine Gäste saßen, leuchteten Kerzen. Einige Paare tanzten ausgelassen auf der Tanzfläche.

Zufriedene Gesichter strahlten Baron an, als er zur Bühne schlenderte. Unauffällig gab er einer der Kellnerinnen ein Zeichen. Sie griff sich einen kleinen Karton, der unter dem Buffet stand, und begann, Kuverts an die Gäste zu verteilen. Bruce hatte ihr eingeschärft, allen zu sagen, dass sie die persönlich adressierten Umschläge erst nach seiner Rede öffnen durften. Er beobachtete, wie die Ersten ihre Umschläge erhielten. Zufrieden stellte er fest, dass sie der Aufforderung nachkamen und die Kuverts unangetastet ließen.

Baron lächelte. Als er am Tisch des Bürgermeisters vorbeikam, blieb er stehen und klopfte seinem alten Freund auf die Schulter. »Gefällt es dir?«

»Na sicher«, rief der Bürgermeister aus und schmauchte an seiner Zigarre. »Du hast dich das fünfundzwanzigjährige Firmenjubiläum ja richtig was kosten lassen. Hervorragend!«

»Ja, nur vom Feinsten«, bestätigte Baron und gab seiner Frau Susanne, die links vom Bürgermeister saß, einen Kuss in den Nacken. Sie trug ein weinrotes Abendkleid, das ihre Figur umschmeichelte. Die Perlenkette um ihren Hals schimmerte matt im Kerzenschein und betonte ihr freizügiges Dekolleté. Baron wusste, dass seine Frau einige Eskapaden mit anderen Männern gehabt hatte. Sie war kein

Kind von Traurigkeit. In diesem Punkt unterschieden sie sich kaum. Allerdings sah das beim Thema Eifersucht anders aus. Er nahm es eher gelassen, wenn sie sich mal vergnügte, verzieh ihr die Seitensprünge. Sie dagegen machte ihm jedes Mal eine Szene, hatte ihn sogar schon mit einem Messer angegriffen. In ihrer Wut kannte sie keine Grenzen. Trotzdem liebte er sie immer noch.

»Bist du aufgeregt?«, flüsterte sie ihm ins Ohr. Ihr Atem roch süßlich nach Prosecco.

Er zuckte mit den Schultern. »Ein wenig.« Er gab ihr noch einen Kuss und schlenderte weiter.

Die Band war wirklich ein Glücksgriff gewesen. Die Musiker trafen jeden Ton und schienen sich dabei noch nicht mal anstrengen zu müssen. Die attraktive Sängerin hauchte lasziv ihren Text ins Mikro. Ein echter Augenschmaus, dachte Baron und zwinkerte ihr zu. Sie strich sich eine Haarsträhne hinters Ohr und winkte kaum merklich in seine Richtung.

Ein rundlicher Mann mit Glatze kam auf ihn zu und schüttelte enthusiastisch seine Hand. »Vielen, vielen Dank, Chef. Ich habe mich seit Jahren nicht mehr so köstlich amüsiert. Und erst das Buffet! Phantastisch. Ich habe noch nie Perlhuhn gegessen. Und echten Kaviar auch nicht.« Der Mann beugte sich vor und setzte eine verschwörerische Miene auf. »Das hat bestimmt ein Vermögen gekostet.«

Der Ludwig aus der Werbeabteilung. Ein zuverlässiger Mitarbeiter, mitunter leider ein wenig wehleidig, dachte Baron. »Das Beste ist gerade gut genug für meine Mitarbeiter. Aber ich verrate Ihnen ein Geheimnis«, sagte er und senkte die Stimme. »Es ist noch nicht bezahlt.«

»Ach Sie«, gab Ludwig zurück und lachte. »Sie machen Witze.« Er ließ Barons Hand los und schob eine ebenfalls rundliche Frau vor. Sie reichte Baron bis zum Bauchnabel.

Ein lebender Medizinball, dachte dieser amüsiert, hörte ihren Namen, während er ihr freundlich zulächelte, und vergaß ihn auch sofort wieder. Damit wollte und musste er sich nicht mehr belasten. Er entschuldigte sich bei den Ludwigs und schritt die Treppe zur Bühne hinauf.

Die Band spielte die letzten Takte von »Rhapsody in Blue«. Geduldig lauschte er. Es freute ihn, dass die Musiker extra für diesen Anlass Gershwins Meisterwerk einstudiert hatten. Es war sein Wunsch gewesen, da es ihn an seine Anfangszeiten erinnerte, als er noch selbst

Klinken geputzt hatte. Bei einer rassigen dunkelhäutigen Kubanerin war er damals mehr als einmal hängen geblieben. Sie hieß Maria und war als Republikflüchtige mit einem GI nach Spangdahlem in die Eifel gekommen. Endlich dem Kommunismus entflohen, verfiel sie dem amerikanischen Lebensstil. Ihr Soldat war schnell laufen gegangen. Geblieben waren ihr der Whisky, ihre Marlboros und die Musik. Und eine ganze Weile auch Bruce.

Wehmut packte ihn. Seine Brust fühlte sich plötzlich an, als ob ein dicker Stein darauf lasten würde. Damals war alles so einfach gewesen. Er hatte nichts außer seinem jungen Leben besessen, hatte nur hinzugewinnen können.

Die Sängerin steckte das Mikro in den Ständer und schlenderte mit aufreizenden Hüftschwüngen zu ihm rüber. Sie hauchte ihm einen flüchtigen Kuss auf die Wange. Ihr Atem roch nach Pfefferminz, ihr Parfüm blumig.

»Wir sehen uns.« Sie zwinkerte ihm verschwörerisch zu. »Versetz mich nicht, sonst werde ich sehr böse.« Schmunzelnd verschwand sie mit den anderen Musikern in dem Gang, der zu den Garderoben führte.

Baron sah verstohlen zu seiner Frau. Sie unterhielt sich angeregt mit dem Bürgermeister und hatte von dem kurzen intimen Moment nichts mitbekommen. Erleichtert atmete er auf. Einen weiteren Fehltritt würde sie ihm zum jetzigen Zeitpunkt bestimmt nicht verzeihen. Von seiner Beziehung zu der Sängerin durfte sie auf keinen Fall erfahren. Er blickte auf die Uhr. Kurz nach Mitternacht. Die Ersten saßen bereits etwas unruhig auf ihren Stühlen und warteten nur noch auf seine Ansprache, bevor sie nach Hause eilen würden. Jetzt war der Augenblick gekommen.

Mit festem Schritt trat er ans Mikrofon und wartete geduldig, bis er sich der Aufmerksamkeit aller sicher war. Er horchte in sich hinein. Damals, als er den Plan gefasst hatte, den Höhepunkt hier und jetzt zu setzen, hatte er noch Skrupel gehabt. Doch je näher der heutige Tag gerückt war, desto sicherer war er geworden. Er hatte alles richtig gemacht.

»Sehr geehrte Damen und Herren, liebe Freunde«, begann er und steckte die Hände in die Taschen seines neuen Anzuges. »Ich hoffe, Sie hatten alle einen schönen Abend.«

Applaus brandete auf, einige johlten.

Baron lächelte und verbeugte sich leicht. »Das freut mich sehr. Sie haben sich diesen Abend redlich verdient. Denn fünfundzwanzig Jahre haben wir Seite an Seite gestanden und das Schiff auf Kurs gehalten. Jeder von Ihnen hat sein Bestes gegeben. Viele von Ihnen haben sich sogar finanziell eingebracht, haben mir Kredite gewährt, damit wir die schwierigen letzten drei Geschäftsjahre überbrücken konnten. Dazu die vielen unbezahlten Überstunden. Wenn ich die alle hätte auszahlen müssen, wäre ich schon vor längerer Zeit gezwungen gewesen, den Betrieb einzustellen. Ihr außergewöhnlicher Einsatz verdient meinen Respekt und meinen ganz besonderen Dank. Ich bin stolz auf Sie.« Er zog die Hände aus den Taschen und breitete die Arme aus.

Kräftiger Applaus schlug ihm entgegen.

So, das war der angenehme Part, dachte er. Er wartete einige Sekunden ab und legte sich die Worte zurecht, einfach strukturiert, für jeden verständlich.

»Aber leider hat das alles nichts genutzt. Ich will nicht lange um den heißen Brei herumreden.« Er fasste sich in die Hosentaschen und zog das Futter heraus. »Ich bin pleite. Mein Privatvermögen ist weg, meine horrenden Schulden kann ich nicht mehr bedienen, und das Finanzamt schnürt mir die Kehle zu. Ich habe Insolvenz angemeldet. In den Umschlägen, die Sie gerade erhalten haben, befinden sich Ihre Kündigungen. Die Produktion wird sofort eingestellt, die Verwaltung aufrechterhalten, bis alles abgewickelt ist. Vielleicht aber findet der Insolvenzverwalter den Weg, die Firma zu retten, den ich nicht sehe. Ich wünsche Ihnen für Ihre Zukunft alles Gute.« Er drehte sich auf dem Absatz um und verließ die Bühne.

Während er durch den Seitenausgang ins Freie trat, hörte er, wie hinter ihm im Saal der Tumult losbrach.

***

Die Straße durchschnitt ein kleines Wäldchen. Schneeregen prasselte, von den Baumkronen kaum gebremst, unvermindert heftig auf die Windschutzscheibe.

Jan Welscher kümmerte das nicht. Er hatte heute absichtlich nicht die A 1 genommen, da er Zeit brauchte, um über das nachzudenken, was ihn am Morgen kalt erwischt hatte.

Sein alter Fiesta keuchte mit mageren siebzig Stundenkilometern auf der L 182 unter der A 61 durch und weiter, an Neukirchen vorbei, in Richtung Großbüllesheim. Ärgerlich knüllte er seinen Pappkaffeebecher zusammen und warf ihn über die Schulter auf die Rückbank.

»Scheiße! Blöde Hinterwäldler! Dumpfbacken!«, fluchte er nicht zum ersten Mal, seit er heute Morgen seine Zuweisung erhalten hatte. »Euskirchen, so ein Scheißkaff!« Er haute mit dem Handballen auf das Lenkrad. Dabei war doch bisher alles nach Plan gelaufen. Nach der Ausbildung und den Jahren bei der Bereitschaftspolizei hatte er den Dienst im Polizeipräsidium in Köln-Kalk angetreten, ganz so, wie er sich das erhofft hatte. Eine Großstadt mit Herz, in der jeder so leben konnte, wie es ihm in den Sinn kam.

Welscher fingerte an seinem Handy herum, scrollte durch das Telefonbuch. Er musste zu Hause Bescheid geben und sich seinen Frust von der Seele reden. Kurz zögerte er. Ob Alex ihm überhaupt zuhören würde?

Beim gemeinsamen Frühstück heute Morgen hatten sie sich wieder einmal gestritten, wie so oft in den letzten Monaten. Diesmal war es die Wäsche gewesen. Verdammt. Seine unregelmäßige Arbeitszeit brachte es nun mal mit sich, dass der überwiegende Teil der Hausarbeit an Alex hängen blieb. Er konnte doch nichts dafür. Und wenn es nicht seine Arbeitszeit oder die Hausarbeit war, dann ein versalzenes Essen, ein verschütteter Traubensaft oder eine verdorrte Pflanze, an die niemand gedacht hatte. In letzter Zeit fanden sie immer wieder einen Anlass, um aus banalen Gründen einen Streit vom Zaun zu brechen. Sogar der Klassiker aller Beziehungskiller war dabei gewesen: die nicht zugeschraubte Zahnpastatube.

Nicht zum ersten Mal fragte sich Welscher, ob sie die Beziehung auf dieser Basis überhaupt noch weiterführen konnten. Aber gemeinsame fünf Jahre warf man nicht einfach so über Bord. Er war bereit, für seine Liebe zu kämpfen und Kompromisse einzugehen. Ob Alex es auch so sah? Daran zweifelte er in letzter Zeit immer häufiger. Das ständige Gezicke um jede Kleinigkeit ging ihm ziemlich auf die Nerven.

Aber egal. Jetzt brauchte er eine vertraute Stimme. Er würde einfach mit einer Entschuldigung beginnen, das würde die Wogen glätten.

In seiner Aufregung flutschte ihm das Handy aus der Hand und fiel in den Fußraum auf der Beifahrerseite. »Mist«, grummelte er, beugte sich hinunter und tastete nach dem Gerät. Als er es endlich erwischt hatte und wieder hochkam, bog keine fünfzig Meter vor ihm ein Traktor mit Hänger aus Richtung Schneppenheim auf die Straße und hielt überraschend an. Beherzt trat Welscher in die Eisen und kam schlitternd nur wenige Zentimeter vor dem Traktor zu stehen. Wäre sein Fiesta nicht so altersschwach die Straße entlanggekrochen, wäre er mit Sicherheit unter den Auflieger geraten und jetzt einen Kopf kürzer. Sein Herz klopfte bis zum Hals.

Der Landwirt stieg seelenruhig aus der Fahrerkabine und stellte sich breitbeinig an den Straßengraben.

»Ich glaub es nicht.« Wütend riss Welscher die Autotür auf und wollte hinausspringen. Doch er wurde im Sitz festgehalten. Im ersten Moment wusste er nicht, was los war, dann schoss ihm die Röte ins Gesicht. Er hieb auf das Gurtschloss. Mit einem pfeifenden Geräusch rollte der Gurt sich auf und gab ihn endlich frei. Welscher stieg aus dem Wagen und stürmte auf den Mann zu. »Ja wo gibt's denn so was? Sind Sie von allen guten Geistern verlassen?«

Der Landwirt schüttelte ab, zog den Reißverschluss seiner vor Dreck starrenden Jeans hoch und wandte sich Welscher zu. Dabei blickte er ihn nicht an, sondern sah auf etwas hinter Welschers Rücken. »Stadtminsch«, brummte er und deutete auf das Kennzeichen.

»Dass es mir nicht auf der Stirn steht, ist mir schon klar«, gab Welscher unwirsch zurück und machte eine ausladende Handbewegung in Richtung Traktor. »Wie können Sie nur dort anhalten, Mann? Das ist ja gemeingefährlich.«

Einige Wagen zogen hupend an ihnen vorbei.

Der Landwirt achtete gar nicht darauf. »Isch moot ens pinkelen«, nuschelte er und erklomm dann das Führerhaus seines Traktors. Ohne Welscher eines weiteren Blickes zu würdigen, ließ er den Diesel an und zuckelte davon. Eine Rußwolke umhüllte Welscher und ließ ihn husten. Er zog seinen Notizblock aus der Innentasche seines Blousons und notierte sich das Kennzeichen. Als er die letzte Ziffer schrieb, hielt er inne. Sekundenlang schwebte die Mine des Bleistifts über dem Papier, bis er das Kennzeichen durchstrich. Er musste den Kollegen ja nicht direkt am ersten Tag mit solchen Bagatellen auf die Nerven gehen. Die sollten schließlich nicht denken, er würde sich an so etwas aufhängen. Er steckte den Block ein, setzte sich in seinen Wagen und fuhr weiter.

Kurz vor der Kreuzung, an der Welscher links auf die Kölner Straße abbiegen musste, überholte er den Traktor. Der Landwirt tuckerte seelenruhig mit zwanzig Stundenkilometern über die Landstraße, als ob nichts gewesen wäre. Welscher kurbelte das Seitenfenster herunter, streckte den Arm raus und zeigte dem Mann den erhobenen Mittelfinger. Für einen Moment fühlte er sich besser, doch als er einige Minuten später das gelbe Ortsschild erreichte, verflog seine gute Laune wieder. Euskirchen.

Dieses Drecksloch, dachte er, ausgerechnet hierhin. Einen klitzekleinen Trost verspürte er, als er sich daran erinnerte, dass das Gebäude der Kreispolizeibehörde an der Kölner Straße lag. Zumindest das Straßenschild trug einen vernünftigen Namen.

Kurz darauf parkte er seinen Fiesta und betrat mit klopfendem Herzen das schmucklose Gebäude. Da er sich hier nicht auskannte, hatte er den Besuchereingang gewählt. Vom kleinen, nahezu quadratischen Eingangsbereich führte eine Glastür geradeaus in das Treppenhaus. In die Tür links war ein Fenster eingelassen. Welscher sah in dem Raum dahinter eine Frau, die in einen Telefonhörer sprach. Er klopfte, der Türöffner summte und er trat ein. Sie beendete das Gespräch und sah ihn freundlich an.

»Ja?«

Ihr nettes, rundes Gesicht wurde von einem kleinen Doppelkinn untermalt. Eine ansehnliche Oberweite sprengte fast die weiße Bluse. Die Knöpfe spannten bedrohlich, ihr Namensschild, das sie als Frau Brockmeyer auswies, lag fast waagerecht. Im Kragen steckte eine Nadel mit dem nordrhein-westfälischen Wappen. Er schätzte ihr Alter auf Mitte zwanzig.

»Jan Welscher. Ich bin der Neue«, presste er missmutig hervor. Mit Daumen und Zeigefinger rieb er sich den Nasenrücken und hob entschuldigend die andere Hand. »Ich fang besser noch mal an.«

»Ist Ihnen nicht gut?«

Ihre Stimme klang wie drei Tage in einer Disco durchgefeiert, kratzig und tief, zu viele Zigaretten, zu viel Alkohol. Welscher vermutete, dass irgendwo in einem der kleinen Dörfer hier am Wochenende ein Schützenfest stattgefunden hatte. Bevor er es verhindern konnte, rutschte ihm heraus: »Da hat aber jemand am Wochenende mit dem Nubbel getanzt, was?«

Er biss sich auf die Zunge. Was ging es ihn an, was die Kollegin am Wochenende trieb?

Ihr Gesicht verfinsterte sich. »Ich wüsste nicht, was Sie das angeht. Und Nubbel heißt das Männchen bei uns auch nicht, das sollten gerade Sie eigentlich wissen.«

Er nickte stumm. Nach dem Volksglauben wurden in Köln mit dem Verbrennen des Nubbels kurz vor Aschermittwoch alle in der Karnevalszeit begangenen Sünden und Verfehlungen getilgt. Hier auf den Dörfern geschah das am Ende einer Kirmes, und je nach Region hieß der Nubbel dann Zachaies, Rurmanes oder auch Äätzebär.

Sie zupfte an ihrem Hemdkragen und zog einen Flunsch.

Welscher fuhr sich mit gespreizten Fingern durchs Haar. »Okay, okay, Arschloch meldet sich zum Dienst«, sagte er und versuchte so, die Situation mit einem Scherz zu entspannen.

Frau Brockmeyer hob eine Augenbraue und blätterte in den Papieren, die vor ihr auf dem Tisch lagen. Mit einer schwungvollen Bewegung zog sie ein Schreiben hervor, überflog es kurz und hielt es ihm dann vor die Nase. »Nachname Arschloch, Vorname Großes. Stimmt. Der soll heute seinen Dienst hier aufnehmen. Das sind dann wohl eindeutig Sie.«

Welscher las seinen Namen auf dem Schreiben und nickte. Bei Frau Brockmeyer hatte er wohl vorerst verschissen. Er nahm sich vor, bei passender Gelegenheit ein wenig Schönwetter zu machen. Vielleicht mit einem Blumenstrauß.

Sie schrieb etwas auf einen Zettel und reichte ihn ihm mit spitzen Fingern. »Ich soll Ihnen ausrichten, dass Sie dorthin kommen sollen.«

Er nahm den Zettel. Die krakelige Handschrift konnte er kaum entziffern. »Maria Rast?«, fragte er unsicher und runzelte die Stirn.

»Wenn es da steht«, fistelte sie und sah zum Fenster hinaus.

»Was ist denn los?«, wollte Welscher wissen.

»Was weiß denn ich? Ich bin nur die Empfangsdame.« Wieder zupfte sie an ihrer Bluse herum.

Er stopfte sich den Zettel in die Hosentasche und wusste ganz genau, dass sie im Bilde war. Aber offensichtlich hatte sie beschlossen, ihn wie die Titanic auf den Eisberg auflaufen zu lassen. Er drehte sich um und öffnete die Tür.

»Sie wissen, wo das ist?«, rief ihm Frau Brockmeyer nach. In ihrer Stimme schwang Skepsis mit.

»Kein Problem«, antwortete Welscher, ohne sich umzudrehen.

***

Horst Fischbach, den alle bis auf seine Frau nur Hotte nannten, saß gedankenverloren an der Werkbank in seiner kleinen Werkstatt. Er starrte auf die grünliche Plane in der hinteren Ecke des Raumes. Eine Maus flitzte über den Berg, den der Stoff verbarg. Nicht zum ersten Mal fragte er sich, warum er das Autowrack behalten hatte, erinnerte es ihn doch jeden Tag an den folgenschweren Unfall vor fünfzehn Jahren.

Fischbach wischte sich über die Augen. Die Wochen vor Weihnachten waren die schlimmsten. Der Schmerz, der ansonsten ganz tief in ihm grummelte, flammte auf und entfachte sich bis zu den Feiertagen zu einer Feuersbrunst. In dieser Zeit wurde er wortkarg und abweisend, ohne es wirklich zu wollen.

Jemand stupste ihn an die Wade. Er riss sich von dem Anblick los und beugte sich vor. »Mensch, Schnüffel«, seufzte er und tätschelte dem Tier die Seite. »Heitere mich mal was auf.«

»Klößchen«, hörte er da seine Frau Sigrid über den kleinen Hof rufen. Die Tür der Werkstatt wurde aufgerissen, und sie stürmte herein. »Telefon, dein Chef.«

Fischbach griff sich den Motorradtank von der Werkbank, klemmte ihn zwischen die Beine und begann, den Lack abzuschmirgeln. »Ich hab frei«, sagte er mit fester Stimme, um keinen Widerspruch zuzulassen. »Und ich mag es nicht, wenn du mich so nennst.«

Sie legte den Kopf schief und lächelte, ihre Augen strahlten. Wie immer wirkte sie so, als ob ihr der Schalk im Nacken säße. Mit ihrem heiteren, gutmütigen und ehrlichen Charakter schaffte sie es immer wieder, seine trüben Gedanken zu vertreiben. Dafür liebte er sie.

Sie hielt ihm das Telefon hin. »Nun hab dich doch nicht so. Es ist wohl wichtig.«

Fischbach schüttelte demonstrativ den Kopf. Er hatte sich seinen freien Tag redlich verdient. Insgeheim wusste er jedoch, dass er gegen Windmühlen kämpfte.

Sigrid trat neben ihn, streichelte ihm fürsorglich über sein volles Haar und drückte ihm den Hörer ans Ohr.

»Was ist?«, blaffte Fischbach. »Letzte Woche noch hast du mir versichert, du hättest vollstes Verständnis dafür, dass ich mal eine Woche aussetzen muss. Und jetzt, ich bin kaum ein paar Stunden fort, muss ich schon wieder deine Stimme hören.« Er legte den Tank zur Seite und nahm Sigrid den Hörer aus der Hand.

»Ich weiß«, hörte Fischbach die knorrige Stimme seines Chefs sagen. »Aber ich brauche dich hier. Dringend.«

Sigrid winkte ihm stumm zu und schob ihren kleinen, runden Körper elegant wie eine Primaballerina zur Tür hinaus.

Fischbach schluckte seinen Ärger hinunter. »Leg schon los«, presste er heraus.

»Du wirst es kaum glauben«, verkündete sein Chef und begann mit wahrscheinlich vor Stolz geschwellter Brust, Ungeheuerliches zu erzählen.

Staunend hörte Fischbach zu.

***

Welscher nahm die B51 bis Kreuzweingarten. Immer noch prasselte eisiger Schneeregen auf die Windschutzscheibe. Die Wischer zogen Schlieren, der Austausch der Gummis war schon lange überfällig. Rund um Welschers Auto verschwamm die Landschaft in Grautönen und passte somit zu seiner Stimmung.

Hinter Kreuzweingarten wusste er nicht weiter, hielt auf Höhe der Münsterbergstraße an und trommelte nervös auf das Lenkrad. Sofort beschlugen die Scheiben von innen.

»Scheiße«, fluchte er leise und wischte mit der flachen Hand über das Verbundglas. Angestrengt spähte er hinaus. »Irgendwo hier war das doch.«

Hätte er sich doch nur die genaue Adresse mitgeben lassen. Jetzt blieb ihm nichts anderes übrig, als die holde Schützenkönigin mit der kratzigen Stimme anzurufen. Nach seinem Abgang vorhin würde die sich schön ins Fäustchen lachen.

Er kramte sein Handy aus der Manteltasche. Die Anzeigebalken signalisierten einen miserablen Empfang. »Alles Käffer hier. Technik von anno Pief«, murmelte er und stieg aus.

Ein tiefergelegter Golf schoss auf ihn zu und haarscharf an der geöffneten Tür vorbei. Mit röhrendem Auspuff und zu hoher Geschwindigkeit verschwand er in der Ferne.

»Proll«, schimpfte Welscher wütend. »Dich werden die Kollegen auch noch mal aus irgendeiner Baumrinde kratzen.«

Sicherheitshalber umrundete er das Heck seines Wagens. Sollte der verhinderte Walter Röhrl zurückkommen oder einer seiner bekloppten Rennbrüder auftauchen, konnte er bei Bedarf seine Gesundheit mit einem Sprung hinter die Leitplanke erhalten.

Er lehnte sich gegen den Kotflügel und suchte in seiner Manteltasche die Telefonnummer der Behörde. Alles, was er fand, war ein Zwanzig-Cent-Stück. Na klasse, dachte er, jetzt muss ich mich auch noch über die 110 verbinden lassen. Die Kollegen in der Einsatzleitstelle würden sich sicher nicht über einen derart banalen Anruf freuen. Ärgerlich haute er mit der Faust auf das Autoblech und blickte genervt über das matschige Feld, das sich vor ihm ausbreitete. Angestrengt kramte er in seinen Erinnerungen. Maria Rast. Da war er mal mit seinen Eltern eingekehrt. Pinguine kamen ihm in den Sinn. Nonnen, ja klar. Er hieb sich in die Hand. Richtig. Eine katholische Bildungsstätte. An einem Waldrand. Sie waren damals in Kreuzweingarten abgebogen, da war er sich plötzlich sicher.

Welscher sprang wieder in seinen Fiesta, wischte erneut mit dem Handrücken den Beschlag von der Scheibe und wendete den Wagen. Vor dem Gasthaus »Zum Alten Brauhaus« bog er instinktiv links in die Antweiler Straße ein und folgte ihr, bis es rechts schließlich tatsächlich zum Parkplatz von Maria Rast hinaufging. Wenige hundert Meter weiter versperrte ihm ein quer gestellter blau-weißer Passat den Weg.

Einer der beiden Streifenpolizisten stieg aus, stellte sich breitbeinig in Position und forderte ihn mit erhobener Hand auf, anzuhalten. Welscher hielt grinsend an. Der Kollege wirkte, als ob er Supermann wäre und einen heranrasenden Güterzug stoppen wollte. Er kurbelte die Scheibe hinunter. Sofort strich ihm ein eisiger Wind über die Wangen.

»Presse ist nicht zugelassen«, grunzte der Mann und zog den Kragen seiner Lederjacke enger.

Welscher zog seinen Dienstausweis aus dem Portemonnaie und hielt ihn so, dass der Kollege ihn sehen konnte.

Der nickte. »Dich kenne ich noch nicht«, beschied er ihn und zündete sich eine Zigarette an.

Der Beamte, der es vorgezogen hatte, im warmen Wagen sitzen zu bleiben, stieg jetzt aus und gesellte sich zu ihnen.

Welscher stieg ebenfalls aus und stellte sich vor. »Erster Tag heute«, offenbarte er.

Die beiden Grün-Weißen lachten. Es klang nicht amüsiert.

»Und dann gleich so was. Herzlichen Glückwunsch auch«, sagte der mit der Zigarette.

»Was genau ist denn eigentlich los?«, wollte Welscher wissen. »Wenn ich sehe, was für ein Fuhrpark hier herumsteht, schwant mir nichts Gutes.« Er deutete mit dem Kinn auf den Parkplatz vor dem Waldrand. Dort standen zwei weiße VW Bullys und ein nachtblauer Bentley.

Der Kollege mit der Zigarette nickte. »Da liegst du richtig. Im Wald oben liegt eine Leiche. Vermutlich Mord, sieht zumindest ziemlich zugerichtet aus, der arme Kerl. Der Förster hat ihn heute Morgen gefunden. Etwa zweihundert Meter von hier. Brauchst nur mittig vom Parkplatz aus dem Weg in den Wald folgen.« Er deutete in die Richtung.

Welscher schluckte schwer und zog eine Grimasse. Na toll. Erst die überraschende Zuweisung in die Einöde vor gut zwei Stunden. Und dann auch gleich voll ins Eingemachte. Nix mit gemütlich ankommen und alles in Ruhe kennenlernen. Wenn sich herausstellen sollte, dass es sich tatsächlich um einen Mord handelte, dann konnte er seinen Besuch heute Abend im Kölner Gloria, auf den er sich schon seit Wochen freute, vergessen.

Der Wind fing sich in Welschers blonden Haaren und zerzauste seinen Scheitel. Mit einer unwirschen Handbewegung strich er die Strähnen aus dem Gesicht. Hinter sich hörte er ein näherkommendes Grollen. Er drehte sich um und blickte hangabwärts. Ein Motorrad tauchte auf der Straße auf und donnerte heran. Der deutlich übergewichtige Fahrer trug einen Stahlhelm und Lederkleidung. Ein Dreitagebart kämpfte mit einer riesigen roten Nase um Aufmerksamkeit. Trotz des diffusen Tageslichtes trug er eine Sonnenbrille. Ein Schal mit einem Aufdruck wehte im Wind. Wenn Welscher es aus der Entfernung richtig deuten konnte, stand dort »The K-Heroes«. Was zum Teufel sollte das denn bedeuten? K wie kaputt?

»Leute, Kundschaft«, witzelte er. »Bekloppter Lokalreporter des hiesigen Käseblattes erscheint auf der Bildfläche.«

Die beiden Kollegen sahen ihn mit verwirrtem Gesichtsausdruck an.

»Was denn für ein Reporter?«

»Wie, bekloppt?«

Welscher wedelte mit der flachen Hand vor seinem Gesicht herum. »Mensch, wir haben höchstens ein, zwei Grad über Null. Und der fährt mit seiner Honda rum. Dem muss doch die Sicherung durchgebrannt sein.«

»Das ist eine Harley«, berichtigte ihn der Kollege. »Und mit Reporter liegst du auch daneben. Das ist der Hotte.«

Fischbach bremste vor dem Streifenwagen und drehte den Zündschlüssel. Der Motor erstarb mit einem heiseren Röcheln. Er wuchtete die Harley auf den Ständer, nahm den Helm ab und stopfte die Handschuhe hinein.

»Ist arschkalt«, empfing ihn der Kollege von den Grün-Weißen mit hochgezogenen Schultern und den Händen tief in den Taschen seiner Lederjacke vergraben. »Wie hältst du das nur aus?«

Der andere deutete mit dem Daumen in Richtung Wald. »Da geht's lang. Der arme Kerl liegt bei den Überresten der Burg. Lasst eure Karren ruhig hier stehen. Wir passen auf.«

Fischbach nickte und musterte dann den schlaksigen Kerl neben den beiden. Zu schlaksig, fast dürr, missmutiger Gesichtsausdruck. Für seinen Geschmack zu lange Haare, ein überschminkter Pickel auf der Nase. Wohl ein wenig eitel, der Neue, amüsierte sich Fischbach stumm. »Jan Welscher?«, fragte er.

Erstaunt riss der junge Mann die Augen auf. »Ja. Woher …«

»Kriminalhauptkommissar Hotte Fischbach«, stellte sich Fischbach vor und gab Welscher die Hand. »Hab gerade erfahren, dass du jetzt zu uns gehörst. Komm mit.« Er stapfte los.

Der neue Kollege gesellte sich leichtfüßig an seine Seite, tänzelnd fast. Fischbach dagegen schnaufte nach wenigen Metern.

»Geht es dir nicht gut?«, wollte Welscher von ihm wissen.

Fischbach sah ihn von der Seite an, bemerkte das spöttische Lächeln und entschied, nicht darauf einzugehen. Was wusste die Jugend schon, wie sich das Alter anfühlte? Schließlich wurde er nächstes Jahr fünfzig.

Aus dem Straßengraben sprang aufgeregt ein Kaninchen heraus und rannte mit wilden Sprüngen über die mit Raureif überzogene Wiese davon.

Fischbachs Knie schmerzten.

Der Spott verschwand aus Welschers Gesicht. »Gewöhn dich nicht an mich. Bin nur auf der Durchreise. Werde mich, so schnell es geht, wieder in die Stadt versetzen lassen. Wer will schon in der Scheiß-Eifel Dienst schieben?«

»Ist mir auch lieber. Ich mag so junges Gemüse nicht«, knurrte Fischbach, ohne es wirklich ernst zu meinen. Aber die Verachtung seiner geliebten Heimat, die in Welschers Stimme mitschwang, ärgerte ihn. Wie konnte man diese Landschaft nicht mögen? So abwechslungsreich, wie der liebe Gott die Erdkruste hier in der Eifel modelliert hatte, waren nur wenige auf Erden. Die geheimnisvollen Maare, riesigen Laubwälder und saftigen Wiesen. Dazu ein knorriges Völkchen, das zwar lange brauchte, um jemanden ins Herz zu fassen, ihn dafür dann aber auch niemals wieder losließ. So etwas musste man doch mögen.

Sie hatten die Stelle fast erreicht. Wenige Meter vor ihnen kramte ein Mann im weißen einteiligen Schutzanzug im geöffneten Heck eines Kleintransporters.

Fischbach zeigte in seine Richtung. »Unsere Tatortgruppe.«

»Jeder Kontakt hinterlässt eine Spur«, murmelte Welscher.

»Wie weise«, frotzelte Fischbach.

»Ist nicht von mir, sondern von Edmond Locard«, stellte Welscher richtig und ergänzte, als Fischbach ihn fragend anblickte: »Französischer Pionier der Forensik. Hatte gedacht, es hätte sich auch bis hierher rumgesprochen.«

Schon wieder so eine abfällige Bemerkung. Fischbach riss sich zusammen und unterdrückte den Wunsch nach einer Retourkutsche. Er musste sich die Finger nicht schmutzig machen. Wenn der Neue dieses Verhalten auch den anderen im Team gegenüber an den Tag legte, dann würde er sich spätestens am Nachmittag heulend auf der Toilette einschließen. Er freute sich jetzt schon auf den Augenblick, in dem er Welscher ein Taschentuch in die Hand drücken könnte.

Der Mann im weißen Anzug ging vor ihnen über den Parkplatz, bog rechts in einen Pfad ein. Fischbach und Welscher folgten ihm. Laub raschelte unter ihren Füßen. Die Buchen streckten dem Himmel ihre nackten Kronen entgegen. Feiner Nebel hing zwischen den Stämmen und dämpfte jedes weitere Geräusch. Große, runde Misteln an den Ästen saugten den Bäumen die Nährstoffe aus. Die Wipfel rauschten.

Fischbach hielt kurz an und tippte mit der Fußspitze auf eine zugefrorene Pfütze. »Gefroren«, stellte er fest. »Knochenhart. Wird schwer werden, Abdrücke zu finden.«

Aus seiner Hosentasche klangen die Akkorde von »Highway to Hell«.

»Ah, AC/DC. Gerade als brandheißer Newcomer in eure Top Ten eingestiegen, was?«, lästerte Welscher.

»Jung, dat han ech schon jehört, do biste noch mit demm Trömmelche öm der Chressboom jeloofe«, murrte Fischbach, klemmte sein Handy ans Ohr und meldete sich.

»Andrea hier. Wie lange brauchst du noch?«, hörte er die aufgeregte Stimme seiner Kollegin fragen.

»Ich seh dich schon«, antwortete er und winkte. Ihre rote Daunenjacke leuchtete in der schmutzig braunen, von zwei Scheinwerfern erleuchteten Umgebung unwirklich grell. Sie trat von einem Bein auf das andere. Ihre dunkelblonden, mit hellen Strähnen durchzogenen, schulterlangen Haare klebten feucht am Kopf. Fischbach verspürte Mitleid mit ihr. Es war offensichtlich, dass Andrea Lindenlaub bis auf die Knochen durchgefroren war.

Ein rot-weißes Absperrband war in einem Radius von circa zwanzig Metern um den Tatort von Baum zu Baum gespannt. Beim Näherkommen zählte Fischbach fünf Kollegen der Kriminaltechnik, alle in weißen Schutzanzügen und mit Schutzhauben auf dem Kopf. Sie werkelten emsig um ein Stück alte Mauer, das nicht viel größer als ein Garagentor war. Moos hatte sich in den Ritzen ausgebreitet und schimmerte feucht. Links an den Bruchsteinen saß eine lebensgroße Steinstatue, von der nur noch der Rumpf und die Oberschenkel vorhanden waren.

Fischbach schluckte trocken, als sein Blick auf den Leichnam fiel. Der Tote saß mit dem Rücken in den Winkel gedrückt, den die Statue zur Mauer bildete. Kuschelig. Auch dem Opfer fehlte der Kopf. Knochensplitter, Blut und Gehirnmasse klebten an der Steinwand, an der der Leichnam lehnte.

»Gütiger Gott. Der Kopf ist ja explodiert«, sagte er leise.

Neben Andrea Lindenlaub fröstelte Guido Büscheler, totenbleich und heftig an einer Zigarette ziehend.

»Wenn du dem noch die Hände und Füße abhackst, sieht er aus wie der steinerne Kollege«, flüsterte er rau.

Büscheler stand kurz vor der Pensionierung. Fischbach wusste, dass er mit den Nerven runter war, und hätte ihm die ganze Sache hier gerne erspart. Doch bei der speziellen Sachlage konnte er auf einen so routinierten, zuverlässigen und emsigen Kollegen nicht verzichten.

»Na dann mal rein ins Vergnügen«, seufzte Fischbach und hieb seinem neuen Kollegen aufmunternd auf die Schulter.

Welscher gab jedem die Hand und stellte sich vor. Dabei vermied er es, zum Toten zu blicken. Wenn er eins hasste, dann waren es Leichen. Nicht gerade von Vorteil in seinem Beruf, das wusste er selbst. Regelmäßig rebellierte sein Magen. Auch jetzt spürte er bereits die aufsteigende Säure in seiner Speiseröhre. Stumm bemitleidete er sich selbst. Offensichtlich hatte sich heute alles gegen ihn verschworen. Es gab keinen gerechten Gott, entschied er.

»Er wird uns unterstützen«, erläuterte Fischbach. »Mehr nachher im Büro. Lasst uns erst mal hier unsere Arbeit machen.«

»Wann kommen die Bonner?«, wollte Büscheler wissen, während er seine Kippe auf dem gefrorenen Boden austrat. Er hustete röchelnd in die hohle Hand, räusperte sich und spuckte gelben Schleim auf den Boden. »Blöde Erkältung«, murmelte er und zündete sich direkt eine neue Zigarette an.

Wohl eher die Raucherlunge, dachte Welscher.

»Die kommen gar nicht«, antwortete Fischbach und erntete allseits überraschte Gesichter.

»Wie? Was soll das denn heißen?«, echauffierte sich Andrea Lindenlaub. »Feiern die alle ihre Überstunden ab, oder was? Wenn es das ist, fehlt mir jegliches Verständnis. Ich bin auch schon fünfzehn Stunden im Dienst. Die sollen mal ihre Hintern …«

»Beruhige dich«, bremste Fischbach sie. »Das wird sich nachher alles aufklären. Jetzt kümmern wir uns erst mal um den Tatort.«

Welscher legte den Kopf schief. Da war er ja mal gespannt. Normalerweise leitete ein Kollege vom Bonner Polizeipräsidium die Mordermittlungen, das war ihm bekannt. Was war hier los? Ein nicht autorisierter Alleingang? Den würde er schnellstmöglich unterbinden, wenn es denn so wäre. Vielleicht könnte er sich so seine baldige Versetzung verdienen. Köln, ich komme, frohlockte er stumm.

»Bringt uns mal auf Stand«, forderte Fischbach.

Büscheler zog an seiner Zigarette und wies mit dem Kinn in Andrea Lindenlaubs Richtung. »Mach du. Du warst zuerst hier.«

Sie nahm ihr Notizbuch und schlug eine Seite auf.

»Der Anruf ging um vier Uhr siebzehn in der Leitstelle ein. Anrufer war ein gewisser Adolf Bachem, wohnhaft in Kreuzweingarten. Beruf Förster. Er war auf Inspektion, als er hier gegen drei Uhr fünfundvierzig vorbeikam. Der Streifenwagen und der Rettungsdienst trafen zeitgleich um zwanzig vor fünf ein. Der Notarzt kam zehn Minuten später. Er attestierte Tod durch Fremdeinwirkung.«

Sie lachte unlustig. »Was unschwer zu erkennen gewesen sein dürfte. Zwischenzeitlich hat man mich aus dem Bett geholt. Scheiß-Bereitschaft, die raubt mir noch den letzten Nerv. Eingetroffen bin ich um kurz vor sechs. Das Rettungsteam war schon wieder weg, die Kollegen von der Streife wiesen mich ein.«

Sie stockte einen Moment und machte eine fahrige Handbewegung in Richtung des Leichnams. »Die Tatwaffe war nirgends zu finden, daher können wir Selbstmord wohl ausschließen. Ich alarmierte also die Staatsanwaltschaft und die Tatortgruppe. Die Techniker trafen um sieben hier ein, Guido um kurz vor acht. Die Staatsanwältin wollte so schnell wie möglich kommen, ist aber noch nicht aufgetaucht.«

»Sie wird bald hier sein«, meinte Fischbach. »Es gab noch ein paar Dinge zu klären.«

Mist, doch kein Alleingang, stellte Welscher enttäuscht fest. Wenn jemand von der Staatsanwaltschaft eingeweiht war, konnte er dem dicken Kollegen nicht mehr ans Bein pinkeln. Die Spitzen des Kölner Doms, denen er sich eben bereits so nahe gefühlt hatte, verblassten in seinen Gedanken.

»Wissen wir was über den Toten?«, horchte Fischbach nach.

»Aber ja doch«, erwiderte Andrea Lindenlaub. »Der hatte seine kompletten Papiere dabei. Ich hab sie in der Innentasche seines Sakkos gefunden. Es handelt sich um einen gewissen Bruce Baron, wohnhaft in Mechernich. Sein Wagen steht unten auf dem Parkplatz.«

»*Der* Baron«, betonte Büscheler und sah Fischbach an. »Der mit der Firma in Kall.«

Überrascht stieß Fischbach ein »Oh!« aus. »Lokale Prominenz also. Was ist mit diesem Jäger?«

»Förster«, korrigierte ihn Andrea Lindenlaub. »Mehr, als dass er hier vorbeigekommen ist und das Opfer gefunden hat, konnte er nicht berichten. Hab den armen Kerl vorhin nach Hause geschickt. Ich hatte echt Sorge, dass der mir hier umkippt. Er sah aus wie der lebende Tod.«

Also wie der Kollege Büscheler, dachte Welscher mit einem Seitenblick auf den kleinen Mann.

»Er hält sich zu unserer Verfügung«, fuhr Andrea Lindenlaub fort. »Wir können uns also später in aller Ruhe um ihn kümmern. Weitere Zeugen kann ich dir nicht präsentieren.«

Fischbach seufzte. »Wäre ja auch zu schön gewesen. Sonst noch was Wichtiges?«

Sie zog eine Schnute und wies stumm auf einen in einen einteiligen Schutzanzug gekleideten Mann, der am Fuß der Mauer hockte und Fotos schoss.

Büscheler griff nach seiner Zigarettenschachtel und hielt sie Welscher einladend hin.

»Nein, danke. Bin Nichtraucher«, lehnte er ab.

»Selbst schuld«, keuchte Büscheler und steckte sich eine an.

»Heinz, alter Miesepeter, wie lange braucht ihr noch?«, rief Fischbach dem Mann am Fuß der Mauer zu. Der sah mit mürrischer Miene auf, erhob sich dann sichtlich widerwillig und kam zu ihnen rüber. Seine Kamera trug er an einem Tragegurt über der Schulter, die Kapuze tief ins Gesicht gezogen. Ein riesiges Feuermal verunstaltete seine linke Gesichtshälfte.

Welscher musterte den Kriminaltechniker. Dessen Augäpfel sprangen wie irr hin und her und schienen keinen Punkt länger als einige Sekunden anzuvisieren.

»Ein neues Gesicht«, stellte der Mann mit tiefer Bassstimme fest und huschte mit seinem Blick bereits weiter. Er reichte Welscher die Hand, ohne ihn anzublicken. »Heinz Feuersänger. Wir sehen uns dann ja jetzt vermutlich öfter.«

Feuersänger? Das kann doch nicht wahr sein, dachte Welscher, wie grotesk. Der arme Kerl wurde vermutlich sein Leben lang gehänselt.

Welscher schlug ein. »Schaun wir mal.«

Feuersänger wandte sich an Fischbach. »Wir sind schon vier Stunden hier«, sagte er. Ein leiser Vorwurf schwang in seiner Stimme mit. Vermutlich beneidete er den Kommissar, der noch gemütlich zu Hause hatte frühstücken können, kombinierte Welscher.

»Ihr seid die wahren Helden. Ohne euch wäre alles nichts«, lobte Fischbach übertrieben. »Trotzdem kein Grund, hier den Miesepeter zu mimen. Wir haben nämlich einen Job zu erledigen. Und zufällig hat der etwas mit dem Kerl da zu tun.« Fischbach wedelte mit der Rechten in Richtung des Toten.

Andrea Lindenlaub und Büscheler schmunzelten. Offensichtlich gefiel es ihnen, dass Fischbach sich Feuersänger zur Brust nahm.

Gequält verzog Feuersänger das Gesicht. Das Mal auf seiner Wange leuchtete jetzt stärker. »Spar dir den Mist. Fünf Minuten noch, dann dürft ihr stürmen.«

Fischbach verschränkte die Arme vor der Brust und straffte sich. »Nix fünf Minuten. Deine erste Einschätzung, raus damit.«

Bevor Feuersänger antworten konnte, rief ihm einer seiner Männer zu: »Wir haben alles, Heinz. Sollen wir einpacken?«

»Wenn du möchtest, kannst du der Leiche gerne noch länger Gesellschaft leisten«, rief Feuersänger zurück. »Was für eine blöde Frage. Wir nehmen uns jetzt den Wagen vor!«

Er wandte sich wieder an Fischbach. »Sind klasse, die Jungs. Nur manchmal ein wenig uneigenständig. Aber um auf unseren Freund da drüben zurückzukommen: Fußspuren gibt es einige. War allerdings auch nicht anders zu erwarten, da die Ruine für Wanderer von Interesse ist, selbst zu dieser Jahreszeit. Frische Abdrücke haben wir allerdings nicht sichern können. Dafür ist der Boden schon zu hart gefroren. Auch konnten wir nirgends etwas finden, was auf ein Gerangel oder einen Kampf hindeuten würde. Das Laub sieht aus wie überall hier. Wir haben aber zumindest das Projektil gefunden. Es steckte in einem der Steine. Außerdem einige Zigarettenkippen, Glasscherben, ein paar alte Kaugummis und zwei verrostete Bierdosen.«

Die vier anderen Techniker schleppten Koffer an ihnen vorbei.

»Wir sind dann wohl fertig«, stellte Feuersänger fest und zog seine Kapuze vom Kopf. Welscher erschrak. Das Feuermal lief von der Wange weiter die Kopfhaut hoch. Es bedeckte den halben Schädel des glatzköpfigen Technikers. Welscher fühlte sich an den Joker erinnert, den fiesen Gegenspieler von Batman, dessen eine Gesichtshälfte durch Säure entstellt war. Er schluckte und versuchte, sich nichts anmerken zu lassen.

»Mehr habt ihr nicht?«, drängte Fischbach.

Feuersänger streifte seine Handschuhe ab. »Weißt du, es wimmelt nur so von Spuren. Doch die werden uns wenig helfen. Schau ...« Er vollführte eine ausholende Handbewegung. »Lass hier mal am Wochenende zehn, zwanzig Wanderer vorbeikommen. Jeder verliert Haare, Spucke und Hautschuppen. Hier und da wird sich auch einer erleichtert haben.«

Welschers Magen machte einen Sprung. Nervös blickte er sich um. Er verspürte keine Lust auf Exkremente an seinen Schuhsohlen. Möglichst unauffällig legte er den Handrücken auf seine Lippen und atmete tief ein.

»Bestenfalls können wir später, wenn ihr einen Tatverdächtigen ermittelt habt, nachweisen, dass er hier vor Ort war«, schloss Feuersänger.

»Die DNA feiern hier 'ne Party«, murmelte Büscheler.

»Genau«, bestätigte Feuersänger. »Aber schmeißt nicht sofort die Flinte ins Korn. Vielleicht finden wir im Labor doch noch was. Die Tatortbilder mache ich euch als Erstes fertig. So, jetzt muss ich aber. Ihr könnt zur Leiche. Ich war so frei und habe den Abtransport geregelt.« Er zog seinen Reißverschluss bis zur Mitte der Brust auf, fingerte einen Zettel aus seinem Anzug hervor und drückte ihn Andrea Lindenlaub in die Hand. »Ist die Handynummer. Brauchst nur noch Bescheid geben, sobald ihr hier fertig seid.« Er nickte zum Abschied und lief den anderen nach.

»Der hat es aber eilig«, bemerkte Welscher, als Feuersänger außer Hörweite war.

Die anderen drei grinsten bloß und sahen einander wissend an.

»Was?«, fragte er und spürte, dass er rot wurde. Hatte er sich einen Fauxpas geleistet? Aber es war doch nur eine harmlose Feststellung gewesen.

»Drei«, flüsterte Büscheler.

»Zwei«, sagte Andrea Lindenlaub eine Sekunde später.

Fischbach schloss mit »Eins« an, bevor alle drei im Chor verhalten »Jetzt« murmelten.

Als ob Feuersänger es gehört hätte, blieb er stehen, drehte sich um und kam zurück.

»Fast hätte ich es vergessen. Ich bin aber manchmal auch ... Entschuldigt bitte«, keuchte er. Seine Augäpfel tanzten Samba. Vorsichtig zupfte er eine durchsichtige Tüte unter seinem Overall hervor. »Das wollte ich euch noch dalassen. Haben wir in einer der Taschen des Toten gefunden.«

Fischbach nahm das Tütchen entgegen. Die anderen scharten sich um ihn. Zu sehen war Bruce Barons Visitenkarte.

»Schau mal auf die Rückseite«, forderte Feuersänger ihn auf. »Da hat er etwas draufgekritzelt.«

Fischbach drehte das Tütchen um.

»Klinikum Aachen. Und eine Telefonnummer«, murmelte Büscheler.

Welscher fragte sich, ob der Kollege jemals etwas in normaler Lautstärke äußern würde. Oder hatte er eine Form von Kehlkopfkrebs? Bei dem Zigarettenkonsum wäre es kein Wunder.

»Ob das wichtig ist, müsst ihr selbst herausfinden«, warf Feuersänger in die Runde, drehte sich um und eilte den Weg hinunter.

»Drei, zwei, eins, jetzt?« Welscher blickte einen Kollegen nach dem anderen an. »Macht der das etwa immer so?«

Fischbach zuckte mit den Schultern. »Was interessieren dich die Marotten der Kollegen? Du bist doch bald wieder weg, oder?«

Fischbach hatte sich den Spruch trotz aller guten Vorsätze, dem jungen Kollegen bei seinem Einstieg behilflich zu sein, nicht verkneifen können. Der Bursche stand hier in der Runde, als ob ihn alles wenig angehen würde. So leicht kommst du mir nicht davon, Jüngelchen, dachte er und rieb sich die Hände. Die Kälte griff nach seinen Gelenken. Er hätte seine Handschuhe mitnehmen sollen. Die lagen in seinem Helm auf der Sitzbank des Motorrads.

»Los jetzt«, sagte er und stapfte zum Leichnam an der Mauer.

Es sah fast so aus, als ob Bruce Baron sich an die Statue angelehnt hätte, um ein kurzes Nickerchen zu halten – wenn er denn ein Gesicht gehabt hätte. Über den Schultern klebte eine breiige Masse in dem Spalt zwischen Statue und Mauerwerk, die die Steine gräulich rot färbte. Schädelsplitter steckten in den Fugen. Fischbach würgte. Hinter sich hörte er die gleichen Geräusche, dann ein »Oh Gott«. Er wandte sich halb um und sah Welscher davonstürmen. Ein paar Meter schaffte der junge Kollege noch, dann erbrach er sich auf seine Schuhe. Fischbach spürte Mitleid, kämpfte er doch selbst gegen seine aufsteigende Magensäure an. Unzählige Tote hatte er während seiner gut dreißigjährigen Laufbahn gesehen. Strangulierte, Erschossene, übel riechende Wasserleichen und Stromtote, vieles war ihm bisher untergekommen. Trotzdem hatte sich bei ihm nie eine distanzierte Routine eingestellt. Jeder Todesfall kratzte an seiner Psyche und erinnerte ihn sofort an seinen persönlich schlimmsten Fall, an den von Brands Wellem, der hinten in Antweiler mit dem Mähbalken seines Deutz Traktors seinem Sohn die Füße abgesäbelt hatte. Der Junge war verblutet, bevor der Rettungswagen eintraf. Das war in den Siebzigern gewesen, aber die Bilder in Fischbachs Kopf waren so klar, als ob es erst gestern gewesen wäre. Der Junge hatte friedlich ausgesehen, fast so, als ob er seinem Vater im Angesicht des Todes verziehen hätte. Aber die abgerissenen Füße und die schrecklichen Wunden an den Beinen hatten Fischbach noch wochenlang in seinen Träumen verfolgt. Immer wieder hatte er damals überlegt, ob er das Handtuch werfen sollte. Obwohl es ein Unfall gewesen war, kam er nur sehr langsam darüber hinweg. Es machte ihm zu schaffen, dass er dienstlich gezwungen war, sich aus nächster Nähe mit dem Tod eines so jungen Lebens zu befassen. Die Distanz, die andere zum Selbstschutz aufbauten, die gab es bei ihm nicht. Zu allem Überfluss hatten sie kurz darauf Brands Wellem vom Dachbalken seiner Scheune abschneiden müssen.

»Und da bist du ran?«, presste Fischbach hervor und sah Andrea Lindenlaub an. »Das sieht doch aus wie durch den Wolf gedreht.«

»Ich denke dann einfach an was Schönes«, erklärte Andrea Lindenlaub. Sie wirkte kühl und abgeklärt. Nur ein Zucken ihres linken Augenlides verriet ihre Anspannung.

»An was Schönes?«, entfuhr es Welscher, der in zehn Metern Entfernung mit hängendem Kopf an einem Baumstamm lehnte. »Bei dem Anblick? Wie kann man denn da … was soll das denn sein, was Schönes? Ein Mettbrötchen?«

Andrea Lindenlaub wirbelte herum. »Hör mal, du Klugscheißer.

Mein Vater war Metzger. Was glaubst du, wie oft ich als Kind zu Schlachtungen mitgenommen wurde? Das ist ...«

Fischbach legte ihr eine Hand auf den Unterarm. »Lass gut sein, Andrea«, beschwichtigte er.

Auch Büscheler war inzwischen näher zum Leichnam getreten und starrte ihn an. »Das wirkt auf mich wie ein Selbstmord. Hm. Keine Kampfspuren, alles scheint so ... friedlich. Trotz der schlimmen Verletzung«, murmelte er.

Fischbach trat an seine Seite. »Es ist aber keine Waffe da.«

»Ich weiß. Vielleicht hat sie ja jemand mitgenommen.«

»Abwegig, oder? Bei dem Anblick geht doch normalerweise jeder sofort stiften.«

Stumm standen sie eine Weile beisammen, während Fischbach in die Knie ging und so die Perspektive änderte. Er versuchte, sich jedes Detail einzuprägen.

Baron trug einen dunkelblauen Anzug, das weiße Hemd war blutdurchtränkt. Die dunkel bestrumpften Füße steckten in edlen schwarzen Lackschuhen. An der rechten Hand trug er einen goldenen Ring, links am Arm eine edle Uhr. Die Fingernägel waren manikürt. Im Schritt war die Hose durchnässt. Es roch penetrant nach Urin.

Ächzend stemmte sich Fischbach in die Höhe und wedelte mit der Hand vor seiner Nase herum. »Ich habe genug gesehen. Was ist mit euch? Brechen wir die Zelte ab und fahren zurück?«

Die anderen murmelten zustimmend.

»Was ist mit der Staatsanwältin?«, gab Andrea Lindenlaub zu bedenken. Fischbach deutete über ihre Schulter in Richtung des Weges, und sie drehte sich um. Eine Frau im Pelzmantel stapfte auf hohen Schuhen auf sie zu.

»Fahrt schon mal vor«, ordnete Fischbach an. »Ich übernehme das. Und Andrea, gib bitte noch durch, dass sie die Leiche jetzt holen können.«

ZWEI

Welscher betrat das Gebäude der Kreispolizeibehörde gegen halb eins zum zweiten Mal an diesem Tag. Er hatte Büscheler mitgenommen, der mit müden Schritten vorausstapfte.

Die Fahrt über hatten sie kein Wort gesprochen. Nur als Büscheler sich eine Zigarette anstecken wollte, hatte Welscher protestiert.

»Schmeiß mich doch raus«, hatte Büscheler gegrummelt und einfach drauflosgepafft.

Dickköpfig und intolerant, fluchte Welscher stumm, ein typischer Eifler halt. Kleines, gemeines Bergvolk.

Büscheler schleppte sich vor ihm die Treppe in den zweiten Stock hinauf. Kollegen grüßte er mit einem Kopfnicken und einem schlaffen Händedruck. Vor einer Tür am Ende des Ganges blieb Büscheler stehen, klopfte an und trat ein.

»Ist der Chef da?«, fragte er die Frau, die in dem Zimmer hinter einem aufgeräumten Schreibtisch saß und etwas in den PC tippte. Bilder mit Alpenpanorama hingen an den Wänden, ein Aquarium in der Größe einer Badewanne gurgelte links an der Wand, Veilchenduft hing in der Luft. Rechts führte eine Tür in einen anderen Raum, sicherlich das Chefbüro.

Die Sekretärin trug ein graues Kostüm, und Welscher fand, dass sie damit ausgezeichnet zum Wetter und zu seiner Stimmung passte. So viel Grau war ihm in den ganzen letzten Jahren nicht untergekommen. Selektive Wahrnehmung, mutmaßte er. Die Frau, die er auf Mitte fünfzig schätzte, nahm ihre schmale Lesebrille von der Nase und musterte ihn. Ihre toupierten Haare standen aufrecht wie ein Betonpfeiler. Wann war so etwas zuletzt modern?, rätselte Welscher. Er kannte Frisuren wie diese nur von Bildern aus dem uralten Fotoalbum seiner Großmutter. Aber vermutlich dachte die Tippse, sie würde total stylish daherkommen.

»Ist der Neue«, klärte Büscheler sie auf. »Und das ist Frau Kreuz.« Er drängte sich an Welscher vorbei und verschwand, ohne eine Reaktion abzuwarten.

Kopfschüttelnd sah Welscher ihm nach.

Frau Kreuz lachte. »Der gute Guido. Seine Sucht treibt ihn immer wieder vor die Tür. Dem sollte man den Schreibtisch auf den Hof stellen. Hier im Haus herrscht absolutes Rauchverbot.«

»Das hat ihn in meinem Wagen auch nicht abgehalten.«

»Roth-Händle?«

»Ja.«

Sie setzte eine mitleidige Miene auf. »Herzliches Beileid. Hoffentlich kriegen Sie den Geruch aus den Polstern.«

Welscher konnte sich ein Grinsen nicht verkneifen. Frau Kreuz strahlte trotz ihres antiquierten Modegeschmacks eine Herzlichkeit aus, der er sich nur schwer verschließen konnte.

»Jetzt aber mal durch, husch, husch.« Sie wedelte mit der Hand in der Luft herum, als würde sie Küken über die Straße scheuchen.

Welscher klopfte an die Tür zum Chefzimmer und wartete ein »Ja?« ab, bevor er eintrat. Das Büro war nicht sonderlich groß und auch nicht besonders geschmackvoll eingerichtet. Dagegen wirkte das Vorzimmer von Frau Kreuz richtig heimelig. Anscheinend litt sein neuer Chef nicht an der Krankheit, die Welscher gern mit »Protzelitis« umschrieb, ein in den höheren Diensträngen stark verbreitetes Leiden.

»Ah! Sie sind sicher der Neue«, rief der große Mann hinter dem Schreibtisch mit quäkender Stimme.

Welscher zuckte unwillkürlich zusammen. Vor seinem geistigen Auge lief ein Erpel von links nach rechts.

Der Mann winkte ihn näher, drehte seinen Füller zu, sprang behände auf, kam um den Tisch herum und reichte ihm die Hand. »Dann mal herzlich willkommen hier im Irrenhaus.«

Welscher erwiderte den Händedruck, so gut er konnte. Doch sein neuer Chef war mit seinen tellerminengroßen Händen deutlich im Vorteil. »Danke, Herr ... äh.« Welscher verstummte. Mist! Er hatte sich den Namen nicht gemerkt. Oder war er überhaupt noch nicht gefallen? Stand dazu etwas im Versetzungsschreiben? Er spürte, wie ihm die Röte ins Gesicht schoss. Ein Kloß bildete sich in seinem Hals.

Blaue Augen sahen ihn, hinter schmal gerahmten Brillengläsern freundlich strahlend, erwartungsvoll an.

Verzweifelt versuchte Welscher, sich an das Türschild zu erinnern. Leider war er sich sicher, es beim Eintreten nicht beachtet zu haben. Die Temperatur im Zimmer schien sprunghaft um mehrere Grad angestiegen zu sein. »Äh ...«, setzte er noch mal an, zögerte wieder und entschied sich dann, die Situation zu überspielen. »Wenn ich ehrlich sein darf, wollte ich mit Ihnen über meine Versetzung hierher sprechen.«

»So, so«, erwiderte sein Chef. »Dann nehmen wir doch Platz.« Er wies auf eine kleine Besprechungsecke mit einem runden Tisch und vier Stühlen. »Möchten Sie etwas trinken? Kaffee vielleicht? Davon bekommen wir Ordnungshüter ja nie genug.« Er lachte.

»Ich muss Sie leider enttäuschen«, antwortete Welscher, während sie sich setzten. Er strich sich eine Strähne hinters Ohr. »Ich mach mir nichts aus Kaffee.«

»Oh!« Sein Chef musterte ihn sekundenlang, als ob ein Außerirdischer vor ihm sitzen würde. »Nun dann.« Er klatschte mit den flachen Händen auf den Tisch. »Ich bin froh, dass Sie hier sind. Es haben sich Änderungen ergeben, die ich dem Team, zu dem Sie jetzt auch gehören, gleich mitteilen werde. Um eins treffen wir uns oben im großen Konferenzzimmer. Dort wird die Mordkommission während der Ermittlungen in diesem Fall ihre Zelte aufschlagen. Wir brauchen frische Kräfte wie Sie. Sie werden neuen Wind in die Truppe bringen. Erfahrung mit Esprit paaren. Auch Sie persönlich werden davon profitieren, werden daran wachsen und gedeihen wie ein gehegter und gepflegter Gummibaum, davon bin ich überzeugt.«

Welscher verspürte fast den Wunsch, aufzuspringen und zu salutieren, so zackig kam die Ansprache. »Gummibaum, aha«, murmelte er stattdessen. »Ein ... äh ... ungewöhnlicher Vergleich.«

»Aber zutreffend. Und ich bin überzeugt, dass Ihre neuen Kolleginnen und Kollegen den Keimling in einen gesunden Boden pflanzen werden. Sie werden alles tun, damit Sie sich hier schnell einfinden und wohlfühlen«, ergänzte sein Chef und sah ihn schon wieder so erwartungsvoll an.

Sicher erwartet er, dass ich ihm zustimme, dachte Welscher. Er räusperte sich. Wie sollte er das Thema, das ihm seit der Hiobsbotschaft heute Morgen auf der Seele brannte, nur geschickt angehen? »Äh, also ...«

Verdammt, warum hatte Büscheler ihn hierher geführt, ohne ihm eine Gelegenheit zu geben, sich vorher geistig auf das Gespräch vorzubereiten? Jetzt krächzte er ein »Äh« nach dem anderen und erweckte vermutlich den Eindruck, ein Idiot zu sein. Ihm fiel aber auch partout kein geschickter Schachzug ein. Anscheinend griff die Eifeler Trägheit, die mitunter als Gemütsruhe ausgelegt wurde, bereits nach seinen Gedanken, saugte an seinem Verstand und hinterließ eine geistige Leere.

»Sehen Sie, Herr Welscher«, half ihm sein Chef aus der Patsche. »Unsere Wahl ist nicht von ungefähr auf Sie gefallen.« Er drehte sich herum, streckte sich und nahm eine Akte von seinem Schreibtisch zur Hand.

Welscher erkannte seinen Namen, der in großen schwarzen Lettern auf dem Einband stand.

»Sie haben mit einem ausgezeichneten Notendurchschnitt abgeschlossen. Bemerkenswert, ja, ja, Durchschnitt eins Komma drei. In den Praktika und den ersten Dienstjahren sind Sie durch Kreativität und Kombinationsgabe aufgefallen. Ihre Vorgesetzten loben Ihr freundliches, aber trotzdem bestimmtes und kompetentes Auftreten. Nicht nur gegenüber den Vorgesetzten, sondern auch gegenüber den Kolleginnen und Kollegen sowie den Bürgern. Dazu noch eine erstklassige Vorstellung bei Ihrem Bewerbungsgespräch zur Kripo.« Er legte die Akte zwischen ihnen ab und tippte mit dem Zeigefinger darauf. »Außerdem haben Sie Mut bewiesen und einer Kollegin das Leben gerettet.« Er hob anerkennend die Augenbrauen.

»Hätte doch jeder gemacht«, winkte Welscher ab, dem die Lobhudelei nicht gefiel. Er hatte Spaß an seinem Beruf. Schon als Kind hatte er Polizist werden und Räuber jagen wollen. Regelmäßig war er seinen Freunden auf die Nerven gegangen, die nach einer Weile keine Lust mehr verspürten, immer wieder Räuber und Gendarm zu spielen. Er jedoch hatte davon nicht genug kriegen können. Für ihn war seine Leistung darum etwas Selbstverständliches, etwas, was nicht gelobt werden musste.

»Doch, doch«, protestierte sein Chef. »Sie sollten Ihr Licht nicht so unter den Scheffel stellen. Aber das alles sind Nebensächlichkeiten.« Er lächelte warm. »Wissen Sie, Herr Welscher, was für mich der ausschlaggebende Grund war, Sie anzufordern?«

Welscher ahnte zwar, warum, schüttelte aber den Kopf. Wenn seine Eifeler Herkunft tatsächlich der Grund war, würde er heute noch zu seinen Eltern fahren und sie bitten, seine Geburtsurkunde zu fälschen. Anschließend würde er sie eigenhändig töten, in einem Maar versenken und fortan jede Beziehung zur Eifel leugnen.

Sein Chef beugte sich vor. »Sie sind ein Eifler Jung. Sie kennen die

Menschen, ihre Mentalität, das Land, die Gegend. Und Sie verstehen das Eifler Platt, was ja nicht immer einfach ist.« Er lachte glucksend. »Sie sind sicher glücklich, dass ich Sie in Ihre Heimat zurückbeordert habe?«

Welscher war sprachlos. Er konnte es nicht fassen, offenbar steckten seine Wurzeln so fest in dem hügeligen Boden der Eifel, dass es ihm selbst nach Jahren noch nicht gelungen war, sie herauszureißen. Glücklich? Am liebsten hätte er seinem Chef jetzt ins Gesicht geschrien, dass er hier noch nicht mal tot über dem Stacheldraht hängen wollte. Dass der Ausbruch eines Vulkans, von denen in der Eifel ja angeblich einige schlummerten, das Beste wäre, was der Region passieren könnte.

»Aber … ich wohne doch schon seit 2003 nicht mehr hier, bin mit zwanzig fortgezogen«, wandte er ein und merkte selbst, wie belanglos sich dieser Einwand anhörte.

Sein Chef winkte auch sofort ab. »Ach was, einmal Eifler, immer Eifler.« Er blickte auf die Uhr und stand auf.

Welscher tat es ihm nach. Er schwankte leicht, fühlte sich, als ob ein Lastwagen ihn überrollt hätte. Ein Eifler Jung, was für ein Scheiß, ja, schon fast eine Beleidigung. Mit seiner Heimat verband ihn nichts mehr, sah man davon ab, dass seine Eltern noch in der Gegend wohnten. Er war durch und durch ein Kölner, ein Städter, er liebte das Gedränge, den Verkehr, die Domspitzen, die alles überragten, und die Möglichkeit, auch ohne Auto problemlos in jede Ecke der Stadt gelangen zu können. Ein Eifler Jung war er so wenig wie die Kanzlerin. Am liebsten hätte er laut losgeschrien.

»Ich denke, wir stoßen jetzt besser zu den anderen. Es wird Zeit. Ich freue mich, dass wir uns ausgesprochen haben.« Sein Chef zwinkerte ihm zu. »Und übrigens: Ich heiße Bönickhausen.«

Wie betäubt ließ Welscher sich zur Tür schieben. Er spürte die Pranke auf seinem Rücken, fühlte sich, als ob ihn der Henker zum Schafott geleitete.

»Gehen Sie doch schon mal vor. Einfach die Treppe hoch, zweite Tür rechts. Ich komme gleich nach«, quäkte Bönickhausen.

Unvermittelt stand Welscher wieder im Vorzimmer. Hinter ihm schlug die Tür zu. Frau Kreuz' aufdringliches Veilchenparfüm schwängerte die Luft und verstärkte sein Unwohlsein. Wie hatte er sich nur das Zepter so sehr aus der Hand nehmen lassen können? Sonst war er doch nicht auf den Mund gefallen. Eins war sicher: Die Chance, sofort klare Verhältnisse zu schaffen, war vorbei. Und wer wusste schon, wann Bönickhausen wieder Zeit für ihn haben würde. Welscher spürte eine schwere Last auf seiner Brust. Die Enttäuschung, das Gespräch versiebt zu haben, nagte an ihm. Er musste raus, seine Gedanken sortieren, fünf Minuten frische Luft schnappen. Frustriert stürmte er aus dem Zimmer und ignorierte, dass Frau Kreuz ihm noch etwas hinterherrief.

Fünf Minuten. Dann hätte er sich wieder im Griff.

***

Fischbach kam mit der Staatsanwältin Doris Schmitz-Ellinger fünf Minuten zu spät zur Besprechung. Neben Andrea Lindenlaub, Büscheler, dem Neuen und Bönickhausen hatte sich auch Landrat Amselmann Zeit genommen. Sie waren bereits alle um den großen Konferenztisch versammelt. Büscheler hatte die Beine übereinandergeschlagen und wippte aufgeregt mit dem Fuß. Andrea Lindenlaub zupfte an ihren blonden Strähnen herum. Die Luft war abgestanden. Niemand hatte es für nötig gehalten zu lüften. Der Geruch erinnerte Fischbach an seine alten Turnschuhe. Er spürte die Spannung, die den Raum zu durchdringen schien.

Bönickhausen sprang auf und eilte der Staatsanwältin entgegen. »Frau Schmitz-Ellinger, schön, Sie zu sehen.« Er nahm ihr den Mantel ab und hängte ihn an den Ständer neben der Tür.

Fischbach setzte sich auf den freien Stuhl neben Büscheler und sah stumm zu, wie Bönickhausen der Staatsanwältin den Stuhl zurückzog. Alter Charmeur, dachte er.

Mit der flachen Hand strich sich Doris Schmitz-Ellinger über ihre feuerrote Kurzhaarfrisur, die ihr den Spitznamen Mecki eingebracht hatte, und setzte sich. Sie glättete ihr weinrotes Kleid und drapierte ihren Seidenschal neu. Ihre zahlreichen goldenen Armreife rasselten. Nur der Schmutz an ihren kniehohen Stiefeln verriet, dass sie gerade von einem Tatort kam.

Fischbach wandte den Blick ab und musterte den Neuen. Der hing kreidebleich auf dem Stuhl und stierte mit leerem Blick auf die Tischplatte. Der Anblick des Opfers schien ihm immer noch in den Knochen zu stecken.

Doris Schmitz-Ellinger nickte Bönickhausen zu. »Bitte, legen Sie los«, forderte sie ihn auf. Ihr Kugelschreiber schwebte einsatzbereit über ihrem Notizbuch. Bönickhausen holte sich noch ein zustimmendes Kopfnicken vom Landrat ab. Dann räusperte er sich und begann zu sprechen.

»Liebe Kollegen, verehrter Landrat und werte Staatsanwältin, es wird Ihnen aufgefallen sein, dass die Bonner Kollegen fehlen, die ja üblicherweise die Mordkommissionen bei uns leiten.«

Fischbach sah, wie Welscher den Kopf hob und die Stirn runzelte.

»Glauben Sie mir: Ich bin nicht weniger überrascht als Sie«, fuhr Bönickhausen fort. »Wie Sie alle wissen, hat es in letzter Zeit erdrutschartige politische Umschichtungen in allen Bereichen der öffentlichen Hand gegeben. Im Zuge dieser Veränderungen wurden neue Ideen geboren, viele davon auch wieder verworfen, aber einige überlebten die Geburt.« Erfreut über das Sinnbild grinste er in die Runde.

»Mach es kurz«, forderte Fischbach ihn auf, »wir haben einen Todesfall aufzuklären.« Er konnte sich den Ton erlauben. Nicht nur, weil er seine freien Tage opferte, sondern auch, weil er mit Bönickhausen befreundet war. Vor Jahrzehnten waren sie sogar zusammen auf Streife gewesen, hatten beim VfL Kommern 1960 e.V. die Gegner weggegrätscht, und bei ihren Hochzeiten waren sie Trauzeugen gewesen. Anfang der Achtziger war Bönickhausen in die Politik gegangen und hatte auf der Karriereleiter eine Stufe nach der anderen erklommen. Fischbach dagegen hatte nach dem Unfall und seinem anschließenden seelischen Zusammenbruch Jahre gebraucht, bevor er wieder ein normales Leben führen konnte. Aber selbst in dieser schwierigen Zeit hatte Bönickhausen ihm zur Seite gestanden und alles getan, damit er wieder auf die Beine kam. Nicht zuletzt durch die Versetzung in seine Abteilung.

Eine Kollegin von der EDV öffnete die Tür, bevor Bönickhausen weitersprechen konnte. Sie balancierte mehrere Notebooks auf den Unterarmen. Auf den Rechnern lag ein Bund rote Kabel. »Oh!«, entfuhr es ihr, als sie bemerkte, dass der Raum voll besetzt war. Unschlüssig blieb sie im Türrahmen stehen.

»Nun kommen Sie schon rein«, rief Bönickhausen ungehalten, kniff die Augen zusammen und rieb sich mit Daumen und Zeigefinger den Nasenrücken. Seine Brille drückte er dabei nach oben. »Die Dinger sollten doch längst schon installiert sein«, tadelte er.

Für Bönickhausen war alles, was auch nur entfernt nach einem Computer aussah, »Dinger«.

»Ich musste doch erst noch ins Stadtzentrum und die Geräte einkaufen«, verteidigte sich die Kollegin. »Schneller ging es nicht.«

Fischbach bemerkte, wie Büscheler und Andrea Lindenlaub sich überraschte Blicke zuwarfen. Er schmunzelte. Die beiden waren sichtlich überrascht, dass die Notebooks an jeglicher Vergaberichtlinie vorbei angeschafft worden waren. Üblicherweise dauerte so ein Vorgang Monate, es mussten Ausschreibungen durchgeführt und Angebote abgewartet werden. Und wenn die Geräte endlich da waren, waren sie bereits veraltet. Aber heute hatte Bönickhausen die Richtlinie offensichtlich mit Füßen getreten.

Die Kollegin stellte die Notebooks auf dem Tisch ab. »Soll ich sie direkt anschließen oder, äh, soll ich später wiederkommen?«

»Später«, entschied Bönickhausen. »Wir sagen Ihnen Bescheid. Halten Sie sich bitte zur Verfügung.«

»Na gut.« Sichtlich erleichtert verließ die junge Frau das Zimmer.

»Wo waren wir stehen geblieben?« Bönickhausen sammelte sich. »Ah, ja. Kurz soll ich mich … gut, kein Problem. Also. Es gibt Bestrebungen auf Landesebene, unsere Zuständigkeiten neu zu ordnen. Ich will hier und heute nicht ins Detail gehen.« Er wechselte einen Blick mit Fischbach, der dankbar nickte. »Zusammengefasst kann man festhalten, dass die Polizei wieder dezentraler ausgerichtet werden soll. Das bedeutet mehr Kompetenzen vor Ort, Aufstockung des Personals und Stärkung des finanziellen Rahmens.« Er klopfte mit den Fingerknöcheln auf den Deckel des obersten Notebooks. »Die Polizei soll wieder Freund und Helfer werden, beim Bürger präsent. Und jetzt komme ich zu des Pudels Kern.« Er konnte sich eine kleine Spannungspause nicht verkneifen und sah in die Runde. Büscheler schauspielerte ein Gähnen.

Bönickhausen zog die Augenbrauen zusammen. »Ein wenig mehr Begeisterung wäre angebracht. Denn für uns bedeutet das, die erste Kreispolizeibehörde zu sein, die wieder selbstständig und eigenverantwortlich eine Mordkommission leiten wird.«

Ruckartig richtete sich Büscheler auf. »Ohne die Bonner?«, murmelte er und sah Bönickhausen erstaunt an. »Wir leiten selbst die Ermittlungen? Ganz allein?«

Fischbach sah, dass jetzt auch Welscher die Diskussion gespannt verfolgte, von einem zum anderen blickte und sich seine Gesichtsfarbe normalisiert hatte.

Der Landrat beugte sich vor. »Richtig. Und ich bin überzeugt, dass Sie, meine Damen und Herren, Ihre Arbeit zur vollsten Zufriedenheit aller erledigen werden. Ich möchte betonen, dass ich mich an höchster Stelle für diese Möglichkeit verwendet habe. Ich möchte Sie nicht unter Druck setzen, aber Sie können sich vorstellen, dass alles, was wir hier unternehmen, aufs Akribischste beobachtet und bewertet werden wird. Und nicht alle in Düsseldorf sind uns wohlgesonnen.«

»Aber es lief doch gut mit den Bonnern«, wandte Andrea Lindenlaub ein. »Ich verstehe nicht ganz, warum das alles jetzt einfach so über Bord geworfen werden soll.«

Fischbach lächelte süffisant. Seine Kollegin hatte einen wichtigen Punkt angesprochen.

»Da gebe ich Ihnen recht, Frau Lindenlaub«, stimmte Amselmann zu. »Aber das Gute ist der Feind des Besten. In der letzten Zeit wurde immer mehr zentralisiert. Diese Tendenz betraf nicht nur unsere Behörden. Auch die Kommunen und Länder litten unter dem Sog, den Berlin ausübte. Jetzt kehrt sich das Ganze um. Wir möchten keine französischen Verhältnisse, kein starkes Pariser Umland und darüber hinaus so gut wie nichts mehr. Nein, nein, es ist gut, wenn wir endlich dagegen ansteuern.« Er zerschnitt zur Bekräftigung seiner Worte mit der Handkante die Luft.

Gut gebrüllt, Löwe, dachte Fischbach. In Wirklichkeit war sich Amselmann natürlich genau bewusst, dass bei erfolgreicher Umsetzung der neuen Idee eine einflussreichere Position für ihn herausspringen würde.

Bönickhausen übernahm wieder. »Kommen wir zu den Details. Hotte, du übernimmst die Leitung der Mordkommission. Sie drei«, er ließ seinen Blick von Büscheler über Andrea Lindenlaub zu Welscher schweifen, »sind dauerhafte Mitarbeiter der Mordkommission.«

Die drei Angesprochenen nickten stumm.

»Das Team hat meine volle Rückendeckung«, unterstrich Bönickhausen. »Ich will, dass wir diesen Fall lösen, und das schnell. Hotte, du kannst dir jederzeit weitere Leute zur Unterstützung heranziehen. Ich gebe dir da freie Hand.« Er kniff die Augen zusammen und ergänzte: »Sollte sich jemand querstellen, melde dich bei mir.«

Fischbach nickte. Ein mulmiges Gefühl zog durch seine Eingeweide. Die Betonung des letzten Punktes konnte nur bedeuten, dass Bönickhausen angesichts seiner Beförderung zum Chefermittler nicht von allen Kollegen Begeisterung erwartete. Es gab ja durchaus andere geeignete Kandidaten, die sich für eine solche Chance die Beine ausreißen würden und sich jetzt übergangen fühlten.

Amselmann stand auf. »Ich erwarte von Ihnen, täglich auf dem Laufenden gehalten zu werden. Bitte fassen Sie sich dabei kurz«, wies er Bönickhausen an. »Ich wünsche uns viel Erfolg.« Er verabschiedete sich. Aufrecht verließ er den Raum.

Bönickhausen wandte sich an Fischbach. »Reichen diese Informationen für den Anfang? War es kurz genug?«

»Durchaus«, sagte Fischbach nickend.

»Dann bin ich jetzt auch mal durch die Tür.« Bönickhausen schob seinen Stuhl nach hinten. »Muss dringend telefonieren. Viel Erfolg.« Er eilte hinaus.

Doris Schmitz-Ellinger räusperte sich. »Dann mal los. Gehen wir es an«, äußerte sie mit kräftiger Stimme. »Zehn Minuten kann ich noch erübrigen, dann muss ich zum Gericht.«

»Andrea, machst du die Akte?«, fragte Fischbach.

Sie verzog gequält das Gesicht. Bevor sie antworten konnte, sprang die Tür auf, und die junge Frau von der EDV erschien im Türrahmen.

»Herr Bönickhausen hat gesagt, dass ich jetzt könnte«, sagte sie und zog eine trotzige Schnute, als sie Fischbachs genervten Blick bemerkte. »Ich habe auch nicht den ganzen Tag Zeit.«

»Dann mach halt«, brummte Fischbach.

Sie trat ein, griff sich die Datenkabel und krabbelte damit unter die Tische, wo die Anschlüsse unter Abdeckplatten im Boden versteckt waren. »Lasst euch von mir nicht stören. Ich bin gar nicht da«, hörten sie sie sagen.

Fischbach wandte sich wieder Andrea Lindenlaub zu. »Bitte, ja?« Er hätte es einfach anordnen können, doch er war ein Freund des kooperativen Führungsstils.

»Du weißt doch, ich mach das nicht so gerne«, jammerte Andrea Lindenlaub und sah hilfesuchend in die Runde. Doch Büscheler und Welscher senkten den Blick. Die Akte zu führen bedeutete eine Menge zusätzliche Arbeit, und freiwillig übernahm das niemand gerne.

Doris Schmitz-Ellinger schob ihren Stuhl zurück und stand auf. Sie räumte ihre Unterlagen in ihre Tasche. »Ich stelle fest, dass Sie offensichtlich alle noch einige Minuten benötigen, um sich zu finden und ihrer neuen Verantwortung bewusst zu werden. Da meine Anwesenheit zur Befangenheit der Teammitglieder führen und einen offenen Austausch verhindern könnte, werde ich jetzt das Feld räumen.«

Fischbach zuckte zusammen. War das eine neutrale Feststellung gewesen oder bereits der erste Tadel?

Sie schob Fischbach ihre Visitenkarte hin. »Wenn Sie Beschlüsse benötigen, rufen Sie mich auf meinem Handy an. Jederzeit, verstanden? Das galt für die Bonner und gilt selbstverständlich auch für Sie. Ich stehe voll hinter Ihnen.« Sie zog ihre aufgemalten Augenbrauen nach oben. So wie sie jetzt auf ihn herabblickte, hatte sich Fischbach immer Johanna Spyris Frau Rottenmeier vorgestellt. Er war sich fast sicher, dass auch das Privatleben der Staatsanwältin dem der Erzieherin nahekam.

»Danke«, gab er knapp zurück und steckte die Visitenkarte in die Hosentasche.

»Für wann setzen Sie die Morgenbesprechung an?«, fragte Doris Schmitz-Ellinger.

Darüber hatte sich Fischbach noch keine Gedanken gemacht. Schließlich war es auch für ihn eine ganz neue Situation. Niemals hätte er erwartet, von heute auf morgen eine Mordkommission leiten zu müssen. Doch er wollte nicht unschlüssig oder angesichts einer solch einfachen Frage gar überfordert wirken. »Um acht. Wieder hier«, platzte er heraus.

Damit schien sie zufrieden zu sein und verabschiedete sich knapp. Mit erhobenem Haupt segelte sie, einer stolzen Fregatte gleich, zur Tür hinaus.

»Die hat aber Haare auf den Zähnen«, kicherte die junge Kollegin unter dem Tisch. »Der hat gar nicht gefallen, dass ihr euch so ziert.«

Fischbach beugte sich nach unten und sah in ihr amüsiertes Gesicht. Ärger stieg in ihm auf. »Kümmere dich um deine Strippen«, blaffte er und kam wieder hoch. »Andrea, du machst das jetzt. Nimm die neuen Dinger da.« Er wies mit einer fahrigen Handbewegung zu den Notebooks. »Ich meine, einen der Computer halt«, korrigierte er sich rasch, als er die Parallelität zu Bönickhausens Ausdrucksweise feststellte.

Andrea Lindenlaub stöhnte auf. »Och nee, nicht auch das noch. Du weißt doch, dass mich neue Software immer den letzten Nerv kostet. Das dauert länger, als wenn ich es mit der Hand schreiben würde. Muss ich nicht haben.«

Fischbach sah streng in die Runde. Anscheinend musste er jetzt doch den Chef raushängen lassen. Es konnte schließlich nicht immer so weitergehen. Sie hatten einen Fall zu lösen.

»Ich kann's machen«, bot sich Büscheler an. »Ich habe Zeit genug.«

Fischbach schüttelte den Kopf. Er wollte Büscheler nicht mehr belasten, als unbedingt notwendig war. Außerdem war es in der Vergangenheit immer Büscheler gewesen, der die Akte geführt hatte. Andrea Lindenlaub war einfach auch mal an der Reihe. »Also, Andrea, weißt du ...«, grollte er los, wurde jedoch von einer dumpfen Stimme, von unterhalb des Tisches, unterbrochen.

»Wenn du alles in den Computer eingibst, kannst du mit ein paar Kniffen innerhalb kürzester Zeit Querverbindungen finden, Ergebnisse transparenter darstellen und den Chefs mit wenigen Handgriffen wunderschöne Ermittlungsergebnisse präsentieren. ›Mindmapping‹ heißt das Zauberwort. Da kannst du Bilder, PDFs und sonst was einhängen. Sieht anschließend geil und wichtig aus. Die neue Software hat also auch Vorteile.«

Welscher kicherte, Büscheler hustete trocken, sein Grinsen wurde noch breiter.

Fischbach schob seinen Stuhl zurück und blickte überrascht unter den Tisch. Sein Ärger war verflogen. »Du kennst dich damit aus?«

»Womit? Mit den ›Dingern‹?« Sie schmunzelte.

»Ja. Und mit dem Rest, Dokumentenerstellung und was noch alles so machbar ist.«

»Du meinst die Datenerfassung, Auswertung und Aufbereitung. Ja, kein Problem.« Sie zuckte mit den Schultern und steckte einen Netzstecker in einen Bodentank. »Von Kriminalistik verstehe ich aber auch etwas.«

Fischbach spürte einen Stich im Nacken. Die schiefe Haltung bekam ihm nicht. »Komm mal hoch«, wies er sie an und rieb sich die Halswirbel.

Die junge Frau krabbelte unter dem Tisch hervor, stand auf und wischte sich den Staub von den Knien.

Einige Sekunden lang musterte Fischbach sie. Er hatte sie hier und da auf dem Gang herumwuseln sehen, bisher aber kein Wort mit ihr gewechselt. Lange konnte sie noch nicht im Dienst sein. Wie alt mochte sie sein? Seine Tochter wäre jetzt ... *Lass das, Hotte.* Er zwang sich, den Gedanken abzubrechen.

»Wie heißt du?«

»Bianca Willms.« Die ungeteilte Aufmerksamkeit aller Anwesenden schien sie nicht im Geringsten einzuschüchtern. Offen blickte sie Fischbach aus leuchtend blauen Augen an. Ein Piercing in ihrem Nasenflügel blitzte hin und wieder auf. Die blonden Haare trug sie zu einem Pferdeschwanz gebunden, der ihr bis weit über die Schultern reichte.

»Bianca, aha. Und du verstehst die Welt?«, stichelte Fischbach.

»Gib mir einen leistungsstarken Computer, dann zeig ich sie dir«, gab sie schlagfertig zurück.

Fischbach schmunzelte. Die Frau hatte Power. Das gefiel ihm.

»Okay, mit Computern kennst du dich also aus. Was allerdings noch zu beweisen wäre. Und wieso auch in unserem Fach?« Er hob den Zeigefinger. »Jetzt komm mir nicht mit CSI New York, Miami oder wo die Zaubermänner überall mit ihren Sonnenbrillen spielen. Das hat nichts mit unserer Arbeit zu tun.«

Sie schnaubte abfällig durch die Nase. Dann huschte ein Schatten über ihr Gesicht. »Ich bin ... war ... Anwärterin, stand schon kurz vor der Prüfung.« Zum ersten Mal bemerkte Fischbach ein unsicheres Timbre in ihrer Stimme.

»Was ist passiert?«

Sie zuckte mit den Schultern. »Ein Kind kam dazwischen, das ist passiert. Da ich etwas von Computern verstehe, darf ich hier als Angestellte in der EDV aushelfen. Wie du weißt, machen wir alles: Die ›Dinger‹ betreuen, defekte Telefone austauschen, Netzleitungen ziehen und wenn nötig auch Kaffeemaschinen reparieren. Hat ein Freund meines Opas eingefädelt. Linden heißt der.«

Daher weht der Wind, dachte Fischbach. Josef Linden war in den Achtzigern Landrat in Euskirchen gewesen und unterhielt noch immer gute Verbindungen zur Euskirchener High Society.

»Und du verstehst wirklich was von den Dingern?«, lenkte er wieder auf das eigentliche Thema zurück.

Augenblicklich zeigte sich auch wieder der Schalk auf dem Gesicht der jungen Frau. »Du zweifelst, weil ich ein Mädchen bin, stimmt's? Jungs die Technik, Mädchen den Herd.«

»Na ja, Mädchen würde ich nicht mehr sagen«, warf Büscheler heiser ein. Er schien sich noch immer prächtig zu amüsieren.

»Aber den Rest schon?«, hakte sie kess nach.

Büscheler machte eine wegwerfende Handbewegung. »Ach was, ich habe selbst eine Nichte, die Informatik studiert. Die hilft mir immer, wenn ich zu Hause den Videorekorder programmieren will.«

Fischbach lehnte sich zurück und schlug die Beine übereinander. »Erzähl mal, warum du dich so gut mit dem Ding ... äh, dem Computer verstehst.«

Sie nahm sich einen Stuhl und setzte sich. »Mein erstes System bekam ich an meinem vierten Geburtstag. Auf dem Gymnasium habe ich dann die Computer-AG belegt. Standardsoftware war mir aber auf Dauer zu langweilig, daher habe ich nebenbei Programmiererin an der Fernuni gelernt. Im Netz habe ich damals außerdem ein paar total abgedrehte Typen kennengelernt. Die haben mir alles beigebracht, was ein Hacker wissen muss. Sind ja ansonsten eher verschlossene Charaktere, aber mich hatten sie in ihr Herz geschlossen. Mit sechzehn habe ich meinen ersten Server geknackt. Der Kick, etwas Verbotenes zu tun, ohne dabei erwischt zu werden, war aber rasch verflogen. Auf Dauer fand ich es eher langweilig, in fremde Systeme einzudringen. Es gab ja keine echten Gegner. Die Administratoren waren einfach zu blöd, um uns zu schnappen. Es war wie ein Spiel, bei dem man von vornherein weiß, dass man gewinnen wird, ohne sich anstrengen zu müssen. Öde. Und so reifte in mir nach und nach die Idee, die Seite zu wechseln.«

Fischbach lachte. »Deswegen hast du dich für die Polizei entschieden? Um uns unter die Arme zu greifen?«

Sie hob langsam die Schultern, breitete die Arme aus und grinste.

Er schüttelte amüsiert den Kopf. »Was für eine Story. So was habe ich ja noch nicht gehört.« Bianca Willms war ihm äußerst sympathisch. Sie war offen und ehrlich und um keine Antwort verlegen.

Fischbach kam ein Gedanke. Hatte Bönickhausen nicht gesagt, dass er freie Hand hatte? Egal, was er haben wollte, er würde es bekommen?

»Wenn du willst, kannst du bei uns mitmachen«, sagte er und fühlte sich unheimlich gut dabei. »Du machst die Akte. Wir fassen zunächst alles zusammen und beschließen dann die nächsten Schritte für heute Nachmittag.«

Sie zögerte. »Mein Chef wird bestimmt nicht begeistert sein.«

Fischbach winkte ab. »Lass das mal meine Sorge sein. Ich spreche mit ihm. Und wenn er sich querstellen sollte, wird Bönickhausen das schon klären.«

Bianca Willms strahlte wie die aufgehende Sonne, klappte ein Notebook auf und fuhr den Rechner hoch.

»Ich bin bereit«, sagte sie und stöpselte dabei eins der roten Datenkabel in den Netzwerkanschluss.

»Dann lasst uns mal mit dem Wesentlichen beginnen«, forderte Fischbach und machte ein ernstes Gesicht. »Wir haben einen Mord aufzuklären.«

Eine halbe Stunde später kratzte sich Fischbach das Kinn. »Okay, der Anfang ist gemacht. Die Fakten sind archiviert. Ein Toter im finsteren Wald, weitab von jeglicher Behausung, brutal ermordet. Da kommen mir direkt mehrere Fragen in den Sinn: Wieso gerade diese Stelle und keine andere? Warum gibt es keine Kampfspuren? Kannte er seinen Mörder? Was für ein Motiv könnte der gehabt haben?«

»Angenommen, er ist freiwillig mitgegangen, dann kommt als Mörder nur jemand aus dem persönlichen Umfeld in Frage, jemand, den er kannte«, sagte Andrea Lindenlaub.

Fischbach nickte. »Da fällt mir ein: Hat schon jemand mit der Witwe Kontakt aufgenommen?«

Kopfschütteln. »Nee, nicht dass ich wüsste«, murmelte Büscheler.

»Dann übernehmen Welscher und ich das«, entschied Fischbach.

»Sollen Guido und ich zur Firma fahren?«, fragte Andrea Lindenlaub.

»Ja, macht das. Wir müssen mehr über sein Umfeld erfahren.« Fischbach seufzte. »Noch tappen wir vollkommen im Dunkeln. Wir sollten herausfinden, was Baron in den Stunden oder sogar Tagen und Monaten vor seinem Tod getrieben hat. Wenn uns seine Witwe oder die Geschäftsleitung seiner Firma nicht gerade einen Tatverdächtigen und ein Motiv auf dem Silbertablett präsentieren, müssen wir alles detailliert rekonstruieren. Ich bin sicher, dass wir dann Punkte entdecken werden, wo wir den Hebel ansetzen können.«

Er sah auf seine Armbanduhr. »Wir sollten gleich los, sonst trefft ihr in der Firma niemanden mehr an. Theorien können wir später immer noch bilden.« Er erhob sich. »Dann mal los.«

***

Fischbach kam mit dem Motorradhelm unterm Arm aus seinem Büro und stapfte neben Welscher die Treppe hinunter.

»Du kannst bei mir mitfahren«, bot Welscher an. Guido Büscheler und Andrea Lindenlaub hatten sich den letzten verfügbaren Einsatzwagen geschnappt. So stand nur noch sein Fiesta zur Verfügung.

»Ich fahre nicht gerne im Auto«, gestand Fischbach.

Welscher blickte ihn skeptisch an und schloss dabei den Reißverschluss seiner Jacke. »Wenn du einen zweiten Helm hast, fahre ich bei dir mit. Ist doch Blödsinn, mit zwei Fahrzeugen unterwegs zu sein.« Er blickte durch das Glas der Eingangstür. »Es schneit.«

Fischbach blieb neben ihm stehen und spähte ebenfalls in den Innenhof. »Macht mir nichts aus. Und mitnehmen, hm, mach ich nicht so gerne. Hab daher auch nie einen zweiten Helm in petto.«

Welscher verzog gequält das Gesicht. »Mann, es schneit. Der Sensenmann wird dir den Weg weisen. Jetzt nimm schon Vernunft an und steig bei mir mit ein. Ich fresse dich schon nicht.«

»Ach was.« Fischbach winkte ab und setzte seinen Stahlhelm auf.

Was für ein Eifler Dickschädel, dachte Welscher. »Na dann eben nicht. Treffen wir uns also bei Frau Baron. Wenn du dort je ankommst …«

Ärgerlich ließ er Fischbach stehen und drückte die Tür auf. Ein eisiger Wind trieb ihm Schneeflocken ins Gesicht, jede einzelne versetzte ihm kleine Stiche.

Dieser Fischbach war doch total verrückt, bei so einem Wetter Motorrad zu fahren. Spätestens morgen würde er mit einer schweren Erkältung im Bett liegen. Oder im Sarg, ausgerutscht auf dem Schneematsch und überrollt von einem Lastwagen.

Welscher stapfte zu seinem Fiesta und wischte mit der Handfläche die Schneeschicht fort, die sich auf der Windschutzscheibe gebildet hatte. Erleichtert stellte er fest, dass sie nicht angefroren war, denn einen Eiskratzer hatte er nicht dabei. Er setzte sich in den Wagen, startete den Motor, stellte die Heizung auf volle Leistung und betätigte den Wischerhebel.

Röhrend fuhr Fischbach mit seiner Maschine vor ihm vom Parkplatz. Das Hinterrad schlingerte bedenklich, als er auf die Kölner Straße abbog.

Welscher legte den Gang ein. »Blötschkopp«, murmelte er.

DREI

Welscher entschied sich gegen die A1 und zog es vor, die B266 über Obergartzem zu nehmen. So vermied er es, ganz Mechernich zu durchqueren. Das dauerte zwar länger, doch ersparte es ihm unangenehme Erinnerungen. Der Dickschädel würde sowieso langsamer fahren müssen und niemals vor ihm ankommen.

Kurz vor Kommern bog er in den Mechernicher Weg ein und ließ seinen Ford gemütlich durch das Wäldchen bis zum Kreisverkehr am Ortseingang Mechernich rollen. Von der Nordspange ging es in den Kastanienweg, rechter Hand ein Friedhof, links Einfamilienhäuser. Barons Haus fand sich ganz am Ende der Straße. Welscher parkte und sah staunend zu dem Betonbunker hinüber, der so gar nicht in die Idylle der funktionalen Familienbehausungen hier passen wollte. Das Haus glich einem riesigen Kubus. Die Front war verglast, auf der ersten Etage zog sich rundherum ein Balkon. Die silbrige Haustür war größer als ein Scheunentor. Das Grundstück wurde von einem zwei Meter hohen schmiedeeisernen Zaun umschlossen. Auf Anhieb entdeckte Welscher drei Kameras, die das Gelände überwachten. Er pfiff leise. Der Bau musste Millionen gekostet haben. Baron schien kein armer Mann gewesen zu sein. Neugierig kniff er die Augen zusammen und versuchte, ins Innere des Hauses zu sehen. Licht war zwar an, doch er konnte niemanden entdecken. Er blickte über die Schulter. Von Fischbach keine Spur. Welscher nahm sein Handy und rief zu Hause an. Es meldete sich nur der Anrufbeantworter. Er wartete die Ansage und den Signalton ab. »Hi, Alex«, sagte er dann, »ich bin in Mechernich. Unglaublich. Hätte nicht gedacht, dass es mich gleich am ersten Tag hierher verschlägt. Warte nachher nicht auf mich. Falls ich doch noch rechtzeitig rauskomme, melde ich mich noch mal.« Er zögerte einen Moment. »Vielleicht fragst du Rainer, ob er meine Eintrittskarte übernehmen will. Er ist ja jetzt wieder allein und kann sicher ein wenig Abwechslung vertragen. Aber lass dich nicht vernaschen!« Er kicherte auf das Band und drückte dann die Verbindung weg.

Bei Rainer musste er sich keine Sorgen machen. Eine intakte Beziehung war für diesen ein Heiligtum, das er nicht antasten würde. Daher war es Welscher auch nicht schwergefallen, Alex den Vorschlag zu unterbreiten. Rainer war ein anständiger Kerl, schade nur, dass er selbst so viel Pech in Sachen Liebe hatte. Gerade erst war er Hals über Kopf aus seiner letzten Beziehung geflüchtet.

Ein Licht tauchte im Rückspiegel auf und kam langsam näher. Fischbach stoppte neben dem Fiesta. Sein Gesicht hatte er mit einem schwarzen Tuch verhüllt. Nur die mit einer Motorradbrille geschützten Augen schauten heraus. Auf seiner schweren Lederjacke klebte eine Schicht gefrorener Schnee.

Welscher drehte das Fenster herunter. Der Motor der Harley röchelte dumpf im Standgas und stieß riesige Wolken aus dem Endrohr aus. »Kalt?«, brüllte er.

Wie in Zeitlupe schaltete Fischbach die Zündung aus, stieg vom Bock und wuchtete die Maschine auf den Seitenständer. Die Schneeflocken schmolzen zischend auf den Zylindern, und der Motor knackte beim Erkalten. Fischbach zog das Tuch unter das Kinn und antwortete: »Auf einer Harley ist dir nie kalt. Da kommt die Wärme von innen, merk dir das für die Zukunft.«

Ohne weiteren Kommentar drehte er sich um und schritt ein wenig steifbeinig zum Zufahrtstor der Villa hinüber.

»Auf einer Harley ist dir nie kalt«, äffte Welscher ihn nach und tippte sich an die Stirn.

Er stieg aus und folgte Fischbach, der bereits die Klingel an der Gegensprechanlage gedrückt hatte. Eine elektronisch verzerrte Stimme meldete sich. »Sie wünschen?«

»Frau Baron?«, fragte Fischbach.

»Ja«, knarzte es aus dem Lautsprecher.

»Kriminalpolizei. Wir müssen Sie dringend sprechen.« Fischbach zog seine Marke aus der Hosentasche und hielt sie vor die Kamera, die neben dem Lautsprecher den Bereich vor dem Zufahrtstor überwachte. Welscher bemerkte, wie steif seine Finger bei dieser Bewegung wirkten. Von wegen innere Wärme, dachte er.

Das Tor teilte sich, die Hälften rollten zur Seite und gaben einen mit weißem Marmorkies bestreuten Weg frei. Welscher hatte im letzten Frühling einen Fünfundzwanzig-Kilo-Sack Marmories für den Pflanztopf seiner Zimmerzypresse gekauft. Fünfzehn Euro hatte er dafür auf den Tisch gelegt. Er schätzte, wie viele Kilos hier zusammenkamen, und musste sich eingestehen, dass es besser war, dabei in Tonnen zu rechnen.

»Dieser Baron scheint nicht gerade aus ärmlichen Verhältnissen zu stammen«, raunte er Fischbach zu.

Der wiegte den Kopf. »Der erste Blick kann täuschen. In der Presse war hier und dort von Zahlungsschwierigkeiten die Rede.«

Frau Baron erwartete sie an der Haustür. Sie hatte die Arme um ihren schmalen Oberkörper geschlungen und zitterte. »Darf ich bitte Ihre Ausweise sehen?«, fragte sie anstatt einer Begrüßung.

Welscher und Fischbach reichten sie ihr. Sie prüfte beide eingehend.

Welscher wechselte einen Blick mit Fischbach. Ziemlich ungewöhnlich, dass jemand die Ausweise sehen wollte, bevor er überhaupt erfuhr, worum es ging.

Sie gab ihnen die Ausweise zurück. »Gut, meine Herren, kommen Sie bitte mit durch.«

Vom Eingangsbereich des Hauses führten fünf breite Stufen in den tiefer gelegenen Wohnbereich. Schwarze Granitplatten schimmerten matt im Licht der unzähligen in die Decke eingelassenen Halogenleuchten. Die weißen Möbel setzten einen fast blendenden Kontrast. Farbe brachten nur die Art-déco-Gemälde in den Raum. Welscher meinte, einen Paul Poiret zu erkennen. Oberflächlich passte alles perfekt zusammen, doch irgendetwas irritierte ihn. Er suchte krampfhaft nach dem Grund für die Disharmonie, doch es wollte ihm partout nicht aufgehen, was das war.

Sie blieben am Fuß der Treppe stehen.

»Sie haben einen exquisiten Möbelgeschmack«, sagte Fischbach anerkennend. »Das bekommt man bestimmt nicht bei Möbel Brucker in Kall.«

»Sie täuschen sich, Herr Kommissar«, sagte Frau Baron. »Mein Mann zieht es vor, wenn möglich in der Region einzukaufen. Eine Hand wäscht die andere, sagt er immer. Setzen Sie sich doch.« Sie wies auf die Ledercouch.

Fischbach sah an sich herab. Tropfen des tauenden Schnees benetzten den Boden an der Stelle, wo er stand. »Besser nicht«, entschied er.

Welscher nahm Platz und musste trotz der unangenehmen Situation für Sekunden ein Grinsen unterdrücken.

»Darf ich Ihnen etwas anbieten?«, fragte Frau Baron.

»Bitte keine Umstände«, antwortete Fischbach und räusperte sich. »Frau Baron, wir kommen wegen Ihres Mannes …«

»Bruce?«, unterbrach sie und setzte sich aufrecht hin. »Der ist nicht da.«

Welscher beobachtete sie genau und sog dabei geräuschlos Luft durch die Nase ein. Sie hat einen guten Geschmack, stellte er fest. Chanel war seinem Empfinden nach genau das richtige Parfüm für solch eine grazile Person. Aber noch immer störte ihn etwas. Er kam nur noch nicht drauf.

»Ja, äh …«, stotterte Fischbach, dem es sichtlich schwerfiel, die traurige Nachricht zu überbringen. »Es ist leider so, dass wir Ihren Mann tot aufgefunden haben.«

Sie erstarrte und sah Fischbach mit großen Augen an. Ihre Unterlippe zitterte. »Tot?«, hauchte sie.

»Leider ja«, bestätigte Fischbach mit einfühlsamer Stimme. »Mein Beileid.«

Frau Baron rührte sich sekundenlang nicht, schien zur Salzsäule erstarrt zu sein. Plötzlich sprang sie auf, ging zum Schrank, öffnete das Barfach und schüttete sich mit zittriger Hand einen doppelten Cognac ein.

Welscher stutzte, als er die Aufschrift auf der Flasche sah: ein Rémy Martin Louis XIII aus der Grande Champagne. Davon kostete eine Flasche locker über eintausend Euro, und die Frau kippte es herunter, als ob es profanes Leitungswasser wäre. Andererseits verständlich, dachte er. Bei einer derart schrecklichen Nachricht kam es eher darauf an, die Fassung zu behalten, als sich Gaumengenüssen hinzugeben.

»Wie ist es passiert?«, fragte sie mit belegter Stimme. »Ein Unfall?«

Fischbach schüttelte den Kopf. »Wir haben Grund zu der Annahme, dass Ihr Mann umgebracht wurde.«

Frau Baron blickte Fischbach aus großen Augen an. Sie wirkte, als ob sie nicht richtig verstanden hätte.

»Frau Baron, ich weiß, dass das alles für Sie sehr verwirrend sein muss …«, begann Fischbach, wurde jedoch unterbrochen.

In Sekundenbruchteilen verwandelte sich Frau Barons Gesicht in eine schmerzverzerrte Fratze. Wütend schmiss sie ihr Glas zu Boden und schrie: »Nein! Das ist nicht wahr! Das kann nicht sein!«

Erschrocken zuckte Welscher zusammen.

Susanne Baron ballte die Fäuste. »Das kann nicht sein«, wiederholte sie schrill.

Fischbach zuckte hilflos mit den Schultern. »Es tut mir leid.«

Sie schluckte hart, ließ sich aufs Sofa fallen und stützte den Kopf in die Hände. »Wasser«, murmelte sie matt. Sie stöhnte.

Welscher ging in die Küche. Auch hier zog sich der Stil des Wohnzimmers gnadenlos durch. In der Mitte ein riesiger Herd mit unterschiedlichen Kochplatten, Gas, Elektro und Induktion, der Boden schwarz. Weiße Hochglanzschränke. In einem davon fand Welscher ein Glas und füllte es an der Granitspüle mit Leitungswasser. Als er zurückkam, saß Frau Baron immer noch auf dem Sofa. Er drückte ihr das Glas in die Hand und achtete darauf, dass sie es richtig festhielt.

Sie nahm einen gierigen Schluck und rülpste unschicklich.

»Es musste ja mal passieren«, wisperte sie dann und starrte die Tischoberfläche an.

Fischbach wechselte einen Blick mit Welscher, der so viel bedeutete wie: Jetzt wird es interessant. Welscher setzte sich wieder auf einen der Sessel, Fischbach blieb stehen. »Hatte Ihr Mann Feinde?«, fragte er.

Sie lachte bitter. »So viele wie Kühe in der Eifel. Er war ein knallharter Geschäftsmann, nahm keine Rücksicht, auf niemanden. Da bleibt das nicht aus.« Sie leerte das Wasserglas.

»Möchten Sie noch mehr?«, fragte Welscher.

Sie stellte das Glas ab und lächelte angestrengt. »Cognac wäre mir lieber. Aber ich denke, damit warte ich besser noch.« Sie wandte sich wieder an Fischbach. »Kann ich ihn sehen?«

Welscher horchte auf. Was für eine seltsame Frage zu diesem Zeitpunkt. Er hätte erwartet, dass sie nach der genauen Todesursache fragen würde oder nach dem Tatort. Vielleicht sogar, ob sie schon Spuren hätten. Argwöhnisch betrachtete er sie. Wusste sie mehr über den Tod ihres Mannes, als sie zugab? Spielte sie ihnen etwas vor?

»Nun, ich würde an Ihrer Stelle davon Abstand nehmen«, sagte Fischbach ruhig und spielte mit dem Lederfransen, der am Reißverschluss seiner Jacke hing. »Ihr Mann wurde leider arg zugerichtet. Eine Schusswunde im Gesicht, Sie verstehen?«

Tränen quollen aus ihren Augen und lösten die Wimperntusche auf.

Zwei schwarze Streifen liefen ihr über die Wangen. »Wer macht so etwas?«, hauchte sie. Fröstelnd schlug sie die Arme um den Oberkörper und wiegte sich vor und zurück. »Was für Menschen sind das?«

»Wir werden es herausbekommen, da bin ich sicher«, sagte Fischbach.

Welscher verdrehte unbemerkt die Augen. Was für eine Plattitüde. Warum nicht gleich richtig kitschig, zum Beispiel auf die englische Art: *Wir werden den Mörder finden, das verspreche ich Ihnen, Lady.* Da musste der alte Eifelsheriff noch einiges lernen.

»Vorerst könnten Sie uns aber bei der Identifizierung Ihres Mannes helfen«, sagte Fischbach freundlich.

Sie sah überrascht auf. Die schwarzen Streifen hatten ihre Mundwinkel erreicht. »Ich denke, ich soll ihn nicht sehen.«

»Ja, dabei bleibt es auch«, versicherte Fischbach rasch. »Aber es ist so: Ihr Mann hatte seine Papiere dabei. Wir sind also relativ sicher, dass er es ist. Trotzdem ist ein DNA-Abgleich notwendig. Fingerabdrücke nehmen wir auch, doppelt hält besser.«

Sie wurde kreidebleich. Kurz fürchtete Welscher, dass sie ohnmächtig auf das Sofa sinken würde.

»DNA? Fingerabdrücke? Ist sein Gesicht so sehr …« Sie brach ab und schlug die Hand vor den Mund. Ihre Augen weiteten sich entsetzt.

»Ja. Leider, ja«, bestätigte Fischbach. »Wenn Sie uns etwas geben könnten, womit wir seine DNA bestimmen können? Seine Zahnbürste würde schon reichen.«

Welscher bemerkte anerkennend, dass Fischbach viel Mitgefühl in seine Stimme legte. Der harte Motorradrocker hatte offensichtlich auch eine weiche Seite.

Frau Baron schniefte. Hilfesuchend sah sie sich um.

Welscher zog ein unbenutztes Papiertaschentuch aus seiner Jackentasche und reichte es ihr.

Sie schnäuzte sich und nickte gleichzeitig. »Im Bad. Ich hole sie Ihnen.«

Welscher fiel plötzlich ein, was der Grund für die Disharmonie im Raum sein könnte. Rasch stemmte er sich aus dem Sessel. »Sie sind sicher noch zu wackelig auf den Beinen. Ich mach das schon.«

Frau Baron schenkte ihm ein dankbares Lächeln. »Die Treppe hoch, zweite Tür links. Das rechte Becken, am Fenster.«

Welscher nickte und ging nach oben.

Er fand das Bad auf Anhieb und war etwas überrascht vom toskanischen Stil. Die braunroten Farbtöne wärmten ihn förmlich auf. Rechts, im Boden eingelassen, befand sich ein Whirlpool, links daneben eine Toilette, dazu ein Bidet. Links davon zwei Waschbecken mit verschnörkelten goldfarbenen Wasserhähnen. Darüber befand sich eine breite Ablage, über der zwei riesige Spiegelschränke hingen. Er konnte sich nicht verkneifen, den linken zuerst zu öffnen. Das Innere zeigte sich aufgeräumt: eine elektrische Zahnbürste, Zahnpasta und einige Dinge zum Enthaaren. Klar, dachte er. Sie wird eine Schminkkommode haben und für die Arzneimittel einen extra Medikamentenschrank. Er selbst bewahrte alles im Bad auf. Sein Schränkchen quoll fast über. Morgens war er froh, wenn er seinen Nassrasierer herausziehen konnte, ohne dass alles andere herausfiel. Jeden Tag dasselbe knifflige Unterfangen.

Der rechte Schrank kam seinem eigenen ziemlich nahe. Parfüm, Deo, Rasierwasser, Kamm, Ohrenreiniger, Badesalz, Pflaster, eine riesige Aspirinpackung, halb aufgebraucht, daneben weitere Medikamente. Er nahm eine Packung zur Hand. »Dolantin«, las er. Laut Aufschrift auch ein Schmerzmittel. Er stellte die Packung zurück. Ein Sammelsurium der männlichen Bedürfnisse und insgesamt sehr aufschlussreich. Welscher grinste. Ein Mann konzentriert die Dinge an einer Stelle und erspart sich so Wege, dachte er.

Aus seiner Jackentasche zog er ein Paar Latexhandschuhe und streifte sie über. Die Zahnbürste wanderte in einen verschließbaren Beweismittelbeutel, von denen er immer einige in der Tasche hatte.

Fischbach hatte Welscher verwundert nachgesehen. Zum ersten Mal hatte der Neue Interesse am Fall gezeigt, war die Treppe regelrecht hinaufgestürmt. Sieh an, dachte er, geht doch.

Er wandte sich wieder an Frau Baron. »Haben Sie jemanden, der sich um Sie kümmern kann? Soll ich jemanden benachrichtigen?«

Sie schniefte einige Male, streckte dann den Rücken durch. »Ich komme klar. Machen Sie sich keine Sorgen. Ich werde eine Freundin bitten, zu mir herüberzukommen.« Sie griff zum Telefon, das auf dem Tisch lag und wählte. »Babs, gut, dass du da bist.« Ihre Stimme klang schrill. »Bruce ist tot.« Sie stützte den Kopf in die freie Hand und schloss die Augen. »Kannst du kommen? ... Danke. Bis gleich.«

Sie beendete das Gespräch und legte den Hörer zurück. »In einer halben Stunde ist sie hier«, sagte sie. »Sie muss nur noch die Kinder zur Oma fahren.«

Fischbach nickte zufrieden. »Darf ich Ihnen noch ein paar Fragen stellen?«

Welscher kam schweigend die Treppe herunter, hielt kurz den Beutel mit der Zahnbürste in die Höhe und setzte sich.

»Fragen Sie«, antwortete Frau Baron. Sie legte sich auf das Sofa und streckte die Beine aus. »Aber ich hoffe, es dauert nicht zu lange. Ehrlich gesagt bin ich sehr erschöpft.«

»Sicher.« Fischbach gab sich verständnisvoll. »Wann haben Sie Ihren Mann zum letzten Mal gesehen?«

»Wir haben gestern zusammen das Firmenjubiläum gefeiert. Mit der ganzen Belegschaft. Bruce hielt kurz nach Mitternacht eine Ansprache.« Sie hielt inne, zögerte. »Danach verließ er die Feier. Das war das letzte Mal, dass ich ihn gesehen habe.«

Fischbach stutzte. »Er ging ohne Sie?«

Sie seufzte. »Also gut, Sie werden es sowieso erfahren. Bruce hat allen mitgeteilt, dass er insolvent ist und die Firma ab sofort die Produktion einstellt.«

Das musste Fischbach erst mal einige Sekunden sacken lassen. Er beugte sich vor. »Verstehe ich Sie richtig? Er hat mit der Belegschaft gefeiert, und als alle guter Stimmung waren, hat er sie gefeuert?«

Frau Baron sah ihn aus halb geöffneten Augen an. »Gefeuert, was für ein Quatsch.« Sie stieß verächtlich Luft aus. »Er hat niemanden gefeuert. Der Betrieb ist pleite, da müssen die Mitarbeiter gehen, es gibt keine Wahl. Er hat gefeiert, um zumindest ein letztes Mal in die glücklichen Gesichter seiner Mitarbeiter zu blicken.«

Welscher lachte humorlos. »Skurril.«

»Dem kann ich nur zustimmen«, sagte Fischbach. Selbst wenn er Baron eine positive Absicht unterstellte, musste ihm doch klar gewesen sein, dass der Kater nach dieser Offenbarung umso schlimmer werden würde. Er hätte zumindest noch einen Tag warten können. So sprang man einfach nicht mit Menschen um. »Da gab es doch bestimmt eine ganze Menge böses Blut, nachdem Ihr Mann verschwunden war.«

»Ein paar Flüche, ja«, gab sie zu.

»Nur Flüche? Oder auch Morddrohungen?«

Jetzt lächelte Frau Baron milde. »Was man in einer solchen Situation schon mal so dahersagt. Das sollten Sie nicht ernst nehmen.«

»Solange ich den Fall nicht aufgeklärt habe«, gab Fischbach zurück, »nehme ich alles ernst. Haben Sie mitbekommen, ob jemand eine konkrete Morddrohung ausgestoßen hat?«

»Nein«, sagte sie bedauernd. »In dem Tohuwabohu war das nicht möglich. Die Stimmung war zudem auch mir gegenüber nicht sonderlich freundlich. Ich bin nur Minuten später mit dem Taxi heim. Seitdem habe ich Bruce und auch sonst niemanden mehr gesehen. Ans Telefon bin ich auch nicht gegangen.«

»Haben Sie sich denn keine Sorgen um Ihren Mann gemacht, als er nicht mehr auftauchte?« Fischbachs Ton hatte an Schärfe zugenommen.

Sie drehte ihm den Kopf zu. »Glauben Sie mir, Herr Kommissar, mein Mann war kein Kind von Traurigkeit. Er kam des Öfteren nachts nicht nach Hause. Und um Ihrer Frage zuvorzukommen: Ich habe mir abgewöhnt, hinter ihm herzutelefonieren.«

»Aber in dieser besonderen Situation …«

»Auch dann nicht«, würgte ihn Frau Baron ab. »Bei uns gab es immer besondere Situationen, außergewöhnliche Ereignisse oder beängstigende Vorkommnisse. So ist das, wenn man Unternehmer ist, Herr Kommissar. Sie können sich da nicht einfühlen.« Nach einer kurzen Pause ergänzte sie mit einem Anflug von Zynismus: »Als Beamter.«

Welscher kicherte.

Fischbach blickte ihn ärgerlich an. »Für heute soll es genügen«, entschied er dann. »Wir werden uns wieder melden. Es wäre nett, wenn Sie uns bis dahin eine Liste von Personen zusammenstellen könnten, die Ihres Erachtens Probleme mit Ihrem Mann hatten. Und bitte halten Sie sich zu unserer Verfügung.«

Frau Baron hob den Arm und winkte matt. »Sie finden sicher selbst hinaus.«

»Warum kicherst du denn so blöd?«, fuhr Fischbach Welscher an, als sie wieder bei ihren Fahrzeugen standen.

»Na ja, sie hat dich nun mal ganz schön auflaufen lassen. Du hast dreingeschaut, als ob sie dich geohrfeigt hätte«, sagte Welscher. »Du solltest ein wenig auf deine Mimik achten. Aber Schwamm drüber.«

Welscher wischte mit der Hand durch die Luft. »Ich tippe darauf, dass Susanne Baron einen Liebhaber hat.«

Fischbachs Ärger verrauchte augenblicklich. »Ach ja?«

Vollkommen perplex ging er im Geiste die letzten Minuten noch mal durch. Was hatte er übersehen, was Welschers Theorie stützen würde? Ihm fiel nichts ein.

Ein lautes Magenknurren riss ihn aus seinen Gedanken.

Welscher zog eine Grimasse. »Kennst du vielleicht eine gute Frittenbude in der Nähe? Ich habe seit heute Morgen um sechs nichts mehr gegessen.«

Fischbach überlegte. »Nicht weit von hier ist das ›Magu‹.« Er sah auf seine Armbanduhr. »Kurz nach vier, hm. Weiß nicht, ob die durchgehend aufhaben. Versuchen können wir es ja mal.«

Welscher schnitt eine unwillige Grimasse. »Nicht gerade Mechernich. Es gibt doch sicher Alternativen?«

Seltsam, dachte Fischbach. Bönickhausen hatte erzählt, Welscher sei ein Eifler Jung. Er müsste sich doch hier heimisch fühlen, in der Gegend, in der er aufgewachsen war? Stattdessen zeigte er eine offensichtliche Abneigung gegen diesen Landstrich, speziell gegen Mechernich, wie es schien.

»Wir können nach Satzvey rüber«, bot er an. »›Gerts Imbiss‹, für mich die beste Bude in der ganzen Gegend.« Er lachte. »Einfach, aber gut wie bei Großmutter, sagt Gert immer.« Er musterte Welscher unauffällig. War Satzvey auch ein ungeliebter Ort?

Doch Welschers Gesicht hellte sich auf. »Das hört sich gut an. Dann mal los.« Stürmisch riss er die Autotür auf.

»Willst du mir nicht vorher verraten, was dir da drinnen aufgefallen ist?«, fragte Fischbach. Er sah zum Himmel und prüfte die Wolken. Hoch und schnell, der Niederschlag hatte aufgehört und würde seiner Prognose nach heute auch nicht mehr wiederkommen.

Als Antwort knurrte Welschers Magen wie ein wütender Hund. »Beim Essen, okay?«

Ein wenig enttäuscht nickte Fischbach. Die Neugierde fraß ihn auf. Aber so würde er Gelegenheit haben, den Besuch bei Frau Baron während der Fahrt Revue passieren zu lassen und nach dem zu suchen, was Welscher aufgefallen war. Es wäre wirklich zum Mäusemelken, wenn ihm da etwas entgangen sein sollte. Es kratzte an seinem Selbstbewusstsein.

Er rückte seinen Helm in Position und streifte die wattierten Lederhandschuhe über. »Ich fahr vor«, entschied er und drückte den Startknopf.

Sie nahmen die L61 über Burgfey an Haus Hombusch und Katzvey vorbei und erreichten trotz der widrigen Straßenverhältnisse fünfzehn Minuten später Satzvey. Die Wolkendecke war aufgerissen und schenkte Fischbach einige wärmende Sonnenstrahlen. Er stellte seine Maschine direkt vor dem Grill ab.

Welscher parkte im Halteverbot gegenüber in der Straße, die zur Burg führte. Er stieg aus und überquerte die Straße.

»Mit Parkplätzen sieht es hier aber schlecht aus«, stellte er fest. »Finden auf der Burg immer noch die Ritterspiele statt? Dann muss das Nest doch vor Autos überquellen.«

»Wenn du zur anderen Seite aus dem Dorf rausfährst, gibt es linker Hand eine große Wiese. Dort wird geparkt«, erläuterte Fischbach. »Und der Graf da drüben«, er deutete zur Burg hinüber, »inszeniert inzwischen nicht nur Ritterspiele. Der hat den Bogen raus. Nicht immer zur Freude der Nachbarn. Die beschweren sich regelmäßig über den unvermeidbaren Lärm, den solche Großveranstaltungen mit sich bringen. Krimidinner, Halloweenparty, Ostermarkt und so weiter. Bald findet der mittelalterliche Weihnachtsmarkt statt. Kannst ja mal reinschauen.«

»Nichts lieber als das«, knurrte Welscher. »Auch noch am Wochenende hier rumhängen? Nee, lass mal. Köln hat auch schöne Weihnachtsmärkte.« Er schüttelte sich, als ob ihm etwas besonders Ekeliges über den Rücken gelaufen wäre. »Lass uns endlich in die Erlebnisgastronomie reinschauen.« Er zeigte auf den Eingang des Grills. »Sieht allerdings eher aus wie eine Garage mit Fenster.«

Fischbach drückte die Eingangstür auf. »Ein Geheimtipp. Wirst schon sehen.«

Fettgeruch schlug ihnen entgegen. Fischbach liebte zwar das Essen hier, doch die südländische Einrichtung traf nicht seinen Geschmack. Links an der Wand zog sich eine Sitzbank die beige Wand entlang, gepolstert mit braunem Kunstleder. Darüber befand sich ein Gemälde mit toskanischem Landhausmotiv. Links und rechts hingen herbstliche Buketts. Die rechte Wand war halbhoch mit Bruchsteinen verkleidet. Drei große Holztische standen vor dem Tresen, dahinter eine kleine, korpulente Frau, die ihnen freudig entgegenstrahlte.

»Hotte! Schön, dass du mal wieder da bist.« Sie klimperte mit den Lidern. »Und was hast du für einen netten Kerl mitgebracht.«

Welscher setzte ein höfliches Lächeln auf und studierte die Speisekarte, die über ihrem Kopf an der Wand hing.

»Hallo, Resi. Das ist der Kollege Welscher.«

»Kommissar«, korrigierte Welscher reflexartig.

»Ob Kommissar oder nicht, bist auf jeden Fall ein Schnuckelchen«, trällerte sie.

Welscher hob eine Augenbraue und sah sie an. »Danke«, sagte er knapp.

Jetzt lächelte sie mit der Sonne um die Wette. »Wie immer?«, fragte sie Fischbach. Der nickte. »Und für Sie, Herr Kommissar?«

»Haben Sie kein Gyros?«, wollte Welscher wissen.

Ihr Lächeln gefror. »Gyros«, sagte sie, als ob Welscher ihr gerade ein unsittliches Angebot unterbreitet hätte. »Wir sind eine anständige Gastronomie.«

»Äh, was ist denn an Gyros unanständig?«, fragte Welscher irritiert.

Fischbachs Mundwinkel zuckten leicht nach oben. Resi konnte dem griechischen Fast Food nichts abgewinnen, das wusste er. Sie reagierte fast allergisch, wenn sie danach gefragt wurde.

Resis Gesicht verdüsterte sich. »Wenn Sie Gyros wünschen, dann sollten Sie in die Stadt fahren. Hier haben wir nur einheimische Küche.«

Welscher rieb sich die Augen, deutete dann auf die Speisekarte. »Toskanisches Schnitzel. Sie wissen schon, wo die Toskana zu finden ist?«

»In Italien.«

»Eben.«

Sie zuckte mit den Schultern. »Ist aber Schnitzel. Und Schnitzel ist einheimisch.«

Ein Mann trat aus der Küche, die sich an den Gastraum anschloss. Er trocknete sich die Hände an einem Spültuch ab. »Ist was, Resi?«

»Der Herr möchte Gyros«, sagte sie.

Die Augenbrauen des Mannes zogen sich zusammen. »Gyros, so, so. Und vermutlich ein Gläschen Champagner dazu. Vielleicht obenauf ein wenig Kaviar?«

Fischbach ging lachend dazwischen. »Ach, jetzt hört doch mal auf.

Der Jung ist neu bei uns. Der wird schon noch mitkriegen, was ein anständiger Eifler so zu sich nimmt. Mach ihm einfach das Gleiche wie mir. Und noch zwei Wasser dazu.«

»Cola light«, korrigierte Welscher, »bitte ohne Eis.«

»Wie jetzt, Eis?«, horchte Resi auf. »Das haben wir doch gar nicht auf der Karte.«

Welscher starrte sie einen Moment an. »Eiswürfel. Ohne Eiswürfel«, murmelte er dann.

Fischbach zog ihn zu dem Tisch am Fenster. »Setz dich und lass dich überraschen«, beschied er ihn. Immer noch hielt sich ein breites Grinsen in seinem Gesicht.

Welscher schob sich auf den Stuhl.

Resi brachte die Getränke und legte ihnen Besteck hin. Sie warf Welscher einen düsteren Blick zu.

»Bei den Barons war also die Luft raus«, wechselte Fischbach das Thema. »Ich habe auf der Fahrt hierher gegrübelt, wie du zu dieser Schlussfolgerung gekommen bist.«

Welscher rückte Gabel und Messer auf der Serviette gerade. »Ist dir der Geruch aufgefallen, der bei unserer Ankunft in der Luft lag?«, fragte er.

Fischbach versuchte sich zu erinnern. Doch sein olfaktorisches Gedächtnis ließ ihn gnadenlos im Stich. Er schüttelte den Kopf.

»Er war holzig, Terre d'Hermès, da bin ich mir sicher.«

Fischbach sah Welscher eine Weile stumm an. Terre d'Hermès? Was sollte das sein? Eine Blume? Aber dann keine einheimische, damit kannte er sich nämlich aus.

»Terre d'Hermès, aha«, murmelte er, da Welscher ihn konzentriert anblickte und offensichtlich eine Reaktion erwartete.

Fischbach beschloss, seine Unwissenheit durch ein geschicktes Ausweichmanöver zu kaschieren. »Und was schließt du daraus?«

Das Fett in der Fritteuse brutzelte laut auf. »Ein paar Minuten noch, Jungs«, teilte Resi ihnen mit.

Welscher achtete gar nicht darauf, sondern plapperte drauflos. »Das liegt doch auf der Hand. Es ist ein Herrenparfüm, gehobene Preisklasse. Im Badezimmerschrank stand aber kein Terre d'Hermès, weder bei ihr noch bei ihrem Mann. Und ich glaube auch nicht, dass eine Frau wie sie dieses Parfüm auflegen würde. Somit ist doch klar, dass Frau Baron Männerbesuch hatte, sicherlich kurz vor unserem Erscheinen. Ich sag dir, die hat was am Laufen. Und das galt vermutlich auch für ihren Mann. Was sagst du nun?«

Fischbach nickte in Zeitlupe. »Ah, ja, okay. Du kennst dich mit Parfüm aus?«

Welscher verdrehte genervt die Augen. »Ist das jetzt wichtig?«

»Ich meine nur, so als Mann, da hat …«

»Ich achte halt ein wenig auf mein Äußeres. Und Parfüm gehört für mich einfach dazu.«

Fischbach unterdrückte den Instinkt, an seinen Achselhöhlen zu riechen. Er hatte den ganzen Morgen in der Werkstatt hantiert und war nach Bönickhausens Anruf nicht mehr zum Duschen gekommen. Er roch jetzt sicherlich wie ein Iltis. Wie ein toter Iltis, korrigierte er sich. »Muss sein, aber sicher, ja, ja, sicher«, pflichtete er Welscher rasch bei. »Ich selbst nehme immer Old Spice.«

»Old Spice?«, echote Welscher und zog leicht einen Mundwinkel nach oben. »Hat mein Opa auch immer benutzt.«

Opa? Fischbachs Kopf ruckte hoch. Wollte dieser junge Schnösel etwa andeuten …

Doch Welscher sah nicht aus, als ob er ihn hochnehmen wollte. Er saß seelenruhig vor ihm, die ineinandergelegten Hände auf dem Tisch. Kein Grinsen, kein Schmunzeln, nur der angehobene Mundwinkel, der keine klare Deutung zuließ. Fischbach unterdrückte das Bedürfnis, sich zu verteidigen.

»Du meinst also …«

»Ja sicher«, platzte Welscher raus. »Die Baron betrügt ihren Mann und spielt uns etwas vor. Kennst du den Hit von Grönemeyer: ›Was soll das‹?«

Fischbach schüttelte den Kopf. Grönemeyer gehörte nicht zu seinen bevorzugten Musikkünstlern.

Welscher sang leise: »Sein Aftershave klebt in der Luft, warum hat er nicht gleich meins benutzt? Was soll das?«

Durchaus melodisch, urteilte Fischbach stumm. Gesangstalent war vorhanden.

Welscher gluckste amüsiert und schenkte Resi, die gerade an den Tisch kam und ihnen das Essen servierte, ein freundliches Lächeln.

»Guten Appetit, die Herren Kommissare«, trällerte sie, zwinkerte Welscher jetzt wieder gut gelaunt zu und verzog sich in die Küche. Offensichtlich hatte sie ihm verziehen.

Fischbach dachte kurz nach. »Dem gehen wir nach«, entschied er. »Ein Liebhaber kann bedeuten, dass Baron aus dem Weg geschafft werden musste, warum auch immer. Eifersucht, des Geldes wegen …«

»Vielleicht hast du recht.« Welscher nahm die Gabel und schob damit die Fritten hin und her. »Was ist das jetzt genau?«

Bevor Fischbach antworten konnte, schrillte Welschers Handy. Er sah auf das Display, hob entschuldigend die Hand und drehte sich ein wenig zur Seite. »Ja? … Ah, Schatz, du bist … Aber ich kann doch … Ich bin versetzt …« Sein Gesicht wurde ernst. Offensichtlich kam er nicht zu Wort.

Fischbach versuchte, nicht hinzuhören. Die privaten Gespräche seiner Kollegen gingen ihn nichts an. Doch wie sollte ihm das gelingen? Welscher saß ja keine zwei Meter entfernt.

»Wenn ich es schaffen sollte, dann … Den Rainer, ja warum denn nicht? … Also Alex, hör mal … wirklich Schatz, das geht zu … Ein wenig mehr Verständnis … Verdammt, lass mich doch mal aus…« Welscher nahm das Handy vom Ohr und starrte es entgeistert an. »Einfach aufgelegt«, murmelte er.

»Probleme?«, horchte Fischbach mit verständnisvoller Miene nach. Es war kein Geheimnis, dass der mitunter turbulente und unregelmäßige Polizeidienst Beziehungen eine Menge abverlangte.

Welscher steckte sein Handy ein. »Nichts, was man nicht kitten könnte«, sagte er verschlossen, piekte eine Fritte auf und sah sie sich an.

Fischbach respektierte, dass er sich nicht weiter dazu äußern wollte.

»Nonnentröster mit Pommes«, erklärte er. »Probier die Soße. Hausgemacht, schön scharf.«

Welscher runzelte die Stirn. »Nonnentröster? Was soll das sein? Für mich sieht das aus …«

»… wie eine Currywurst«, fiel Fischbach ein und lachte.

***

Zurück im Konferenzraum, setzte sich Welscher erschöpft an den Tisch. Er war einfach zu früh aufgestanden. Er hatte letzte Nacht erst spät in den Schlaf gefunden und war immer wieder aufgeschreckt.

Manchmal litt er unter unruhigen Nächten. Ob es am Vollmond lag? Dazu ärgerte ihn immer noch das Telefonat von vorhin, und die Anspannung des Tages tat ihr Übriges. Er sehnte sich nach einem heißen Bad. Zumindest war er nach dem Besuch in »Gerts Imbiss« nicht mehr hungrig.

In der Ecke am Fenster röchelte eine Kaffeemaschine. Der Duft nach frisch gemahlenen Bohnen hing in der Luft. Bianca Willms hatte ihre Abwesenheit genutzt und den Konferenzraum in ein Lagezentrum verwandelt. Von der tristen Atmosphäre, die hier noch am Mittag geherrscht hatte, war nichts mehr vorhanden. Ein Adventskranz verbreitete Tannenduft, und ein Teller mit Plätzchen sorgte für ein wenig vorweihnachtliche Stimmung. Es gab einen Metaplan und ein Flipchart, zwei Telefone, Notizblöcke, Klebezettel in unterschiedlichen Größen. Sogar ein Beamer stand mittig auf dem Tisch, ausgerichtet auf die freie weiße Wand neben der Kaffeemaschine. Offensichtlich verfügte sie im Haus über gute Verbindungen. Sie sprang auf. »Kaffee ist durch«, flötete sie. »Wer will? Plätzchen dazu?«

Bis auf Welscher hoben alle die Hand.

»Die gute Fee gibt eine Runde«, sagte Andrea Lindenlaub lachend und stupste aufmunternd ihren Ellenbogen in seine Seite.

»Ja«, erwiderte Welscher ein wenig ärgerlich. Schließlich war er nicht taub. »Klar, Kaffee. Habe ich schon mitbekommen.«

»Äh, heißt das, du willst keinen?«, fragte Andrea Lindenlaub und rückte etwas von ihm ab.

Bianca Willms stellte Welscher eine dampfende Tasse hin. »Ach was, ein Polizist ohne Kaffee ist wie ein Junkie ohne H. Einfach nicht zu gebrauchen.« Sie kicherte und zwinkerte Welscher zu.

Er schloss ermattet die Augen. Wie ihn das nervte. Wie oft hatte er diese Situation schon erlebt? In seiner Durchläuferzeit, anschließend im Kölner Präsidium. Selbst im Café oder bei Familienfeiern wurde er schräg angesehen. Warum war es so ungewöhnlich, keinen Kaffee zu mögen? Ohne Zusätze schmeckte das Gebräu doch nur bitter. Da zog er eine gute heiße Schokolade vor. Oder einen würzigen Tee. Er liebte Earl Grey mit Orangen- und Zitronenschalen.

»Milch und oder Zucker?«, fragte Bianca Willms überaus gut gelaunt und ein wenig schrill.

»Weder noch«, platzte Welscher heraus, stand auf und kippte seinen Kaffee im kleinen Handwaschbecken neben der Maschine aus. »Mit Kaffee könnt ihr mich jagen, verstanden?«

Stille breitete sich aus. Die Kollegen sahen ihn aus großen Augen an, als ob er sich gerade in ein Ungeheuer verwandelt hätte. Büscheler kratzte sich am Hals, Bianca Willms lief rot an, Andrea Lindenlaub starrte mit offenem Mund in seine Richtung.

Die Tür flog auf, und Fischbach stürmte herein. »So, jetzt musste ich aber auch ... egal, nicht für die Öffentlichkeit bestimmt.« Er grinste vielsagend und schien von der Stimmung im Raum nichts zu bemerken. »Lasst uns loslegen. Jan, nimm dir einen Kaffee und hock dich zu uns. Und schütt mir bitte auch einen ein, aber randvoll.« Fischbach zog geräuschvoll den Stuhl über den Boden. »Leute, ich liebe Kaffee.«

Er hielt inne, als er bemerkte, dass alle Blicke auf ihn gerichtet waren. »Was ist? Wächst mir ein Horn?« Er strich über seine Stirn.

»Jan mag keinen Kaffee«, erklärte Andrea Lindenlaub und sah ihn dabei an, als ob ihm tatsächlich ein Horn wachsen würde.

»Ja, und was ist daran so schlimm?«, röhrte Welscher. Die Wut brannte in seiner Kehle. Er spürte, dass er überzogen reagierte. Doch es war dringend notwendig, seinen aufgestauten Ärger loszuwerden. Dazu war es gut, diesen Punkt ein für alle Mal zu klären.

Fischbach runzelte die Stirn. »Macht doch net us jedem Futz 'ne Dunnerschlaach.« Er sah von einem zum andern. »Merkt euch für die Zukunft: Jan trinkt keinen Kaffee. Punkt«, verkündete er. »Können wir jetzt bitte wieder sachlich werden?«

Welscher setzte sich wieder neben Andrea Lindenlaub. Die klare Ansage hatte ihn ein wenig beruhigt.

»Obwohl«, fügte Fischbach an und nippte an seiner Tasse, die Bianca Willms ihm rasch eingegossen hatte, »du schon eine ganze Menge verpasst.«

Welscher öffnete empört den Mund, sah dann aber, wie Fischbach ihm über die Tasse hinweg zuzwinkerte. »Du määs e Jeseech wie en Jeeß, die Brezelle fress«, sagte er freundlich. »Bleib einfach locker. Keiner will dir was.«

Fischbach hob die Stimme, damit ihn alle im Raum hören konnten. »Ich denke, Jan fängt mal an zu erzählen, was wir heute Nachmittag in Erfahrung bringen konnten. Bianca, tippst du mit?«

»Klar«, bestätigte sie und setzte sich eingabebereit vor das Notebook.

Welscher räusperte sich und begann mit seinem Bericht von ihrem Besuch bei Barons Frau.

»Dass die Ehe nicht unbedingt im sicheren Hafen gelegen hat, können wir bestätigen«, sagte Büscheler, nachdem er geendet hatte, und blätterte in seinem Notizblock. »Beide Seiten waren in Bezug auf außereheliche Liebesbeziehungen nicht zimperlich, zumindest, wenn wir Barons Sekretärin Glauben schenken. Die Arme war ganz aufgelöst, als sie von Barons Tod hörte. Hat eine Weile gedauert, bis sie sich wieder so weit gefasst hatte, dass sie auf unsere Fragen antworten konnte. Und jetzt ratet mal, warum?« Er sah auffordernd von einem zum anderen.

»Ist doch klar«, rief Bianca Willms. »Sie muss sich jetzt einen neuen Job suchen.«

Andrea Lindenlaub schüttelte abwehrend den Zeigefinger. »Das steht noch nicht fest. Wir hatten eigentlich schon damit gerechnet, niemanden mehr anzutreffen. Aber in der Verwaltung sind noch alle an Bord. Die hoffen tatsächlich, dass der Insolvenzverwalter ihre Arbeitsplätze retten kann. Seine Ankunft wird sehnlich erwartet.« Sie nippte an ihrem Kaffee. »Einen Versuch habt ihr noch.«

»Sie hatte was mit ihrem Boss«, stellte Welscher fest.

»Genau«, bestätigte Büscheler. »Wir haben ihr ein wenig auf den Zahn gefühlt, und sie sprudelte förmlich über, als ob wir ihre Beichtväter wären. Das Ganze ging über ein Jahr. Vor sechs Wochen war dann plötzlich Schluss. Von seiner Seite aus. Sie liebte ihn aber immer noch.«

»Damit hätten wir schon eine ganze Reihe mögliche Motive«, kombinierte Fischbach. »Eine eifersüchtige Exgeliebte, eine in fremden Gefilden wildernde Ehefrau, deren Liebhaber Baron beiseitegeräumt haben könnte, um mittelbar an dessen Vermögen zu kommen. Und einen Haufen rachsüchtiger Exmitarbeiter.«

Bianca Willms nickte heftig. »Ich habe bereits diverse Namen durch unsere Datenbank laufen lassen. Die Sekretärin ist unauffällig. Aber bei Barons Frau bin ich fündig geworden. Vor drei Jahren gab es einen Vorfall im Hause Baron. Nachbarn hatten sich über einen lautstarken Streit beschwert. Eine Streifenwagenbesatzung fand einen am Unterarm blutenden Bruce Baron und seine aufgewühlte

Frau vor. Beide gaben an, dass er gestürzt war und sich an den Scherben eines dabei zu Bruch gegangenen Glastisches verletzt hatte. Der zerbrochene Tisch soll auch der Grund für den Streit gewesen sein. Er sei ein Erbstück gewesen, an dem Frau Baron sehr gehangen habe.«

»Lass mich raten«, brachte sich Welscher ein. »Es gab gar keinen Glastisch.«

»Hm, nicht ganz«, antwortete Bianca Willms. »Einen zerbrochenen Tisch gab es schon. Die Kollegen waren trotzdem überzeugt, dass sie angelogen wurden, denn neben dem Tisch fanden sie ein blutiges Küchenmesser. Doch wo kein Kläger ist, ist auch kein Opfer. So sind sie unverrichteter Dinge wieder abgezogen.«

»Ich verstehe, worauf du hinauswillst«, schaltete sich Andrea Lindenlaub ein. »Es war ein Eifersuchtsdrama und Barons Frau ist übers Ziel hinausgeschossen. Sie hat ihn in ihrer Wut in den Tisch gestoßen oder ihn sogar mit dem Messer angegriffen.«

Bianca Willms nickte.

»Man kann es nicht oft genug wiederholen: Frauen sind die gefährlicheren Menschen«, krächzte Büscheler und erntete einen tadelnden Blick von Andrea Lindenlaub.

Welscher schmunzelte. Büscheler zeigte einen gewissen Sinn für Humor. Das hätte er dem knorrigen Kerl gar nicht zugetraut.

»Konntet ihr schon was zum Konkurs der Firma in Erfahrung bringen?«, fragte Fischbach. »Und hinsichtlich der Ereignisse bei der Jubiläumsfeier?«

»Oh ja.« Andrea Lindenlaub rieb sich ihre Stupsnase wie Wickie von den starken Männern. »Fangen wir mit dem Unternehmen an. Das steht finanziell wirklich katastrophal da. Ich frage mich schon die ganze Zeit, wie er überhaupt die sicherlich sündhaft teure Jubiläumsfeier bezahlt hat. Wir haben uns von der Sekretärin die Adresse des Buchhalters geben lassen. Der hat uns mitgeteilt, dass Baron die Bücher während der letzten Monate selbst geführt hatte und er eigentlich längst arbeitslos gewesen war. Offenbar hat Baron zuletzt enorme Summen in das Unternehmen gepumpt. Woher das Geld kam, hat er dem Buchhalter allerdings nicht verraten. Außerdem lief uns ein …«, sie blätterte in ihren Notizen, »… ein Herr Ludwig aus der Werbeabteilung über den Weg, der seine persönlichen Sachen abholen wollte. Von ihm wissen wir, dass seit Monaten kaum noch Anfragen zu den Produkten der Firma eingingen, die öffentliche Aufmerksamkeit somit gegen null tendierte.«

»Was stellen die eigentlich her?«, wollte Welscher wissen. Er hatte es sicherlich mal irgendwo gelesen, doch es war ihm entfallen.

»Gartenzwerge«, sagte Büscheler und tippte nachdrücklich mit dem Zeigefinger auf einen Eintrag in seinen Notizen.

Sekundenlang war Bianca Willms' Tippen das einzige Geräusch im Zimmer, bis Welscher murmelte: »Gartenzwerge in der Eifel sind doch sicher ein krisensicheres Geschäft.«

Die anderen sahen ihn mit ärgerlichem Funkeln in den Augen an. Er hob die Hände. »War nur ein Scherz«, beschwichtigte er sie, ohne es wirklich ernst zu meinen.

»So ganz unrecht hast du nicht«, nahm Andrea Lindenlaub den Faden wieder auf. »Der Buchhalter erzählte uns, dass das Geschäft bis kurz nach der Wende boomte. Doch die Konkurrenz aus dem Osten der Republik war nicht ohne. Er nannte uns als Beispiel die Firma ›Rakso‹ mit Sitz in Neustadt bei Coburg. Plötzlich kamen die Kerlchen aus Plastik in Mode. Preiswert und haltbar. Da konnte Baron mit seinen Tonfiguren kaum mehr mithalten. Und als in jüngster Zeit immer mehr fernöstliche Billigprodukte den Markt überschwemmten und ein ruinöser Preiskampf einsetzte, war der Ofen ganz aus.«

Wieder rieb sie in Wickie-Manier den Zeigefinger an der Nase. »Da liegt vielleicht ein weiteres Motiv«, ergänzte sie nachdenklich. »Nach allem, was uns der Buchhalter erzählt hat, halte ich es schon für möglich, dass ein Konkurrent Barons Tod in Auftrag geben hat.«

»Hm, wieso?«, fragte Welscher. »Wenn er doch sowieso dem Konkurs entgegensteuert, muss man ihn doch nicht mehr beseitigen.«

»Völlige Zerstörung«, konkretisierte Andrea Lindenlaub. »Nicht nur im Hinblick auf das Geschäft, sondern vielleicht auch als persönliche Rache.«

Fischbach nickte. »Können wir ja mal im Hinterkopf behalten. Ganz abwegig ist das nicht. Wir sollten …«

Das Telefon auf dem Tisch schrillte ohrenbetäubend. Der Ton drang Welscher bis in die Zähne. Er zog eine Grimasse und nahm sich vor, einen anderen Rufton auszuwählen und die Lautstärke herunterzudrehen, sobald Fischbach das Telefonat beendet hatte. »Ja?«, meldete der sich und horchte.

Bianca Willms stand auf und schenkte Kaffee nach. Vor den Fensterscheiben wirbelten wieder Schneeflocken.

»Ja, am Apparat, KHK Horst Fischbach.«

Welscher merkte auf. Zum ersten Mal hatte er Hottes richtigen Vornamen gehört. Ihm kam ein alter Scherz in den Sinn: Warum darf ein Eifler nicht länger als fünfzehn Minuten Pause machen? Weil er sonst alles vergessen hat, was er vor der Pause begonnen hat.

Oder war das ein Ostfriesenwitz gewesen? Egal, amüsierte sich Welscher still, es passt auf jeden Fall trotzdem. Er war sich plötzlich sicher, dass seine Kollegen hier am Tisch Fischbachs richtigen Vornamen vergessen hatten.

»Morgen um acht«, bestätigte Fischbach nun. »Habe ich notiert ... Ihnen auch ... Einen schönen Abend auch.« Er legte den Hörer zurück auf den Apparat. »Die Rechtsmedizin. Baron wird morgen um acht obduziert.«

Welscher beugte sich vor und griff nach dem Telefon. Er versuchte einige Tasten, fand dann die richtige. Nachdem er den Ton leiser gestellt hatte, wählte er »Pour Elise« als Signalton. »Beethoven würde sich im Grab umdrehen, wenn er diese piepsige Variante hören würde«, kommentierte er, »aber das ist immer noch besser, als taub zu werden.« Er schob den Apparat zurück in die Tischmitte.

Büscheler sah ihn verständnislos an. »Was schwafelst du von Beethoven?«

Bianca Willms stellte Welscher unaufgefordert ein Glas Wasser hin. »Moment, ich zeig es dir.« Sie tippte im Stehen etwas in ihr Notebook und drehte dann den Bildschirm so, dass Büscheler ihn sehen konnte. »YouTube. Da findest du alles.«

Im Filmchen spielte ein Musiker das klassische Stück des Bonner Meisterkomponisten auf dem Klavier.

»Können wir mal wieder zum Thema zurückkommen?«, forderte Fischbach. »Jemand muss dann morgen früh ...«

»Das übernehme ich«, warf Welscher ein und hüstelte. Bonn. Einen ganzen Vormittag würde er die Gegend hier meiden können.

»Willst du denen die Fliesen vollkotzen?« Büscheler lachte gackernd.

»Ha, ha«, giftete Welscher. »Ich werde mich schon im Griff haben. Schließlich weiß ich, was mich erwartet. Und eine Obduktion hat mir noch nie etwas ausgemacht.«

Das stimmte tatsächlich. Die funktionelle Schlichtheit eines Sezierraums und die nüchterne, sachliche Betrachtung eines toten Körpers schufen für ihn eine Distanz, die das Tragische und Entsetzliche hinter jedem Todesfall verdrängte.

»Na, da bin ich ja mal gespannt. Dann machst also du das«, beschloss Fischbach. »Jetzt interessiert mich aber noch, was ihr über die Jubiläumsfeier herausbekommen habt.«

»Können wir nicht vorher mal eine Raucherpause einlegen?«, maulte Büscheler, der bereits nervös seine Zigarettenschachtel auf dem Tisch hin und her schob.

Fischbach schüttelte den Kopf. »Wir machen jetzt durch, verteilen anschließend die Aufgaben für morgen, und dann geht es ab ins Bett. Zumindest für euch beide.« Er sah Andrea Lindenlaub und Büscheler an, die mit zufallenden Augenlidern kämpften.

»Also gut.« Büscheler steckte die Schachtel in die Brusttasche seines Hemdes. »Ich fasse mich kurz, wenn ihr nichts dagegen habt.« Er blätterte seinen Notizblock durch, bis er die richtige Seite gefunden hatte. »Firmenjubiläum, gestern, anlässlich des fünfundzwanzigjährigen Bestehens. Alle haben sich amüsiert, waren guter Laune, ja geradezu begeistert. Baron hatte mächtig aufgefahren, Musik, Getränke nach Wunsch, Essen vom Feinsten, alles, was man sich vorstellen kann. Dann, um kurz nach Mitternacht, ließ er die Bombe platzen: Betrieb pleite, Belegschaft entlassen. Im nächsten Moment verschwand er auf Nimmerwiedersehen – bis heute Morgen. Wie ihr euch vorstellen könnt, brach ein Tumult im Saal aus. Die Sekretärin hat davon angeblich kaum etwas mitbekommen, sie war nach Barons Abgang ›wie vom Donner gerührt‹, wie sie es ausdrückte. Aber zumindest die Gästeliste konnten wir bei ihr abstauben.« Er nahm ein paar gefaltete Blätter aus seinem Notizbuch und reichte sie Bianca Willms. »Ludwig, das war der Typ aus der Werbeabteilung, hat mitbekommen, dass die Sängerin hinter Baron herrannte, als er von der Bühne ging. Ob sie allerdings noch mit ihm sprechen konnte, wusste er nicht. Der Buchhalter hat gesagt, der Wirt des Restaurants habe wüste Drohungen gegen Baron ausgestoßen.«

Büscheler machte eine Pause, sah in seine Notizen. »Die Worte: ›Den mache ich kalt‹ seien gefallen, sagte er.«

»Wo war die Feier?«, wollte Fischbach wissen.

»In der Feuerhalle der ›Alten Tuchfabrik‹ in Euskirchen.«

Andrea Lindenlaub schreckte aus einem Kurzschlaf hoch und sah erschrocken um sich. Ihre Ohren färbten sich rot.

»Die hat Karlos Nettersheim letztes Jahr übernommen«, sagte Fischbach.

Büscheler und Andrea Lindenlaub nickten.

»Wer ist das?«, erkundigte sich Welscher. Er vermutete, dass dieser Nettersheim Dreck am Stecken hatte.

Fischbach bestätigte denn auch sofort seine Vermutung. »Karlo hat in den Neunzigern mal groß in Drogen gemacht«, sagte er. »Dabei hat er sich ausgesprochen geschickt angestellt, so verschlagen, dass es uns nicht gelungen ist, ihm irgendetwas nachzuweisen. Es kam hin und wieder zu Anklagen, aber keine führte zur Verurteilung. Wichtige Zeugen bekamen kalte Füße, verschwanden oder erzählten im Gerichtssaal plötzlich eine ganz andere Fassung. Das alles stank bis zum Himmel. Dabei waren wir uns sicher, dass Karlo die A1 als Drogenpipeline zwischen den Beneluxländern und dem Ruhrgebiet, allen voran Düsseldorf, nutzte.«

»Also ein skrupelloser Typ, der weiß, wie man unangenehme Zeitgenossen beseitigt«, stellte Welscher fest und nippte an seinem Wasser. Es schmeckte schal, doch er warf Bianca Willms ein dankbares Lächeln zu.

Sie errötete und senkte rasch den Blick.

»So verhält es sich«, bestätigte Fischbach. »Seit der Übernahme der Tuchfabrik ist er aber nicht mehr aufgefallen. Scheint jetzt ein redliches Leben zu führen. Hast du noch was, Guido?«

Büscheler sah Andrea Lindenlaub an, die wieder mit ihren Augenlidern kämpfte. Sie riss sich zusammen und winkte ab.

»Dann lasst uns für heute Schluss machen«, schlug Fischbach vor. »Jan fährt morgen nach Bonn. Ich werde mich um die Nummer auf der Visitenkarte kümmern. Um eine Pressekonferenz werden wir morgen vermutlich auch nicht herumkommen. Da werde ich mal mit dem Chef sprechen. Karlo Nettersheim werde ich ebenfalls persönlich übernehmen. Andrea und Guido, ihr geht die Liste durch. Jeder, der dort aufgeführt ist, wird befragt. Dazu das Personal der Tuchfabrik und die Musiker. Die Sitte soll euch Kollegen zur Unterstützung ausleihen. Bianca, du hältst hier die Stellung, notierst alles, was reinkommt, Anrufe, Hinweise und so weiter. Überprüf bitte auch die Namen, die wir bisher haben.«

Bianca Willms nickte beflissen. »Ich zieh eine Datenbank auf, in der wir alles sammeln und prima vergleichen können. Verlass' dich auf mich.«

»Gut, mach das«, erwiderte Fischbach erfreut. »Wir müssen außerdem herausfinden, ob der Tatort bewusst gewählt wurde. Hat ja etwas Mystisches, die Stelle. Und bei den Nonnen im katholischen Bildungsheim müssen wir auch noch vorbei. Vielleicht haben die etwas bemerkt.« Er trank seinen inzwischen kalt gewordenen Kaffee aus und erhob sich. »Morgen wird also wieder ein langer Tag werden. Pennt euch aus.« Eiligen Schrittes verließ er den Konferenzraum.

Welscher folgte Fischbach unbemerkt zu dessen Büro und blieb im Rahmen der offenen Tür stehen. Durch das Fenster konnte er Wohnhäuser auf der gegenüberliegenden Straßenseite sehen. Immer noch schneite es. Die Büroeinrichtung war funktionell, doch bereits ein wenig in die Jahre gekommen. Der grüne Teppich war am Eingang und unter den Schreibtischen abgenutzt, helle Flecken schimmerten durch. Die Wände waren nicht mehr ganz weiß, und dort, wo einst Bilder oder Poster gehangen hatten, zeigten sich dunkle Ränder. Es roch ein wenig nach Marzipan. Zwei graue Schreibtische standen einander gegenüber. Auf dem linken stapelten sich Zeitschriften und Ausdrucke, hinter dem rechten nahm Fischbach Platz und schreckte zusammen, als er Welscher bemerkte.

»Was schleichst du mir denn hinterher?«, grummelte er und knipste seine Schreibtischlampe an. Im hellen Lichtkegel sah Welscher, dass Fischbach offensichtlich die Angewohnheit hatte, mit einem Bleistift direkt auf der Tischoberfläche herumzukritzeln. Der Tisch sah aus, als ob er tätowiert wäre.

Welscher strich sich die Haare aus der Stirn. »Wo habt ihr mich denn eingeplant?«

Fischbach stutzte. »Wie? Du fährst ins Rechtsmedizinische Institut. Haben wir doch gerade abgestimmt.«

»Büromäßig, meine ich.«

»Oh.« Fischbach ließ seinen Blick suchend über seinen Schreibtisch wandern. »Passwort, Passwort«, murmelte er. »Ah, ja«. Er zog sich seine Tastatur näher und tippte etwas ein.

»Hast du etwa dein Passwort dort stehen?« Welscher deutete auf die bekritzelte Tischoberfläche und staunte über so viel Unvernunft.

»Hm«, brummte Fischbach und sah konzentriert auf seinen Monitor. Dabei rollte er ständig am Mausrad. Mit der freien Hand öffnete er die oberste Schreibtischschublade und kramte darin, ohne hinzusehen. Eine Tüte raschelte.

»Hast du keine Angst, dass jemand anders unter deiner Benutzerkennung Unfug treibt?«

»Nee«, antwortete Fischbach knapp, nahm eine Marzipankartoffel aus der Schublade und schob sie in den Mund.

Welscher schnaubte abfällig durch die Nase. »Du hast aber Gottvertrauen.«

Fischbach sah auf. »Damit hat es nichts zu tun.« Er lehnte sich zurück und wies auf sein Gekritzel. »Ich habe ein geniales Verschlüsselungssystem. Kommt keiner drauf. Da wette ich mit dir.«

Welscher kribbelte es in den Fingern. »Um was?«

Dem alten Dorfbullen werde ich zeigen, wie sicher sein System wirklich ist, dachte er und freute sich bereits auf Fischbachs erstaunten Gesichtsausdruck.

Fischbach verdrückte eine weitere Marzipankartoffel. »Willst du immer noch weg hier?«

»Schneller, als Graf Berghe von Trips je über den Ring gebrettert ist.«

Fischbachs Augen funkelten listig. »Pass auf. Du bleibst bis zum Abschluss des Baron-Falls. Solltest du es schaffen, in dieser Zeit mein Passwort zu knacken, werde ich ein Wort für deine Versetzung einlegen. Und glaub mir, wenn ich dich weghaben will, dann bekomme ich das auch durch.« Er stand auf und hielt Welscher die Hand hin.

»Und wenn nicht? Was, wenn ich das Passwort nicht knacke?« Welscher konnte sich vorstellen, was Fischbach im Schilde führte. Der Gedanke daran schmeckte ihm nicht besonders.

»Dann bleibst du langfristig hier. Freiwillig und ohne zu murren.« Fischbach schmunzelte.

Welscher zögerte. Einerseits war er überzeugt, dass er keine fünf Minuten brauchen würde, um das Passwort zu entschlüsseln. Andererseits wirkte Fischbach sehr selbstsicher. Das irritierte ihn.

»Und damit du es einfach hast, bleibst du bei mir.« Fischbach deutete auf den zweiten Schreibtisch. »So kannst du es immer mal zwischendurch versuchen.« Er kam noch einen Schritt näher und grinste von Ohr zu Ohr.

Ach, was soll's, dachte Welscher, die Chancen stehen schließlich nicht schlecht. Er schlug ein. »Mach schon mal die Versetzungspapiere fertig.«

***

Sigrid entdeckte Fischbach, als er gerade dabei war, seine Harley auf den Ständer zu stellen.

»Die Jungs warten auf dich«, rief sie ihm aus dem geöffneten Küchenfenster zu. »Ich habe ihnen gesagt, dass du heute wahrscheinlich nicht kannst. Aber wenn du doch hinwillst ...« Sie ließ den Satz unvollendet und sah ihn aufmunternd an.

Fischbach benötigte einige Sekunden, um den Zusammenhang herstellen zu können. Dann fiel der Groschen: das wöchentliche K-Heroes-Treffen. Er strich sich über die Wange, die Bartstoppeln kratzten. Große Lust verspürte er heute nicht. Bei einem Mordfall fiel er immer in eine seichte Melancholie. Ein Leben, das vorzeitig beendet wurde, hinterließ bei ihm ein Gefühl der Trauer. Immer, einerlei, bei wem. Niemand sollte anders sterben als alt und runzlig im Bett. Am liebsten hätte er sich mit Michelle im Ohr ins Bad verdrückt und sich in der Wanne entspannt. Doch Sigrid würde ihm keine Ruhe gönnen. Sie wusste, dass es nicht gut für ihn war, wenn er sich zu sehr zurückzog und so Zeit fand, dumpfe Gedanken auszubrüten.

»Aber dann bist du heute Abend auch allein«, wandte er ein. Er wusste bereits, als er es ausgesprochen hatte, dass er seine Frau damit nicht ködern konnte.

Sie lachte glucksend. »Ich muss eh noch zu Paula rüber.«

Fischbach zog die Nase hoch und sah zu dem Haus auf der anderen Straßenseite. Gerade in diesem Moment öffnete Paula die Haustür. »Ah, Hotte«, rief sie. »Ich habe mir doch gedacht, dass ich deine Harley gehört habe. Sigrid? Kommst du jetzt?«

Fischbach winkte knapp zur Begrüßung. Eigentlich mochte er seine Nachbarin gerne. Sie war hilfsbereit und für ihr Alter – sie waren ein Jahrgang – nett anzusehen. Dazu hatte sie fast immer gute Laune. Doch dass sie damals versucht hatte, ihn während seiner schlimmen Phase auf die Mitleidstour ins Bett zu bekommen, hatte er ihr nie so richtig verziehen. Er mochte es aus Prinzip einfach nicht, wenn man versuchte, die Schwächen anderer auszunutzen.

Sigrid beugte sich ein wenig vor, sodass sie mit dem Oberkörper aus der Fensteröffnung hinausragte. »Ja, ja, gleich.« Sie wandte sich wieder an Fischbach. »Paula war schon mal in Indien. Sie will mir ein paar Urlaubsbilder zeigen.«

Fischbach stutzte. »Indien. Willst du da etwa hin?« Ihm lief eine Gänsehaut über den Rücken. Wenn er nur daran dachte, für Stunden in einer fliegenden Blechdose eingesperrt zu sein, ergriff ihn Panik. Davon abgesehen konnte er der exotischen Pampe, die die Inder Essen nannten, überhaupt nichts abgewinnen. Er liebte die Eifler Küche, deftige Gerichte mit viel Kohl, mehligen Kartoffeln und viel Soße. Damit konnte Sigrid immer bei ihm landen. In der kalten Jahreszeit aß er gerne mal einen Eintopf, und hin und wieder durfte auch eine schöne Forelle auf seinem Teller liegen. Ihm lief das Wasser im Mund zusammen. Sein Magen knurrte vernehmlich.

Sigrid lachte. »Erklär ich dir später. Iss eine Kleinigkeit beim Stammtisch, eine Frikadelle oder so. Aber nicht zu viel. Ich habe eine Poppeköchekappesköppche-Suppe auf dem Herd. Die mache ich dir nachher warm. Jetzt mach aber mal hin, sonst sind die Jungs doch schon weg.« Sie scheuchte ihn mit einer Handbewegung fort und schloss das Fenster.

Resigniert zuckte Fischbach mit den Schultern. Gegen Sigrid kam er einfach nicht an. Er legte seinen Helm und die Handschuhe in die Werkstatt und machte sich zu Fuß auf den Weg.

***

Die Gaststätte »Im Krug« war keine dreihundert Meter entfernt. Die schwarzen Balken des Fachwerks fügten sich nahtlos in die Reihe der anderen Häuser auf der Kölner Straße ein. Der Kommerner Ortskern war einer der schönsten in der Eifel, fand Fischbach, und als »Ureinwohner« war er sogar ein wenig stolz darauf. Als er die Kneipe betrat, wurde er von drei Männern, alle im fortgeschrittenen Alter, mit großem Hallo begrüßt. Wie er trugen sie Lederjacken mit dem K-Heroes-Schriftzug auf dem Rücken.

»Hotte, altes Haus«, begrüßte ihn Jörg Dödenfeld, Oberstudienrat am St. Michael-Gymnasium in Bad Neuenahr, und hielt ihm die Faust hin. Fischbach ließ sich auf einen freien Stuhl fallen, grüßte in die Runde und hieb mit seiner Faust gegen Jörgs. Als junger Bursche hatte er die Geste cool gefunden, inzwischen war sie ihm nur noch peinlich. Doch Jörg stand auf Rituale und pflegte sie stoisch. Er war eben ein typischer Klischeebeamter, unbeweglich wie eine Eisenbahnschiene.

Der Wirt, ein stämmiger Bursche mit chronischem Bluthochdruck und schütterem Haar, klopfte Fischbach auf die Schultern und stellte ihm einen doppelten Els hin. Fischbach mochte den eigenwilligen Geschmack des Kräuterschnapses. Er konnte es überhaupt nicht verstehen, dass hin und wieder jemand den Mund verzog und behauptete, der würzige Brand würde nach Badezusätzen schmecken.

»Bring mir noch eine Frikadelle, ja?«, bat Fischbach.

»Geht klar. Zum Wohlsein«, wünschte der Wirt und zog sich in die Küche zurück.

»Stimmt es, was man so hört?«, flüsterte sein anderer Kumpel, der Pfarrer Klaus Levknecht. »Bei Maria Rast habt ihr einen gefunden?«

»Was mimst du denn hier den Heiseren?«, amüsierte sich Ralf Lorscheidt, Landwirt in der vierten Generation und engagiertes Mitglied der freiwilligen Feuerwehr, der auf dem Stuhl neben Hotte saß und einen Bierdeckel unter seinem Zeigefinger rotieren ließ. »Weiß doch eh schon der ganze Kreis.«

»Weiß er das, ja?«, wollte Fischbach wissen, wieder mal überrascht, wie schnell sich solche Informationen verbreiteten. Er vermutete schon lange, dass die Hälfte der Eifeler Bevölkerung den Polizeifunk abhörte. Es wurde wirklich Zeit, auf die neue Digitaltechnik umzusteigen.

Der Wirt kam an den Tisch und brachte die Frikadelle.

Gierig biss Fischbach ab.

»Sicher«, bestätigte Ralf. »Den Gartenzwerg-König hat es erwischt, heißt es. Mord, wie es scheint.«

»Munkelt man, soso«, knurrte Fischbach und nippte an seinem Glas. »Wer der Täter war, munkelt man nicht zufällig auch?«

Jörg nickte heftig. »Ja, doch. Da sollen Drogen eine Rolle gespielt haben.«

Fischbach verschluckte sich. Krampfhaft hustete er den scharfen Schnaps aus seiner Luftröhre. Sein Hals brannte wie Feuer. »Wie kommt man denn darauf?«, keuchte er.

Ralf stoppte seinen Bierdeckel und sah erstaunt auf. »Ist doch klar: Gartenzwerge.«

Bekräftigend, als ob damit alles klar wäre, nickten Jörg und Klaus.

»Gartenzwerge?« Fischbach spitzte die Lippen und sah von einem zum anderen. »Ihr wollt mich hochnehmen, stimmt's?«

»Auf gar keinen Fall«, rief Klaus. »Es liegt doch auf der Hand. Dieser Baron ist ja kein Unbekannter. Jeder weiß doch, dass der kein Armer ist ... war. Woher soll denn das ganze Geld gekommen sein, frage ich dich? Doch bestimmt nicht durch den Verkauf der Gartenzwerge.« Er verzog skeptisch das Gesicht und schüttelte nachdrücklich den Kopf.

»Genau«, stimmte Ralf zu.

Fischbach trank seinen Schnaps aus und bedeutete dem Wirt, eine Runde nachzuschenken. Er grübelte einen Moment über das Gesagte nach, während die anderen sich über Sinn und Unsinn der neuen Hähnchenmastanlage in Vettweiß stritten.

Der mögliche Zusammenhang mit Drogengeschäften war nicht ganz von der Hand zu weisen, musste er zugeben. Waren Gartenzwerge nicht sogar das ideale Mittel, um Heroin, Koks und Haschisch vom Erzeuger zum Abnehmer zu transportieren? Unschuldig grinsende Zipfelmützenträger, die Lieblinge der deutschen Kleingärtner, mit dem Gegenwert von Millionen von Euros im Bauch? Zog man es gut auf, war es eine perfekte Tarnung.

»Eh, Hotte.« Ralf hieb ihm so heftig auf die Schultern, dass die Haut brannte. »Bist du noch bei uns? Klaus wollte von seiner gestrigen Predigt erzählen.«

»Wenn ihr dabei gewesen wäret«, murmelte Klaus, »wüsstet ihr, worum es ging. Aber euch sieht man ja eher selten in der Messe.« Er klang ein wenig vorwurfsvoll. »Sei's drum. Gestern also war es recht leer. Vermutlich wegen des Wetters.«

»Sicher«, frotzelte Ralf. »Wird nichts mit deiner einschläfernden Stimme zu tun gehabt haben.«

Sie lachten.

»Darüber kann nur derjenige urteilen, der selbst in der Kirche dabei war«, sagte Klaus gespielt streng. »Es waren jedenfalls nur ein paar Alte da. Die sitzen immer in der vorletzten Reihe. Und gestern ist es mir zu bunt geworden, schließlich hatten wir ja genug Platz. Ich bat sie also nach vorne, brauch ich ja nicht so laut zu predigen, nich?

Doch die reagierten gar nicht! Stellt euch das mal vor. Die überhörten mich mutwillig.«

»Waren vermutlich schon eingeschlafen«, brummte Fischbach amüsiert.

»Ich habe meine Bitte wiederholt«, erzählte Klaus weiter, ohne auf die erneute Stichelei einzugehen. »Wieder keine Reaktion. Dann ein drittes Mal. Plötzlich sah mich eine der Alten an und maulte: ›Wat soll der Dress? Wir hocken allmal hee und blieven hee!‹« Klaus schüttelte den Kopf, die anderen lachten.

»So sind die Minsche hier«, stellte Jörg fest. »Gewohnheitstiere. Veränderungen sind Teufelskram.«

»Und? Was hast du gemacht?«, fragte Ralf.

Klaus schmunzelte. »Wenn der Berg nicht zum Propheten kommt …« Er setzte aus und die anderen vollendeten den Satz: »… muss der Prophet zum Berg kommen. Prost!« Sie hoben ihre Gläser und stießen sie klirrend zusammen.

»Hm, aber was genau soll das heißen?«, wollte Ralf wissen.

Klaus verdrehte die Augen. »Na, so schwer zu verstehen war das ja jetzt nicht … Ich bin von der Kanzel runter und durch den Mittelgang hin zu den alten Damen. Dann habe ich dort meine Predigt gehalten.«

Fischbach grunzte belustigt. Der zweite Els wirkte entspannend. »Hat es den Weibern gefallen? Die konnten dir doch zum ersten Mal ohne Hörgerät zuhören.«

Klaus winkte ab. »Vergiss es. Zum Abschied hat mir eine gesagt: ›Dat wor ens jet Neues, Herr Pastüür.‹«

Sie lachten.

Klaus seufzte. »Was denn wohl so viel heißt wie: ›Es entsprach ganz und gar nicht meinen Vorstellungen, ich bin aber gewillt, ausnahmsweise den Mantel der Sympathie darüber zu decken.‹ Mit Betonung auf ›ausnahmsweise‹. Ich denke, beim nächsten Mal werde ich wieder auf die Kanzel gehen. Schließlich will ich ja nicht meine letzten Zuhörer vergraulen.«

VIER

Es war sieben Uhr. Die Frühnachrichten von Radio Euskirchen liefen, doch Fischbach hörte nicht hin. Er hatte schlecht geschlafen. Erst in der Nacht war ihm so richtig bewusst geworden, welche Verantwortung er jetzt trug. Mit der Übernahme der Leitung einer Mordkommission stand er im Mittelpunkt des regionalen, mitunter sogar bundesweiten Interesses. Bei Mord oder Totschlag würden sie ihn rufen, zu jeder Tages- oder Nachtzeit, ohne Rücksicht auf Dienstpläne. Er würde folgenschwere Entscheidungen treffen und sich verantworten müssen. Vorgesetzte, Medien, Staatsanwaltschaft, Verteidiger, Richter, Kolleginnen und Kollegen würden seine Handlungen auf den Prüfstand stellen, kritisieren oder gutheißen. Wollte er das alles wirklich? War er dem Druck gewachsen? In den Jahrzehnten im Polizeidienst hatte es immer jemanden über ihm gegeben, der im Notfall für ihn den Kopf hinhalten musste. Nun würde sein Kopf in der Schlinge hängen, sollten die Ermittlungen nicht den gewünschten Erfolg zeigen oder der Täter entkommen.

Das Ganze hättest du dir eher überlegen sollen, schalt er sich selbst. Ein Rückzieher käme einer Entblößung gleich. Er zwang sich, den Regionalteil des Stadt-Anzeigers zu lesen, um auf andere Gedanken zu kommen. Die Schlagzeile »Eifeler Geschäftsmann ermordet«, in fetten schwarzen Lettern gedruckt, ließ ihm jedoch keine Chance. Er las den Bericht und stellte zufrieden fest, dass es sich überwiegend um eine Sachverhaltsdarstellung handelte. »Die Polizei ermittelt«, ein wenig über Barons Privatleben und Unternehmertum. Keine hanebüchenen Vermutungen, keine wilden Spekulationen über zum Beispiel Serienmörder oder Sadisten. Er faltete die Zeitung zusammen und legte sie auf die Fensterbank. Mit dem Löffel klopfte er sein Frühstücksei auf.

»Dem Franz sein Junge will indisch heiraten«, teilte ihm Sigrid mit und schob die Butter in seine Reichweite.

Fischbach grübelte, wer Franz sein mochte. Sein Vetter, also der Sohn seiner Tante aus Kall? Die hatte doch immer die leckeren Flutschmoppen gebacken. Als Kinder waren sie hin und wieder in den Ferien auf ihrem Bauernhof gewesen. Da hatte ihr Mann noch gelebt.

Onkel Dieter? Nein, Onkel Dirk. Und Franz, ja doch, der hatte damals ebenfalls mit am Tisch gesessen. Und der hatte tatsächlich einen Sohn? Daran konnte er sich nicht erinnern. Seine Familie war einfach zu weitläufig und zahlreich.

»Flutschmoppen würde ich auch gerne noch mal essen«, sagte er und löffelte sein Ei.

»Wie kommst du denn von Hochzeit auf Flutschmoppen?« Sigrid schüttelte den Kopf. »Was sagst du nun dazu?«

Er überlegte. Eine Hochzeit bedeutete ein Wiedersehen mit der ganzen Familie. Das war Tradition bei den Fischbachs. Da kamen einige zusammen. Einhundert Gäste bestimmt, eher mehr. Ihm lief ein Schauder über den Rücken. Der Fischbach-Clan war nicht gerade für seinen freundlichen und zurückhaltenden Umgangston untereinander bekannt. Die Mitglieder der Familie Fischbach, allen voran seine Mutter, waren allesamt sture Köpfe. Dabei nahm er sich selbst nicht aus.

»Freut mich natürlich«, heuchelte er. »Aber zur Hochzeit willst du nicht wirklich, oder?«

Sigrid zog die Stirn kraus. »Warum nicht?«

»Wir werden doch wohl kaum wegen einer Hochzeitsfeier nach Indien fliegen«, erläuterte Fischbach, froh darüber, dass dieser Kelch an ihm vorübergehen würde. Plötzlich wurde ihm heiß und kalt gleichzeitig. Sigrid war doch gestern rüber zu der Nachbarin, um sich etwas über Indien erzählen zu lassen. Sie plante doch nicht tatsächlich eine Reise ans andere Ende der Welt? Fischbach schwitzte schon bei dem Gedanken an die enge Kabine und daran, dem Piloten vollkommen ausgeliefert zu sein. Panikattacken würden ihm die Kehle zuschnüren. Eingesperrt mit hunderten anderer Menschen in zehntausend Metern Höhe. Schrecklich!

»Ich habe gesagt, dass es eine indische Hochzeit sein wird, nicht, dass dem Franz sein Sohn in Indien heiratet«, stellte Sigrid richtig.

»Hä?«, fuhr er auf. »Verstehe ich nicht. Die heiraten also doch hier?« Sekundenlang verspürte er Erleichterung, dem Flieger entronnen zu sein. Aber dann blieb ja noch das Zusammentreffen mit seiner Familie. »Ich kann mir nicht vorstellen, dass ein katholischer Pfarrer begeistert sein wird, wenn er eine buddhistische Hochzeit zelebrieren soll.«

»Vielleicht aber eine hinduistische?«

»Hinduistisch?«, wiederholte Fischbach entgeistert. Er verstand inzwischen überhaupt nichts mehr. Ärgerlich blickte er auf die Butter. Sigrid stellte sie immer mit Absicht in seine Reichweite. Sie sähe es gerne, wenn er das Essen mehr genießen würde, was für sie irgendwie mit gehaltvollen Speisen zusammenhing. Gutes Essen hält Geist und Seele zusammen, war ihr Motto. Ihr war es egal, dass er einige Pfunde zu viel auf die Waage wuchtete. Er dagegen hasste seinen Rettungsring am Bauch mehr als einen Wolkenbruch, wenn er mit der Harley unterwegs war. Um einige Kilos abgespeckt würde er sich wohler fühlen, da war er sich sicher. Er schob die Butter fort und griff zum Marmeladenglas. Die kochte Sigrid noch selbst ein. »Dann von mir aus eine hinduistische Hochzeit«, brummte er. »Wann soll die denn stattfinden?«

»Am Sonntag.«

Fischbach schreckte auf. »Was? Jetzt am Sonntag? Warum weiß ich davon nichts?«

Sigrid zuckte mit den Schultern. »Ich hab's dir gesagt. Aber du hörst bei so etwas ja nie zu.«

Er schwieg. Sigrid hatte nicht unrecht. Mitunter schaltete er auf Durchzug, wenn sie in ihrer guten Stimmung losplapperte und vom Hölzchen aufs Stöckchen kam. Aber vielleicht hatte er ja Glück, und eine indische Hochzeit ging flotter über die Bühne als eine deutsche. Seine Laune besserte sich augenblicklich. Die Aussicht, schnell wieder das Weite suchen zu können, beruhigte ihn ein wenig. Nicht, dass er seine Familie nicht mochte. Ganz im Gegenteil, jeden Einzelnen für sich allein genommen mochte er. Aber sobald sie im Rudel auftraten, versuchte jeder den anderen zu übertrumpfen, was regelmäßig in einem lautstarken, rechthaberischen Streit endete.

»Nimm doch Butter«, schlug Sigrid vor.

Fischbach antwortete nicht, sondern strich die Marmelade direkt auf die Brötchenhälfte. Genüsslich biss er ab.

Sigrid sah ihn finster an. »Butter ist gesund.«

»Ja, ja«, nuschelte er mit vollem Mund.

»Wenn du so weitermachst, wird dir dein Churidar zu weit sein.«

Fischbach meinte sich verhört zu haben. »Churi... Hä?«, hakte er nach.

»Churidar.«

Er hörte auf zu kauen und starrte sie an. »Hast du plötzlich einen Sprachfehler? Wovon redest du?«

Sie schmunzelte. »Churidars werden gerne von indischen Hochzeitsgästen getragen. Es sind enge Baumwollhosen.«

Er verschluckte sich an seinem Kaffee und hustete krampfhaft. »So was zieh ich nicht an«, sagte er energisch, als er wieder Luft bekam.

»Doch, wirst du«, bestimmte Sigrid. »Ich habe schon alles bestellt.« Sie stand auf und kramte in der Schublade des Küchenschrankes. Dort lagerten sie ihre Post, bis sich irgendeiner aufraffte und die Ablage auf sich nahm. Meistens geschah das erst dann, wenn die Schublade überquoll und die zuoberst abgelegten Briefe hinten runterfielen und in den Tiefen des Schrankes verschwanden. »Ah, hier ist er.« Sie wedelte triumphierend mit einem Zettel in der Luft herum und knallte ihn Fischbach auf den Tisch.

Er nahm das Schreiben mit spitzen Fingern und überflog es. »Bestellbestätigung? Sherwani? ... Sari? ... Bollywood Versand? Du hast, ohne mich zu fragen, schon alles gekauft?«

Sigrid verschränkte die Arme vor der Brust und schob trotzig den Unterkiefer vor. Fischbach brach der Schweiß aus den Poren. Wenn sie diese Pose einnahm, wusste er, dass er verloren hatte. Er riss förmlich mit den Zähnen eine Ecke von seinem Marmeladenbrötchen ab und kaute mit kantigen Bewegungen. Er würde wie ein bunter Pinguin aussehen. Wie konnte man nur auf so eine blöde Idee kommen und indisch heiraten? Oder überhaupt heiraten, dachte er bitter und blickte zu Sigrid. Die schwieg immer noch. »So 'ne Dress!«, spie er aus, sprang auf und stürmte aus der Küche. Er griff sich seine Lederjacke vom Haken der Flurgarderobe.

»Bevor ich es vergesse«, hielt ihn Sigrid zurück, die ihm gefolgt war. »Deine Mutter hat gestern Abend angerufen, als du schon im Bett lagst.«

Das hatte ihm gerade noch zum Glück gefehlt: Vorhaltungen, dass er sich zu wenig sehen ließ. Oder irgendwelche anderen Vorwürfe. Seine Mutter war da äußerst kreativ.

»Was wollte sie?«

»Hat sie nicht gesagt. Ruf sie halt zurück.«

Er streifte die Jacke über. Heute würde er sicherlich keine Zeit dazu finden. Vielleicht am Wochenende.

»Heute«, verdeutlichte Sigrid, kam auf ihn zu und legte eine Hand auf seinen Unterarm. »Bitte. Sie hörte sich ... einsam an.«

»Sie wohnt im Altenheim«, warf Fischbach ein. »Wie soll sie denn dort einsam sein?«

»Einsam kann man auch unter tausenden von Menschen sein«, sagte Sigrid mit weicher Stimme.

»Ach komm.« In Fischbach rührte sich ein schlechtes Gewissen. Wie lange hatte er sie schon nicht mehr besucht? Drei Wochen? Oder war es schon einen Monat her?

»Zwei Monate«, flüsterte Sigrid. Offensichtlich hatte sie seine Gedanken erraten.

»Kannst du nicht?«, wand er sich.

Doch sie schüttelte nur den Kopf, drehte ihn um die eigene Achse und schob ihn in Richtung Haustür.

***

Gerade noch rechtzeitig und außer Atem betrat Welscher das Rechtsmedizinische Institut der Uniklinik Bonn am Stiftsplatz. Dabei war er früh losgefahren. Nach dem Streit mit Alex gestern Abend hatte er kaum geschlafen. Die ungerechten Vorwürfe, er hätte keine Zeit mehr für ihre Beziehung, hatten ihn wach liegen lassen. Dabei war Rainer bei dem Konzert sicher ein würdiger, weil generöser, Vertreter gewesen. Alex hatte eine ziemliche Sektfahne vor sich hergetragen. Früher waren sie doch auch ab und an getrennt ausgegangen. Warum also die Beschwerden? Plötzlich sollte alles anders sein?

Bereits um fünf war er aufgestanden.

Um während des morgendlichen Berufsverkehrs in die Stadt zu fahren, musste man ein geduldiger Mensch sein. Welscher hatte allein am Kreuz Bonn-Nord eine Dreiviertelstunde gebraucht, um endlich am Verteilerkreis in die Dorotheenstraße abbiegen zu können. Gott sei Dank hatte er sofort einen freien Parkplatz gegenüber des »Bon(n)ito« gefunden.

Eine Frau werkelte in dem großen Raum. Drei Reihen Leuchtstoffröhren leuchteten jeden Winkel aus. Rechts in der Wand befand sich ein Fenster, so groß, dass man einen Lastwagen hätte reinfahren können. Drei Tische standen auf beigefarbenen Fliesen, einer mit Steinplatte, die zwei anderen aus Edelstahl. Längs der Wände fanden sich noch ein paar Stahlschränke, ein Waschbecken, Mülleimer und Wäschesäcke. Wie in allen gut gesäuberten Klinikräumen roch es scharf nach starkem Desinfektionsmittel. Leider überlagerte das aber nicht ganz den süßlichen Geruch, der von der Leiche auf einem der Stahltische ausströmte.

»Sie sind sicherlich aus Euskirchen«, rief ihm eine groß gewachsene dunkelhäutige Frau entgegen, die bei der Leiche stand. Sie trug eine blaue Haube und einen gleichfarbigen Kittel.

»Eigentlich komme ich aus Köln«, stellte Welscher richtig. »In Euskirchen arbeite ich nur.«

Sie lachte hell. »Ihr Kölner seid schon putzig. Euch ist es immer wichtig, als Kölner durchzugehen.« Sie wies auf die Kleidung, die neben dem Eingang auf einem silbrigen Transportwagen lag. »Ziehen Sie das bitte über. Ist zu Ihrem Schutz, falls etwas spritzen sollte.«

Mit einem mulmigen Gefühl streifte sich Welscher den Kittel über, setzte die Mütze auf und trat neben die Frau. Vor ihnen auf dem Tisch, der wie eine niedrige Wanne geformt war, lag der Leichnam, den sie gestern im Wald gefunden hatten. Der fehlende Kopf ließ kaum Raum für Zweifel.

Ein junger Bursche, zwei Köpfe kleiner als die Ärztin, dafür aber doppelt so breit, betrat den Raum.

»Mein Assistenzarzt Niklas Schmidt«, stellte die Rechtsmedizinerin vor. »Ich bin Dr. Francis Neumann.«

Der Assistenzarzt zwinkerte Welscher zu. »Medizinfrau, so nennen wir sie.«

»Na, na, Vorsicht, Milchbrötchen«, sagte Dr. Neumann tadelnd, doch an ihren strahlenden Augen sah Welscher, dass sie es nicht ernst meinte.

»Kommissar Welscher«, sagte er und gab ihnen die Hand, bevor sie ihre Handschuhe überstreiften. Die Bewegungen von Dr. Neumann waren dabei geschmeidig und dynamisch zugleich. Sie glichen einem langsamen Tanz. Welscher kam es vor, als würde sie Musik hören, die für niemand anders zu vernehmen war.

»Beginnen wir mit der äußeren Untersuchung«, sagte sie, packte einen Arm des Leichnams und drehte ihn hin und her. Niklas Schmidt beäugte dabei die Haut durch eine große Lupe. Dr. Neumann setzte das Prozedere an den anderen Gliedmaßen fort.

»Nichts zu sehen«, fasste sie zusammen. »Zum Rücken kommen wir später. Tja, der Kopf. Kaum noch vorhanden.«

»Ich habe so etwas schon mal in einem Lehrbuch gesehen«, sagte Welscher und zwang sich, die Wunde anzusehen. »Ich erinnere mich nur nicht mehr an den Grund, warum eine relativ kleine Kugel eine solche Verletzung verursacht.«

»Er hatte Wasser im Mund«, erklärte Schmidt. »Er hatte den Lauf der Waffe mit dem Mund umschlossen, dann wurde abgedrückt. Die Wirkung ist explosiv. Er hatte keine Chance.«

Richtig, dachte Welscher, das hatte in dem Buch gestanden. Er stellte sich die letzten Sekunden des Mannes vor, der jetzt hier kalt und starr auf dem Tisch lag. Wie der Mörder von ihm verlangte, das Wasser im Mund zu behalten, die Pistole zwischen seine Lippen schob und abdrückte.

»Könnte es Selbstmord gewesen sein?«, fragte er, obwohl das Fehlen der Pistole am Tatort eher dagegen sprach. Aber man wusste ja nie. Vielleicht war jemand vorbeigekommen und hatte sie eingesteckt. Oder ein Tier hatte sie gefunden. Welscher dachte an einen Fuchs, der mit einer Pistole in der Schnauze das Weite suchte und einige Tage später damit ein Huhn erledigte. »Können Sie bitte nach Schmauchspuren an den Fingern schauen?«

»Na, Sie sind aber ein ganz Fixer.« Dr. Neumann lachte und betrachtete die Hände des Opfers. »Hätten wir sowieso gemacht. Und Ihre Spurentruppe hat mit Sicherheit auch danach geschaut.« Sie drehte die Hände des Opfers und betrachtete die Fingerkuppen mit der Lupe. »Nein, nichts. Selbstmord ist also eher ausgeschlossen.«

Die nächste Stunde arbeiteten sie konzentriert. Mittels eines Y-Schnittes, der eher einem T glich, wurde das Innere freigelegt. Der Brustkorb wurde aufgesägt, die Innereien entnommen und gewogen, zuerst die Speiseröhre, danach Magen, Herz und Lunge, zum Schluss Leber und Nieren.

Welscher beobachtete alles, hielt sich aber dezent im Hintergrund. Den direkten Einblick musste er sich und seinem Magen nicht antun. Seine Aufgabe war ja mit bloßer Anwesenheit bereits erledigt. Er war hier, um zu versichern, dass der Tote dort auf dem Tisch derjenige war, den sie gestern bei Maria Rast gefunden hatten. Keinesfalls war es dafür notwendig, sich persönlich einzubringen oder gar Verwandte des Opfers heranzukarren, die dann weinend und entsetzt über dem Toten zusammenbrachen. Das hätte den Charakter eines schlechten Vorabendkrimis gehabt.

Nach der Untersuchung wurden alle Organe wieder in den Thorax zurückgelegt, und Niklas Schmidt begann, den Körper zuzunähen.

Dr. Neumann streifte ihre Handschuhe ab und stellte sich neben Welscher. »Todesursache ist eindeutig die Kopfverletzung. Selbstmord ist auszuschließen.« Sie schürzte ihre Lippen.

»Sie haben aber noch etwas anderes gefunden«, deutete Welscher ihre Mimik.

Sie spreizte die Finger beider Hände und legte die Fingerkuppen aufeinander. Diese Körperhaltung erinnerte Welscher an eine Gottesanbeterin.

»Der Mann dort auf dem Tisch hätte nicht mehr lange gelebt, bestenfalls Wochen. Bauchspeicheldrüsenkrebs im Endstadium. Da muss ich keine Gewebeprobe untersuchen, um das zu erkennen. Metastasen in Leber und Darm.«

Welscher rieb sich das Ohr und grübelte. Ihm fielen die Medikamente wieder ein, die er in Barons Schrank gesehen hatte, als er die Zahnbürste für den DNA-Abgleich mitgenommen hatte.

»Sagt Ihnen ein Medikament mit dem Namen ›Dolantin‹ etwas?«

»Selbstverständlich. Wird bei starken Schmerzen eingesetzt.«

»Bei Krebspatienten?«

»Sicher.«

Welscher nickte. Das war jetzt nicht schwer zu erahnen gewesen.

»Jemandem mit so einer aggressiven Krebserkrankung sieht man den körperlichen Verfall doch sicher an, oder? Verheimlichen kann man so etwas bestimmt nicht.«

Sie deutete auf den Leichnam. »Mir ist noch keiner untergekommen, der das bis zum Schluss verheimlichen konnte. Er ist ausgezehrt bis auf die Knochen. Da war ganz sicher nichts mit heile Welt vorgaukeln.«

Das ist ja interessant, dachte Welscher. Susanne Baron schied damit als Täterin so gut wie aus. Warum sollten sie oder ihr Liebhaber, wenn es denn einen gab, Bruce Baron ermorden, wenn er sowieso nur noch wenige Wochen, vielleicht sogar nur Tage, zu leben hatte?

»Sie fassen das alles noch schriftlich zusammen?«, fragte er.

Dr. Neumann nickte.

»Wann?«

»So schnell, wie ich kann«, gab sie sich unbestimmt und schmunzelte.

Welscher drängte sie nicht, denn das Wichtigste wusste er bereits. Das reichte für die nächsten Schritte.

***

Fischbach drehte das Tütchen mit der Visitenkarte, die sie bei Baron gefunden hatten, in seiner Hand hin und her. Er wählte die Nummer, die handschriftlich auf der Rückseite stand.

»Klinikum Aachen. Vorzimmer Professor Dr. Hohenknecht. Sie sprechen mit Janine Zweitfeld«, meldete sich eine freundliche und aufgeweckte Stimme.

»Fischbach, Kripo Euskirchen, guten Morgen.«

»Kriminalpolizei?« Sie räusperte sich. »Ist etwas passiert?«

»Kennen Sie einen Herrn Bruce Baron?«, überging Fischbach die Frage.

»Wenn ja«, antwortete die Frau, »dann dürfte ich es Ihnen nicht sagen, zumindest nicht am Telefon. Da könnte ja jeder kommen und sich als Kriminalbeamter ausgeben.« Sie klang immer noch freundlich, aber sehr bestimmt. Am Telefon würde er nicht viel erreichen, das spürte Fischbach.

»Dieser Dr. Hohenknecht …«

»Professor Dr. Hohenknecht«, korrigierte sie.

»Ja, genau. Kann ich den Professor heute Vormittag sprechen?«

Sie lachte. »Wo denken Sie hin? Sein Terminkalender …«

Er kniff die Augen zusammen und rieb sich angestrengt die Nasenwurzel. »Hören Sie«, unterbrach er sie gereizt. »Das hier ist kein Spaßanruf, sondern bittere Realität. Ein Mann ist gestorben, und wir haben Ihre, respektive die Telefonnummer des Professors bei ihm gefunden. Und jetzt geben Sie mir, verdammt noch mal, einen Termin für heute Vormittag. Ansonsten lasse ich den Professor abholen und zur Befragung aufs Revier bringen. War das klar und deutlich?«

Das würde zwar nicht ohne Weiteres gehen, doch er glaubte nicht, dass sie die leere Drohung durchschauen würde.

Er hörte ein Rascheln. Sicher der Terminkalender.

»Kommen Sie um zehn. Da trinkt der Professor immer seinen morgendlichen Kaffee.« Ihre Stimme klang gepresst.

»Danke«, sagte Fischbach und legte auf. Geht doch, dachte er zufrieden.

Wie immer, wenn Fischbach es sich erlauben konnte, vermied er die Autobahn. Er hasste Autobahnen. In seinen Augen waren es tiefe Schnitte in die Natur, die die Landschaft verschandelten wie ein Skalpellschnitt die unversehrte Haut eines menschlichen Körpers. Dabei blieben tiefe Narben zurück. Landstraßen dagegen passten sich dem Gelände an, wanden sich wie ein zum Meer strebender Fluss und behielten wenigstens einen Hauch von Naturverbundenheit. Er genoss die Gerüche von modrigem Waldboden, einer feuchten Wiese, ja sogar von Kuhdung, wenn der Harleymotor zwischen seinen Beinen vibrierte.

Über Zülpich und Nideggen führte ihn der Weg durch den Hürtgenwald. Er spürte eine Gänsehaut unter dem Leder seiner Jacke. Ende 1944 hatte hier bis ins Jahr 1945 hinein eine der verlustreichsten Schlachten des Zweiten Weltkriegs getobt. Tagelang wogte die Schlacht hin und her. Zehntausende Soldaten ließen damals ihr Leben. Noch heute barg man Tote aus dem Boden.

Die Route führte Fischbach weiter durch den Nationalpark Hohes Venn, über Zweifall und Breinigerheide und schließlich nach Aachen hinein. Er schwamm einige Minuten im Verkehr mit und stellte wenig später sein Motorrad vor dem Eingang zum Klinikum ab.

Das Gebäude glich äußerlich eher einer Raffinerie als einem Krankenhaus. Wuchtig ragte es in den blauen Himmel.

Fischbachs Handy spielte »Highway to Hell«. Es war Bönickhausen.

»Hotte, ich hab da eben was vergessen. Hast du einen Moment Zeit?«

Fischbach brummte zustimmend und sah einer Dohle zu, die über seinem Kopf Kreise zog.

Bönickhausen erläuterte sein Anliegen in kurzen Sätzen.

»Ist für mich kein Problem, wenn es nicht länger dauert«, beschied ihn Fischbach.

»Bestens«, sagte Bönickhausen zufrieden. »Ach so, die Pressekonferenz habe ich für siebzehn Uhr angesetzt. Ist doch in Ordnung, oder?«

Fischbach bestätigte, verabschiedete sich und steckte sein Handy wieder ein. Dann betrat er das Gebäude. An der Rezeption fragte er nach dem Weg zu Professor Hohenknechts Büro. Die freundliche Empfangsdame erklärte ihm den Weg so gut, dass er das Vorzimmer des Professors auf Anhieb fand. Er klopfte.

»Kommen Sie rein, wenn es nicht der Sensenmann persönlich ist«, rief eine tiefe Stimme, gefolgt von glucksendem Lachen.

Fischbach drückte die Tür auf. Auf dem Stuhl, auf dem er die Sekretärin erwartet hätte, saß ein großer, korpulenter Mann mit tief liegenden Knopfaugen, die ihn vergnügt anblinzelten.

»Ich suche Professor Hohenknecht«, gab Fischbach sein Anliegen preis.

»Oh«, sagte der Mann. »Das tut mir leid. Der ist leider geplatzt.« Er lachte dröhnend.

Fischbach runzelte die Stirn. Der Typ hatte wohl einen Clown gefrühstückt.

»Kommen Sie rein.« Der Mann winkte Fischbach mit ausholenden Bewegungen ins Zimmer. »Ich bin Professor Hohenknecht. Meine Sekretärin ist gerade runter in die Kantine. Solange halte ich hier die Stellung.« Er klopfte sich auf seinen Bauch. »Geplatzt bin ich, Gott sei Dank, noch nicht. Sie fragen sich sicher, was der alberne Spruch sollte.« Hohenknechts Mundwinkel zuckten erwartungsvoll, und seine buschigen Augenbrauen tanzten auf und nieder.

»Ich denke, ich werde Sie nicht davon abhalten können, mir das zu erklären.«

Wieder lachte der Professor dröhnend.

Mit dem Lachen hätte man Jericho erobern können, dachte Fischbach und schmunzelte jetzt selbst.

»Gestern lag ich auf dem Sofa«, erzählte Hohenknecht, »und meine Enkelin fragte mich – also die ist sechs Jahre alt, aber total pfiffig, müssen Sie wissen. Sie fragte mich also, wo die Oma ist. Die war kurz in den Keller, um eine Flasche Rotwein auszusuchen. Ich habe geantwortet: ›Die ist geplatzt.‹« Seine Knopfaugen glitzerten freudig. »Solche Sprüche kommen mir manchmal einfach so über die Lippen. Ich dachte mir: Oh Gott, verschreck das Kind nicht so. Aber wissen Sie, was die Kleine gesagt hat?«

Fischbach schüttelte den Kopf.

»Sie hat sich umgesehen, ganz konzentriert den Raum abgesucht. Und dann hat sie gesagt: ›Opa, kann nicht sein, dann würden ja hier überall Stücke von der Oma rumliegen.‹« Professor Hohenknecht lachte brüllend und klopfte sich mit der Rechten mehrmals auf den Oberschenkel. In seinen Augenwinkeln bildeten sich Lachtränen.

»Nicht auf den Kopf gefallen, Ihre Enkelin«, sagte Fischbach. »Wenn auch ein wenig makaber. Für so ein kleines Kind, meine ich.«

Professor Hohenknecht winkte ab. »Liegt bei uns in der Familie. Wenn man nichts mehr zu lachen hat, dann hat man ein Problem, sage ich immer.«

Er stand auf und holte eine Kaffeetasse aus einem Sideboard rechts vom Schreibtisch. Aus der Thermoskanne, die auf dem Tisch stand, goss er reichlich ein.

Kaffeeduft stieg in Fischbachs Nase.

Hohenknecht drückte ihm die Tasse in die Hand. »Sie sehen ein wenig erfroren aus. Ziemlich bleich. Was fehlt Ihnen denn?«

»Ich bin mit dem Motorrad da. Ist frisch draußen«, erklärte Fischbach und wärmte sich dic Hände an der Tasse, bevor er an dem heißen Kaffee nippte.

»Motorrad! Da fällt mir einer ein«, gluckste Hohenknecht und fuchtelte aufgeregt mit der Hand in der Luft herum. »Klasse Witz, also: Der Sohn kommt ziemlich kleinlaut nach Hause und fragt den Vater: ›Papa, soll ich dir gleich alles über meine erste Fahrt mit dem Motorrad erzählen? Oder willst du es lieber morgen in aller Ruhe in der Zeitung lesen?‹« Hohenknecht prustete vor Lachen und wischte sich die Tränen aus den Augenwinkeln. »Entschuldigen Sie bitte. Wissen Sie, jeder hier geht mit dem Stress anders um. Die einen benötigen Medikamente, die anderen sitzen zu Hause und saufen. Ich mache meine Späßchen und lache. Dabei kenne ich keine Schranken, das gebe ich zu.«

Er fuhr sich mit der Hand durch die Haare. »Ich habe mal einer Patientin einen Witz erzählt: Kommt eine Frau zum Arzt. ›Herr Doktor, ich habe einen Knoten in der Brust.‹ Darauf der Arzt: ›Wer macht denn so was?‹«

»Das hat sicherlich Ärger gegeben«, mutmaßte Fischbach.

Hohenknecht nickte. »Ja, sicher. Sie wollte nicht mehr von mir behandelt werden. Nur die Überredungskunst eines unserer besten Psychologen hat sie schließlich umgestimmt.«

»Wie ging die Geschichte aus?«

»Die Patientin hat mir verziehen, als ich sie geheilt entlassen habe.«

»Sie sind also gut?«, wollte Fischbach wissen.

Professor Hohenknecht kaute nachdenklich auf seiner Unterlippe herum und musterte Fischbach. »Ist es arrogant, wenn ich sage: Ich bin der Beste in der ganzen Gegend?«

»Wenn es der Wahrheit entspricht, vermutlich nicht«, sagte Fischbach. »Sie sind also eine Koryphäe. Aus dem Witz eben schließe ich, dass Sie es auf dem Gebiet der Krebserkrankungen sind.«

»Ja, richtig, ich bin *die* Konifere auf dem Gebiet.« Er gluckste wieder amüsiert und kratzte sich den Hals. »Jetzt interessiert mich aber langsam, warum Sie hier sind.«

Fischbach zeigte seinen Dienstausweis und stellte sich kurz vor. »Wir haben gestern einen Toten gefunden. Es ist nicht auszuschließen, dass es Mord war.« Er kramte die Visitenkarte, die sie bei Bruce Baron gefunden hatten, aus seiner Westentasche und legte sie vor Hohenknecht auf den Tisch. »Ihre Telefonnummer steht auf der Rückseite dieser Karte. Und die steckte in der Tasche des Opfers.«

Professor Hohenknecht nahm die Karte und las den Namen auf der Vorderseite. »Bruce Baron, hm.« Er zog eine Schublade auf, in der Hängeordner steckten. Geschickt ließ er seine Finger darüberwandern. »Eine Akte habe ich nicht«, brummte er. »Aber der Name kommt mir bekannt vor. Moment!« Er stieß mit dem Knie die Schublade zu, zog die Computertastatur zu sich heran und tippte mit zwei Fingern etwas ein. Dann setzte er eine Lesebrille auf und las die Einträge. Sein Gesicht erhellte sich. »Ja, er hatte einen Termin bei mir, heute vor genau vier Wochen. Jetzt erinnere ich mich wieder.«

»Was wollte er?«

»Na was wohl?« Er lächelte traurig. »Doktor: ›Sie haben noch zehn zu leben.‹ Patient: ›Zehn was? Tage, Wochen, Monate, Jahre?‹ Doktor: ›Neun, acht, sieben …‹«

»So schlimm?«, hakte Fischbach nach.

Professor Hohenknecht verzog bedauernd das Gesicht und nahm die Brille wieder ab. »Das kann ich leider nicht beurteilen. Ich habe nur kurz mit ihm telefoniert, an dem Morgen, an dem er eigentlich seinen Termin hatte. Er sagte mir, dass es keinen Sinn mehr hätte, eine

Behandlung zu beginnen. Endstadium. Keine Hoffnung. Er hörte sich sehr deprimiert an.«

Sie schwiegen einen Moment. Von draußen auf dem Gang drang das Quietschen schlecht geölter Räder zu ihnen. Das Telefon läutete, doch der Professor ignorierte es.

»Das war alles?«, wollte Fischbach wissen.

Professor Hohenknecht lehnte sich nach hinten, verschränkte die Arme vor der Brust und legte den linken Fuß auf den rechten Oberschenkel. »Ich habe ihm geraten, alles zu regeln.«

»Ein weiser Ratschlag«, urteilte Fischbach. »Sonst noch was?«

Das Telefon läutete wieder. Professor Hohenknecht warf nur einen kurzen Blick darauf, musterte dann wieder Fischbach. Seine Heiterkeit schien nun vollends verflogen. »Ich habe mich hinreißen lassen.«

»Hinreißen? Was muss ich mir darunter vorstellen?«, fragte Fischbach.

»Ich habe ihm gesagt, dass er, so er denn wolle, in Würde und selbstbestimmt sterben könnte. Er solle darüber nachdenken.« Er sah Fischbach aufmerksam an.

»Sie haben ihm zur Sterbehilfe geraten?«, fragte Fischbach ungläubig.

Professor Hohenknecht winkte mit dem Zeigefinger ab. »Das haben Sie falsch verstanden. So habe ich es nicht ausgedrückt.«

Fischbach verstand. Hohenknecht wollte sich unter keinen Umständen gegen den Karren fahren lassen. Er nahm die Visitenkarte vom Tisch und stand auf.

»Wenn ich in einer solch schrecklichen Situation wäre«, orakelte er im Hinausgehen, »und ich zu dem Schluss kommen würde, nicht mehr weiterleben zu wollen – könnten Sie mir da einen Gesprächspartner empfehlen?«

»Ihren Pfarrer«, erwiderte Hohenknecht ohne Umschweife.

»Und wenn das nicht reicht?«

Er stellte den Fuß wieder auf den Boden und beugte sich vor. »Dann googeln Sie das einfach mal. Ich bin sicher, Sie werden rasch etwas finden.«

Vor dem Klinikum setzte sich Fischbach auf eine Bank am Haupteingang und ließ sich eine Weile von der Sonne wärmen. Dann holte er sein Handy hervor und wählte die Nummer des Konferenzraums. Bianca Willms meldete sich sofort.

»Hör zu«, begann Fischbach. »Ich will alles über Sterbehilfe wissen. Wenn ich mich recht erinnere, war da in letzter Zeit auch öfter einer in den Medien und hat sich zu dem Thema geäußert. Ich habe den Namen nicht mehr im Kopf, bin aber sicher, dass er aus der Gegend hier stammt.«

»Personen, Methoden, Für und Wider?«

»Genau. Und gib mir bitte die Adresse von dem Jäger, der Baron gefunden hat. Ich will da mal vorbeischauen.«

»Förster«, sagte Bianca Willms.

»Aha. Hat er auch einen Vornamen?«

Bianca Willms lachte. »Er ist Förster und kein Jäger, das meine ich. Adolf Bachem heißt er.«

Fischbach unterdrückte seinen aufkommenden Ärger. Ob Förster oder Jäger war doch egal, beide stolperten durch die Wälder und schossen auf Tiere, oder nicht?

»Von mir aus Förster«, presste er hervor. »Was ist jetzt mit der Adresse?«

»Der wohnt in Kreuzweingarten, Am Römerkanal 24«, kam es wie aus der Pistole geschossen. »Weißt du, wo das ist?«

»Mädel, ich glaube, in der Eifel gibt es kein betoniertes Fleckchen, über das ich nicht schon mit meinem Moped gerollt bin«, sagte er lachend.

»Okay«, erwiderte sie gedehnt, und er hörte ihren Zweifel deutlich heraus. »Aber wenn doch …«

»Kein Problem, wirklich.«

»… rufst du mich an, und ich schicke dir eine Wegbeschreibung auf dein Handy.«

Fischbach zuckte zusammen. Sigrid hatte ihm mal zeigen wollen, wie man eine SMS verschickt. Er war kläglich gescheitert. Nicht nur, weil er sich dafür nicht interessierte, sondern auch, weil er mit seinen dicken Fingern alles Mögliche traf, nur nicht die richtigen Tasten. Wenn er jetzt daran dachte, irgendetwas Zugeschicktes öffnen zu müssen, brach ihm der Schweiß aus.

»Mach dir keine Sorgen«, sagte er nachdrücklich. »Ich finde den Weg.« Eilig verabschiedete er sich und drückte das Gespräch weg.

In technischer Hinsicht prallten bei ihm und Bianca Willms zwei

Welten aufeinander, gestand er sich ein. Oder zwei Generationen. Obwohl er sich von ihr ein wenig in die Enge getrieben fühlte, freute er sich aber doch, ihr eine Chance gegeben zu haben. Sie schien fleißig und zuverlässig zu sein. Eine solche Tochter … Hör auf, schalt er sich selbst. Das bringt gar nichts. Nur unnötige Schmerzen. Augenblicklich spürte er einen Stich im Oberschenkel und massierte unbewusst mit einer Hand die Muskeln. Er blinzelte in die Sonne und stemmte sich hoch. Es wurde Zeit, zu fahren.

FÜNF

Welscher fischte seine Jacke vom Beifahrersitz und ging über den Parkplatz zum Polizeigebäude. Es war erst kurz nach zwölf, und obwohl er Dr. Neumanns schnelle und kompetente Arbeitsweise zu schätzen wusste, widerstrebte es ihm, so bald nach Euskirchen zurückkehren zu müssen. Am Eingang traf er auf Bönickhausen.

»Ah, gut, dass ich Sie hier treffe, Herr Welscher. Haben Sie sich schon eingelebt?« Er band sich seinen Mantel zu.

»Muss ja«, antwortete Welscher. Am liebsten hätte er ihm ins Gesicht geschrien, dass er mit der ganzen Scheißbehörde hier nichts zu tun haben wollte. Doch beherrschte er sich.

Bönickhausen klopfte ihm auf die Schulter. »Gut, gut. Ich setze große Hoffnungen in Sie. Nur, bitte, fühlen Sie sich jetzt nicht unter Druck gesetzt.« Er lächelte sanft wie ein Zen-Mönch beim Eintritt ins Nirwana.

»Danke«, quetschte Welscher heraus. Er fühlte sich plötzlich wie eine Maus vor der Katze. Irgendetwas war im Busch, das spürte er.

»Herr Welscher, ich hätte da eine Bitte«, tönte es auch schon seidig aus Bönickhausens Mund.

Welscher stöhnte innerlich auf.

»Wir haben da eine Anfrage einer Lehrerin aus Mechernich.«

Welscher zuckte zusammen. Bloß nicht das …

»Aus dem Turmhofgymnasium. Sie hat schon vor einer Weile angefragt, ob nicht ein Kommissar vorbeikommen könnte, um etwas über seinen Beruf, Verbrechensbekämpfung und so weiter zu erzählen. Ist wohl ein Projekt an der Schule, neunte Klasse.«

Alle Nerven in Welscher schrillten Alarm. Seine Gedanken rasten. Das konnte doch nicht wahr sein. Ausgerechnet das Gymnasium Am Turmhof.

»Nun ist es leider so, dass die Kollegin, die das übernehmen wollte, heute krank ist.« Bönickhausen setzte eine betrübte Miene auf. »Leider, leider, ja, ja.« Es hörte sich ein wenig an, als ob die Kollegin verstorben wäre.

Von wegen krank, dachte Welscher. Die hat vermutlich selbst keine Lust auf einen pickligen Haufen pubertierender Teenager. »Das tut mir leid«, sagte er schnell. »Ich rufe da an und sage den Termin ab. Das regel ich für Sie, kein Problem.«

Bönickhausen kniff ein wenig die Augen zusammen. Sein freundliches Lächeln verschwand. »Eigentlich wollte ich Sie bitten, den Termin um dreizehn Uhr zu übernehmen. Ich sähe diese ehrenvolle Aufgabe gerne in den Händen eines alerten, engagierten jungen Mitarbeiters. Und da Sie am Turmhofgymnasium Ihr Abitur gemacht haben, sind Sie doch genau der richtige Mann dafür. Ich habe gedacht, dass Sie sich freuen würden, Ihre alte Schule noch mal wiederzusehen.« Er beugte sich ein wenig zu Welscher hin. »Erzählen Sie den jungen Leuten, was alles aus ihnen werden kann. Die brauchen Vorbilder, sage ich Ihnen, Leute, zu denen sie aufblicken können. Und Sie sind so ein Vorbild, quasi aus den eigenen Reihen emporgestiegen. Das muss doch ein Spaß für Sie sein.«

Welscher schwitzte. In seiner zugegeben noch nicht so langen Laufbahn hatte er doch bereits eins gelernt: Wenn der Chef eine Aufgabe so überspitzt schmeichelhaft feilbot, suchte man besser schnell eine Ausrede und das Weite.

»Einen qualifizierten Vortrag kann ich in der Kürze der Zeit kaum noch vorbereiten. Und der Kollege Fischbach braucht mich. Gerade jetzt.«

Bönickhausen setzte seinen Hut auf und winkte ab. »Ach was, erzählen Sie doch einfach von einem spannenden Einsatz, den Sie erlebt haben. Nehmen Sie zum Beispiel den, bei dem Sie Ihrer Kollegin das Leben gerettet haben. Und Hotte weiß Bescheid. Ich habe ihn vorhin angerufen. Die ein, zwei Stunden, die das dauert, kann er Sie entbehren. Ach ja, Sie sollen Ihr Handy eingeschaltet lassen. Damit er Sie gegebenenfalls erreichen kann.« Er sah auf die Uhr. »Sie haben noch ein bisschen Zeit, um sich was zu überlegen. Um dreizehn Uhr erwartet Sie Frau Oberstudienrätin Reinerus. Eine sehr nette Person. Ich habe im Vorfeld einige Male mit ihr telefoniert. Sehr freundlich, ja, ja.«

Eine alte Hexe, schrie Welscher innerlich auf. »Aber …«, setzte er zu einer Ausrede an, doch Bönickhausens stahlharter Blick und ernste Miene zeigten ihm, dass es besser war, zuzustimmen. Schließlich war er hinsichtlich seiner Versetzung zurück nach Köln auf ihn angewiesen. »Geht klar, den Termin übernehme ich gerne«, presste er hervor.

Sofort hellte sich Bönickhausens Gesicht auf. »Sehr schön, ja, ja. Ich wusste, Sie würden sich darüber freuen. Erzählen Sie mir doch hinterher davon.« Er verabschiedete sich per Handschlag und verließ das Gebäude.

Welscher blickte ihm ärgerlich hinterher. Er hätte vor Freude kotzen können.

Wenige Minuten später saß er an Fischbachs Schreibtisch und stützte den Kopf in die Hände. Zu Hause lief es nicht gerade rund, und zu allem Überfluss hatte er nun auch noch einen Arbeitsplatz, der ihn zurück zu seinen Wurzeln und furchtbaren Jugenderinnerungen trieb. Er kam sich vor, als ob er einen Alptraum lebte. Nur leider wachte er daraus nicht auf.

Er starrte auf Fischbachs Gekritzel auf der Tischplatte. Wenn er das Passwort finden würde, dann könnte er sich selbst erlösen. Aber wo anfangen? Er überflog die Stichwörter. Telefonnummern, Namen, Zitate und Gedichte. Sein dicker Kollege schien alles, was ihm in den Sinn kam, auf der Oberfläche seines Schreibtischs zu verewigen.

Welscher las »Sigrid« und tippte den Namen kurzerhand in den PC. »Falsches Passwort«, las er. Er versuchte »psswrt«. Ein Kölner Kollege, mit dem er in einer Mordsache zusammengearbeitet hatte, vertrat die Auffassung, dass der Trick, bei »Passwort« einfach die Vokale auszulassen, sicherer war als die Verschlüsselung durch eine Enigma-Maschine der Nazis.

Wieder erschien die Anzeige »Falsches Passwort«.

Dann »Fischbach«, dachte Welscher. Anschließend versuchte er »fschbch«, »Hotte«, »hotte«, »hrst«, »Horst«, »hrstfschbch«, »sgrd« und »horst«.

Jedes Mal erschien »Falsches Passwort«.

So einfach war es wohl nicht. Wieder ließ er seinen Blick über das Geschmiere vor sich wandern. Manche Wörter waren kräftiger geschrieben, die Buchstaben mehrfach nachgezogen. Er tippte sie in den PC, doch der verweigerte hartnäckig den Zugang. Ärgerlich warf Welscher die Tastatur einige Zentimeter über den Tisch. Der Alte schien doch tatsächlich mehr in der Birne zu haben, als er angenommen hatte. Er lehnte sich zurück und schloss die Augen. Der Verkehrslärm auf der Kölner Straße drang dumpf an seine Ohren. Ein

Einsatzwagen fuhr mit Martinshorn davon. Aus einem benachbarten Büro kam Gelächter. Er öffnete die Augen wieder und starrte auf die Schreibtischoberfläche. Oben rechts war ein Kreuz gemalt. War Fischbach gläubig? »INRI« war in kräftigen Lettern auf das Kreuz gemalt. Iesus Nazarenus Rex Iudaeorum – Jesus von Nazaret, König der Juden. Die Übersetzung hatte er noch aus dem Lateinunterricht in Erinnerung.

Welscher rieb sich die Hände und zog die Tastatur heran. Jetzt hab ich dich, dachte er voller Vorfreude. Das Kreuz war einfach zu auffällig. Er tippte nacheinander jedes Wort, kombinierte sie miteinander und ließ die Vokale weg.

Seine Freude verflog zusehends. Die Mitteilung »Falsches Passwort« schien sich in den Bildschirm eingebrannt zu haben.

Wütend tippte er »Scheißeifel« ein und drückte die Returntaste.

»Falsches Passwort«.

Er warf die Tastatur quer über den Tisch. »Trotzdem wahr«, spie er aus und stemmte sich aus dem Stuhl. Es wurde Zeit für die Jugendlichen.

***

Fischbach klingelte an der Tür von Adolf Bachem. Schwere Schritte näherten sich, untermalt von Getrippel.

»Sei lieb, Hasso«, forderte eine tiefe Stimme, bevor die Haustür aufschwang.

Fischbach blickte in ein übermüdetes, unrasiertes Gesicht. Die Augen lagen tief in den Höhlen. Der Mann schien in seiner Kleidung geschlafen zu haben, denn sie war zerknittert und derangiert.

»Sie wünschen?«, fragte der Mann.

»Herr Bachem?«

»Ja«, bestätigte der Mann. Der Schäferhund an seiner Seite knurrte leise und ließ Fischbach nicht aus den Augen. »Kommen Sie von der Polizei?«

»Darf ich hereinkommen?« Fischbach hielt seine Erkennungsmarke hoch. »Ich möchte mit Ihnen über Ihren … Fund sprechen.«

Bachem machte den Weg frei. Für den Schäferhund schien das ein Zeichen der Entwarnung zu sein. Er setzte sich artig und hechelte mit weit herausgestreckter Zunge nach Luft.

»Kommen Sie bitte mit durch«, sagte Bachem und ging voraus. Hasso folgte bei Fuß.

Fischbach betrat ein aufgeräumtes Wohnzimmer. »Eifel rustikal«, sagte er, als er die Möbel sah, und grinste.

»Sie meinen: Eiche rustikal«, gab Bachem müde zurück und setzte sich auf ein grünes, mit Samt bezogenes Sofa. Er tätschelte dem Schäferhund, der artig daneben Platz nahm, den Kopf. »Setzen Sie sich doch.«

Fischbach ließ sich auf einem Sessel nieder und kramte aus der Lederjacke seinen Notizblock hervor. »Sie sind Förster?«

»Ja. Und um die Sache abzukürzen: Ich habe den Toten da oben gefunden.« Er machte eine unbestimmte Handbewegung. Tränen liefen ihm über die Wangen. »Wahrlich kein Anblick, den man schnell vergisst, das können Sie mir glauben.«

Fischbach steckte seinen Block wieder ein und musterte den Mann. Die Nase rot, die Wangen von Äderchen durchzogen. Wenn der kein Alkoholproblem hatte, dann würde er freiwillig in ein Auto steigen.

»Sie hatten ja gestern schon mit meiner Kollegin Andrea Lindenlaub gesprochen. Ist Ihnen in der Zwischenzeit noch etwas eingefallen?«

Bachem überlegte und schluchzte dann unvermittelt auf. »Nein, schrecklich. Ich kann das alles … das Gesicht … es war nicht mehr …« Er brach ab und klappte nach vorne. Der Hund jaulte kurz auf.

»Beruhigen Sie sich«, forderte Fischbach in einem mitleidigen Ton. So einfach würde das aber nicht gehen, das wusste er. Der Mann dort auf dem Sofa hatte etwas gesehen, was über seine schlimmsten Vorstellungen hinausging. Er versuchte, das Gespräch vom Leichnam wegzulenken. »Gehen Sie öfter dort vorbei?«

Bachem reagierte erst nicht. Sein Oberkörper wurde vom mühsam unterdrückten Schluchzen heftig geschüttelt. Fischbach wollte seine Frage gerade wiederholen, als der Förster nickte. »Ja, jeden Morgen. Routine halt. Ich bin da eigen.«

Fischbach runzelte die Stirn. Warum ging man jeden Tag den gleichen Weg? Der Wald war groß und bot Alternativen. Gehörte es nicht gerade zum Auftrag eines Försters, sich vom guten Zustand des ganzen Reviers zu überzeugen? »Routine?«, hakte er skeptisch nach.

Bachem wich seinem Blick aus. Mit zittriger Hand tätschelte er seinem Hund den Kopf. »Ist doch nicht verboten, oder?«

»Nein, sicher nicht«, bestätigte Fischbach. Er sah sich um. Zeitschriften lagen herum, Staub überzog den Wohnzimmerschrank. Ein Teller mit Nudelresten stand auf dem Tisch. Eine alte Bierflasche war auf dem Fensterbrett vergessen worden. Plötzlich ahnte er, was hier los war. Er kannte das Krankheitsbild von seinem Vater, hatte sich lange damit auseinandergesetzt. »Wie alt sind Sie, Herr Bachem?«

»Nächsten Monat werde ich vierundsechzig.«

»Herr Bachem.« Fischbach legte so viel Verständnis in seine Stimme, wie er aufbringen konnte. »Hand aufs Herz: Sie leiden an Demenz. Liege ich richtig?«

Bachems Gesicht entgleiste. Mit weit aufgerissenen Augen starrte er Fischbach an, sein Kiefer bebte. »Bitte was? Nein ... Ich ... wie kommen Sie nur auf ...«

»Ich werde es niemandem verraten. Haben Sie jemanden, den Sie um Hilfe bitten können?«

Es dauerte noch einige Sekunden, bis Bachem die Kontrolle verlor und wieder zu schluchzen anfing. »Mein Arzt sagt ...« Er brach ab und sah Fischbach mit flehendem Blick an. »Bitte sagen Sie es nicht meinem Dienstherrn. Wenn der es erfährt, muss ich in den Vorruhestand. Aber ich will nicht, verstehen Sie? Ich will nicht. Ich liebe meine Aufgabe.« Er sackte in sich zusammen. Sein Schäferhund legte den Kopf auf seinen Oberschenkel.

Fischbach hatte nicht die Absicht, Bachem zu verraten. Er war sich sicher, dass der Mann das eine Jahr bis zur Pensionierung auch noch durchhalten würde. Er befürchtete jedoch, dass sich ein Mörder vielleicht den Umstand, dass Bachem immer zur gleichen Uhrzeit den Wald durchquerte, zunutze gemacht haben könnte. Möglicherweise sollte Baron bereits am frühen Morgen entdeckt werden und nicht in einer unwegsamen Waldecke bis zum Sankt-Nimmerleins-Tag verwesen. War es ein Zeichen? So etwas wie ein Modus Operandi? Hier, seht her, ich lege korrupte Geschäftspartner um, oder so etwas in dieser Art?

Bachem beugte sich vor und umklammerte Fischbachs Unterarm. Seine Augen waren rot unterlaufen. »Werden Sie ...« Er brach ab und blickte ihn flehentlich an.

Fischbach löste sanft den Griff. »Wer kann Ihnen zur Seite stehen? Sie müssen jemanden einweihen, dem Sie vertrauen.«

Bachem runzelte die Stirn. »Meine Schwester?«

Fischbach stand auf und schenkte ihm ein warmes Lächeln. »Rufen Sie sie an. Und gehen Sie nur weiter Ihre Runde. Aber ich warne Sie: Wenn Sie sich nicht um Hilfe bemühen, dann werde ich ...«

»Verstanden«, unterbrach ihn Bachem. Er lächelte erleichtert und griff zum Telefon.

Fischbach nickte zum Abschied und verließ das Wohnzimmer.

***

Vor dem Haupteingang traf Welscher auf Büscheler. Der kreidebleiche Kollege hielt eine glimmende Kippe in der Hand und fror ganz offensichtlich wie ein Schneider. »Wenn du nichts zu tun hast, kannst du uns ja helfen«, sagte er und zog am Filter.

»Ich habe einen Sonderauftrag«, bremste ihn Welscher, der nichts lieber gemacht hätte, als der lebenden Leiche behilflich zu sein. »Ich muss nach Mechernich.«

Büschelers Augen blitzten amüsiert. »Zum Gymnasium?«

»Woher weißt du davon?«

»Der Chef sucht schon seit Wochen jemanden, der das übernimmt.«

Welscher spürte, wie die Wut in seinem Hals aufstieg. So war das also! Der Alte hatte niemanden gefunden, der die Drecksarbeit erledigen wollte. Von wegen erkrankte Kollegin. Er atmete tief durch. Wie auch immer, er musste den Job jetzt ausführen, ob er wollte oder nicht. »Wie kommt ihr denn voran?«, fragte er, um sich abzulenken.

Büscheler schniefte. »Auf der Jubiläumsfeier waren einhundertzwanzig Gäste, dreiunddreißig haben wir bereits vernommen. Wir haben Bianca gerade unsere Notizen vorbeigebracht, damit sie alles erfassen kann. Gleich geht es weiter.« Er drückte seinen Zigarettenstummel im Sand des Aschenbechers aus. »Bisher war nichts dabei, was uns weiterhelfen könnte. Bianca will noch ein kleines Programm schreiben. Wenn ich es richtig verstanden habe, kann sie damit die ganze Namensliste auf einmal mit den Informationen, die im Internet zu jeder Position zu finden sind, abgleichen. Sie meint, es könnte uns vielleicht helfen.«

Welscher hob anerkennend die Augenbrauen. »So was kann die?«

»Sieht so aus.«

Die Tür schwang auf, und Andrea Lindenlaub kam aus dem Gebäude. »Ah, Verstärkung«, rief sie, als sie Welscher sah. »Sollen wir wieder?«

»Er kann nicht mit. Muss zur Schule«, erklärte Büscheler grinsend.

Welscher sah Andrea Lindenlaub an, dass sie sich ein Lachen verkniff.

»Ja, wenn das so ist. Dann wünsche ich dir viel Spaß.« Sie zog Büscheler mit sich.

Welscher hörte sie lachen, als sie in den Einsatzwagen stiegen.

***

»Was soll das heißen? Wir hatten eine Abmachung!« Er drückte den Telefonhörer fester gegen sein Ohr.

»Die habe ich gerade geändert. Zweihunderttausend zusätzlich, oder es fliegt alles auf«, quäkte es aus dem Hörer.

»Du spinnst. Hunderttausend waren abgemacht, mehr bekommst du nicht.« Schweiß lief ihm über die Stirn, selbst seine Finger schwitzten. Er musste fester zugreifen, damit ihm das Telefon nicht aus den Fingern glitt.

»Du wolltest doch außer Landes, oder habe ich das falsch in Erinnerung?« Die Stimme tropfte vor Spott. »Ich habe den Pass. Zweihunderttausend mehr, und du bekommst ihn.«

»Was soll der Mist? Der Typ ist tot, so wie geplant. Alle Seiten sind zufrieden. Warum kommst du jetzt mit so einer Scheiße an?«

Ein gehässiges Lachen ertönte. »Weil ich am längeren Hebel sitze, deswegen.«

»Dass du dich da mal nicht irrst. Wenn ich dich auffliegen lasse, bekommst du gar nichts«, spie er in den Hörer. »Gar nichts, null, nix! Die reißen dir stattdessen den Arsch auf.«

Wieder dieses Lachen, spöttisch, siegesgewiss. »Du weißt doch ganz genau, dass man mir nichts nachweisen kann. Schluss jetzt. Ich will die Kohle. Sonst hängst du hier fest.«

Fieberhaft überlegte er. »Ich brauche etwas Zeit«, sagte er kleinlaut.

»Du hast zwei Tage. Dann treffen wir uns zur Geldübergabe, ist das klar?« Jetzt war der Ton schneidend.

Ja genau, dachte er, ein Treffen. Das war es. »Sicher. In zwei Tagen also.«

»Und noch was.«

»Ja?«

»Ruf mich ja nie wieder an! Hast du schon mal davon gehört, dass die Anrufe protokolliert werden, du Idiot? Ich melde mich bei dir. Übermorgen.« Es knackte in der Leitung, und die Verbindung war unterbrochen.

»Zwei Tage«, murmelte er und klopfte nachdenklich mit dem Hörer gegen seine Zähne. Ein Grinsen stahl sich auf sein Gesicht. »Aber nicht ich werde bezahlen«, sagte er und lachte laut.

***

Welscher betrat seine alte Schule, und sofort stellten sich seine Nackenhaare auf. Es roch immer noch nach Bohnerwachs und muffigen Turnschuhen. Er fühlte sich in die Vergangenheit versetzt. Er schlug den Weg zum Sekretariat ein. Jugendliche kamen ihm entgegen. Die Mädchen waren für diese Jahreszeit mit etwas zu knappen Oberteilen bekleidet, die Jungs trugen für seinen Geschmack zu lange Haare. Fast alle hielten ein Handy in der Hand, Kopfhörer steckten in ihren Ohren. Sie ignorierten ihn, als ob er unsichtbar wäre.

Sein Handy klingelte.

»Hotte hier. Wo steckst du gerade?«

Welscher bog links in den Gang ein und schluckte eine patzige Antwort hinunter. »Ich bin im Gymnasium.«

»Wie lange brauchst du noch?«

»Noch? Ich hab überhaupt noch nicht angefangen.«

»Eine Stunde also«, beantwortete Fischbach die Frage selbst. »Ich komme vorbei. Anschließend fahren wir zur Tuchfabrik. Wir knöpfen uns diesen Karlo Nettersheim gemeinsam vor. Bis gleich.«

Welscher wollte erklären, dass er keinen Aufpasser brauchte, doch Fischbach hatte bereits aufgelegt. Na super. Hoffentlich wartete er wenigstens vor der Tür. Der Eifel-Opa würde bei den Kids sicherlich ein ganz tolles Bild von der Polizei abgeben. Ein Fettsack, der den coolen Rocker mimt. Die mussten doch denken, die Polizisten hätten nicht mehr alle Latten am Zaun.

Er bog rechts ab und blieb unvermittelt stehen. Eine Frau verließ gerade das Sekretariat. Sie drehte ihm zwar den Rücken zu, doch er hätte sie unter tausend anderen wiedererkannt. Ihr blondes Haar leuchtete noch so wie damals, ihre Figur war immer noch so kurvenreich wie eine Colaflasche, und ihr Lachen, das sie eben zum Abschied hatte aufklingen lassen, klang so glockenhell, wie er es in Erinnerung hatte.

Sie drehte sich zu ihm. Ein freudiges Blitzen in ihren Augen verriet, dass sie ihn sofort erkannt hatte.

»Jan«, flötete sie und lachte. »Bist du es wirklich?« Sie stellte sich vor ihn. »Ja, kein Zweifel, du bist es.« Sie lächelte.

Welscher strich sich verlegen eine Haarsträhne hinters Ohr. Er freute sich, sie wiederzusehen, doch sein schlechtes Gewissen verhinderte unbekümmerte Freude. »Äh, Kerstin, was machst du denn hier?«

Sie schulterte ihre Umhängetasche und reichte ihm die Hand. »Ich arbeite hier. Ich bin Referendarin.«

»So, so. Wolltest du nicht immer Tierärztin werden?«

Sie lachte wieder.

Keinen Tag älter, dachte Welscher. Nur ein paar Lachfältchen in den Augenwinkeln.

»Und Greenpeace-Aktivistin, ich weiß.« Sie sah auf die Uhr. »Du, ich muss aber jetzt. Ich muss die Vertretung für Frau Reinerus übernehmen. Kannst du dich noch an die erinnern?«

Welscher schluckte trocken. »Klar. Ich habe gedacht, die wäre inzwischen gestorben. Die war doch damals schon weit über siebzig, oder?« Wenn Frau Reinerus krank war und Kerstin die Vertretung übernahm ... Welscher stöhnte innerlich auf, als ihm bewusst wurde, was das bedeutete.

»Ach du.« Wieder ein Lachen. »Sie wird nächstes Jahr im Juni sechzig.« Sie sah sich um und flüsterte ihm ins Ohr: »Ich habe es selbst kaum glauben wollen.«

Jetzt lachte auch Welscher. Seine Nervosität fiel ein wenig von ihm ab.

»Wie wäre es, wenn wir uns mal treffen?«, schlug sie vor. »Auf ein Bier. Die gute alte Zeit aufleben lassen.« Sie zwinkerte. »Von dir hört man ja Dinge ...«

Verdrießlich rümpfte er die Nase. »Kann ich mir vorstellen.«

»Sei doch nicht so verbittert. Es gab schließlich auch schöne Zeiten. Was ist jetzt? Setzen wir uns zusammen?«

Welscher gab sich einen Ruck. Vielleicht war er ihr das sogar schuldig. »Okay.« Er blickte auf die Uhr. »Wir können das gleich noch in aller Ruhe besprechen. Ich bin nämlich mit Frau Reinerus verabredet.«

Sie riss die Augen auf. »Dann bist du der Polizist, der der Klasse ein wenig was aus seinem Alltag erzählen will?«

»Kommissar«, korrigierte Welscher. »Wie sind die denn so drauf, ich meine, deine Jungs und Mädels?«

Sie legte ihm eine Hand auf den Oberarm, senkte ein wenig das Kinn und sagte mit gespielt ernster Stimme. »Wie wir damals.«

Welscher holte tief Luft. Das versprach nichts Gutes.

***

Fischbach fragte im Schulsekretariat nach, wo Welscher zu finden sei. Er freute sich über die Gelegenheit, dem Jungspund bei seinem Vortrag noch einige Minuten über die Schulter blicken zu können. Kurz darauf öffnete er die Tür zum Klassenzimmer.

Welscher saß entspannt auf dem Pult, wie Fischbach überrascht feststellte. Obwohl er so leise wie möglich ins Klassenzimmer geschlüpft war, erntete er die Aufmerksamkeit der Schüler, was auch Welscher nicht verborgen blieb.

»Das ist mein Kollege, Hauptkommissar Fischbach«, stellte er ihn vor. »Ich denke, er kommt gerade recht.«

Eine gut aussehende Frau erhob sich in der letzten Reihe, kam nach vorne und begrüßte ihn. »Das finde ich aber ausgezeichnet, dass die Kreispolizeibehörde gleich zwei Kommissare für uns abstellt.« Sie lächelte und führte ihn zum Pult. Dann machte sie eine aufmunternde Geste und nahm ihren Platz in der letzten Reihe wieder ein.

Erwartungsvoll sahen die Schüler Fischbach an, Jugendliche im Alter von vierzehn und fünfzehn Jahren. Die Jungs groß, die Mädchen ebenfalls. Sie lümmelten sich auf ihren Stühlen und feixten frech, einige tuschelten.

»Ihr hattet doch vorhin noch Fragen«, sagte Welscher, »die ich mangels Erfahrung nicht beantworten konnte. Mein Kollege ist ein alter Hase und mit allen Wassern gewaschen. Ein harter Kerl.« Er strich mit einer eleganten Bewegung über Fischbachs Lederjacke. »Dann mal Feuer frei, wie man so sagt«, raunte er Fischbach zu, ließ ihn unvermittelt stehen und setzte sich zur Lehrerin.

»Haben Sie schon mal im Puff ermittelt?«, wollte ein Junge in der zweiten Reihe wissen. Die Klasse grölte auf.

»Dort kriegt man doch bestimmt so Dienste angeboten, damit man ein Auge zudrückt«, mutmaßte ein übergewichtiger Möchtegernrapper in der vorletzten Reihe.

»Hören Sie nicht auf die«, rief ein aufgebrezeltes Mädchen mit rot gefärbten Haaren dazwischen, das rechts in der ersten Reihe am Fenster saß. Sie beugte sich über den Tisch und drückte auffällig ihre Brüste nach oben. »Die sind einfach nur doof.« Sie blinzelte kokett.

Fischbach kämpfte dagegen an, rot zu werden. Die Frage an sich war ihm nicht peinlich, da hatte er schon ganz andere Dinge durchgestanden. Doch hier vor einer Meute Jugendlicher Rede und Antwort zu stehen, die nur darauf lauerten, ihn in eine prekäre Lage zu manövrieren, war eine Sache, der er sich nicht gewachsen fühlte. Hastig überlegte er, wie er sich verhalten sollte. Streng und somit als Spießer gelten? Auf jung machen und sich anbiedern, obwohl er tatsächlich keine Ahnung hatte, was die Kids heute dachten? Oder vielleicht einfach so sein, wie er war und damit Gefahr laufen, als Langweiler gebrandmarkt zu werden? Er sandte Welscher einen bitterbösen Blick und legte so viel »Das zahl ich dir heim« hinein, wie er konnte.

Der schmunzelte nur und zuckte kaum merklich mit den Schultern.

»Äh …« Er räusperte sich und blickte unauffällig auf seine Armbanduhr. Wenn ihn nicht alles täuschte, war die Schulstunde bereits in fünf Minuten zu Ende. Ein guter Monolog und vorbei wäre das Ganze. »Also, ja, allerdings«, setzte er an und dachte: Bitte lass es fünf kurze Minuten sein.

***

Bei Welscher hatte sich ein Dauergrinsen in die Gesichtsmuskeln gegraben. Nachdem er kurz die Ergebnisse der Obduktion für Fischbach zusammengefasst hatte, waren sie von Mechernich nach Euskirchen gefahren. Er grinste sogar noch, als sie das Gelände der »Alten Tuchfabrik« betraten, um deren Besitzer Karlo Nettersheim aufzusuchen.

»Isses nu jot?«, raunzte Fischbach ärgerlich. »Schau dich lieber mal um, was die aus dem alten Gemäuer hier gezaubert haben.«

Welscher kämpfte mit seinen Lachmuskeln. »Schon schick«, gab er zu und folgte Fischbach in eine Gasse. Kunstwerke säumten das Gelände, hergestellt aus Stahl und alten Maschinenteilen, eine Reihe von Schraubstöcken links und rechts an der Wand einer Unterführung, wunderschöne Büros mit großen Fenstern, hinter denen Angestellte im warmen Licht arbeiteten.

»Seit '98 in Privatbesitz«, erklärte Fischbach, bog rechts ab und riss eine Tür auf, über der ein Schild mit der Aufschrift »Feuerhalle« hing.

Sie betraten eine geräumige Halle. Gemütliche Sitzecken luden zum Verweilen ein. An der weißen Decke liefen Versorgungsrohre entlang, links dominierte eine großzügige Bar den Raum. Alte hölzerne Schubkarren dienten als Dekoration, konnten zugleich aber auch als Anrichten für Buffets genutzt werden. Ein langer Tisch in der Mitte des Raums wurde gerade von einer jungen Frau eingedeckt. Sie sah dabei ab und zu auf und musterte sie neugierig.

Fischbach ging auf sie zu. »Ist der Chef da?«

Die Frau hielt mitten in der Bewegung inne und sah ihn fragend an. Welscher fiel auf, dass sie asiatischer Abstammung war.

»Vielleicht spricht sie kein Deutsch.«

»Verstehe«, murmelte Fischbach, machte ein ernstes Gesicht und salutierte übertrieben. »Chef«, sagte er, »Chief, Master, Boss, Commandante.«

Die Frau zog die Augenbrauen zusammen.

»Sieht nicht so aus, als ob sie dich verstanden hat«, sagte Welscher.

Fischbach seufzte, wiederholte dann seine Geste. »Chief.«

»General«, warf Welscher ein. »Prokurist.«

»Boss …«

Hinter ihnen ertönte ein dröhnendes Lachen. Sie wirbelten herum. Ein Mann stand vor ihnen und hielt sich seinen feisten Bauch.

Welscher riss erstaunt die Augen auf. Der Mann erinnerte ihn an Don Vito Corleone, den Paten aus Francis Ford Coppolas berühmtem Film. Er trug einen dunklen Anzug und Lackschuhe. Seine schwarz gefärbten Haare klebten nach hinten gegelt am Kopf. Ein protziger goldener Siegelring zierte seinen rechten Ringfinger.

»Karlo Nettersheim«, stellte der Pate sich vor und gab ihm die Hand. An Fischbach gewandt sagte er: »Wir kennen uns ja.«

»Der läuft immer so rum«, raunte Fischbach Welscher zu.

»Ich werde es ihm nicht ausreden«, flüsterte Welscher zurück.

Nettersheim deutete auf die Frau. »Sie ist taubstumm«, erklärte er. »Dort, wo sie herkommt, hat sie nie Lippenlesen gelernt.«

»Oh«, stieß Fischbach aus und wandte sich der Frau zu. »Entschuldigen Sie bitte. Ich konnte ...« Er brach ab.

Welscher lachte. »Ah, dem Herrn Kollegen ist ein Licht aufgegangen, wie unsinnig seine Entschuldigung unter diesen Umständen ist.«

Die Frau schien solche Situationen gewöhnt zu sein, denn sie zuckte nur mit den Schultern und deckte weiter den Tisch.

»Gehen wir in mein Büro«, schlug Nettersheim vor, drehte sich auf dem Absatz um und spazierte, ohne ihre Zustimmung abzuwarten, davon.

Welscher und Fischbach hatten Mühe, mit ihm Schritt zu halten. Sie verließen die Halle, durchquerten einen schmalen Flur mit hoher Decke, bogen einmal links ab und gingen eine Treppe hinauf, bevor sie einen riesigen Raum betraten. Unverputzte Wände, die Decke schwebte vier Meter über ihnen. Links ließen riesige Glasscheiben den Blick über die Dächer der alten Fabrik frei. Ein aufgeräumter Schreibtisch in der Größe einer Tischtennisplatte stand davor. Ein aufgeklapptes Notebook thronte obenauf. Rechts war es gemütlicher. Eine kleine Bar und vier Clubsessel vor einem Kamin luden zu vertraulichen Gesprächen ein.

Nettersheim stellte sich hinter die Bar und wies auf einen Humidor. »Genießen die Herren mit mir eine gute ›La Galana‹? Selbstverständlich handgemacht, wie es sich für eine exquisite Zigarre gehört. Dabei können Sie mir erzählen, was Sie zu mir führt.« Er warf ihnen einen listigen Blick zu und öffnete den Deckel.

Welscher hob ablehnend die Hand.

»Gerne«, antwortete Fischbach. Er griff zu und rollte die Zigarre mit den Fingern neben seinem Ohr hin und her. Sie knisterte leise. »Genau die richtige Feuchtigkeit«, stellte er fest, kappte die Spitze und ließ sich von Nettersheim Feuer geben. Genüsslich paffte er an.

»Setzen wir uns doch«, schlug Nettersheim vor.

Das Leder der Sessel quietschte, als sie sich darauf niederließen.

»Ich vermute«, begann der Hausherr, »es geht um den guten alten Bruce. Wobei alt, na ja ...«

Fischbach schloss ein Auge, weil der Rauch hineinzog. »Haben Sie mit dem Ableben des doch so jung Verstorbenen etwas zu schaffen?«

Nettersheim warf den Kopf nach hinten und lachte. »Endlich mal ein Bulle, der sofort zum Punkt kommt«, dröhnte er amüsiert.

Fischbachs Handy ließ die Autobahn zur Hölle erklingen. »Entschuldigen Sie bitte«, murmelte er und sah auf das Display.

»Gehen Sie ruhig ran«, gab sich Nettersheim großzügig, »ich habe Zeit.«

»Nicht so wichtig«, erklärte Fischbach und drückte das Gespräch weg.

»Uns liegen Zeugenaussagen vor«, sagte Welscher, »denen zufolge Sie nach Barons Ankündigung bei dem Firmenjubiläum letzten Sonntag sehr ärgerlich geworden sind. Sie sollen eine Morddrohung ausgestoßen haben.«

Nettersheim betrachtete die Glut an der Spitze seiner Zigarre. »Wer erzählt denn so etwas?«

»Haben Sie oder haben Sie nicht?«, überging Welscher die Frage.

Nettersheim nahm einen Zug und blies Rauchringe in die Luft.

»Habe ich tatsächlich«, gab er zu. »Bruce schuldet mir an die sechzigtausend Euro. Er hatte nur vom Besten geordert. Aber wissen Sie was?« Er beugte sich zu Welscher vor.

Der schüttelte den Kopf.

»Ja, ich habe mich geärgert. Ich war wütend, richtig sauer. Aber eigentlich nicht auf Bruce. Nicht direkt. Ich habe mich viel mehr über jemand anderen geärgert.«

Welscher wartete schweigend, bis Nettersheim seine Frage selbst beantwortete.

»Ich war auf mich wütend«, klärte der ihn auf. »Ich hätte es besser wissen und mich nicht auf dieses Geschäft einlassen sollen.«

Fischbach schniefte vernehmlich.

Irritiert sah Welscher ihn an.

Nettersheim lachte. »Ihr Kollege reagiert allergisch auf Tabak. Wussten Sie das nicht?«

Fischbach zuckte entschuldigend mit den Schultern. »Normalerweise rauche ich schon allein deswegen nicht. Aber ab und an eine gute Zigarre, da kann ich nicht widerstehen.«

Welscher wunderte sich, dass Nettersheim von der Allergie wusste. Aber er war ja bei der Polizei kein Unbekannter, und vermutlich war Fischbach schon öfter zur Befragung hier gewesen. Er konzentrierte sich wieder auf den Fall. »Sie wussten also, wie es um Barons Gartenzwerge stand«, mutmaßte er.

Nettersheim nickte. »Klar, war ja kein Geheimnis. Doch Bruce hat mich so lange beschwatzt, bis ich bereit war, ihm Kredit zu gewähren. Dass die geschäftliche und private Pleite zu diesem Zeitpunkt längst schon nicht mehr abzuwenden war, hat er natürlich nicht erwähnt.« Er seufzte. »Das hat man davon, wenn man Freunden helfen möchte.«

Welscher war das zu glatt. »Sie haben ihm einen Kredit gewährt, obwohl er sterbenskrank war?«

Nettersheim fixierte Welscher. Er wirkte ehrlich überrascht. »Aha, dann weiß ich das jetzt auch. Mir hat er es nicht auf die Nase gebunden.«

»Sie wussten nichts davon? Glaube ich Ihnen nicht. Die Rechtsmedizinerin meinte, man hätte ihm die schwere Erkrankung angesehen.«

»Er hatte in letzter Zeit ganz schön abgenommen. Aber das muss ja nichts bedeuten. Es gibt doch so Typen, die plötzlich Sport ohne Ende treiben und nur noch Salat futtern. Ich hab mir halt so meine Gedanken gemacht, mehr nicht.«

»Sie haben ihn nicht gefragt?«

»Es ergab sich keine Gelegenheit.«

Fischbach tippte mit den Fingern auf der Sessellehne herum. »Wie eng waren Sie denn befreundet?«

»Ah.« Nettersheim winkte ab. »Wie das so ist unter Geschäftsleuten. Man kennt sich, sieht sich, grüßt sich und hilft sich.« Er wirkte für Sekunden unsicher und blickte zur Decke.

Fischbach zog an seiner Zigarre, blies den Rauch zur Decke und fragte: »Kann es sein, dass Sie mit Bruce Baron Geschäfte gemacht haben? Gartenzwerge als Heilsbringer von Koksern und Kiffern?«

Ein amüsiertes Grinsen stahl sich auf Nettersheims Gesicht. »Sie haben Phantasien, Herr Kommissar. Sie wissen doch, dass meine angebliche Drogenkarriere nur eine Mär ist. Ihre lieben Kollegen wollten mir das, nicht müde werdend, immer und immer wieder anhängen. Ohne Erfolg, möchte ich betonen.«

»Okay, Sie haben also eine blütenreine Weste«, stellte Fischbach fest, und Nettersheim nickte zufrieden. »Aber gehen wir doch mal anders an die Sache heran. Ich meine, so blöd wäre das doch gar nicht, die Zwerge mit Drogen zu füllen, um mehr Gewinn herauszuholen.« Er beugte sich über die Lehne seines Clubsessels zu Nettersheim hinüber. »Vielleicht haben Sie ja etwas gehört, was das bestätigen könnte.«

Karlo Nettersheim beugte sich ebenfalls vor. »Schneewittchen aus dem fernen Koks-Belgien besucht die sieben Gartenzwerge hinter den sieben Eifler Bergen im Ruhrgebiet«, brummte er wie ein zufriedener Bär, der gerade die Honigvorräte eines ganzen Jahres geplündert hatte. »Aber Herr Kommissar, wie sollte ich denn an solch brisante Informationen kommen?«

»Vielleicht hat Ihnen eine Nachtigall etwas gezwitschert? Die Zigarre ist übrigens ausgezeichnet.«

Nettersheim bedachte Welscher, der die Szene interessiert beobachtete, mit einem prüfenden Blick.

»Also gut. Bruce hat mir erzählt …«, begann er dann, hielt dann aber inne und kratzte sich an der Augenbraue. »Ich habe ihm eigentlich versprochen, nicht darüber zu reden. Andererseits ist es jetzt, wo er tot ist, eh schnuppe. Also, Bruce hat sich fürchterlich darüber aufgeregt, dass einem seiner Fahrer vor drei Monaten ein Lastwagen abhandengekommen war. Ich meine, so ein Sechzehntonner, der kostet ja eine ganze Menge. Da können Sie viele gute Zigarren für kaufen.«

»Alles klar, schon verstanden«, sagte Fischbach. »Möglicherweise gab es also einen aus der Reihe tanzenden Drogenkurier.«

Er machte eine kurze Pause und übergab dann Welscher das Wort. »Jan, hast du noch was?«

»Da Sie mit Bruce Baron befreundet waren«, nahm Welscher den Faden auf, »gehe ich doch sicherlich recht in der Annahme, dass Sie seine Frau kennen?«

Nettersheim machte mit der Rechten eine abwägende Geste. »Kennen, na ja. Hin und wieder begegnet man sich.« Er nickte bedächtig und wirkte einmal mehr wie Don Corleone.

»Sie haben sich nicht zufällig von Baron breitschlagen lassen, die

Feierlichkeit auszurichten, weil Sie etwas, sagen wir, gutzumachen hatten?«

»Gutzumachen? Ich verstehe nicht.« Nettersheim runzelte die Stirn.

»Sie benutzen Terre d'Hermès«, erklärte Welscher.

Fischbach runzelte die Stirn und sog prüfend Luft durch die Nase ein.

»Na und?«, fragte Nettersheim verständnislos.

»Gestern waren wir bei Susanne Baron. Da lag der gleiche Duft in der Luft.«

Nettersheim sah Welscher an, als ob er zum ersten Mal einem Menschen begegnete.

»Bruce' Frau hat mir das Zeug geschenkt. Am Sonntag erst, vor der Veranstaltung. Als kleines Dankeschön«, erklärte er mit rauer Stimme. Er hob die Schultern und roch an sich. »Ich gebe zu, sie hat einen guten Geschmack. Mir gefällt es auch.«

Welscher war nicht überzeugt. Ernst musterte er Nettersheim.

Der seufzte, stand auf und kramte hinter der Bar.

»Ah, hier!«, rief er einige Sekunden später triumphierend und schwenkte ein benutztes Blatt Geschenkpapier durch die Luft. Es klebte noch die Schleife einer Parfümerie daran. Er drückte es Welscher in die Hand. »Lesen Sie das Kärtchen.«

Welscher überflog es und reichte es dann an Fischbach weiter.

»Vielen Dank. Susanne«, las der laut vor und reichte es an Nettersheim zurück, der es wieder in den Mülleimer warf.

Welscher seufzte. »Na, dann wäre das wenigstens geklärt.«

Sie erhoben sich alle gleichzeitig.

»Haben Sie vielen Dank für Ihre Gastfreundschaft«, sagte Fischbach und reichte Nettersheim die Hand. »Ich hoffe, wir dürfen jederzeit wiederkommen.«

Nettersheim nickte. »Heißt das nicht eigentlich ›Halten Sie sich zu unserer Verfügung‹?«

»Ich bin halt ein höflicher Mensch«, erwiderte Fischbach und drückte seine Zigarre in dem Aschenbecher aus, der direkt neben Nettersheim auf dem Bartresen stand.

Ein alter Lastwagen rumpelte über das Kopfsteinpflaster an ihnen vorbei und auf das ehemalige Firmengelände. Welscher sah dem Mercedes-Lkw mit der vorstehenden rundlichen Motorhaube nach. Er konnte sich nicht daran erinnern, wann er das letzte Mal ein solch antiquiertes Gefährt im Stadtverkehr gesehen hatte. Sogar Peilstangen standen aufrecht von den Kotflügeln ab. Welscher kam es vor, als ob er nicht nur in die Eifel versetzt worden war, sondern auch eine Zeitreise angetreten hätte.

Prüfend kontrollierte Fischbach den Himmel. Die Wolken flogen rasch dahin. »Trocken«, stellte er zufrieden fest und setzte seinen Helm auf.

Welscher sah ebenfalls nach oben. »Die Frage ist nur: Wie lange noch?«

»Stadtmenschen«, lästerte Fischbach und streifte seine Handschuhe über. »Ihr habt verlernt, die Zeichen des Wettergottes zu deuten.«

Welscher überging den Spott. Er wollte sich nicht auf eine Diskussion einlassen. Zudem war er lieber Stadtmensch als Wetterfrosch. »Was ist mit Nettersheim?«, fragte er.

Fischbach hielt inne. »Er ist der Typ Mann, der vordergründig als Gentleman auftritt, aber insgeheim keine Skrupel hat, jemanden beseitigen zu lassen. Allerdings bin ich sicher, dass er inzwischen den Absprung geschafft hat. Sein Geschäft hier läuft bestens, und er ist ein angesehener Mann. Warum sollte er noch etwas riskieren wollen?«

»Weil er den Hals nicht vollkriegt, zum Beispiel?«

Fischbach schlug Welscher freundschaftlich auf die Schulter. »Dagegen kann ich nichts anführen. Aber glaub mir, Nettersheim ist sauber.«

Welscher runzelte die Stirn und blickte Fischbach skeptisch an. »Eben, oben in seinem Büro, da dachte ich einen Moment, ihr beide wärt dicke Freunde. Dein freundliches Auftreten, die gemeinsam gepafften Zigarren …«

Fischbach schmunzelte. »Man muss mitunter mit den Wölfen heulen.« Er zwinkerte Welscher zu. »Ich denke jedenfalls, dass er nichts vor uns verborgen hat. Nenn es von mir aus Bauchgefühl. Wir sollten uns nicht auf ihn konzentrieren.«

Welscher verzog gequält das Gesicht. »Aha. Tolle Ermittlungsmethoden habt ihr Eifelköppe. Bauchgefühl. Hättest du früher auf deinen Bauch gehört, hätten wir uns den Ausflug hierher ersparen können.«

Eine Fledermaus flog über ihre Köpfe hinweg.

»Die muss jemand aufgescheucht haben«, sagte Fischbach und sah ihr hinterher. »So spät ist es ja noch nicht.« Er blickte wieder zu Welscher. »Oder Nettersheim ist ein Vampir und hat uns gerade belauscht.«

»Dass du dich mit Vampiren auskennst«, wunderte sich Welscher.

»Nicht mit diesem neumodischen Kram, der heute im Kino läuft. Aber die guten alten Klassiker mit Christopher Lee, die liebe ich.« Er verschränkte die Finger ineinander und rückte so das Leder der Handschuhe zurecht. Gerade als er den Zündschlüssel drehen wollte, brummte sein Handy in der Hosentasche »Highway to Hell«. »Verflixtemeng«, zischte er. »Kannst du mal gerade? Rechts.« Er schob seine Hüfte vor, damit Welscher an die vordere Hosentasche kam.

Der seufzte und versuchte mit zwei Fingern, das Handy zu fischen. »Mann, kann es sein, dass du Wunschgröße trägst? Das sitzt ja total spack.«

»Jetzt laber nicht und mach endlich.«

Welscher bemerkte, dass die taubstumme Asiatin, die vorhin den Tisch eingedeckt hatte, vor dem Gebäude eine Zigarette rauchte und interessiert zu ihnen herüberstarrte. Er winkte ihr mit seiner freien Hand zu. Sie trat ihre Kippe aus und wandte sich mit einem Kopfschütteln ab. Endlich gelang es ihm, das Handy aus der Tasche zu ziehen. Er drückte die Taste mit dem grünen Hörer und hielt Fischbach das Handy so ans Ohr, dass dieser sprechen konnte.

»Fischbach? ... Mama! ... Ja, sicher komme ich ... später ... ja, versprochen, ich habe nur ... Ich muss los.« Fischbach zog den Kopf vom Hörer weg und versuchte mit seinen behandschuhten Fingern, die kleine rote Taste zu treffen. Da er keinen Erfolg hatte, erlöste ihn Welscher und erledigte es für ihn.

»Danke«, sagte Fischbach. »Im Moment habe ich keine Zeit für sie.«

Welscher spürte, dass er gerne seine Zustimmung gehört hätte. Stattdessen fragte er: »Wohnt deine Mutter weit weg?«

Fischbach wand sich. »Äh, eigentlich nicht, nein.«

Welscher wartete. Er wusste aus Erfahrung, dass Menschen, die ein schlechtes Gewissen hatten, irgendwann einfach weiterplapperten. Fischbach war da nicht anders.

»Sie wohnt im gleichen Ort, in Kommern.«

Welscher schwieg beharrlich.

»Stimmt schon«, brummte Fischbach, »ich könnte öfters bei ihr vorbeischauen. Aber ich habe keine Lust. Basta! Und jetzt lass mich damit in Ruhe.«

Bevor Welscher richtigstellen konnte, dass er überhaupt nichts gesagt hatte, quäkte das Handy schon wieder »Highway to Hell«. Ohne Fischbach zu fragen, nahm Welscher das Gespräch an. Nachdem er sich gemeldet hatte, blieb es sekundenlang still in der Leitung. Er vermutete schon, der Anrufer hätte aufgelegt, als er schließlich Bianca Willms' Stimme hörte. »Ich habe ... äh, also eigentlich ...« Sie klang wie ein verliebter Teenager, der zum ersten Mal bei seinem Freund anrief und dabei einen Elternteil erwischt hatte.

»Er kann gerade nicht«, erklärte Welscher und sah zu, wie Fischbach versuchte, die Handschuhe abzustreifen. Sie schienen festgeklebt, denn Fischbach mühte sich ohne großen Erfolg. »Er kämpft gerade mit sich selbst«, fügte Welscher amüsiert hinzu.

»Bitte?« Bianca Willms klang überrascht.

»Danke«, entgegnete Welscher. »Jetzt erzähl schon: Was soll ich ihm ausrichten?«

Sie zögerte einen Moment, schien Welscher dann aber als vertrauenswürdig einzustufen und sprudelte los: »Er hat mich beauftragt, mal das Thema Sterbehilfe zu googeln. Erst habe ich gedacht, dass da wenig bei rauskommen würde. Aber weit gefehlt. Als ich den Namen las, auf den er wohl hinauswollte, fiel mir ein, ihn tatsächlich schon mal in der Presse gelesen zu haben. Jörg Bauernfeind, sagt der dir was?«

Fischbach hatte den Kampf gewonnen und bedeutete Welscher, dass er sein Handy jetzt haben wollte. Welscher drehte sich weg. »Was ist mit dem? Nie gehört.«

»Bauernfeind spricht sich für aktive Sterbehilfe aus. Ziemlich provokativ sogar. Die Kirche nennt ihn einen Teufel, Politiker meiden seine Nähe. Und er praktiziert hier in der Eifel.«

»Ist er Doktor?«

»Ja, aber nicht der Medizin, wie du wahrscheinlich vermutest, sondern Doktor der Rechtswissenschaften.«

»Hm, wenn er sich auf dem Gebiet auskennt, wird es ihm sicherlich helfen, unangefochten zu bleiben. Immer schön auf der Kante der

Legalität surfen, und keine Welle nehmen, die einen zu weit ins Meer der Unrechtmäßigkeit treiben würde.«

»So ist es«, bestätigte sie. »Er hat schon einige Strafanzeigen wegen aktiver Sterbehilfe bekommen. Doch bisher konnte er immer den Hals aus der Schlinge ziehen.«

»Das zeigt uns aber, dass er nicht nur schlaue Sprüche klopft. Denn wenn die Staatsanwaltschaft überhaupt nichts gegen ihn in den Händen hätte, wäre es zu keiner Strafanzeige gekommen.«

Fischbach griff nach dem Handy, doch Welscher zog den Oberkörper wie ein Profiboxer zurück und wandte sich ab. »Wir fahren da mal hin«, entschied er.

Bianca Willms gab ihm die Adresse und Telefonnummer durch und verabschiedete sich.

Nachdem sie aufgelegt hatte, gab Welscher Fischbach das Handy zurück.

»Was sollte denn das?«, knurrte der. »Warum gibst du mir nicht mein Handy?«

Welscher tippte ihm auf die Lederjacke. »Ich bin nicht dein Sekretär. Ich kann ein Gespräch über den Fall auch zu Ende führen, so viel Vertrauen solltest du haben.« Rasch fasste er das Gespräch mit Bianca Willms zusammen. »Und jetzt kombiniere ich mal frei von der Leber weg: Der Professor in Aachen hat dir etwas von Sterbehilfe erzählt. Willms hat daraufhin einen Experten für dich ausfindig gemacht. Du vermutest also, dass es sich bei Baron um Tod auf Verlangen handelt.«

Fischbach schürzte die Lippen. »Gut kombiniert.«

Welscher spürte Ärger in sich aufsteigen. »Und warum erzählst du es mir nicht einfach? Warum muss ich da selbst drauf kommen?«

»Lass mal die Kirche im Dorf. Bin einfach bisher nicht dazu gekommen.«

Welscher atmete kräftig durch. Dass sein Kollege eine gewisse Nachlässigkeit an den Tag legte, gefiel ihm zwar nicht. Doch deswegen einen Streit vom Zaun zu brechen, wäre sicherlich übertrieben.

»So wie Baron zugerichtet wurde, ist dann aber wohl etwas schiefgegangen«, schloss er.

»Oder er wollte einfach nur auf Nummer sicher gehen. Selbst wenn ein Notarzt direkt daneben gestanden hätte, Leben hätte er dem explodierten Kopf auch nicht mehr einhauchen können.«

Welscher verzog bei der Vorstellung angewidert den Mund. »Bauernfeind wohnt in Einruhr. Schaffen wir das noch?«

Fischbach sah auf die Uhr. »Dürfte kein Problem sein. Lass uns aber vorher mal kurz durchklingeln, ob er da ist.«

Welscher nickte und diktierte ihm die Nummer. Zwei Minuten später und mit ein wenig kriminalpolizeilichem Nachdruck hatten sie einen Termin bei Dr. Jörg Bauernfeind.

***

Welscher spürte einen Kloß im Hals, als er aus seinem Fiesta ausstieg und zum blauen Wasser des Obersees, der Hauptvorsperre der Rurtalsperre, hinabblickte. Nicht weit von hier hatte er vor Jahren einmal wunderbare Sommerferien mit seinem Schulfreund Harry verbracht. Die Erinnerung daran schlug zu wie ein Boxer, der ihn ausknocken wollte. Es war die schönste Zeit seines bisherigen Lebens gewesen. Das Abitur in der Tasche, die Zukunft strahlend, die Ausbildung noch Wochen entfernt. Sie hatten gezeltet, waren Fahrrad gefahren, hatten geredet, und fast jeden Abend gab es Bier und Würstchen. Er lachte leise und schüttelte den Kopf. Das Bier hatte ihm eigentlich nicht geschmeckt. Aber es passte so herrlich zur Stimmung, einfach und unbekümmert. Harry war drei Monate später zur Marine gegangen, hatte sich freiwillig für zwölf Jahre verpflichtet. Er wurde auf die Gorch Fock abkommandiert, und irgendwann hatten sie sich aus den Augen verloren.

Fischbach war noch nicht da. So gönnte Welscher sich einige Minuten der Ruhe und lehnte sich an den Kotflügel. Der Wind kräuselte die Wasseroberfläche. Die wenigen Sonnenstrahlen, die ab und an durch die Wolken drangen, wurden glitzernd reflektiert. Ein Bussard zog seine Kreise und spähte nach leichter Beute am Ufer. Nicht weit von hier lag Wollseifen, eine Ortschaft auf der Dreiborner Hochfläche. Nach dem Zweiten Weltkrieg hatten die britischen Besatzer die Einwohner vertrieben und daraus einen Übungsplatz gemacht. Welscher grinste, als er daran dachte, wie er und Harry damals in ihrem jugendlichen Überschwang versucht hatten, sich diesen Ort näher anzuschauen. Sie waren nicht weit gekommen, weit vor der Sicherheitszone wurden sie von einer Militärstreife aufgegriffen. Was die für einen Terz gemacht hatten. Welscher und Harry hatten die scharfe Zurechtweisung stumm geschluckt. Vielleicht war das der Grund gewesen, warum die Streife nichts weiter unternommen hatte. »Dumme-Jungen-Streich«, hatte einer in stark englisch gefärbtem Deutsch gebrummt und sie davongescheucht.

Welscher überlegte, ob Wollseifen immer noch unzugänglich war. Die ehemalige NS-Ordensburg Vogelsang sollte ja inzwischen auch wieder für Publikum geöffnet sein, hatte er gelesen. Er konnte sich nur nicht daran erinnern, ob das Wollseifen mit einschloss.

Fischbach wummerte heran. Er stellte seine Maschine ab und stakste auf Welscher zu. »Das nenne ich mal einen Ausblick«, sagte er und deutete zum See. »Ob der gute Dr. Bauernfeind weiß, dass er in einer Postkarte wohnt?«

»Fragen wir ihn einfach«, schlug Welscher vor, betätigte die Klinke des schmiedeeisernen Gartentörchens und ging voraus.

Bauernfeinds Haus zeigte sich frisch gestrichen und sauber verputzt. Es war anderthalbstöckig und mit einer geschwungenen Gaube im Dach versehen, die Welscher an eine Lilie erinnerte. Englischer Rasen zierte den Garten, die Büsche und Bäume waren akkurat beigeschnitten. Noch bevor sie die Haustür erreichten, wurde sie aufgerissen, und zwei muskulöse Labradore schossen bellend auf sie zu. Welschers Herz setzte einen Schlag aus. Panisch sah er sich nach einer Fluchtmöglichkeit um. Doch da waren die Hunde bereits bei ihnen. Er schloss die Augen und blieb starr stehen. Das Bellen verebbte, eine Sekunde, zwei Sekunden, drei, vier, fünf, die ihm wie Stunden vorkamen. Seine Blase fühlte sich plötzlich voll und kaum kontrollierbar an. Er presste schmerzhaft die Beine zusammen.

»Gute Hunde«, hörte er Fischbach neben sich sagen. »Ihr seid aber auch zwei Prachtexemplare! Labrador Retriever?«

»Ja, das sind Boris und Becky. Sie sind ein Kenner?«, fragte eine unbekannte Stimme. Welscher blinzelte. Ängstlich schielte er auf die Hunde, die freudig um Fischbach herumsprangen und sich von ihm die Seiten klopfen ließen.

»Kenner ist zu viel der Ehre«, antwortete Fischbach. »Ich habe mich mal eine Weile mit Hunderassen beschäftigt. Meine To–«, er brach ab, und sein Gesicht verfinsterte sich. »Es stand in der Familie mal zur Debatte, uns auch so einen Hund anzuschaffen«, vollendete er seinen Satz mit einem traurigen Unterton.

Welscher öffnete die Augen ganz. Vor ihnen stand ein dynamisch aussehender Mann. Er trug bayerische Tracht, was aber nicht lächerlich, sondern stilecht wirkte. Der Mann lächelte, dennoch empfand Welscher Unbehagen. Vermutlich lag es an den stechend kristallklaren blauen Augen. Der Blick schien bis ins Innere, bis zur Seele durchzudringen und damit jedes Geheimnis offenzulegen.

»Sie sehen aus, als ob Sie dem Teufel persönlich begegnet wären«, sagte der Mann und reichte Welscher die Hand. »Jörg Bauernfeind.«

»Zwei Teufel trifft es eher«, antwortete Welscher, während er den laschen Händedruck erwiderte. Argwöhnisch betrachtete er die tollenden Hunde.

Bauernfeind lachte. »Die tun nichts.«

»Klar, die wollen nur spielen. Das sagen alle«, murmelte Welscher.

Bauernfeind ging nicht darauf ein. »Darf ich den Herren eine kleine Vesper anbieten?«, fragte er und wies mit einer großzügigen Geste aufs Haus.

Welscher wollte ablehnen. Er fürchtete immer, solche Dinge könnten ihm später als Annahme von Belohnungen und Geschenken ausgelegt werden. Er wollte sich nicht angreifbar machen. Außerdem sehnte er sich so schnell wie möglich wieder weg. Bei den Hunden fühlte er sich unwohl.

»Aber gerne«, rief Fischbach aus, der solche Bedenken offensichtlich nicht teilte. »Was haben Sie denn im Angebot?« Er ging neben Bauernfeind ins Haus. Welscher folgte ihnen und achtete dabei darauf, die Hunde nicht durch rasche Gesten zu provozieren.

»Sie sehen es an meiner Kleidung«, Bauernfeind spielte mit seinen Knöpfen und lachte, »ich bin der Tradition sehr verbunden. Ich liebe die bayerische Lebensart, und Weißwürste gehören zu meiner Lieblingsspeise. Aber ab und an giere ich nach der einfachen Eifler Küche meiner Großmutter. Daher habe ich alles für einen ›Armen Eifelbauern‹ vorbereitet.«

»Oh! Das ist ja wunderbar«, sagte Fischbach erfreut. Sie traten in die Küche. Wie angewurzelt blieben die Hunde im Türrahmen stehen und setzten sich. Hechelnd blickten sie hin und her.

»Brav«, lobte Bauernfeind und erklärte: »Die beiden dürfen hier nur nach meiner ausdrücklichen Aufforderung herein.«

Welscher staunte nicht schlecht. Zum einen über die Hunde, die offensichtlich so gut erzogen waren, dass sie die Verbote des Herrchens konsequent befolgten. Zum anderen über die Küchengröße. Ein

Tanzsaal konnte kaum größer sein. Der Raum musste fast die ganze untere Etage in Beschlag nehmen. Auffälligste Einrichtung war ein großer Herd in der Mitte des Raums, vor dem ein Tisch stand. Die Gäste konnten sich dort hinsetzen und bei einem Glas Wein zuschauen, wie der Hausherr kochte. Über dem Herd schwebte eine kupferne Esse.

»Setzen Sie sich bitte«, sagte Bauernfeind und band sich eine Schürze um. Während Welscher und Fischbach an dem bereits eingedeckten Tisch Platz nahmen, holte Bauernfeind eine große Pfanne aus dem Schrank und erhitzte Fett. »Ich habe das Weißbrot bereits in Milch eingelegt und paniert. Jetzt muss ich es nur noch goldgelb backen. Zimt und Zucker drauf, und die Herren werden begeistert sein. Das Einfache ist oft das Beste.« Er lachte und holte aus dem Kühlschrank eine Glasschüssel, in der die panierten Weißbrotscheiben lagen.

»Sie wohnen allein?«, fragte Fischbach.

Bauernfeind drehte das Gas an und stellte die Pfanne darüber. »Ja. Leider habe ich noch kein bezauberndes Geschöpf gefunden, das mich in den Hafen der Ehe gelotst hat. Darf ich fragen, ob Ihre Frage privater Wissbegierde entstammt oder ob meine Antwort für Sie von dienstlichem Interesse ist?«

Innerlich stöhnte Welscher auf. Was für ein schwülstiges Gelaber. Noch ein paar Sätze dieses Kalibers, und er würde Bauernfeind eigenhändig die Zunge verknoten.

Fischbach gackerte belustigt. »Der Rechtsgelehrte wittert überall Gefahren und Fallen. Ich kann Sie beruhigen. Sie werden keineswegs verdächtigt.«

»Zumindest von uns nicht«, konnte sich Welscher nicht verkneifen zu sagen.

Bauernfeind lachte wieder und prüfte mit einem Holzlöffel die Temperatur des Öls. »Wenn Sie weiterhin so provokativ sind, dann werde ich meine Hunde auf Sie hetzen.« Er zwinkerte Welscher zu und legte mit einem Esslöffel die panierten Scheiben in die Pfanne, gleich einem Chirurg, der eine schwierige Herzoperation durchführte. Das Öl zischte. »Wollen Sie mir nun sagen, warum Sie hier sind?«

Fischbach breitete die Serviette über seine Beine. »Wir ermitteln in einem Mordfall.«

Bauernfeind hielt in seiner Tätigkeit inne und sah auf. Sein Lächeln gefror. »Es geht also doch um mich.«

»Ach, Sie morden?« Fischbach tat überrascht.

Bauernfeind schaltete die Dunstabzugshaube ein und wendete das Brot. »Die Sterbehilfe erlaubt ein sanftes Ableben und vermeidet unnötige Schmerzen«, dozierte er. »Außerdem wird sie nur bei Patienten angewendet, die durch die Schwere ihrer Erkrankung ohnehin zum Tode verurteilt sind. Wer kann da von Mord sprechen?«

Die Ablufthaube summte monoton und saugte den Kochdunst auf.

»Du sollst nicht töten, Exodus Vers 20, Zeile 13.« Fischbach reckte den Hals, um in die Pfanne zu sehen. »Eins der Zehn Gebote.«

Welscher sah ihn irritiert an. Dass sich sein Kollege auf einen solchen Schlagabtausch einließ, überraschte ihn.

»Die Worte eines Gesunden«, spottete Bauernfeind. »Können Sie sich vorstellen, so schreckliche Schmerzen ertragen zu müssen, dass man am liebsten sterben möchte?«

»Es gibt Schmerztherapien«, parierte Fischbach. »Davon abgesehen kann es bei der aktiven Sterbehilfe zu Komplikationen kommen, die ein schmerzhaftes Dahinscheiden bedeuten.«

»Selten.«

»Ist aber schon vorgekommen.«

Bauernfeind drehte das Gas ab und ging um den Herd herum. Die Hunde hechelten nun noch wilder. »Nachher seid ihr dran«, beruhigte er sie und verteilte dann gekonnt die Brotscheiben. »Meiner Meinung nach soll jeder selbstverantwortlich, unabhängig und frei über sich entscheiden können. Das schließt auch den Sterbezeitpunkt ein. Ein Recht der Selbstbestimmung in meinen Augen.« Er stellte die Pfanne auf den Herd zurück und setzte sich zu ihnen.

Fischbach kaute bereits. »Diagnosen sind aber nicht immer sicher«, nuschelte er mit vollem Mund. »Wie oft ist es schon vorgekommen, dass sich der eine oder andere doch noch von einer schlimmen Krankheit erholt hat.« Er deutete mit seiner Gabel auf Bauernfeind. »Nehmen Sie mal an, so jemand hätte die Sterbehilfe in Anspruch genommen.«

Bauernfeind schnitt sich eine Ecke seines Armen Eiflers ab und probierte. »Auf den Punkt«, urteilte er erfreut, als hätte er den genauen Garpunkt eines Steaks getroffen. »Die Würde des Menschen wird nicht dadurch gewährleistet, dass man ihn möglichst lange am Leben hält, Herr Kommissar. Sondern dadurch, dass man ihm unnötiges Leid und elendes Kranksein erspart.«

Fischbach kratzte die letzten Reste auf seinem Teller zusammen. Welscher hatte mit zunehmender Abscheu beobachtet, wie er das Essen in sich hineinstopfte. Als käme morgen eine Hungersnot. Ekelig. Welscher liebte es, seine Mahlzeiten zu zelebrieren. Langsam und genussvoll war seine Devise. Fast Food gab es für ihn nur zwischendurch im Dienst.

»Menschen sind verführbar«, sagte Fischbach. »Leidende Menschen wahrscheinlich besonders. Sie lassen sich zu einem unnötigen Sterbewunsch hinreißen.« Er faltete die Serviette zusammen und legte sie neben den Teller.

Bauernfeinds Augen strahlten. »Herr Kommissar, wir könnten so noch Stunden weitermachen. Sie haben Ihren Standpunkt klargemacht, er ist bei mir angekommen. Ich denke aber nun mal anders darüber, und das ist in unserem freien Land gottlob möglich. Jetzt mal Hand aufs Herz. Sie wollten doch nicht tatsächlich einen Disput über Sterbehilfe mit mir führen, oder?«

»Nein, nein.« Fischbach schielte gierig auf Welschers Teller. »Ein Unternehmer ist ermordet worden. Vielleicht haben Sie davon gehört?«

»Bruce Baron, ja, ich habe es heute Morgen in der Zeitung gelesen.«

Welscher schob Fischbach den Teller hin.

»Danke.« Fischbach fuhr sich mit der Zungenspitze genüsslich über die Lippen, und ein weiteres Stück Armer Eifler wanderte in seinen Mund. Mit einer Handbewegung wies er Welscher an, das Gespräch fortzusetzen.

»Baron war schwer krank. Er hätte bestenfalls nur noch Wochen zu leben gehabt«, berichtete Welscher. »Uns interessiert, ob er Sie vielleicht um Hilfe gebeten hat.«

Bauernfeind hörte auf zu kauen, schluckte und lachte dann lauthals los. »Moment mal. Sie gehen doch hier nicht dem abstrusen Gedanken nach, dass ich den Mord an ihm arrangiert haben könnte?«

»Eigentlich versuchen wir nur, uns in Barons Gedankenwelt einzufühlen, um dann daraus weitere Schlüsse ziehen zu können«, erklärte Welscher.

»Wie sieht so etwas genau aus?«, wollte Bauernfeind wissen und legte sein Besteck ab. Er stemmte seine Ellenbogen auf den Tisch und faltete die Hände.

Fischbach futterte ungerührt weiter.

»Nehmen wir an, Bruce Baron war bei Ihnen, um mit Ihnen über das Thema Sterbehilfe zu sprechen.« Welscher beobachtete Bauernfeind, der leicht nickte. Sein stechender Blick ging Welscher unter die Haut. »Dann wüssten wir, dass er vermutlich mit dem Gedanken spielte, vorzeitig aus dem Leben zu treten, und vielleicht auf die Idee gekommen sein könnte, seinen Mörder selbst zu beauftragen.«

Bauernfeind nickte wieder. »Ja, das verstehe ich. Danke, dass Sie mich an Ihren Gedanken teilhaben lassen.«

Fischbach rülpste kaum hörbar und klopfte sich auf den Bauch. »Das war gut«, stellte er fest.

»Möchten Sie meine Portion auch noch?«, bot Bauernfeind an.

Fischbach winkte ab. »Satt bis Oberkante Unterlippe. Noch ein Minzblatt, und ich würde platzen.« Er lachte, und Bauernfeind fiel mit ein.

»War er nun bei Ihnen oder nicht?«, störte Welscher die Zweisamkeit. Er konnte nicht verstehen, was an einem Minzblatt so lustig war.

»Ja, Baron hat mich aufgesucht«, teilte Bauernfeind ihnen mit und winkte seine Hunde heran. Sie stürzten herein und legten ihre Köpfe auf seinen Oberschenkel. Leise jaulten sie.

Welscher zog sein Notizbuch. »Wann war das?«

»Vor fünf, nein, eher vor sechs Wochen. Wenn Sie das genaue Datum brauchen, müsste ich es nachschlagen.«

»Später. Was wollte er von Ihnen?«

Bauernfeind runzelte die Stirn. »Diese Frage ist doch nicht ernst gemeint?«

»Also Sterbehilfe. Und Sie haben sie ihm verweigert?«

»Nein, habe ich nicht. Sie kennen doch meine Einstellung, warum also sollte ich das tun? Wir haben ein längeres Gespräch miteinander geführt, ich habe ihm alles erklärt und seine Fragen beantwortet.«

Fischbach und Welscher wechselten einen überraschten Blick. Es wäre für Bauernfeind einfach gewesen, an dieser Stelle jegliches Mitwirken abzustreiten. Warum gab er es so offen zu?

Er schien ihre Frage zu ahnen. »Ich selbst vermittele nur, nicht mehr und nicht weniger. Nun ist es so, dass die Sterbehilfe für den Kunden nicht preiswert ist. Leider, wenn ich das anfügen darf. Ich finde, diese Entscheidung sollte nicht von Geld abhängig sein. Aber lassen wir das. Baron wollte die Summe auftreiben und wiederkommen. Er ist zur Tür hinaus, und ich habe ihn nie wiedergesehen.«

Welscher schrieb alles mit. »Kann jemand diese Aussage bestätigen?«

Bauernfeind schüttelte den Kopf. »Solche Gespräche führe ich unter vier Augen.« Er streichelte den Hunden über die Köpfe. Ihre Schwänze tanzten in der Luft.

»Sicher, das war ja zu erwarten«, sagte Welscher und ließ seinen Kugelschreiber durch schnellen Wechsel der Finger rotieren. »Können Sie uns noch irgendetwas berichten, was der Aufklärung des Falles dienlich sein könnte?« Sein Standardspruch, den er immer zum Ende einer Befragung herunterleierte.

»Leider nein«, sagte Bauernfeind.

Welscher zog seine Visitenkarte. »Wenn Ihnen noch etwas …« Er unterbrach sich, als sein Blick auf die Karte fiel. Polizeipräsidium Köln, stand da. Er steckte sie bekümmert zurück in sein Portemonnaie.

»Melden Sie sich bei uns, wenn Ihnen doch noch etwas einfällt«, sagte Fischbach an Welschers Stelle und reichte seine Karte an Bauernfeind weiter.

Der nickte.

Sie standen auf und verabschiedeten sich. Welscher beäugte beim Hinausgehen misstrauisch die Hunde, die aber artig bei Fuß standen, bis Bauernfeind die Haustür hinter ihnen schloss.

An ihren Fahrzeugen blieben sie stehen und sahen eine Weile stumm zum Obersee hinunter.

»Ich glaube, Baron hat schnell verstanden, dass es bei Sterbehilfe auf Selbstmord hinausläuft«, brach Fischbach das Schweigen. »Seine Lebensversicherung, und ich gehe davon aus, dass er eine solche Police abgeschlossen hatte, würde dafür keinen Cent herausrücken.«

»Da gab es nichts zu verstehen«, sagte Welscher. »Bauernfeind hat ja gesagt, dass er Baron alles erläutert hat.«

»Umso besser. Er wollte deswegen aber bestimmt nicht die Versicherungssumme riskieren.«

»Es stellt sich allerdings die Frage nach dem Grund. Wollte er seine Frau nicht unversorgt wissen? Das setzt voraus, dass die beiden sich trotz aller Affären noch liebten. Ansonsten hätte es ihm reichlich egal sein können. Seiner Frau hingegen nicht. Sofern sie die Begünstigte ist, heißt das. Vielleicht wusste sie von Selbstmordplänen ihres Mannes und ist ihm zuvorgekommen.«

»Da könnte was dran sein«, sagte Fischbach nachdenklich.

»Damit hätte Susanne Baron ein Motiv.«

»Ja.«

»Wir haben sie weder nach einer Lebensversicherung noch nach der Krankheit gefragt. Müssen wir auf jeden Fall nachholen.«

»Mach dir keine Vorwürfe. Wir haben von der Krankheit ja erst heute Morgen erfahren.«

Welscher steckte die Hände in seine Manteltaschen. »Okay. Jetzt noch mal zurück zu Baron selbst: Glaubst du wirklich, dass er seinen eigenen Mörder beauftragt haben könnte?«

Fischbach kratzte sich das Kinn. »Das war eigentlich deine Idee. So weit hatte ich bisher nämlich noch gar nicht gedacht. Aber warum nicht? Es gibt nichts, was es nicht gibt.«

Welscher blickte ihn von der Seite an. »Fast philosophisch, die Antwort. Dein Wortgefecht eben mit Bauernfeind war auch sehr aufschlussreich. Du bist gläubig, stimmt's?«

Fischbach lachte leise. »Nicht mehr oder weniger als die anderen Eifler, die sonntags in die Kirche gehen und ansonsten den lieben Gott einen guten Mann sein lassen.« Sein Gesicht verdüsterte sich. »Sterbehilfe ist einfach ein Thema, mit dem ich mich früher mal näher auseinandergesetzt habe. Ich kenne die Pros und Kontras.«

»Gab es einen konkreten Anlass?«

Fischbach setzte seinen Helm auf. »Nein«, antwortete er abweisend. »Wir treffen uns im Büro.« Er warf seine Harley an und brauste davon.

Nachdenklich sah ihm Welscher hinterher.

SECHS

Zufrieden las Welscher seinen Namen auf dem Schild neben der Bürotür. Auf dem in der Zwischenzeit von jemandem leer geräumten zweiten Schreibtisch stand nun ein Computer. Die Akten stapelten sich auf dem Fußboden.

»Sieht so aus, als seist du endlich angekommen«, meinte Fischbach und warf sich auf seinen Stuhl, der bedenklich ächzte.

Welscher setzte sich ebenfalls. Auf einem Klebezettel am Monitor war das Passwort für die Erstanmeldung vermerkt.

»Was ich dich fragen wollte.« Er nahm den Zettel und steckte ihn in die Tasche. Schließlich musste die Putzfrau ja nicht gerade wissen, wie man sich in das System einloggte. »Dein Passwort ist schon irgendwo bei dir da am Arbeitsplatz zu finden, oder? Ich meine, das ist doch kein Trick?«

Fischbach schüttelte den Kopf. »Kein Trick. Du findest die Antwort hier.« Er breitete die Arme aus, als ob er den Tisch teilen wollte wie Moses das Rote Meer.

Welscher nickte erleichtert. Dann würde er es herausbekommen, da war er sich sicher. »Was steht heute noch an?«

Fischbach sah auf die Uhr, die über der Tür hing. »In zehn Minuten muss ich mit Bönickhausen zur Pressekonferenz. Anschließend treffen wir uns im Konferenzzimmer.« Er nahm den Hörer und wählte. »Hotte hier«, meldete er sich. »Sind Andrea und Guido schon da?«

Er horchte. »Versuch, sie zu erreichen. Gegen sechs setzen wir uns zusammen ... Ja, der Schmitz-Ellinger sag auch Bescheid.« Er legte auf. »Die Willms ist eifrig«, urteilte er und hob den Daumen.

»Was hältst du von Nettersheims Hinweis mit dem verschwundenen Lastwagen? Will er nur von sich ablenken, oder war es ein Tipp, der uns wirklich weiterbringen könnte?«

Fischbach schniefte wieder. »Der will nicht ablenken. Wir gehen dem nach, und der Rest wird sich ergeben. Wir müssen uns auch Barons Büro vornehmen. Vielleicht finden wir dort was.«

AC/DC meldeten ein Gespräch für Fischbach. Umständlich fummelte er das Handy hervor und sah auf das Display. »Ach, Mama, nicht jetzt«, murmelte er und wies mit einem Tastendruck das Gespräch ab.

Welscher sah zum Fenster hinaus. Es dämmerte bereits, in den Häusern gegenüber leuchteten Lichterketten. Er gab sich einen Ruck.

»Verstehst du dich mit deiner Mutter nicht?«, fragte er. Ein wenig mehr über seinen Kollegen zu erfahren, würde ihm die Zeit, die er hier noch Dienst schieben musste, vielleicht erleichtern. Small Talk wirkte mitunter Wunder, und er würde sich nicht mehr so fremd fühlen.

»Das ist es nicht.« Fischbach schniefte. »Meine Familie ist nicht ganz einfach.« Er stand auf. »Ich gehe jetzt runter zu den Pressefritzen. Kommst du mit?«

Welscher überlegte kurz, das Angebot anzunehmen, entschied sich dann aber dagegen. »Lass mal. Ich gehe zu Bianca hoch und gebe schon mal alles zu Protokoll, was wir heute ermittelt haben.«

Fischbach nickte. »Ruf bitte auch Feuersänger an. Der soll zur Lagebesprechung kommen, wenn er Zeit hat. Möchte wissen, was er bisher so herausgefunden hat.«

***

Nach der Pressekonferenz, die ohne Überraschungen über die Bühne ging, hatte Fischbach noch Zeit, kurz frische Luft zu schnappen. Er stand am Hintereingang, froh, der stickigen Heizungsluft im Inneren des Gebäudes entflohen zu sein, und nippte an dem Kaffee, den er sich gezogen hatte. Dabei schaute er den Schneeflocken zu, die im Licht der Parkplatzlaternen tanzten.

Zwei Kollegen kamen aus dem Gebäude und grüßten ihn knapp. Sie gingen zu einem Einsatzwagen und stritten sich lautstark über Frauen, Freunde und Vertrauen.

Fischbach sah ihnen nach, als sie vom Hof fuhren. Anscheinend hatten die Kollegen ein ernstes Problem miteinander.

Seine Gedanken wanderten zu Nettersheim. Welscher hatte mit seinem ersten Eindruck nicht danebengelegen. Sie waren tatsächlich befreundet.

In seiner schwierigen Phase hatte Nettersheim ihn nicht nur mit Stoff versorgt, sondern auch immer ein offenes Ohr für ihn gehabt.

Wenn Fischbach nicht mehr gewusst hatte, wohin er sich wenden sollte, war er zu ihm gefahren. Nettersheim hatte sich seine Sorgen und Ängste angehört, seine Verzweiflung verstanden und ihm überraschenderweise bei jedem Besuch geraten, mit dem Koks aufzuhören.

Hätten seine Kollegen erfahren, was Fischbach in diesen dunklen fünf Monaten nach dem Unfall aufrecht gehalten hatte, seine Laufbahn wäre ein für alle Mal den Bach runtergegangen. Als Dank für Nettersheims Verschwiegenheit hatte er ihm im Gegenzug hin und wieder einen Tipp gegeben, wo eine Razzia anstand oder welche Fahrzeuge kontrolliert werden sollten. Er war also nicht ganz unschuldig daran, dass seine Kollegen Nettersheim nie zu fassen bekamen.

Jahre später hatte Fischbach ihn einmal gefragt, warum er ihn nicht einfach zum Teufel gewünscht hätte. Nettersheim hatte gelächelt und gesagt: »Manche Dinge kann man nicht erklären. Ich fand dich einfach sympathisch.«

Nachdem er wieder auf die richtige Spur zurückgefunden, den Drogen abgeschworen und mit Sigrid eine neue, liebenswerte Frau an seiner Seite gehabt hatte, war er trotzdem regelmäßig bei Nettersheim vorbeigefahren und hatte ihn nun seinerseits bekniet, mit dem ganzen Scheiß aufzuhören. Zum einen mochte er den dicken Kerl wirklich und machte sich Sorgen um ihn. Er konnte ihm schließlich nicht immer den Rücken freihalten. Zum anderen plagte ihn sein schlechtes Gewissen, wenn er morgens die Zeitung aufschlug und von dem nächsten Drogentoten las.

Nettersheim hatte schließlich sein Flehen erhört. Doch Fischbach war nicht so dumm zu glauben, der raffinierte Geschäftsmann hätte alle Brücken in die Vergangenheit abgerissen.

Er lachte leise und schüttelte den Kopf. Der Don Corleone von Euskirchen war ein Schlitzohr, und er war froh, ihn auf seiner Seite zu wissen.

Er sah auf die Uhr und seufzte. Zeit für die Besprechung. Hoffentlich kam die Schmitz-Ellinger bald, er musste vorher noch unter vier Augen mit ihr reden.

Der Kaffee war inzwischen deutlich abgekühlt. So stürzte er ihn mit einem Schluck herunter und zerknüllte den Plastikbecher.

Ein schwarzer Audi fuhr auf den Parkplatz. Die Staatsanwältin stieg aus und huschte mit eiligen Schritten auf ihn zu. Fischbach hielt ihr die Tür auf.

»Was für ein Wetter«, sagte sie anstelle einer Begrüßung.

Fischbach ging nicht darauf ein. »Kann ich Sie kurz sprechen?«

Sie blieben im Flur stehen. Erwartungsvoll sah Doris Schmitz-Ellinger ihn an. »Ich kann es mir schon denken. Es geht um meinen Sohn, stimmt's?«

»Ja«, bestätigte Fischbach.

Sie seufzte. »Dann lassen Sie mal hören.«

***

Im Konferenzraum stand die Luft. Doris Schmitz-Ellinger rümpfte die Nase, als sie in Begleitung von Fischbach den Raum betrat und sich neben Feuersänger an den Tisch setzte. »Was für ein Odeur«, wisperte sie und legte ihre Unterlagen auf den Tisch.

Bianca Willms sprang auf und öffnete ein Fenster. Sofort wurde der Geräuschpegel des Verkehrs auf der Kölner Straße lauter.

»Schön, dass es alle rechtzeitig geschafft haben«, sagte Bönickhausen zufrieden. »Die Pressekonferenz verlief normal, ohne besondere Vorkommnisse, keine Schreiberlinge, die lautstark mehr Einsatz forderten. Diesen Punkt können wir abhaken. Bitte, Hotte, bring uns mal alle auf Stand.«

Fischbach wischte sich mit dem Ärmel den Schweiß von der Stirn und musterte die Staatsanwältin. Das Gespräch mit ihr eben im Flur hing ihm noch nach. Er konzentrierte sich und fasste die Ermittlungen des Tages zusammen.

»Wie war es in Bonn?«, fragte er Welscher anschließend.

Welscher berichtete von der Obduktion.

Danach bat Fischbach Andrea Lindenlaub um eine Zusammenfassung der Zeugenbefragungen.

Sie setzte sich aufrecht hin und schob ihren Notizblock in Position. »Guido und ich haben bisher zweiundvierzig Zeugen vernommen. Bianca hat bereits alle Aussagen protokolliert. Ihr könnt es also nachlesen. Allerdings ist nicht viel dabei herausgekommen. Ein Einziger«, sie blätterte in ihren Notizen, »Manfred Lang, Hausmeister in Barons Firma, hat den Verdacht geäußert, dass Baron etwas mit der Sängerin am Laufen hatte, die bei der Feier aufgetreten ist.«

»Woher weiß er das?«, hakte Welscher nach. »Ich meine: als Einziger. Muss ja eher unter ›streng geheim‹ gelaufen sein, wenn das sonst niemand mitbekommen hat.«

»Er hat sie vor dem Auftritt zusammen gesehen. Er wollte eine rauchen und ist über das Gelände geschlendert. Dabei hat er beobachtet, wie sie aus der Hintertür traten und sie ihre Zunge in seinem Hals versenkte«, erklärte Büscheler.

Andrea Lindenlaub stupste ihn an. »Deine Ausdrucksweise lässt zu wünschen übrig.«

»Hilft uns das weiter?«, fragte Welscher zweifelnd.

»Vielleicht hat er Schluss gemacht, und sie hat es ihm übel genommen«, fabulierte Andrea Lindenlaub. »Oder Baron hat sein Herz bei ihr ausgeschüttet, seine Probleme, seine Pläne, seine Ängste, was weiß ich?«

»Ja, vielleicht weiß sie was. Wir knöpfen sie uns besser ebenfalls vor«, hielt Fischbach fest. »Aber mal was anderes. Die Gästeliste ist lang. Warum habt ihr euch keine Unterstützung geholt?«

Büschelers und Andrea Lindenlaubs Mienen verdunkelten sich. »Haben wir ja versucht«, verteidigte sich Andrea Lindenlaub. »Keine Abteilung wollte uns helfen. Wir waren überall, doch niemand konnte Leute entbehren.«

»Zum Schluss waren wir es leid und haben uns allein auf die Socken gemacht. Die Zeit, die wir mit Suchen verplempern, können wir besser nutzen«, sagte Büscheler.

Fischbach kämpfte gegen den Ärger an, der sich in seiner Magengrube ausbreitete, und wechselte einen Blick mit Bönickhausen.

»Da sprechen wir noch drüber«, sagte der. Seine verkniffene Miene verriet, dass er ebenso wenig begeistert war.

»Reden wir über mögliche Motive«, sagte Fischbach. »Wissen wir, ob Baron eine Lebensversicherung abgeschlossen hatte?« Er sah in die Runde, niemand antwortete. »Bianca, kannst du dich da bitte mal dranhängen?«, bat er. »Versuch auch herauszubekommen, wer gegebenenfalls der Begünstigte ist.«

Sie nickte.

»Was ist mit Nettersheim?«, fragte Welscher. »Hat er Baron vielleicht eine Abreibung verpassen wollen?«

»Hm«, meinte Büscheler zweifelnd. »Das wäre doch eher auf einen gebrochenen Finger, ein blaues Auge oder so etwas hinausgelaufen. Einer wie der will einschüchtern, nicht töten. Schließlich will er irgendwann sein Geld wiedersehen, und ein Toter kann nicht mehr zahlen, oder?«

Fischbach war froh, dass er Nettersheim nicht zur Seite springen musste. Büscheler machte es gut und richtig.

»Die Einschüchterung kann ja danebengegangen sein«, beharrte Welscher schulterzuckend.

Büscheler hob skeptisch eine Augenbraue. »Kopfschuss mit Wasser im Mund? Hört sich nicht an wie zufällig danebengegangen.«

Sekundenlang war es still, bis Fischbach wieder das Wort ergriff.

»Da geht uns die Arbeit ja nicht aus. Dem verschwundenen Lkw müssen wir nachgehen. Möglicherweise wollte Baron sein karges Einkommen mit Drogentransporten aufbessern, und irgendetwas ist schiefgegangen. Dann haben wir immer noch die Sekretärin und neu die Sängerin, die vielleicht aus Eifersucht am Abzug gezogen haben. Wir arbeiten das nach und nach ab.«

Er nickte aufmunternd in die Runde. »Und noch etwas: Ich bin felsenfest davon überzeugt, dass der Tatort nicht zufällig gewählt wurde. Bruce Baron sollte rasch gefunden werden. Der Mörder wusste von der Vorliebe des Försters, immer die gleiche Route zu gehen.«

»Dann müssen wir dessen Umfeld beleuchten«, hakte Andrea Lindenlaub ein. »Die beiden könnten sich gekannt haben.«

»Ach was«, wiegelte Büscheler ab. »Ihr wisst doch, wie das hier ist. Jeder weiß über jeden Bescheid. War bestimmt kein Geheimnis, dass der Grünberockte immer dieselbe Strecke nahm, da bin ich mir sicher. Für mich ist eher noch die Frage offen, ob man Baron zwangsweise zum Tatort geführt oder ob er ihn freiwillig aufgesucht hat. War er verabredet? Wenn ja, muss er der Person schon eine gehörige Portion Vertrauen entgegengebracht haben, dass er mitten in der Nacht an einen so schaurigen Ort geht.«

Bianca Willms schüttelte sich. »Mich würden dort nachts keine zehn Pferde hinkriegen.«

Fischbach wandte sich an Feuersänger. »Heinz, was kannst du uns berichten?«

Mit einem Tuch wischte sich Feuersänger über seine Glatze. Das Licht der Leuchtstofflampen ließ sein Feuermal rosa erscheinen.

»Zum Tatort gibt es leider keine neuen Erkenntnisse«, begann er. »Der gefrorene Boden, der häufig frequentierte Waldweg, nicht gerade ideal, um etwas zu finden. Aber das habe ich euch ja schon gesagt.« Er holte ein Papier aus seiner Tasche und faltete es auseinander. »Gerade eben aber habe ich ein Fax erhalten. Die DNA von Barons Zahnbürste ist mit der des Opfers identisch. Die Fingerabdrücke stimmen ebenfalls überein.«

Er reichte den Ausdruck an Bianca Willms weiter, die etwas darauf notierte und es dann in einem Ordner abheftete.

»Ich digitalisiere das später und stelle es im zentralen Ordner zur Verfügung«, teilte sie ihnen mit.

»Zum Geschoss kann ich euch mitteilen, dass es eine Neun-Millimeter war. Wir haben keine Hülse gefunden. Der Täter hat sie also aufgehoben und eingesteckt. Er hätte bestimmt auch noch das Projektil mitgenommen, wenn es nicht zu fest im Stein gesteckt hätte.«

»Klasse, neun Millimeter, die weltweit meistverbreitete Pistole«, ärgerte sich Fischbach. »Hättest du nicht ausnahmsweise mal was Ungewöhnliches vorweisen können?«

»Was Ungewöhnliches?« Feuersänger runzelte die Stirn.

»Einen Armbrustbolzen zum Beispiel«, versuchte Fischbach zu scherzen.

Feuersängers Stirnrunzeln vertiefte sich. »Aber es war doch eine Pistole. Wieso soll da ein …«

»Vergiss es.« Fischbach winkte ab. Feuersänger ging vermutlich zum Lachen in den Keller. Tatsächlich war ihm, als hätte er ihn noch nie lachen sehen. Er nahm sich vor, in Zukunft bewusst darauf zu achten. »Was mir gerade einfällt: Hatte Baron eine Waffenbesitzkarte? Vielleicht stammten ja Waffe und Munition von ihm selbst.«

Bianca Willms schüttelte den Kopf. »Nein, habe ich abgefragt. Er schien damit nichts am Hut zu haben.«

Doris Schmitz-Ellinger klickte ungeduldig ihren Kugelschreiber rein und raus. »Von einer Festnahme sind wir, wie es aussieht, noch weit entfernt«, fasste sie zusammen. »Es kristallisiert sich keine eindeutige Spur heraus, die uns zum Mörder führen würde. Korrigieren Sie mich bitte, wenn ich mit meiner Einschätzung danebenliegen sollte.« Ihre Mundwinkel hingen herab, eine steile Falte stand ihr auf der Stirn. »In zwei Tagen ist die nächste Pressekonferenz. Dann müssen wir der schreibenden Zunft etwas präsentieren, ansonsten werden die uns in der Luft zerpflücken, da bin ich sicher.«

Bönickhausen nickte heftig. »Und der Landrat hätte in Düsseldorf einen schweren Stand.« Er schaute Fischbach an. »Wie gehen wir weiter vor?«

Fischbach seufzte. »Ganz einfach. Wir werden weiter unsere Arbeit machen, also Zeugen befragen, nach Verbindungen und Spuren suchen, nach Motiven und nach möglichen Tätern. Zwischendurch müssen wir leider auch ab und an etwas essen und schlafen.« Er spürte den Ärger seinen Hals heraufwandern. Immer dieses blödsinnige Geschwafel, immer dieser Druck, der von oben kam, nur damit irgendwo irgendjemand sich in die Brust werfen konnte. »So haben wir es immer gemacht, und über kurz oder lang«, er hielt kurz inne und blickte zu Doris Schmitz-Ellinger, »hat sich der Erfolg eingestellt.«

Eine unheilvolle Stille breitete sich am Tisch aus.

»Hotte, also so war das gar nicht ...«, brachte Bönickhausen hervor, um die Situation zu entschärfen. Doch er wurde von Doris Schmitz-Ellinger unterbrochen.

»Ich will Tempo, ich will Ergebnisse.« Wütend sammelte sie ihre Unterlagen zusammen und steckte sie ein. »Ich will dieses Schwein haben, das durch die Wälder rennt und ehrbaren Geschäftsleuten die Birne wegballert.« Sie riss ihre Tasche an sich und stürmte aus dem Zimmer.

Perplex sah Fischbach sie davonrauschen. »Was ist denn mit der?«

»Die Tage?«, bot Andrea Lindenlaub als Erklärung an.

Bianca Willms kicherte. »Bist du fies.«

»Seid nicht albern«, brummte Bönickhausen. »Ihre Mutter ist heute Morgen verstorben.«

Augenblicklich hatte Fischbach ein schlechtes Gewissen. Nicht der Schmitz-Ellinger gegenüber, da traf ihn keine Schuld, schließlich hatte er nichts von ihrer Familientragödie gewusst und sich diesbezüglich auch nicht taktlos verhalten. Aber er war immer noch nicht dazu gekommen, seine Mutter zurückzurufen.

Auf die betretenen Blicke der anderen sagte Bönickhausen: »Nun macht euch mal keine Sorgen. Ich werde mich gleich darum kümmern und ein wenig zur Entspannung der Situation beitragen. Ihr arbeitet in Ruhe weiter, während ich versuche, euch den Rücken freizuhalten. Also, was steht als Nächstes an?«

Fischbach stützte seine Ellbogen auf den Tisch und legte die Hände ineinander. »Wir gehen der Sache mit dem Lastwagen nach und befragen die Sängerin, vielleicht weiß sie was. Morgen Vormittag sehen wir uns in Barons Büro um. Dabei fühlen wir gleich mal der Sekretärin auf den Zahn. Auch bei der Baronin schauen wir noch mal vorbei. Irgendwie finde ich es seltsam, dass sie uns nichts von der schweren Erkrankung ihres Mannes gesagt hat. Außerdem werden wir natürlich die restlichen Gäste befragen.« Er blickte Andrea Lindenlaub und Büscheler an. »Benötigt ihr noch Unterstützung?«

Büscheler winkte müde ab. »Geht schon, morgen Nachmittag sind wir durch. Du hast übrigens die Gartenzwergkonkurrenz vergessen. Wenn wir mit den Mitarbeitern fertig sind, können wir uns die vornehmen.«

»Gut.« Fischbach wandte sich an Bönickhausen. »Trotzdem möchte ich jederzeit die Möglichkeit haben, Leute anzufordern.«

Der nickte und stand auf. »Hatte ich dir ja bereits zugesagt. Ich klär das.« Er lächelte aufmunternd in die Runde und verließ den Raum.

Feuersänger erhob sich ebenfalls. »Na, dann bin ich auch mal weg.« Er hob knapp die Hand und watschelte hinter Bönickhausen her.

»Hat noch einer was?«, fragte Fischbach.

Bianca Willms hob die Hand. »Ich habe euch ein paar Informationen über Jörg Bauernfeind zusammengestellt.« Sie schob jedem einen DIN-A4-Ausdruck zu.

Fischbach überflog die Seite und war beeindruckt. Vor ihm lag ein kompletter Lebenslauf. »Wo hast du denn das alles her?«, wollte er wissen.

Bianca Willms wirkte plötzlich verlegen. »Ach. Der Kerl ist ja recht prominent, von daher hatte ich keine Probleme, mehr über ihn zu erfahren.«

»Gute Arbeit, Respekt«, sagte Fischbach. Einmal mehr freute er sich, Bianca Willms eine Chance gegeben zu haben.

Auf dem Flur kam ihnen Bönickhausen entgegen. Er wedelte aufgeregt mit einem Zettel. »Hier«, keuchte er, als ob er gerade einen Zehntausendmeterlauf absolviert hätte. »Das ist gerade reingekommen.« Er drückte Fischbach das Papier in die Hand. Der überflog die Zeilen.

»Offensichtlich ein Selbstmord«, kommentierte er und hielt es so, dass Welscher ebenfalls draufschauen konnte. »Was sollen wir damit? Wir sind beschäftigt. Hast du sonst niemanden, der da hinfahren kann?«

Bönickhausen tippte mit dem Zeigefinger auf die Zeilen. »Die Frau des Selbstmörders heißt Eimermacher. Ist nicht gerade ein Allerweltsname, und ich habe mich daran erinnert, dass er auf Barons Gästeliste ebenfalls aufgetaucht ist. Vielleicht gibt es einen Zusammenhang.« Er hob die Augenbrauen. »Ich denke, ihr solltet mal mit ihr sprechen. Das kann doch kein Zufall sein.«

Fischbach zögerte. Anders als Bönickhausen konnte er sich nicht vorstellen, dass ein Angestellter, der vermutlich aufgrund seiner desaströsen wirtschaftlichen Lage nach dem Rauswurf Selbstmord begangen hatte, mit dem Mord an Baron auch nur im Entferntesten etwas zu schaffen haben könnte.

Welscher jedoch zuckte mit den Schultern und sagte: »Lass uns mal hinfahren. Schaden kann es nicht.«

»Okay«, entschied Fischbach. »Geh schon mal vor. Ich muss rasch noch was mit unserem Chef klären.«

***

Fischbach fuhr voraus. Das Rücklicht leuchtete rot, wie bei einem Zyklopen, dessen Auge eine Bindehautentzündung hatte. Welscher sah auf die Uhr. Gleich sieben. Um acht war er mit Kerstin verabredet. Der alten Zeiten wegen, wie sie es ausgedrückt hatte. Das müsste noch funktionieren, dachte er. Sein Kollege vor ihm saß aufrecht im Sattel, die Kälte schien ihm nichts auszumachen. Welscher fror plötzlich und drehte die Heizung auf Maximum. Die B56 zog sich mit einem leichten Linksschwenk am Zülpicher See vorbei. Im Sommer war hier ordentlich was los. Dann kamen die Windsurfer, die Segler, Schwimmer, Taucher, Wanderer, Radfahrer und Nordic Walker von überall her, um in diesem Naherholungsgebiet auszuspannen. Früher war er auch öfter hier gewesen, sogar mal mit Kerstin zusammen. Der See war ein Relikt des Tagebaus, das wusste er noch aus seiner Schulzeit. In den Neunzigern war für eine Weile ein Badeverbot ausgesprochen worden. Gänse hatten den See mit Fäkalien verunreinigt. Erst ein Umbau des Badebereiches hatte eine Verbesserung der Wasserzirkulation gebracht.

»Gänsescheiße«, murmelte Welscher und grunzte belustigt. »Von mir aus könnten die die ganze Eifel zuscheißen.«

Er nahm sein Handy und rief zu Hause an. »Jan hier. Du, es dauert leider wieder länger«, sagte er und versuchte, so viel Bedauern in seine Stimme zu legen, wie er aufbringen konnte. Er horchte. »Bist du noch dran?«, fragte er.

»Also, weißt du, Jan. Ich habe mir unser Zusammenleben anders vorgestellt«, entgegnete Alex kalt, dann war die Leitung tot.

»Mist«, fluchte er und überlegte, sein Treffen mit Kerstin zu verschieben. Aber auf die eine Stunde kam es jetzt eigentlich auch nicht mehr an. Der Tag war eh gelaufen, und auf die schlechte Stimmung zu Hause verspürte er gerade nicht die geringste Lust.

Sie fuhren an Zülpich vorbei und bogen auf Höhe des Neffelsees in Richtung Juntersdorf ab. Im Dorf nahmen sie die Pfarrer-Wachten-Straße bis zur Düttling. Weit und breit stand nur ein Haus, und vor dem parkten zwei Streifenwagen, dahinter ein Leichenwagen. Zwei Polizisten standen am Heck und rauchten.

Welscher stieg aus und wartete, bis auch Fischbach so weit war.

»Geh durch, Hotte. Auf dem Speicher«, sagte einer der Männer und deutete mit seiner glimmenden Zigarette zum offen stehenden Hauseingang.

»Alles klar«, erwiderte Fischbach und stapfte los. Im Flur hörten sie jemanden weinen. Sie warfen im Vorbeigehen einen Blick ins Wohnzimmer. Dort saß ein Polizeibeamter auf einer Sesselkante und drehte seine Mütze in den Händen. Eine hochschwangere Frau auf einem der Esszimmerstühle daneben heulte Rotz und Wasser. Der Beamte bemerkte sie und deutete stumm zur Decke.

Welscher nickte und folgte Fischbach die Stufen hinauf. Oben wurden sie von einem anderen Kollegen empfangen. Welscher erkannte ihn wieder, es war derselbe, der bei Maria Rast die Straße abgeriegelt hatte.

»Du bist ja ein richtiger Todesengel«, bemerkte er und rümpfte die Nase. Es roch unangenehm nach Urin und Fäkalien.

»Kleiner Scherz auf meine Kosten, ha, ha«, presste der Kollege ärgerlich heraus. Welscher hatte ihn offensichtlich auf dem falschen Fuß erwischt.

»Irgendwelche Hinweise auf Fremdeinwirkung?«, fragte Fischbach.

Der Kollege schüttelte den Kopf. »Nein. Seine Frau hat ausgesagt, er sei gegen siebzehn Uhr hier hochgegangen. Er wollte weiter am Kinderzimmer bauen.«

Welscher sah sich um. Unverputzte Gipsplatten verkleideten das Gebälk, Werkzeug lag auf dem Boden verstreut.

»Knapp eine Stunde später wunderte sie sich, dass sie nichts von ihm hörte. Als sie nachschauen ging … nun ja, da fand sie ihn.« Er wies auf die Leiche. Sie lag auf dem Boden.

»Auf dem Boden?«, fragte Welscher irritiert.

»Blödsinn«, knurrte der Kollege. »Er baumelte mit einem Stromkabel um den Hals am Deckenbalken. Wir haben ihn runtergeholt und versucht, noch irgendetwas zu retten. Doch es war zu spät.«

Fischbach hockte sich neben den Toten und betrachtete ihn aufmerksam. »So ein junger Bursche. Was hat ihn bloß dazu getrieben? Seine Frau und sein Ungeborenes im Stich zu lassen, ehrlich, ich verstehe es nicht.«

»Vielleicht hilft das weiter«, sagte der Kollege und reichte Fischbach einen Umschlag. »Steckte in seiner Brusttasche. Ein Abschiedsbrief.«

»Warum sagst du das nicht gleich?«, brummte Fischbach und kam wieder in die Höhe. Er faltete den Brief auseinander.

Welscher trat neben ihn und schaute ihm über die Schulter. Die Schrift war klar und steil. Mit wachsendem Erstaunen überflog er die Zeilen.

Eine halbe Stunde später verabschiedete Welscher die beiden Kollegen von der Streife und ging ins Wohnzimmer zurück. Fischbach saß mit der Frau am Esszimmertisch. Vor ihm lag der Abschiedsbrief. Welscher setzte sich zu ihnen.

»Frau Eimermacher, es tut mir leid, dass ich das Thema ansprechen muss. Es ist nicht einfach für Sie, das ist mir bewusst.«

Tapfer nickte sie, streckte dabei entschlossen ihr Kinn vor.

»Ihr Mann Christian hat in diesem Abschiedsbrief geschrieben, dass er als Drogenkurier unterwegs war. Mit einem Lastwagen der Firma Baron. Der Laster wurde geklaut, mit ihm eine millionenschwere Heroinlieferung. Weiter schreibt Ihr Mann, dass nicht nur er vom Auftraggeber bedroht wurde, der sein Geld wiederhaben wollte, sondern auch Bruce Baron, obwohl dieser überhaupt nichts mit der Sache zu schaffen hatte.« Fischbach strich mit der flachen Hand über das Papier. Es knisterte leise. »Wussten Sie von der Nebentätigkeit Ihres Mannes?«

Sie zerknüllte ihr Taschentuch in den Händen und sah unsicher zu Boden. »Nein, nicht direkt. Er hat mich nicht eingeweiht, meine ich.«

»Nicht direkt? Was heißt das genau?«

»Ich habe es befürchtet und ihn bedrängt, mir zu sagen, worum es geht. Doch er hat mich nur gebeten, ihm zu vertrauen. Gesagt hat er mir nichts.« Sie zerriss das Taschentuch in kleine Flocken. »In letzter Zeit war er sehr nervös«, ergänzte sie traurig.

»Kann ich verstehen«, sagte Fischbach. »Ihr Mann war verzweifelt. Man drohte ihm damit, Ihnen etwas anzutun, sollte die Lieferung nicht wieder auftauchen oder bezahlt werden.«

Frau Eimermachers Augen weiteten sich. »Heißt das, er hat sich umgebracht, um mich zu schützen?«

»So sieht es wohl aus«, bestätigte Fischbach. »Er machte sich außerdem schwere Vorwürfe, weil er glaubte, dass sein Chef möglicherweise von den Hintermännern des Auftraggebers ermordet wurde.«

»Warum ist er nicht zur Polizei?«, fragte sie mit belegter Stimme. Ihre Unterlippe bebte. Fahrig streichelte sie ihren Bauch.

»Das kann ich Ihnen leider nicht beantworten«, sagte Fischbach. »Wenn man verzweifelt ist, denkt man nicht unbedingt rational.«

Frau Eimermacher senkte den Kopf. Stumm weinte sie, ihr Körper zuckte.

»Wussten Sie von seinen Problemen?«, fragte Welscher einfühlsam.

Sie schüttelte heftig den Kopf, ohne aufzublicken. »Davon nicht, nein«, antwortete sie mit brüchiger Stimme. »Aber ich habe ihm immer gesagt, er soll sich von diesem dicken Belgier fernhalten. Ein schmieriger Typ ist das. Dem konnte ich ansehen, dass er nichts taugt.«

Welscher wechselte mit Fischbach einen Blick. Das Ganze schien größere Kreise zu ziehen, als sie zunächst vermutet hatten.

»Erzählen Sie uns bitte, was Sie über diesen Belgier wissen«, bat Fischbach. »Wie ist Ihr Mann an ihn geraten? Wie haben Sie ihn kennengelernt? Solche Dinge. Jede Einzelheit könnte wichtig sein.«

Sie verschränkte die Hände über ihrem Bauch und drehte ihren

Ehering. »Christian hat mir erzählt, dass sie sich auf einem Rasthof in Belgien kennengelernt haben. Angeblich ist der Fettsack auch Kraftfahrer. Er war einmal hier, daher kenne ich ihn.«

»Wann war das?«, wollte Fischbach wissen.

Sie überlegte. »Ende Oktober. An einem Samstag, das weiß ich noch genau, da Christian freihatte und am Kinderzimmer ...« Sie brach ab, presste die Arme auf den Bauch und stöhnte.

»Was ist?«, riefen Fischbach und Welscher gleichzeitig. Etwas plätscherte. Erschrocken sah Welscher, dass sich unter ihrem Stuhl eine Pfütze bildete.

»Die Fruchtblase«, heulte Frau Eimermacher auf. »Doch nicht gerade jetzt!«

»Ach du Scheiße«, murmelte Welscher, dem jetzt erst klar wurde, was hier passierte. »Wir brauchen einen Rettungswagen.« Seine Feststellung ging in Frau Eimermachers schmerzgeplagtem Schreien unter.

Fischbach sprang auf und half ihr auf die Beine. »Los, auf das Bett mit ihr«, wies er Welscher an, der artig den anderen Arm packte. »Wo ist das Schlafzimmer?«, fragte er Frau Eimermacher.

»Auf der anderen Seite des Flures«, presste sie hervor.

Gemeinsam bugsierten sie Frau Eimermacher auf das Bett.

Welscher wischte sich mit dem Ärmel den Schweiß von der Stirn. »Ich rufe einen Arzt.« Sein Handy flutschte ihm aus den Fingern und landete genau zwischen den aufgestellten Beinen von Frau Eimermacher.

»Es kommt, Scheiße, es kommt«, fluchte sie mit schmerzverzerrtem Gesicht.

»Wir müssen ihr die Hose ausziehen«, sagte Fischbach und lief puterrot an.

»Mach du. Ich muss den Arzt ...«, erwiderte Welscher und fischte nach dem Handy, wurde jedoch von Frau Eimermacher unterbrochen.

»Jetzt macht schon! Los!«, schrie sie.

Fischbach überwand als Erster seine Zurückhaltung, setzte sich auf die Bettkante, warf Welscher das Handy zu und half Frau Eimermacher aus der Hose.

»Hebamme«, keuchte sie. »Die Telefonnummer liegt auf der Kommode ... im Wohnzimmer ... neben dem Telefon.«

Welscher stürmte ins Wohnzimmer. Er fand den gelben Zettel und tippte mit zittrigen Fingern die Nummer ein. Nach einer gefühlten Ewigkeit meldete sich eine Frauenstimme.

»Gott sei Dank. Bitte kommen Sie so schnell wie möglich …« Er hielt inne und horchte.

»… gerade nicht erreichbar. Wenn Sie eine Nachricht …«

Er starrte auf sein Handy. Das konnte doch nicht wahr sein! Was war das denn für eine Hebamme, die nicht jederzeit erreichbar war? Wütend legte er auf und sah gehetzt um sich. Denk nach, forderte er sich selbst auf. Im Schlafzimmer schrie Frau Eimermacher vor Schmerzen. Er spürte, wie sich seine Nerven beruhigten, seine Gedanken wieder klarer wurden. Er wählte eins, eins, zwei. Die zuständige Rettungswache meldete sich.

»Kommissar Welscher hier. Ich brauche einen Rettungswagen, am besten mit jemandem darin, der sich mit Geburten auskennt.«

»Ein Notfall?«, wollte der Mann am anderen Ende der Leitung wissen.

Ein Baby schrie. Welscher kniff die Augen zusammen und schluckte schwer. Seine Knie wurden weich. »Nein, jetzt nicht mehr, kein Notfall«, sagte er und kämpfte dabei gegen den Kloß in seinem Hals an. »Nur eine Geburt.«

***

Welscher legte Messer und Gabel auf dem leer gegessenen Teller ab und lehnte sich stöhnend nach hinten. »Ausgezeichnet«, lobte er. »Kohlrouladen habe ich ewig nicht mehr gegessen.«

»Ist doch nichts Besonderes«, antwortete Sigrid und räumte die Teller ab.

»Nicht so bescheiden«, gab Welscher zurück. »Sie sind eine ausgezeichnete Köchin.«

»Ist sie«, stimmte Fischbach zu, stand auf und holte eine Flasche Els aus dem Kühlschrank.

»Jetzt hör aber endlich auf mit dem Gesieze«, verlangte Sigrid. Sie stellte drei Schnapsgläser auf den Tisch und zündete eine Kerze an.

Als sie die junge Mutter nebst Neugeborenem endlich sicher im Krankenwagen verstaut wussten, hatte der ziemlich aufgelöste, aber sichtlich stolze Fischbach ihn kurzerhand zum Essen eingeladen. Da er den Termin mit Kerstin bereits verpasst hatte und nach dieser Aktion einen Bärenhunger verspürte, hatte Welscher sich breitschlagen lassen. Rasch hatte er sich bei Kerstin telefonisch entschuldigt und dann die Einladung angenommen, im Glauben, Fischbach würde irgendein gutes Restaurant ansteuern. Dass er nun, eine Stunde später, gut gesättigt in Fischbachs Küche sitzen würde, daran hätte er im Traum nicht gedacht. Welscher musste sich eingestehen, dass er sich trotz anfänglicher Bedenken inzwischen äußerst wohlfühlte. Das lag nicht nur an dem gemütlichen Ambiente. Fischbachs Frau schien ein Faible für geschmackvolle Dekoration zu haben. Die rustikalen Holzmöbel glänzten frisch gewienert, ein alter Emaille-Ofen mit Kochplatten bollerte in der Ecke. Das alles hätte auf Welscher spießig gewirkt, wäre das Ganze nicht mit moderner Kunst aufgepeppt worden. Bunte Bilder, die den Werken von Hundertwasser ähnelten, hingen an den Wänden. Hühner aus Pappmaschee standen auf dem Boden. Verschiedene Weihnachtsengel lümmelten sich auf den Fensterbänken. Und als Krönung hing ein Art-déco-Leuchter aus Messing von der Decke. Aber am allerbesten gefiel ihm Sigrid selbst. Sie glich einem Gummiball, der laufend in Bewegung war. Sie kicherte und lachte unentwegt und verbreitete gute Laune, die auf Welscher abfärbte.

Fischbach goss die Gläser bis zum Rand voll. »So, jetzt lassen wir den kleinen Eimermacher pinkeln.« Er hob sein Glas. »Möge er ein schönes Leben auf Erden haben.« Er zögerte kurz, ein dunkler Schatten strich über sein Gesicht. »Auch ohne Vater, der arme Kerl.«

»Prost«, sagten sie gleichzeitig, und Fischbach und Sigrid stürzten den Schnaps hinunter. Nur Welscher schob sein Glas von sich.

»Seid mir nicht böse, aber ich trinke keinen Alkohol.«

Fischbach zog die Augenbrauen zusammen. »Kein Kaffee, kein Alkohol, soso. Du bist wirklich eine komische Nummer.«

»Ich weiß nicht, was daran so komisch ist?«, verteidigte sich Welscher. Seine gute Laune sackte einige Prozentpunkte nach unten.

»Du wohnst also noch in Köln«, wechselte Sigrid das Thema.

Fischbach schenkte für sich und Sigrid eine weitere Runde aus.

»Wieso noch?«, fragte Welscher.

»Willst du denn jeden Tag pendeln?«, hakte Sigrid erstaunt nach.

»Ja, will ich«, blaffte Welscher. Sigrid zuckte zusammen. Sie schielte zu Fischbach, der kaum merklich den Kopf schüttelte.

Welscher rieb sich mit den Daumenknöcheln die Augen. Ihm wurde klar, dass er zu heftig reagiert hatte. »Entschuldigt bitte. Im Moment weiß ich eigentlich gar nicht so recht, wie es weitergehen soll. Es ist einfach so, dass ich Köln liebe und die Eifel …« Er winkte ab. »Ist nicht so wichtig.«

»Hab dich schon verstanden«, sagte Sigrid. »Mit der Eifel hast du es nicht so.«

Er hob entschuldigend die Schultern.

Sigrid nippte an ihrem Glas. »Aber wenn du es dir mal anders überlegen solltest und Hilfe benötigst, dann frag mich, ja?«

»Sigrid kennt Gott und die Welt«, erklärte Fischbach mit sanfter Stimme. »Laientheater, Landfrauen, Verschönerungsverein und Kirchenchor.«

Welscher warf ihr einen dankbaren Blick zu. »Mach ich.« Er sah auf seine Armbanduhr. Es war kurz nach zehn. »Kann ich noch einen Tee haben, bevor ich los muss?«

»Und ich hätte gern noch einen Kaffee«, warf Fischbach ein.

»Aber sicher doch«, rief Sigrid und machte sich daran, die Getränke aufzubrühen. Sie schaufelte Pulver in den Filter, füllte ein Tee-Ei und prüfte die Temperatur des Wassers im Kessel auf dem Herd. »Wie wollt ihr eigentlich diesen Belgier finden, von dem ihr beim Essen erzählt habt?«, fragte sie.

»Oh, wir müssen ihn nicht finden«, antwortete Fischbach gut gelaunt.

Sigrid wandte sich um. »Müsst ihr nicht?«, fragte sie erstaunt.

Fischbach schmunzelte. »Genau. Er wird uns finden. Beziehungsweise vorfinden.« Er streckte die Beine unter dem Tisch aus und kreuzte die Füße.

Sigrid drohte Fischbach scherzhaft mit dem Zeigefinger. »Jetzt spann mich nicht auf die Folter.«

»Wir kennen seine Handynummer und haben ihn zu uns bestellt«, erklärte Fischbach.

»Na, ganz so einfach war es nun auch wieder nicht«, widersprach Welscher. »Es ist fast unglaublich, aber als die erste Aufregung vorbei war, das Kind auf ihrem Bauch schlummerte und wir auf den Krankenwagen warteten, hat sich Frau Eimermacher plötzlich wütend aufgerichtet und den Belgier mit wilden Flüchen belegt. Sie beschwor uns, ihn zu schnappen und seiner gerechten Strafe zuzuführen.« Er hielt Sigrid seinen Unterarm hin. »Dabei hat sie nachdrücklich ihre Fingernägel in meinen Arm gekrallt.« Rote Halbmonde zeichneten sich auf seiner Haut ab. »Die war fuchsteufelswild. Es war eine absurde Situation, das Baby voller Käseschmiere, noch an der Nabelschnur, das blutige Laken.« Er schüttelte den Kopf und lächelte. »Ich habe sie gefragt, ob sie weiß, wo wir diesen Belgier finden könnten.«

»So was fragst du eine Frau, die gerade ihren Mann verloren und ein Baby geboren hat?« Sigrid goss das heiße Wasser in den Kaffeefilter und in die Tasse mit dem Tee-Ei. Ein würziger Duft nach Zimt und Nelken durchströmte die Küche.

»Rückblickend kann ich es selbst kaum glauben«, gab Welscher zu. »Aber in dieser Situation empfand ich es als richtig. Sie hat die Nummer aus dem Handy ihres Mannes herausgesucht. Und nicht nur das: Sie hat ihn angerufen und zu sich nach Hause bestellt. Übermorgen Nachmittag um vier.«

»Ist nicht wahr, oder?«, fragte Sigrid ungläubig.

»Doch, doch. Und wie ruhig sie bei dem Gespräch war.« Fischbachs Augen funkelten. »Als ob sie eine Pizza ins Haus bestellen würde und keinen Verbrecher.«

Sigrid nahm das Tee-Ei aus der Tasse und stellte sie vor Welscher auf den Tisch. Dann griff sie nach der Hand ihres Mannes. »Pass nur auf dich auf«, murmelte sie besorgt.

Welscher spürte einen Stich im Herzen. Von so viel Sorge um ihn konnte er in seiner Partnerschaft nur träumen. Alles, was er bekam, waren wüste Vorhaltungen. Verdammt! Ein wenig mehr Verständnis, ein wenig mehr Anteilnahme, das war doch nicht zu viel verlangt. Es war schließlich ein Unterschied, ob man in einem Notarbüro mit festen Arbeitszeiten arbeitete oder als Kriminalbeamter morgens noch nicht wusste, was der Tag für einen bereithielt. Ewig konnten die Differenzen mit Alex nicht weitergehen. Ein klärendes Gespräch musste her, doch er fürchtete sich davor. Bei so etwas wusste man nie, was hinterher dabei rauskam. Und für eine Trennung fühlte er sich nicht stark genug, seine Liebe war einfach noch zu groß.

Gegen elf verabschiedete er sich von den Fischbachs. Sie geleiteten ihn zur Haustür. Als er seine Jacke vom Garderobenhaken nahm, fiel sein Blick zufällig auf die große Kiste, die an der Wand stand.

»Bollywoodversand«, las er laut und sah Fischbach amüsiert an. »Interessierst du dich für fremde Kulturkreise?«

Fischbach verzog das Gesicht. »Ist eine komplizierte Familiensache.«

Sigrid lachte und hakte sich bei ihrem Mann unter. »Was ist denn daran so verzwickt? Wir sind am Sonntag auf eine indische Hochzeit eingeladen.«

»Du fliegst nach Indien?« Welscher sah Fischbach vollkommen perplex an. »Während der Ermittlungen? Passt du überhaupt in einen Flugzeugsitz?«

»Sehr witzig.« Fischbach schmunzelte und zog demonstrativ den Bauch ein.

Sigrid kicherte. »Die Hochzeit findet schon hier statt.«

»Indisch? Hier? In der Eifel?« Welscher schüttelte den Kopf. Der Großteil der einheimischen Bevölkerung wird Indien immer noch im Westen am Rande der Erdscheibe vermuten, dachte er amüsiert. Ein Schritt zu weit, und man fällt herunter.

Fischbach schob ihn sanft zur Tür hinaus. »Ich sag doch, dass es kompliziert ist.«

»Ach, übertreib doch nicht, Klößchen«, lachte Sigrid. »Nur der Rahmen der Feierlichkeit ist indisch, also Essen, Musik und was man anzieht. Ich finde, es ist eine tolle Idee. Mal was anderes, etwas, was man in Erinnerung behält. Ich habe extra feine indische Kleidung bestellt.« Sie zeigte auf die Kiste mit dem Bollywood-Absender.

Mit einer Hand fuhr sich Fischbach über das Gesicht. »Alles Blödsinn, wenn du mich fragst.«

Welscher stellte sich Fischbach vor, wie er so dastand, mit orangefarbener, sackartiger Kleidung und Miesepeterausdruck im Gesicht. Die Sendung mit der Maus kam ihm in den Sinn. Verstohlen schielte er zu Sigrid. In einem blauen Sari wäre sie der blaue Elefant, wie passend. Er verabschiedete sich und kämpfte dabei gegen sein Lachen an. Erst als er an der Kirche vorbei zur B 266 steuerte, hielt er es nicht mehr aus und prustete lauthals los.

SIEBEN

Auf dem Parkplatz vor Barons Firmensitz in der Hüttenstraße im Kaller Industriegebiet standen die Wagen dicht gedrängt. Fischbach war froh, dass er seine Harley direkt vor dem Eingang abstellen konnte.

Halb angelehnt setzte er sich auf die Maschine und verschränkte die Arme vor der Brust. Die Morgenkälte war ihm unter die Lederjacke gekrochen und ließ ihn frösteln.

Welscher kurvte mit Bianca Willms, die Barons Computer unter die Lupe nehmen sollte, in seinem verbeulten Fiesta durch die Reihen und suchte nach einer Abstellmöglichkeit. Der würde sicherlich fluchen wie ein Rohrspatz, wenn er endlich aus der Kiste rauskam. Allerdings, wenn Fischbach darüber nachdachte, wohl eher doch nicht. Bei der Morgenbesprechung war Welscher ausgesprochen schweigsam gewesen und hatte mit brütender Miene am Tisch gesessen. Selbst als Fischbach von Christian Eimermachers Selbstmord, dem Belgier und der überstandenen Geburt berichtet hatte, hatte Welscher nicht ein Wort dazu beigetragen. Nach dem, was Fischbach bisher mitbekommen hatte, waren die privaten Probleme seines Kollegen wohl doch ernster, als dieser zugeben wollte. Hoffentlich bekam er das bald in den Griff. Fischbach verspürte kein gesteigertes Interesse daran, die Tage mit einem schlecht gelaunten Kollegen zu verbringen.

Er sah sich um. Hinter dem Parkplatz, dessen Zufahrt von zwei riesigen Gartenzwergen flankiert wurde, zeigten sich die Dächer von Kall. Die Nikolauskirche stach hell hervor. Nebel waberte über den Boden, und die Sonne kämpfte gegen einen grauen Schleier an, der hoch in der Luft hing.

»Sie können hier nicht stehen«, schimpfte plötzlich ein Mann an Fischbachs Seite. Er trug einen fleckigen grauen Kittel, in der Brusttasche einen Kugelschreiber und in einer Hand, die bei jedem Wort nach vorne zuckte, eine Rohrzange. Seine Zunge leckte über nikotingelbe Zähne. Wie eine Schlange, dachte Fischbach.

»Kein Problem. Ich sitze ja«, gab er ungerührt zurück und klopfte leicht auf den Motorradsitz.

»Kommen Sie mir nicht so«, raunzte der Mann. Seine Halsschlagadern traten hervor. »Sie wissen, was ich meine.«

Bevor der Mann seine Rohrzange zum Einsatz bringen konnte, zog Fischbach seine Marke. »Kripo, Hauptkommissar Fischbach.«

Die Augen des Mannes formten sich zu Schlitzen. Eingehend starrte er auf das Aluminium. »Das gibt Ihnen aber nicht das Recht, hier stehen zu dürfen«, beharrte er.

Fischbach steckte seine Marke wieder ein. »Störe ich etwa jemanden?«

»Ja, mich«, fuhr der Mann auf. »Äh ... ich meine, die Firma.«

»Und wer ist *mich*?«, hakte Fischbach nach.

»Ich bin der Hausmeister hier.«

Fischbach suchte in seinem Gedächtnis. Er war sich sicher, dass Andrea Lindenlaub oder Büscheler den Hausmeister erwähnt hatten. Dann fiel ihm der Name ein. »Manfred Lang, richtig?«

Der Mann riss die Augen auf. »Äh ... ja, woher ... Ach ja, Ihre Kollegen.«

»Genau«, bestätigte Fischbach. »Von Ihnen haben wir die Aussage über Barons Verhältnis zu der Sängerin.«

Lang lachte unsicher und sah sich um. »Hey, vorsichtig. Sonst können wir es sofort ans Schwarze Brett hängen.« Mit zittrigen Fingern steckte er die Rohrzange in die Seitentasche seiner Arbeitshose und zauberte ein Päckchen Zigaretten aus seiner Kitteltasche. Er flippte eine heraus und schob sie sich in den Mund. »Aber eigentlich«, fügte er hinzu, während er sie ansteckte, »ist es auch egal. Dass der Chef nicht gerade keusch wie ein Priester lebte, war ja allseits bekannt. Mehr wie ein Schweinepriester, Sie verstehen?« Er lachte hustend und spie in die Büsche neben dem Eingangsbereich.

Fischbach stutzte. »Sie verachteten Ihren Chef?«

Lang blickte irritiert. »Nein, wie kommen Sie denn darauf?«

»Schweinepriester, so haben Sie ihn eben bezeichnet. Ein Schimpfwort für jemanden, den man ablehnt oder verachtet.«

»Ah, ja, ich meine ...«, stotterte Lang und zog an seiner Zigarette. »Das wusste ich nicht. Ich habe gedacht, Schweinepriester ... Ach, lassen wir das.« Er winkte ab. »Ist ja jetzt eh unwichtig geworden.«

Fischbach verlagerte sein Gewicht auf das andere Bein. Der Ständer der Harley knarrte. »Jetzt mal frei heraus und unter uns Klosterbrüdern: Sie als Hausmeister bekommen sicherlich eine ganze Menge mit. Erzählen Sie mal«, forderte er ihn auf.

Einige Sekunden sah Lang dem Rauch seiner Zigarette hinterher, den der schwache Wind davonblies.

»Können Sie sich jemanden vorstellen, der Ihren Chef lieber tot als lebendig sehen würde?«, half ihm Fischbach auf die Sprünge.

Nachdenklich kaute der Hausmeister auf seiner Unterlippe.

»Oder ist Ihnen irgendetwas anderes aufgefallen?«, bohrte Fischbach weiter.

»Vor zwei Monaten ist hier mal einer aufgetaucht, der war wirklich ein wenig seltsam«, begann Lang endlich zu reden. »Der hat hier direkt vor dem Eingang geparkt, so wie Sie. Und der hat sich auch nicht wegscheuchen lassen.« Er schnippte seine Zigarette fort, ohne die Glut zu löschen.

»Zwei Monate ist das her?«, fragte Fischbach. »Warum wissen Sie das so genau?«

»An dem Tag hatte ich Geburtstag.«

»Ah, praktisch. Und wieso kam er Ihnen seltsam vor?«

Lang wiegte den Kopf. »Na ja, der hat niemanden gegrüßt, ist einfach die Treppe hoch, und von der Vorzimmermaus weiß ich, dass er geradewegs zum Chef reingestürmt ist. Kurz darauf hat Baron ihn hochkant rausgeworfen. Er schien danach ziemlich aufgebracht gewesen zu sein.« Er zog eine neue Zigarette aus der Packung. »Anschließend hat er einen der Fahrer kommen lassen. Da flogen dann noch mal die Fetzen.«

»Und so etwas erzählt die Sekretärin einfach rum?«, wunderte sich Fischbach. »Für mich hat sie ihren Beruf verfehlt.«

Lang grinste anzüglich. »Ach wissen Sie, Herr Kommissar …«

Fischbach verstand, auch wenn er sich nicht vorstellen konnte, dass sich eine Frau, egal was für eine, mit einem wie Lang einlassen konnte. »Wie sah der Mann aus?«

»Fett. Und er hinkte. Hatte aber trotzdem ein energisches Auftreten. Dem wollte ich nicht im Weg stehen, dann schon lieber einem Panzer.«

»Sonst noch was? Vielleicht zum Wagen?«

Lang überlegte, schüttelte dann den Kopf. »Nee. Und der Wagen war geliehen. Ein dunkelblauer Golf. Der Aufkleber des Verleihers war auf der Heckscheibe. Fragen Sie mich jetzt aber nicht nach Namen und Telefonnummer. Das habe ich mir nicht gemerkt.«

Fischbach nickte trotzdem zufrieden. Er war sich fast sicher, dass der unfreundliche Mann, den Lang gerade beschrieben hatte, der Belgier war. Und er war nach dem Verschwinden des Lastwagens hier aufgetaucht. Baron war also wirklich in ein Drogengeschäft verwickelt. Ob als Drahtzieher oder nur als Unglücksrabe, wie Eimermacher in seinem Abschiedsbrief geschrieben hatte, musste noch geklärt werden. Doch Fischbach wollte nicht so recht an Baron als Unschuldslamm glauben. Er hielt es eher für möglich, dass Eimermacher in alter Loyalität den Namen seines Chefs reinwaschen wollte. Oder notgedrungen reinwaschen musste. Denn Fischbach bezweifelte nicht, dass der Fahrer, den Baron im Anschluss an den unerwünschten Besuch zusammengestaucht hatte, Eimermacher gewesen war. Warum hatte Baron ihn nicht sofort entlassen? Einen solchen Vertrauensbruch konnte man als Geschäftsmann doch nicht hinnehmen? Nur wenn er selbst einer der Hauptakteure gewesen war, ergab seine Entscheidung einen Sinn. Er wollte schlicht und einfach vermeiden, dass Eimermacher einen Fehler machte und ihn über die Klinge springen ließ. Fischbach rieb sich freudig die Hände. Die Spur wurde immer konkreter.

Welscher eilte mit Bianca Willms im Schlepptau herbei. »Mann, nichts mehr frei. Ich denke, die sind alle entlassen. Merkt man hier auf dem Parkplatz aber nichts von.«

»Wo rostet deine Karre denn jetzt vor sich hin?«, fragte Fischbach und suchte den Parkplatz ab.

»Um die Ecke.« Welscher deutete nach rechts. »Auf der Feuerwehrzufahrt.«

»Was?«, fragte Lang in scharfem Ton. »Das geht aber nicht!«

Welscher griff in seine Tasche, zog den Zündschlüssel heraus und drückte ihn Lang in die Hand. »Falls es brennt, fahren Sie ihn weg.«

Ohne weiter auf den Hausmeister zu achten, ging er ins Haus.

Fischbach klopfte Lang aufmunternd auf die Schulter. »Legen Sie sich besser nicht mit ihm an. Der hat heute schon drei von Ihrer Statur zum Frühstück verspeist.«

Barons Sekretärin, eine schlanke Person namens Paula Rehn mit Puppengesicht und Knopfaugen, sah Fischbach traurig an. Ihr Lidstrich lief ihr über die Wange.

Hübsche Person, dachte Fischbach. Er saß mit ihr im Vorzimmer, während Willms und Welscher sich bereits in Barons Büro umsahen.

»Es ist alles so schrecklich«, sagte sie und schluchzte auf. Aus einer Kleenex-Box auf ihrem Schreibtisch zog sie einige Tücher heraus und tupfte sich damit über die Augen.

»Sie hatten also ein Verhältnis mit Ihrem Chef.«

»Ist doch nicht verboten«, antwortete sie patzig.

»Und vor ungefähr sechs Wochen hat er Sie sitzen lassen.«

Sie sah Fischbach wütend an. »Wie Sie das sagen. So emotionslos, so … kalt.«

Fischbach beugte sich vor. »Ist mein Beruf. Ich halte mich an die Fakten. Ich entnehme Ihrer Äußerung, dass Sie noch nicht über die Trennung hinweg sind.«

Mit heftigen Bewegungen zog sie weitere Tücher aus der Box. »Ist es nicht egal, wie ich mich fühle? Bruce ist tot, ich kann nicht mehr um ihn kämpfen.«

»Wo waren Sie in der Nacht, als er ermordet wurde?«

Sie erstarrte in ihrer Bewegung. »Was soll das?«

»Was?«

»Sie verdächtigen mich, Bruce erschossen zu haben?«

Fischbach verschränkte die Arme und sah sie herausfordernd an. »Warum nicht? Sie sind emotional sehr aufgebracht, möglicherweise eifersüchtig. Oder fühlen sich zurückgestoßen. Sind wütend. Vielleicht mussten nicht nur die Kleenex-Tücher darunter leiden.« Er deutete auf die Box.

Paula Rehn lief rot an, ihre Halsschlagader trat hervor. »So ein Blödsinn«, kreischte sie. »Ich habe Bruce geliebt.«

Unbeeindruckt wiederholte Fischbach seine Frage. »Wo waren Sie in der Nacht, als Bruce Baron ermordet wurde?«

Sie sprang auf. Für einen Augenblick fürchtete Fischbach, sie würde sich auf ihn stürzen. Doch rasch hatte sie sich wieder im Griff.

»Was rege ich mich auf«, sagte sie und ließ sich zurück auf den Stuhl sinken. Die Wut war aus ihrer Stimme gewichen. »Ich war in der Nacht mit Manni zusammen. Und ich bin wahrlich nicht stolz darauf.«

»Mit Manfred Lang? Dem Hausmeister?«

Sie zuckte mit den Schultern. »Ich war an dem Abend ohnehin schon ein wenig angetrunken und habe dem Alkohol nach Bruce'

Rede nur noch mehr zugesprochen. Ich war entsetzt. Manni war sehr besorgt um mich. Ich habe ihm mein Herz ausgeschüttet und erzählt und erzählt, auch Dinge, die er sonst nie von mir erfahren hätte. Schließlich landeten wir zusammen im Bett.«

Fischbach drehte sich um und rief nach Bianca Willms. Sie steckte die Nase zur Tür herein und schaute ihn erwartungsvoll an.

»Kannst du mal runter und den Hausmeister fragen, wo er in der Mordnacht war?«

Bianca Willms nickte und machte sich auf den Weg.

»Also gut«, sagte Fischbach an Paula Rehn gewandt. »Warten wir ab, was uns meine Kollegin gleich berichten wird. Jetzt noch eine andere Sache. Herr Lang hat mir von einem ungehobelten Patron berichtet, der hier vor einiger Zeit aufgetaucht sein soll.«

Sie senkte den Blick. »Stimmt. Das gehört zu den Dingen, die ich Manni erzählt habe. Ich war so blöd.«

»Mir ist egal, ob Sie Firmeninterna ausgeplaudert haben«, sagte Fischbach beruhigend. »Es ging also hoch her im Büro Ihres Chefs.«

Sie nickte. »Erst war alles ganz normal. Dann brüllte Bruce etwas von: ›Du Arsch kannst mir gar nichts‹ und ›Sieh zu, dass du Land gewinnst.‹ Anschließend flog die Tür auf, und Bruce schob den Mann vor sich her in den Flur. Er war sehr aufgeregt, wollte mir aber nicht sagen, um was es ging.«

»Ist dieser Mann später noch mal aufgetaucht?«

»Nein.«

»War da sonst noch irgendetwas, was Ihnen in letzter Zeit spanisch vorkam?«

Sie schüttelte den Kopf.

Fischbach stand auf. »Gut. Mal sehen, was mein Kollege so treibt.«

Nach zwanzig Minuten tauchte Bianca Willms wieder auf.

»Dieser Lang sagt, er sei mit ihr zusammen gewesen«, berichtete sie und wies auf Paula Rehn, die im Türrahmen stand und Fischbach einen verschämten Blick zuwarf.

»Dann hätten wir das geklärt«, sagte Fischbach. »Schau mal hier.« Er reichte Bianca Willms einige Unterlagen. »Kontoauszüge, die die desaströse Lage der Firma untermauern, dazu unzählige Mahnungen, Zwangsmittelandrohungen und Vorladungen zum Gericht.«

»Die Insolvenz war unvermeidlich«, stellte Welscher fest und setzte sich an den Besprechungstisch. »Das kann man sogar ohne Buchhalterwissen erkennen. Wie kann man so blöd sein und einen so großen Betrieb als privates Unternehmen führen? Ich hätte längst eine GmbH daraus gemacht.«

Fischbach legte eine unbezahlte Rechnung zurück in das Ablagekörbchen links auf dem Schreibtisch. »Da gebe ich dir recht.«

Er wandte sich an Paula Rehn. »Ich wundere mich schon ein wenig«, gab er preis, »dass immer noch so viele Beschäftigte hier herumlaufen. Ich glaube, ich wäre einfach zu Hause geblieben.«

»Die Produktion steht still, aber die Verwaltung ist noch im Einsatz. Jetzt, wo Bruce ... ermordet wurde, hoffen wir, also viele von uns, dass ein Insolvenzverwalter ...« Sie musste innehalten, da ihre Stimme brach.

»Vielleicht steigt Susanne Baron ein«, mutmaßte Fischbach.

»Wenn sie schlau ist, wird sie das Erbe ausschlagen«, stellte Welscher fest. »Was machen wir mit dem Safe?« Er wies auf den Metallschrank, der unangetastet in der Ecke neben einem Sideboard stand.

»Kennen Sie die Kombination?«, fragte Fischbach Paula Rehn.

»Nein. Die kennt nur noch Frau Baron, und die geht nicht ans Telefon.« Sie schnäuzte lautstark und wenig ladylike in ihr Taschentuch.

»Benjamin Blümchen lässt grüßen«, murmelte Welscher.

Fischbach grinste. Welscher schien seinen morgendlichen Tiefpunkt überwunden zu haben.

»Frau Baron geht seit dem Ende der Feier nicht mehr ans Telefon, das hat sie uns selbst erzählt«, sagte er. »Aber wir hatten ohnehin vor, ihr noch einen Besuch abzustatten. Am besten fahren wir gleich als Nächstes hin. Bianca, wie weit bist du mit dem Notebook?« Er deutete auf das schwarze Gerät auf Barons Schreibtisch.

»Es ist passwortgeschützt, aber das sollte kein Problem sein.« Sie zog das Notebook zu sich heran, kramte aus ihrer Umhängetasche eine CD hervor und legte sie ins Laufwerk. Kurz darauf erschien ein schwarzes Fenster auf dem Bildschirm. Flink huschten ihre Finger über die Tastatur. »Ist nur eine Frage der Zeit, keine Sorge.«

Fischbach sah auf seine Armbanduhr und stellte überrascht fest, dass es bereits kurz vor zwölf war. Er überlegte, mit Welscher zu Gerts Imbiss zu düsen, rechnete aber damit, dass Bianca Willms nicht so lange benötigen würde, um den Computer zu knacken. »Lust auf Pizza?«, fragte er darum.

»Nein danke«, antwortete Bianca Willms ganz in Gedanken.

Welscher schürzte die Lippen und überlegte. »Warum nicht? Kennst du ein gutes Restaurant in der Nähe?«

Fischbach hielt sein Handy hoch. »Wir essen hier. Deux Pizzas, pronto.«

»Due«, korrigierte Welscher ihn.

Fischbach sah ihn entgeistert an. »Due? Was ist denn da drauf? Artischocken und so ein Kram?« Er schüttelte sich. »Ich nehme lieber eine Salami. Da weiß ich wenigstens, was ich habe.«

***

Gesättigt standen Welscher und Fischbach gut eine Stunde später vor Barons Haustür. Bianca Willms hatten sie in Bruce Barons Büro zurückgelassen. Das Knacken des Passwortes dauerte doch länger als ursprünglich erwartet. Fischbach hatte vorgeschlagen, das Notebook mitzunehmen. Doch Bianca Willms war so verbissen bei der Sache gewesen, dass sie nichts davon hören wollte. Da sie ohnehin noch den Tresor öffnen wollten und somit zurückkommen würden, hatte Fischbach schließlich keine Einwände mehr erhoben.

Ein Hund bellte irgendwo in der Nachbarschaft, ein Baby schrie und ein Bagger am Ende der Straße brummte kraftvoll. Welscher drückte den Klingelknopf. Vernehmlich schlug ein Gong im Haus an.

»Nobel. Bei uns in der Wohnung haben wir eine Schelle, wenn die schrillt, dann schmerzen mir die Zähne«, plauderte Welscher und lachte. Die Pizza hatte seine schlechte Laune offenbar vollends vertrieben.

»Sigrid steht auf Musik. Händel, Beethoven und so ein Zeug. Auch bei der Haustürklingel«, berichtete Fischbach.

»Nicht dein Geschmack?«, wollte Welscher wissen.

»Ist mir zu anstrengend. Ich höre lieber …« Fischbach stockte. »Na ja, AC/DC, Rolling Stones, Steppenwolf und so was halt.« Er spürte, wie ihm die Röte ins Gesicht schoss. Hastig drückte er ein weiteres Mal den Klingelknopf. »Na, was ist denn hier los? Die wird doch nicht abgehauen sein?«, lenkte er ab.

Welscher lehnte sich etwas zur Seite und spähte ins Innere. »Sie kommt.«

Sie hörten, wie sich der Schlüssel im Schloss drehte, dann schwang die Tür auf. Frau Baron starrte sie an, als ob sie nicht glauben konnte, dass es noch andere Menschen auf der Welt gab.

»Was machen Sie denn hier?«, fragte sie. Ihre Augen huschten zwischen ihnen hin und her.

Fischbach wurde stutzig. Schließlich hatte er bei ihrer ersten Begegnung angekündigt, dass sie gegebenenfalls wiederkommen würden. Sein siebter Kommissarsinn schlug an. »Dürfen wir reinkommen?«, fragte er und schob sich zielstrebig an Frau Baron vorbei, die nach kurzem Zögern Welscher ebenfalls den Weg frei gab. Mit einem Knall schloss sie die Tür. »Ich hoffe, Sie haben gute Gründe, mich hier zu belästigen«, fuhr sie auf.

Fischbach antwortete nicht, sondern schlenderte die wenigen Stufen zum Wohnzimmer hinunter. Auf dem Tisch stand eine Flasche Sonnenmilch, daneben lag eine gelbe Medikamentenpackung.

Fischbach drehte sich zu Frau Baron um. »Sonnenmilch? So brutal ist die Eifler Sonne im Winter doch gar nicht.«

Sie schloss die Tür und schlenderte heran. »Hab ich günstig bekommen. Man kann nicht sparsam genug sein.«

Welscher griff die Medikamentenpackung. »Rescue-Tropfen. Die kenne ich. Ein Konzentrat von sage und schreibe siebenunddreißig verschiedenen Bachblüten. Wirkt bei mir klasse gegen meine Flugangst.« Er ließ die Hand sinken. »Wollen Sie etwa verreisen, Frau Baron?«

»Ich weiß noch nicht. Vielleicht nach der Beerdigung«, wich sie aus. »Ist das verboten?«

Fischbach zuckte mit den Schultern. »Wundert mich nur. Immerhin hatte ich Sie gebeten, für uns verfügbar zu bleiben. Sie wollen doch, dass der Mord an Ihrem Mann aufgeklärt wird, oder?« Er wandte sich ihr zu und lächelte freundlich.

»Ja, natürlich«, murmelte sie. »Aber ich muss mal raus. Hier erinnert mich alles an Bruce.«

Schauspielerin, dachte Fischbach, und zwar eine schlechte. Sie klingt, als hätte sie es einstudiert.

»Kann ich verstehen«, sagte er zum Schein. »Und dann noch die schlimme Krankheit. Die vergangenen Wochen haben Ihnen alles abgefordert.«

»Woher … ach, ja. Die Obduktion.« Sie senkte den Blick. »Bruce hat sich lange Zeit gar nichts anmerken lassen. Hat weitergemacht wie immer. Ich weiß nicht mal, wo er in Behandlung war.« Sie sah auf. »Bei unserem Hausarzt auf jeden Fall nicht. Bei dem habe ich nachgefragt.«

»Und Sie haben da mitgespielt? Das hört sich für mich seltsam an. Ich meine, darüber will man doch reden, oder nicht? Für Sie geht das Leben schließlich weiter. Da muss man doch Vorkehrungen treffen.«

»Das hätte er bestimmt noch mit mir besprochen. Es konnte ja niemand wissen, dass er so unerwartet …« Ihre Stimme brach.

Fischbach nahm ihr den Gefühlsausbruch nicht ab. Skeptisch musterte er sie. »Sicher gibt es eine Lebensversicherung?«

Sie holte tief Luft und legte sich selbst beruhigend die Hand auf die Brust. »Bruce hat mal etwas davon erwähnt. Ich habe mich bisher noch nicht darum gekümmert.«

Wer's glaubt, dachte Fischbach.

Welscher trat einen Schritt vor. »Frau Baron, wir haben uns eben im Büro Ihres Mannes umgesehen. Dort steht ein Safe, wie Sie sicherlich wissen. Die Sekretärin Ihres Mannes sagte uns, dass Sie die Kombination kennen.«

»Warum durchstöbern Sie seine Unterlagen?«, fragte sie erstaunt. »Dürfen Sie das denn so einfach?«

Welscher sah sie streng an. »Wir haben hier einen Mord aufzuklären. Da ist es nur logisch, wenn wir uns ein umfassendes Bild machen. Und dazu gehört auch, dass wir erfahren, was sich in dem Safe befindet.«

»Haben Sie Besuch?«, fragte Fischbach unvermittelt. »Wenn wir ungelegen kommen …« Er ließ den Satz unvollendet, um zu sehen, wie sie reagierte.

»Besuch? Wie …« Sie lachte unsicher.

Fischbach deutete zur Küche, die sich offen und nahtlos ans Wohnzimmer anschloss. Die Rollläden waren unten. Auf dem Küchentisch standen zwei Tassen. Ohne eine Erlaubnis einzuholen, ging er hinüber und befühlte das Porzellan. »Noch warm«, stellte er fest.

»Also, ich …« Sie kam mit Welscher an der Seite näher. »Ich bin jetzt genauso verwundert wie Sie, Herr Kommissar.« Sie lachte.

Für Fischbach klang es gekünstelt.

»Das Ganze nimmt mich doch offensichtlich mehr mit, als ich dachte.« Wieder dieses falsche Lachen. »Ich muss mir zweimal eingegossen haben.« Sie nahm eine Tasse, kippte den Inhalt in die Spüle und stellte sie auf die Ablage.

»Ja«, stimmte Fischbach zu. »Wenn man den Kaffee dann sogar einmal schwarz und das andere Mal mit viel Milch trinkt, dann ist man wirklich durcheinander.« Er musterte sie und gab ihr die Chance, etwas zu erwidern. Doch ihre Lippen waren zu einem dünnen Strich zusammengepresst und wirkten wie zugenäht. »Wohin führt die?«, fragte er und deutete auf die Tür zwischen der Spüle und den Schränken.

»Dahinter ist die zweite Treppe ins Obergeschoss.«

Optimaler Fluchtweg, dachte Fischbach. »Darf ich da mal reinsehen?«

Finster blickte Frau Baron ihn an. »Ich finde, das geht jetzt wirklich ein wenig zu weit.«

»Haben Sie einen Geliebten?«, fragte Fischbach ruhig.

Sie sog scharf die Luft ein. »Was erlauben Sie sich? Selbst wenn es so wäre, wüsste ich nicht, warum es Sie etwas angehen sollte.«

Fischbach bemerkte, wie Welscher die Nase vorstreckte und schnüffelte. Diesmal war ihm der holzige Geruch, der in der Luft lag, auch sofort aufgefallen.

»Oh, das erkläre ich Ihnen gerne«, sagte er und lachte humorlos. »Ihr Ehemann könnte einer solchen Verbindung im Weg gestanden haben, ach was, könnte, was rede ich da? Ein Ehemann steht bei so etwas im Weg, basta. Wenn das der Fall ist, gibt es zwei Möglichkeiten: Man geht getrennte Wege, das machen die meisten. Oder man geht den Weg weiter und wechselt nur die Schuhe. Die alten müssen dann natürlich entsorgt werden.«

»Entsorgt werden?«, plapperte sie ihm nach. »Was reden Sie denn da für einen Schwachsinn daher? Ich verstehe nicht, was Sie mir sagen wollen.«

Oh doch, das tust du, dachte Fischbach.

»Darf ich also bitte?« Er wies auf die Tür.

»Wieso sollte ich das zulassen?«, erwiderte sie brüsk. Demonstrativ trat sie einen Schritt zur Seite und versperrte den Weg. »Ich finde es impertinent von Ihnen, einfach hier einzudringen und mein Haus durchsuchen zu wollen.«

»Dann komme ich eben mit einem Durchsuchungsbeschluss wieder«, drohte Fischbach, obwohl er keine Ahnung hatte, wie er den begründen sollte. Selbst wenn sie einen Liebhaber hatte und ein Motiv konstruiert werden könnte, fehlten doch jegliche Indizien. Und der Liebhaber wäre bis dahin sowieso getürmt.

»Wenn Sie meinen«, antwortete sie unbeeindruckt.

Sie standen sich einige Sekunden wie zwei Duellanten schweigend gegenüber, bis Welscher sich räusperte. »Vielleicht dürfen wir morgen wiederkommen und uns ein wenig im privaten Büro Ihres Mannes hier im Haus umsehen«, bot er als Friedenspfeife an. »Das würde die Sache für uns abrunden. Sie möchten doch sicher trotz der kleinen Missstimmung, dass wir den Mörder Ihres Mannes schnellstmöglich fassen.«

Fischbach zog den imaginären Hut. Welscher hatte Gespür für die richtigen Sätze. Bei einem Nein würde Frau Baron sich nur noch mehr verdächtig machen. Er musterte die Witwe. Sie kaute auf ihrer Unterlippe herum, und es war ihr anzusehen, dass sie fieberhaft überlegte.

»Ich weiß nicht«, sagte sie schließlich unsicher. »Was hoffen Sie denn zu finden? Bruce hat hier kaum gearbeitet. Sein Arbeitszimmer war mehr Geschmeide als Schweiß.«

Welscher lächelte. »Vielleicht haben Sie recht. Wir überlegen es uns noch mal. Aber die Safe-Kombination …«

»Ja, selbstverständlich. Kommen Sie bitte mit.«

Sie ging zurück ins Wohnzimmer, tippte auf dem Telefon herum und teilte ihnen eine zehnstellige Nummer mit.

Im Adressbuch abgelegt, dachte Fischbach. Vermutlich unter Kater Karlo oder Panzerknacker. Sehr leichtsinnig.

Welscher notierte die Nummer und bedankte sich artig.

Fischbach fiel noch etwas ein. »Warum haben Sie uns eigentlich bei unserem ersten Zusammentreffen nicht erzählt, dass Ihr Mann an einer Krebserkrankung litt und ihm nur noch wenig Zeit blieb?«

Sie senkte den Blick. »Ich habe ja gerade schon erklärt, dass Bruce es verdrängt hat und ich mitgespielt habe. Das ist mir vermutlich ins Blut übergegangen. Und mir war nicht klar, dass es für Sie wichtig sein könnte. Ich habe in dem Moment auch nicht daran gedacht.«

»Macht es das einfacher?« Fischbach wippte auf den Sohlen hin und her.

Sie blickte auf. »Einfacher?« Ihre Augen verengten sich zu Schlitzen. »Bruce ist brutal aus dem Leben gerissen worden. Eine Krankheit relativiert diese grausame Tat doch nicht.«

Fischbach nickte schweigend. Sie verabschiedeten sich. Krachend fiel die Haustür hinter ihnen ins Schloss.

»Seltsam, seltsam, seltsam«, stellte Welscher fest. »Ich kann es nicht an irgendetwas festmachen, aber mir drängt sich der Verdacht auf, dass sie uns nach Strich und Faden an der Nase herumführt.«

Fischbach lächelte zufrieden. Welscher hatte also den gleichen Eindruck gewonnen wie er. »Geht mir genauso«, stimmte er zu. »Die durchleuchten wir. Ich will alles wissen. Und ich will eine Rund-um-die-Uhr-Bewachung. Das stinkt bis zum Himmel.«

***

Welscher tippte die Kombination in das Zahlenfeld des Tresors ein. Bianca Willms hauchte ihm ihren Atem in den Nacken. Irritiert schaute er sich um und bemerkte, dass sie die Augen geschlossen hatte. Als sie sie öffnete, zuckte sie zusammen und ging ein wenig auf Abstand. Ihre Ohren leuchteten rot. Würde sie damit auf die Straße gehen, dann würden die Autos anhalten, dachte Welscher, wandte sich wieder dem Safe zu und seufzte stumm. Er musste wohl mal unter vier Augen mit ihr reden.

»Mach schon«, drängelte Fischbach.

Welscher zog am Griff, die Tür drehte sich schwer in den Angeln und gab den Blick auf das Innere frei.

Sie konnten nicht glauben, was sie dort sahen.

Bianca Willms fand als Erste die Worte wieder. »Leer«, kiekste sie.

»Leer?«, rief Paula Rehn von der Tür aus in den Raum und reckte den Hals. Sie hatte die ganze Zeit aufgepasst.

»Leer«, bestätigte Welscher. Er wischte mit der Hand durch das Innere des Safes, um sicherzugehen, dass keine optische Täuschung vorlag. Er stand auf. »Eindeutig leer.«

Fischbach seufzte. »Kann man nichts machen.« Er klopfte Welscher aufmunternd auf die Schulter. »Jetzt zu dir, Bianca. Zeig mal, was du auf dem Ding, ähm, Rechner gefunden hast.«

Sie nickte und setzte sich hinter das Notebook.

»Baron wurde von verärgerten Gläubigern mit Drohungen geradezu bombardiert.« Sie drehte das Gerät so, dass die anderen auch auf den Bildschirm schauen konnten. »Der Ton wurde immer aggressiver. Wenn ich ehrlich bin, hat mich das schon überrascht. Ich meine, man denkt immer, die Reichen hätten einen ausgefeilten Wortschatz und drückten sich gewählt aus. Aber bei Barons Korrespondenz habe ich ab und zu empört schlucken müssen.«

»Ja, so sind se.« Fischbach verzog den Mund zu einer sarkastischen Grimasse. »Mach eine Liste derjenigen Gläubiger, die sich besonders kreativ gezeigt haben. Guido und Andrea können dem nachgehen. Sonst noch was?«

Sie strich sich eine Strähne hinters Ohr, wirkte plötzlich verlegen und warf Paula Rehn einen Blick zu.

Fischbach verstand. »Können Sie uns bitte einen Moment allein lassen?«

Paula Rehn streckte sich und wollte protestieren, doch Welscher schob sie einfach hinaus und schloss die Tür.

»Baron hatte auch einen Ordner mit einem Passwort geschützt«, berichtete Bianca Willms, öffnete mit ein paar Klicks ein Fenster und gab eine Zahlen-Buchstaben-Kombination ein. »War natürlich kein Problem für mich.«

Welscher wurde hellhörig. Das musste er sich merken.

»Schaut mal.« Sie wies auf den Monitor.

Einige Sekunden betrachteten sie schweigend die Diashow, die auf dem Bildschirm ablief. Welscher bemerkte, dass Fischbachs Mund offen stand. Er schmunzelte. »Hat er sich die aus dem Netz gezogen?«, fragte er.

»Das habe ich auch zunächst gedacht. Aber wartet mal noch ein paar Bilder ab.«

Welscher stützte sich mit den Ellbogen auf dem Tisch ab und achtete dabei darauf, ihr nicht zu nahe zu kommen. Geduldig wartete er, während die Diashow weiterlief. Wenig später drückte Bianca Willms auf Pause und lehnte sich grinsend zurück. »Meine Herren, bitte nicht sabbern.«

»Na, na, nicht frech werden«, murmelte Fischbach und fügte hinzu: »Das ist doch die Vorzimmermaus.«

Welscher nickte. »Splitterfasernackt, wie all die anderen auch. Wenn mich nicht alles täuscht, hat sich unser sauberer Geschäftsmann eine Galerie seiner Eroberungen angelegt.«

»Sortiert nach Datum«, bestätigte Bianca Willms. »Ich habe durchgezählt. Zweitausend ...«

Fischbach schnappte laut nach Luft. »Nicht möglich.«

Bianca Willms zog eine Grimasse. »Lass mich ausreden. *Im Jahr 2000* hat er mit der Trophäensammlung begonnen. Seitdem hat er ihr siebenundvierzig Frauen hinzugefügt.«

Fischbach pfiff durch die Zähne. »Immer noch eine stolze Leistung.«

»Stolz?«, echote Bianca Willms ärgerlich. »Ein Schwein war er. Er hat die Frauen wie Unterwäsche abgelegt. Einmal durch und gut. Er hat Träume zerstört, wenn nicht sogar Leben.«

»Also ich weiß nicht ...«, wand sich Fischbach, »vielleicht waren die Frauen ja einverstanden.«

»Spinnst du?«, fuhr Bianca Willms auf. »Schau dir doch die Kleine vor der Tür an. Die heult sich die Augen aus. Glaubst du wirklich, die wollte nur ein Abenteuer mit ihrem Chef?«

»Nein, gewiss nicht«, stimmte Fischbach zu. »Aber eventuell wollte er es und hat es ihr auch gesagt. Dann wäre es doch ...«

»Sag jetzt nicht fair«, ereiferte sich Bianca Willms. Ihre Hände zitterten.

Welscher legte ihr beruhigend eine Hand auf die Schulter. »Ich glaube, da ticken Männer anders«, sagte er in versöhnlichem Ton, »zumindest die meisten. Wie viele kommen denn noch nach der Vorzimmerdame?«, fragte er und tippte auf den Bildschirm.

Bianca Willms atmete schwer, warf Fischbach einen bösen Blick zu und startete die Präsentation wieder. »Nur noch eine. Carola Poth. Sie dürfte seine aktuelle Spielwiese gewesen sein.«

»Wahnsinn«, nuschelte Fischbach, der wie angewurzelt dastand und auf den Bildschirm starrte.

Energisch bediente Bianca Willms die Tastatur, und das Bild verschwand.

Fischbach sah irritiert auf. Er räusperte sich. »Also gut, Carola ... äh ...«

»Poth. Carola Poth«, half ihm Welscher amüsiert auf die Sprünge. »Wir sollten mal bei ihr vorbeischauen.«

»Genau«, stimmte Fischbach zu. »Such uns bitte mal ihre Adresse raus, Bianca.« Seine Stimme hatte jetzt wieder den üblichen Bass angenommen.

»Schon geschehen.« Sie hielt ihm einen Zettel hin. »Der Name kam mir sofort bekannt vor. Sie hat mit ihrer Band auf der Jubiläumsfeier gesungen. Heute Abend tritt sie im Pingsdorfer Tanzsaal im Freilichtmuseum Kommern auf.«

Fischbach nahm den Zettel und überflog die Zeilen. »Neunzehn dreißig?«

Bianca Willms nickte.

»Dann brechen wir jetzt hier die Zelte ab«, entschied Fischbach. »Lasst uns zurückfahren. Wir machen die Nachmittagsbesprechung und lassen den Abend bei ein wenig Musik ausklingen. Schließlich haben wir nur selten die Möglichkeit, das Dienstliche mit dem Angenehmen zu verbinden.«

ACHT

Andrea Lindenlaub und Büscheler verspäteten sich um fünf Minuten. Sie schütteten sich Kaffee in die Tassen und nahmen ihre Plätze ein.

»Unsere Oberen lassen sich entschuldigen«, berichtete Fischbach. »Sie haben Termine.«

»Das Interesse lässt anscheinend nach«, flüsterte Büscheler.

Fischbach beugte sich über den Tisch und griff nach dem Zuckerstreuer. »Glaube ich nicht. Warte ab, die werden uns bald wieder auf den Senkel gehen. Jetzt erzählt mal, was es Neues gibt.«

Andrea Lindenlaub beschrieb in wenigen Sätzen, wie sie weiterhin die Gäste befragt hatten, ohne bisher etwas Wichtiges erfahren zu haben.

Nachdem Welscher als Letzter von den Fotos auf Barons Computer berichtet hatte, übernahm Fischbach.

»Ich will eure Einschätzungen hören. Lasst mal eure Gedanken kreisen. Gibt es Dinge, die wir sträflich vernachlässigen? Sollten wir die Gewichtung unserer Bemühungen ändern? Nehmt bitte kein Blatt vor den Mund.«

»Der Belgier ist für mich immer noch die heißeste Spur«, begann Andrea Lindenlaub. »Meiner Meinung nach ist Baron durch seinen Fahrer in den Fokus der Drogenmafia geraten. Zwar traf ihn keine Schuld, doch die Entschädigung für die Ladung auf dem gestohlenen Lastwagen sollte er trotzdem berappen. Vermutlich hat man ihm nicht geglaubt, dass sein Fahrer alleine das Ding ohne seine Zustimmung durchgezogen hat. Wie wir wissen, war Baron schon seit einer Weile zahlungsunfähig. Jetzt muss man nicht viel von Mathematik verstehen, um die Gleichung aufzumachen: Kein Geld gleich mächtig Ärger. Also kam es, wie es kommen musste: Torpedos wurden losgeschickt, um ihm zu zeigen, wo die Engelchen ihre Harfe spielen. Der Belgier steckt da mit drin, bin ich mir ziemlich sicher.« Sie schob das Kinn vor und verschränkte die Arme vor der Brust.

Widerspruch zwecklos, dachte Welscher.

Büscheler hob den Zeigefinger. »Es kann so abgelaufen sein, ja. Aber wir dürfen Karlo Nettersheim dabei nicht vergessen«, hauchte er. »Bei seiner Vorgeschichte würde es mich nicht wundern, wenn er Barons Todesengel war. Der geht doch über Leichen.«

Fischbach wiegte den Kopf. »Nettersheim? Weiß nicht. Früher ja, aber heute?«

»Einmal böse, immer böse.« Büscheler lehnte sich auf seinem Stuhl zurück. »Der ist nicht der saubere Geschäftsmann, für den er sich ausgibt.«

»Nicht?«, warf Welscher ein. »Was macht dich da so sicher?«

Büscheler nippte an seinem Kaffee. »Das habe ich im Urin.«

Welscher riss die Augen auf. »Eine interessante neue Ermittlungsmethode«, spottete er.

Büscheler schmunzelte. »Da kannst du noch was lernen.«

»Ab und an gehen die Pferde mit unserem Kollegen durch«, erklärte Fischbach. Er beugte sich vor und hieb Büscheler auf die Schulter.

»Aber Baron und Nettersheim waren Freunde«, nahm Bianca Willms das Thema mit einem sachlichen Ton wieder auf, ohne mit ihrer Tipperei aufzuhören. Sie sah noch nicht mal vom Bildschirm auf.

»In dem Gewerbe kann man schnell Freunde gewinnen, sie aber auch ebenso schnell wieder verlieren, da muss ich Guido schon recht geben«, wandte Fischbach ein. Er rührte nachdenklich in seinem Kaffee. »Mir geht die Baronin nicht aus dem Kopf. Sie war so …«

»Ah, halt«, unterbrach ihn Bianca Willms. Sie schob hastig die Maus hin und her. »Entschuldige bitte. Ich wollte es dir die ganze Zeit schon sagen, habe es aber wegen der Sache mit den Bildern vergessen … ah, hier habe ich es.« Sie sah in die Runde und lächelte triumphierend. Sie klickte zweimal mit der Maus, und kurz darauf gab der Drucker neben der Kaffeemaschine seinen Schlaf auf und spuckte ein Papier aus. Bianca Willms holte es und legte es in die Mitte des Tisches. »Ich habe bei Baron eine E-Mail gefunden. Er hat sich von seiner Lebensversicherung bestätigen lassen, dass die Versicherungssumme zugunsten seiner Frau nach seinem Krebstod ausgezahlt wird. Sie ist also die Begünstigte. Ich habe die Versicherung kontaktiert, als ihr bei ihr wart, um die Kombination für den Safe zu holen. Die haben das alles bestätigt.« Sie tippte auf den Ausdruck.

Welscher las, was dort stand. »Eine Million Euro? Sie bekommt eine Million?«

»Und muss nichts davon abgeben«, sagte Bianca Willms kichernd.

Fischbach rührte weiter in seinem Kaffee. »Kommen wir also zu Susanne Baron. Der Tod ihres Mannes macht sie reich. Sie könnte ihn getötet haben, um an das Geld zu kommen.« Er erwähnte Welschers Theorie, Frau Baron könnte einem Selbstmord ihres Mannes zuvorgekommen sein, um die Versicherungssumme nicht aufs Spiel zu setzen. »Oder ihr Liebhaber hat es getan, um mit ihr ein schönes Leben im Weit-Weit-Weg-Land zu genießen. Schöne klassische Motive.«

»Du traust ihr also einen Mord zu? Oder Mithilfe?«, wollte Bianca Willms wissen. Sie rieb sich die Augen.

Welscher beugte sich vor. »Immerhin ist sie schon mal mit dem Messer auf ihn los. Erinnert euch daran.«

Er stand auf und nahm sich eine Flasche Wasser aus dem Kasten unter der Fensterbank. Gierig setzte er an und trank.

»Bah.« Er verzog angewidert das Gesicht. »Welcher Schlaumeier stellt denn den Kasten direkt vor die Heizung? Das schmeckt ja widerlich.« Er nahm den Wasserkasten und stellte ihn auf der gegenüberliegenden Seite neben den Schränken ab.

Nachdenklich drehte Fischbach seine Kaffeetasse in den Händen. »Gut, ich setze noch einen obendrauf. Nehmen wir mal an, sie wollte sich nicht nur das Geld sichern, sondern hat auch von dieser Sängerin erfahren. Ich meine, sie scheint ja in ihrer Eifersucht kaum zu bremsen zu sein.«

Welscher kniff ein Auge zusammen. »Na ja, ein Messer im Streit ziehen und im Affekt zustechen ist das eine. Im dem Fall hier haben wir es aber mit einem geplanten Ablauf zu tun. Damit will ich einen Mord aus Eifersucht nicht ausschließen, versteh mich nicht falsch, aber trotzdem sind es zwei unterschiedliche Paar Schuhe. Darüber hinaus möchte ich an dieser Stelle die Statistik bemühen: Frauen greifen bei einem Mord eher selten zur Pistole, wie ihr sicherlich wisst.«

»Also sind wir wieder bei dem Liebhaber«, stellte Büscheler fest, der gerade eine Zigarette aus seiner Packung fummelte und sie sich hinters Ohr steckte. »Meinst du das damit?«

»Ist aber alles nur Theorie«, sagte Welscher.

»Da fällt mir was ein«, sagte Fischbach und griff nach dem Telefon. Er wählte und wartete. »Hotte hier. Ich will, dass Frau Baron observiert wird ... Tatverdacht, klar, was sonst. Ich komme später vorbei und erklär dir das.« Er legte auf.

»Wen hast du denn angerufen?«, fragte Andrea Lindenlaub.

»Den Chef«, erwiderte Fischbach. »Er kümmert sich drum.«

»Hast du nicht vorhin gesagt, der sei anderweitig beschäftigt?« Andrea Lindenlaub runzelte die Stirn.

Fischbach winkte ab. »Was weiß ich. Weiter im Text.«

»Für mich bleibt auch noch die Frage zu klären«, sagte Büscheler, während er die Zigarette wieder zur Hand nahm und an dem Tabak roch, »warum gerade das Wäldchen bei Maria Rast als Tatort ausgewählt wurde. Ich denke, wir sollten uns endlich mal um diese Satanisten kümmern.«

»Was für Satanisten?«, fragte Welscher und runzelte die Stirn.

»Eine Handvoll Spinner, die nachts ab und an nackt durch die Wälder rennen und Hühner opfern«, erläuterte Büscheler.

»Und warum hatten wir die bisher nicht auf dem Schirm?«, fragte Welscher. »Ich meine, vielleicht sind die so abgedreht, dass sie sich nicht mehr mit Tieren zufriedengeben wollten. Möglicherweise ist Bruce Baron zufällig in deren Ritus reingestolpert, sie dachten, es wäre ein Zeichen ihres Herrn und ballerten ihm das Hirn weg.«

Stille breitete sich aus. Erwartungsvoll blickten Andrea Lindenlaub und Büscheler zu Fischbach. Bianca Willms' Hände schwebten über der Tastatur. Auch sie sah den Hauptkommissar an.

Der zog seelenruhig ein Taschentuch aus der Hosentasche und trötete lautstark wie ein Elefant hinein.

»Wir hatten es schon auf dem Schirm, um deine Worte zu gebrauchen«, sagte er dann. »Wir haben es nur hintenangestellt. Ich habe das mit Bönickhausen abgeklärt, und es war ja auch so genug zu tun.«

Welscher sah aus, als könnte er kaum glauben, was er da hörte. »Hintenangestellt? Abgeklärt? Was soll denn der Zirkus? Uns wurde doch Unterstützung zugesichert! Wir hätten die Spur parallel bearbeiten können.« Seine Stimme war lauter geworden. »Und warum erfahre ich erst jetzt davon?«

»Als Bönickhausen uns darüber in Kenntnis gesetzt hat«, erklärte Büscheler, »wart ihr schon zu diesem Selbstmord unterwegs.«

»Ja. Und jetzt schau dich doch mal an, was du hier für ein Fass aufmachst. So etwas hatte ich befürchtet«, bestätigte Fischbach. »Ich habe der Schmitz-Ellinger bloß einen Tag zugesagt, mehr nicht. Also halt mal die Beine ruhig. Es gab doch bisher nicht mal Hinweise darauf, dass die Gruppe überhaupt vor Ort war.«

»Ja klar«, höhnte Welscher ärgerlich, »wenn wir in dieser Richtung nicht ermitteln, ist es doch kein Wunder, dass wir nichts finden.« Aufgeregt tigerte er vor den Fenstern hin und her. »Da gibt es Hühnermörder, die sich äußerst skurril verhalten, und ihr lasst sie einfach außen vor. Ich fass es nicht.«

»Jetzt krieg dich mal wieder ein«, forderte Andrea Lindenlaub scharf. »Spiel hier nicht den Supermann. Wir brauchen keinen aus der Großstadt, der uns erklärt, wie der Hase läuft.«

Angespannt wirbelte Welscher zu ihr herum. »Offensichtlich doch«, zischte er. »Was ist denn, wenn die Nacktspringer die Täter waren? Wie stehen wir denn dann da? Was wollt ihr der Presse erzählen, wenn die dahinterkommen, dass wir eine Spur tagelang haben brachliegen lassen?«

Fischbach hob die Hände und gebot ihm Einhalt. »Okay, okay, pass auf! Der Sohn von der Schmitz-Ellinger gehört zu dieser Clique. Sie hat ihn auf die Sache angesprochen und uns gebeten, nicht sofort falsche Schlüsse zu ziehen. Denn es ist leider so, dass sie seine Behauptung, er habe die ganze Nacht im Bett gelegen, nicht bestätigen kann. Sie war mit ihrem Mann in Aachen auf irgendeinem Kongress und hat die Nacht dort verbracht. Ansonsten hätten wir direkt einen Haken hinter der Sache gemacht, zumindest, was ihn betrifft.«

Welscher stockte der Atem. Da redete man immer vom Kölschen Klüngel, aber das, was hier abging, schien ja nur eine billige Kopie zu sein. Die Staatsanwältin versuchte, ihren Sohnemann zu schützen, indem sie auf einen leitenden Ermittlungsbeamten Einfluss nahm. Und der hatte nichts Besseres zu tun, als ihr den kleinen Gefallen zu gewähren. Ihm fehlten die Worte. Schweigend ließ er sich auf seinen Stuhl fallen.

»Hotte hat ihr mitgeteilt«, erklärte Andrea Lindenlaub, »dass er alles unternehmen wird, um den Mörder von Bruce Baron schnellstmöglich zu finden und so automatisch die Unschuld ihres Sohnes zu beweisen. Doch wenn sich ein rascher Ermittlungserfolg nicht einstellen sollte, dann würde ihm nichts anderes übrig bleiben, als der Clique aufs Dach zu steigen.«

»Genau«, stimmte Büscheler mit brüchiger Stimme zu. »Und ich denke, wir sind an diesem Punkt angekommen. Selbst wenn das Kerlchen tatsächlich im Bett gelegen hat, kann er uns vielleicht erzählen, ob die anderen weniger friedlich geschlafen haben.«

Welscher holte tief Luft. Langsam verrauchte sein Ärger. Was regte er sich überhaupt so auf? Er war nicht der leitende Beamte und Gott sei Dank auch bald wieder weg. Sollten die doch hier klüngeln, bis der Jüngste Tag anbrach. Das Ganze war eine stümperhafte Ermittlung und ausgemachter Blödsinn, allerdings musste er das im Zweifel nicht vertreten. Er griff wieder nach der Wasserflasche und trank sie in einem Zug aus, diesmal ohne das Gesicht zu verziehen.

»Wir nehmen das morgen früh mit in die Besprechung«, entschied Fischbach. »Ich denke, es ist fair, es anzukündigen.« Er sah in die Runde. Andrea Lindenlaub, Büscheler und Bianca Willms nickten.

Welscher reagierte gar nicht. Er hatte eindeutig zum Ausdruck gebracht, was er von dem Vorgehen hielt. Bis morgen warten hieß, wieder einige Stunden zu verlieren. Dann kam ihm ein anderer Gedanke. Wenn schon wichtige Spuren erst mit Verzögerung verfolgt wurden, dann stünde einem frühen Feierabend doch sicherlich nichts im Wege. Seine Laune besserte sich, und er nahm sich vor, Fischbach nachher darauf anzusprechen.

»Ich könnte eine rauchen«, murmelte Büscheler und drehte wieder seine Zigarette unter der Nase.

»Hab schon verstanden. Beenden wir die Besprechung für heute.« Fischbach lachte und erhob sich. »Was du gesagt hast, Bianca, ist trotzdem ein wichtiger Aspekt. Sollten wir nicht vergessen.« Er nickte ihr aufmunternd zu.

»Ist hiermit in die To-do-Liste aufgenommen.«

»Die Amtssprache hier ist Deutsch, Mädel«, belehrte sie Büscheler, der bereits die Zigarette im Mundwinkel hielt. »Und auf Eiflerisch heißt das Maach-ens-Zeddel.«

Sie lachten und verließen hintereinander den Raum. Nur Bianca Willms blieb zurück und beugte sich bereits wieder konzentriert über den Rechner.

Welscher passte Fischbach ab. »Hotte, du … ähm, ich müsste heute mal früher nach Hause.«

Nachdenklich strich sich Fischbach mit dem Daumennagel über das Kinn. Einerseits konnte er verstehen, wenn ein Kollege etwas Privatleben einforderte. Andererseits war es ja noch recht früh. »Ich weiß nicht. Vorhin hatte ich den Eindruck, dass du unbedingt mit zu der Sängerin willst. Wir haben ja noch …«

»Freude, schöner Götterfunken« ließ ihn verstummen. Welscher zog sein Handy aus der Hosentasche. »Entschuldige bitte.« Er drehte sich etwas ab und meldete sich.

»Ah, du bist es«, hörte Fischbach ihn sagen. »Nein, es wird wieder ... ja, spät. Tut mir leid, aber ...« Welscher brach ab.

Zögernd ließ er sein Handy in die Tasche gleiten und wandte sich wieder Fischbach zu. »Es ist wirklich wichtig«, jammerte er. »Ich muss unbedingt mal einen Abend die Wogen glätten.« Aus traurigen Augen blickte er Fischbach an.

»Na gut«, gab dieser sich einen Ruck. »Dann hau ab.«

Welscher riss die Augen auf. »Wirklich?« Er griff Fischbachs Hand und schüttelte sie. »Danke. Ist wirklich wichtig«, versicherte er noch mal und stürmte dann zur Tür hinaus.

Fischbach schaute ihm belustigt hinterher.

»Was ist denn mit dem los?«, wollte Andrea Lindenlaub wissen, die gerade wieder reinkam und sich neben ihn stellte.

»Junge Liebe«, erklärte er mit väterlichem Verständnis. »Manchmal muss man einfach großzügig sein.« Er hakte sich bei ihr unter. »Übrigens könnte ich jetzt noch eine Begleitung gebrauchen. Hast du Lust, dieser Sängerin auf den Zahn zu fühlen?«

Ihr Gesicht erhellte sich. »Nichts lieber als das«, beschied sie ihn und ließ sich willig von ihm abführen.

***

Andrea Lindenlaub ermittelte gerne mit Fischbach. Er war wie der große Bruder, den sie sich immer erträumt hatte. Sie mochte den manchmal brummigen, aber immer hilfsbereiten Kollegen. Sie war fünfzehn Jahre jünger, fast eine ganze Generation. Das bedeutete oftmals, dass Ansichten und Interessen sehr unterschiedlich waren. Doch Fischbach war anders. Sein Motorrad, die Leidenschaft für Rockmusik und die Mitgliedschaft bei den K-Heroes beeindruckten sie. Er lebte das aus, was er liebte. Mitunter kam ihr der Gedanke, dass er auch eine kriminelle Laufbahn hätte einschlagen können. Andere Männer in seinem Alter kümmerten sich nur um die Karriere, rannten mit ihren verknöcherten Anzugsärschen jungen Mädchen hinterher, brüsteten sich mit einem Aktienportfolio in Millionenhöhe oder soffen sich die Seele aus dem Leib. Sie hatte nach ihrer Scheidung einige von ihnen kennen- und auch hassen gelernt. Den letzten hatte sie vor noch nicht mal vier Wochen aus ihrer Wohnung geschmissen, nachdem er angefangen hatte, sich auffällig für ihren Sohn zu interessieren. Das Dreckschwein. Gerade noch rechtzeitig waren ihr die Augen aufgegangen.

»Wo müssen wir denn eigentlich hin?«, fragte sie, als sie vor das Gebäude traten. Im trüben Licht der Eingangslampe stand ein frierender Kollege und rauchte.

»Heute habe ich mal Glück«, sagte Fischbach. »Carola Poth tritt mit ihrer Band im Pingsdorfer Tanzsaal auf. Im Freilichtmuseum.«

»Kommern, verstehe. Da hast du es ja nicht weit nach Hause. Treffen wir uns dort?«

»Ja. Wir können direkt hinter dem Saal parken, das habe ich eben mit dem Museumsdirektor vereinbart«, erklärte Fischbach. »Du musst dann eine Straße vor der Auffahrt zum Parkplatz hoch. Tor 3.«

Andrea Lindenlaub nickte und ging zu ihrem Auto.

Auf der B 266 war nur wenig Verkehr, und bereits zwanzig Minuten später parkte sie vor dem Verwaltungsgebäude des Museums.

Fischbach wartete bereits auf sie. In seiner dunklen Lederkleidung verschmolz er fast mit der Dämmerung. Gemeinsam gingen sie durch die Baugruppe Westerwald den gepflasterten Weg zum Tanzsaal hinunter. Der Raum zeigte sich gut gefüllt, die Stimmung war ausgelassen, viele Gäste feierten. In der Luft trieben Rauchschwaden. Flankiert von zwei Musikern, der eine stand am Keyboard, der andere zupfte an einer Gitarre, sang Carola Poth auf der Bühne.

»Die haben ja sogar noch die Flatterbändchen an der Decke hängen«, sagte Andrea Lindenlaub staunend. »Bemerkenswert originalgetreu.«

»Warst du noch nie hier?« Fischbach wandte sich nach links an die Theke und ließ sich zwei Wasser reichen. Eins gab er an Andrea Lindenlaub weiter.

»Noch nie.« Sie trank einen großen Schluck.

»Der Tanzsaal stand mal in Brühl-Pingsdorf. Der Name ist ein wenig irreführend, denn eigentlich war es der Festsaal der Gaststätte Jägerhof und wurde nicht nur zum Tanz aufgeschlossen.«

Überrascht blickte sie ihn an. »Woher weißt du das?«

Lässig winkte er ab. »Sigrid könnte dir noch mehr darüber erzählen. Die interessiert sich für solche Dinge. Die sammelt jeden Zeitungsschnipsel, der nur irgendwie hier mit der Gegend zu tun hat.« Er beugte sich näher an ihr Ohr. »Sie arbeitet an einem Reiseführer.«

»Über die Eifel?«

Fischbach nickte.

»Und sie hofft wirklich, damit Erfolg zu haben?« Andrea Lindenlaub war bekannt, dass der Tourismus in der Eifel Zuwachs hatte. Doch natürlich gab es bereits unzählige Reiseführer über diese Gegend hier. Ein weiteres Buch würde kaum auffallen.

»Du kennst Sigrid nicht gut genug.« Fischbach lächelte und zwinkerte verschwörerisch. »Wenn die sich etwas in den Kopf gesetzt hat, dann wird das auch was. Da ist sie stur wie ein müder Ochse.«

»Ochse? An deinen Vergleichen solltest du noch arbeiten. Lass sie so etwas niemals hören.« Sie lachte. »Sag mal, was wird hier eigentlich gefeiert?«

»Irgendein Geburtstag, soweit ich weiß. Wir sollten uns also so schnell wie möglich wieder vom Acker machen. Wer möchte schon die Kripo auf seinem Geburtstag als Gäste haben?«

»Ich«, scherzte Andrea Lindenlaub.

»Du feierst deinen Geburtstag? Hast du nicht gesagt ...«

»Hab ich«, unterbrach sie ihn. »War auch nur so dahergesagt.«

An ihrem dreißigsten Geburtstag vor jetzt gut fünf Jahren hatte sie ihren Mann mit ihrer besten Freundin in flagranti im Bad erwischt. Es gab eine Szene, die beiden beichteten ihr, dass das schon länger so ginge, und von einem Tag auf den anderen stand sie mit den zwei Kindern allein da. Damals hatte sie sich geschworen, ihren Geburtstag nicht mehr zu feiern, und das auch bis heute so gehalten.

Trübsinnig starrte sie in ihr Wasserglas. So lange her, aber trotzdem noch nicht darüber hinweg, dachte sie.

»Komm, wir schieben uns mal zur Bühne durch«, schlug Fischbach vor. »Wir fangen sie dann in der Pause ab.«

Sie zwängten sich an den gut gelaunten Gästen vorbei. Eine Frau mit tiefen Falten im Gesicht flog auf Fischbach zu und drückte ihm einen dicken Kuss auf die Wange. So schnell, wie sie aufgetaucht war, war sie auch schon wieder in der Menge verschwunden.

»Sachen gibt es«, brummte Fischbach. Sie stellten sich seitlich neben die Bühne und warteten. Carola Poth hatte eine schöne Stimme, und die Band traf jeden Ton. Sie trug ein festliches grünes Abendkleid, das ihre Modelfigur umschmeichelte.

»Und? Gefällt sie dir?«, wollte Andrea Lindenlaub wissen, die seine Blicke bemerkt hatte. Fischbach hob den Daumen und peilte darüber hinweg zur Sängerin.

»Beine bis zum Hals, ordentliche Oberweite, eine Taille wie geschnitzt. Was sollte mir daran schon gefallen?« Er zwinkerte Andrea Lindenlaub zu.

Das Lied endete, und Carola Poth verkündete eine kleine Pause.

»Also los«, sagte Fischbach. Er fing die Sängerin ab, als sie von der Bühne stieg, und zückte seine Erkennungsmarke. »Frau Poth, wir müssen Sie sprechen.«

Ihr Lächeln verschwand augenblicklich von ihrem Gesicht.

»Gibt es Probleme?«, fragte der Gitarrist und trat mit finsterer Miene an ihre Seite.

»Nein«, wiegelte sie ab. »Nur die Bullen. Ich denke, es wird um Bruce Baron gehen, oder?«

»Ja«, bestätigte Andrea Lindenlaub. »Können wir irgendwo in Ruhe reden?«

Carola Poth wies auf eine Tür seitlich neben der Bühne. »Gehen wir raus. Dort sind wir ungestört.« Sie wandte sich zu den Bandmitgliedern um. »In fünfzehn Minuten geht's weiter.« Ohne eine Zustimmung abzuwarten, ging sie voraus in die kalte Abendluft.

»Ist Ihnen nicht kalt?«, fragte Andrea Lindenlaub fröstelnd und zog den Reißverschluss ihrer Jacke bis zum Anschlag hoch.

»Ach, Schätzchen«, hauchte die Poth. »Was glaubst du, wie warm das gleich da drin noch wird. Ein wenig frische Luft kann da nicht schaden. Ich bin da nicht so empfindlich.« Sie fummelte aus ihrer kleinen Handtasche eine Packung Zigaretten hervor. Mit der hohlen Hand schirmte sie das Feuerzeug vor dem Wind ab, der die Baumkronen über ihren Köpfen rauschen ließ.

»Sie haben also mitbekommen, was mit Bruce Baron geschehen ist«, stellte Fischbach fest.

Mit einer Hand hielt sie ihren Ellenbogen fest. Die Hand mit der rot glühenden Zigarette ragte nach oben wie eine Antenne. »Es stand ja in der Zeitung.«

Andrea Lindenlaub wunderte sich über diese kühle Aussage. Sie hatte mehr Emotionen erwartet, schließlich war Carola Poth Barons Geliebte gewesen.

Fischbach setzte genau an dieser Stelle an. »Trauern Sie denn nicht?«

»Warum sollte ich?« Ein spöttisches Grinsen stahl sich auf ihr Gesicht.

»Spielen Sie uns doch nichts vor«, forderte Fischbach. »Sie hatten ein Verhältnis mit ihm.«

Carola Poth riss die Augen auf. Gleich darauf hatte sie sich wieder gefasst. »Respekt, Herr Kommissar. Dass Sie das herausbekommen haben, ja wirklich, meinen Respekt. Wir haben es überall geheim gehalten. Wie sind Sie dahintergekommen?«

»Tut nichts zur Sache«, wehrte Fischbach ab. »Vor mir steht eine Frau, deren Geliebter brutal ermordet wurde. Und was sehe ich? Kühle Arroganz statt Tränen. Äußerst verdächtig, oder was meinen Sie?«

Verächtlich blies sie den Rauch durch die Nase. »Oh je, Sie haben zu viele Liebesschnulzen gesehen. Verdächtig, dass ich nicht lache. Wieso sollte ich ihm nachweinen? Er war ein Arsch, der immer nur seinen eigenen Vorteil sah.«

Im Saal wurde es still, kurz darauf hielt jemand, über das Mikrofon verstärkt, eine Rede.

»Da fummelt mal wieder jemand an unserer Technik«, murrte die Poth mit einem ärgerlichen Blick auf die Tür. »So was mögen wir gar nicht.«

Andrea Lindenlaub ließ sich nicht ablenken. »Wenn Baron Ihrer Meinung nach ein Arsch war, warum waren Sie dann mit ihm liiert?«

»Mädel, das liegt doch auf der Hand.« Sie schüttelte missmutig den Kopf.

»Für mich nicht«, gab Andrea Lindenlaub zu.

Carola Poth zog an ihrer Zigarette. »Er konnte gut ficken.«

Andrea Lindenlaub zuckte zusammen. Sie war zwar nicht prüde, doch sie mochte es nicht, wenn man mit dem F-Wort um sich warf. Wie konnte man sich nur so primitiv äußern? Das verursachte ihr beinahe körperliche Schmerzen. »Äh, ach so. Da spielt die Liebe natürlich eine Nebenrolle«, stellte sie ein wenig ärgerlich fest.

»Liebe, Mädel, ist etwas für Groschenromane. Mir geht es um Befriedigung«, knurrte die Poth.

Befriedigung! In Andrea Lindenlaub blitzte die Szene auf, die sich ihr präsentiert hatte, als sie gut gelaunt die Badezimmertür aufgerissen und in das erstaunte Gesicht ihres Exmannes geblickt hatte, er von hinten über ihre Freundin gebeugt ... Sie zwang sich, nicht daran zu denken.

Gott sei Dank übernahm Fischbach wieder die Gesprächsführung.

»Ihre Intention haben wir jetzt verstanden, die lasse ich einfach mal so stehen. Allerdings möchte ich noch anmerken, dass Menschen, die sich wie Sie eher distanziert zu einem Geliebten äußern, zumeist von Hass und Verachtung dazu getrieben werden. Beides sind mögliche Antriebsquellen für einen Mord.« Er sah Carola Poth herausfordernd an.

Sie hatte eine gelangweilte Miene aufgesetzt. »Wenn Sie meinen.«

»Wo waren Sie in der Nacht, als Bruce Baron ermordet wurde?«

Sie warf die Kippe in den Kies. »Wir haben abgebaut und saßen bis zum frühen Morgen mit dem Besitzer der Bar herum. Der Name fällt mir nicht mehr ein.«

»Nettersheim?«

»Genau. Er will mit uns eine musikalische Reihe aufziehen. Wir haben auf den Erfolg angestoßen.«

»Werde ich nachprüfen«, drohte Fischbach.

»Ist ja Ihre Aufgabe«, gab sie kühl zurück. »Der Nettersheim war übrigens ziemlich aufgebracht. Baron schuldete ihm wohl ein paar Euros.«

»Wissen wir«, sagte Fischbach. »Zeugen haben gesehen, wie Sie an dem Abend hinter Baron her sind, als der seine berühmt-berüchtigte Ansprache beendet hatte. Haben Sie ihn noch erwischt?«

»Ja.«

»Ja Herrgott noch mal«, schimpfte Fischbach plötzlich. »Lassen Sie sich doch nicht alles aus der Nase ziehen. Was hat er gesagt?«

Sie lächelte spöttisch. »Er hat gesagt, dass er mich liebt. Dann war er fort.«

»So was. Liebe. Das muss Sie ja ziemlich umgehauen haben«, konnte sich Andrea Lindenlaub nicht verkneifen zu sagen.

Carola Poth erwiderte nichts, sondern schlang die Arme um ihren Körper. Jetzt fröstelte sie doch.

»Hat er Ihnen gegenüber geäußert, dass er sich bedroht fühlte?«, wollte Fischbach wissen.

»Tut mir leid, nein. Wir haben allerdings auch nie viel geredet.«

Klar, dachte Andrea Lindenlaub angewidert. Sie wollte ja nur geritten werden. Diese Frau war das krasse Gegenteil von ihr, wie zwei Pole, die sich abstoßen.

»Kann ich jetzt wieder rein?«, fragte Carola Poth. »Langsam wird mir kalt.«

»Eins noch«, bremste Fischbach sie. »Wussten Sie von Barons schwerer Krankheit?«

»Krankheit? Bruce?«, fragte sie skeptisch. »Das kann nicht sein. Der vögelte wie ein Gott. Obwohl ...« Sie zögerte, dachte nach. »Er hatte schwer abgenommen. Stand ihm gut. Aber dass das mit einer Krankheit ... Möglich wäre es ja.«

Sie macht mit ihrem Liebhaber rum und merkt gar nicht, dass ein todkranker Mann ihr die Freuden bereitet, dachte Andrea Lindenlaub. Wie einfühlsam.

Fischbach entließ die Sängerin mit den Worten: »Danke, Frau Poth. Das wäre es fürs Erste.« Sie ging, ohne ein weiteres Wort zu verlieren, zurück in den Tanzsaal.

Der Mond tauchte am Horizont auf und hüllte die Nacht in ein blaues Licht. Die weißen Flächen der Fachwerkwand des Saals glitzerten.

»Findest du die jetzt immer noch so attraktiv?«, wollte Andrea Lindenlaub wissen.

Fischbach seufzte. »Figur ist nicht alles, gebe ich ja zu.«

»Und? Was meinst du?«

Er nahm sie am Arm und führte sie in Richtung der Fahrzeuge. »Schwierig. Ich traue ihr einiges zu. Sie scheint gefühlskalt und abgebrüht zu sein.«

Das Kopfsteinpflaster glänzte feucht. Frostkristalle funkelten im Mondlicht. Die Häuser der Baugruppe Westerwald warfen lange Schatten.

»Nehmen wir an, Baron hat ihr den Laufpass gegeben. Dann könnte ich mir vorstellen, dass so eine wie Carola Poth durchdreht. Aber ich denke, wir müssen uns darüber vorerst nicht den Kopf zerbrechen. Wenn Karlo Nettersheim und die Bandmitglieder das Alibi bestätigen, ist sie fein raus.«

Andrea Lindenlaub schmiegte sich an Fischbachs Seite. Sie fühlte sich so geborgen wie schon lange nicht mehr. »Hm, Nettersheim ist ja eher ein fragwürdiger Fürsprecher.«

»Wir werden sehen«, sagte Fischbach, ohne näher auf ihre Zweifel einzugehen.

Sie durchquerten das kleine Wäldchen hinter der Scheune der Gaststätte und erreichten den Parkplatz. Fischbachs Harley glich im Dunkeln einem sprungbereiten Panther.

Er setzte seinen Helm auf und streifte die Handschuhe über. »Wir sehen uns morgen«, rief er ihr zum Abschied zu und donnerte davon.

Andrea Lindenlaub sah ihm hinterher und seufzte. »Da ist er wieder fort, der große Bruder.« Ein wenig traurig startete sie den Motor ihres Wagens und fuhr nach Hause.

***

Welscher stürmte die Treppen hinauf. Endlich mal deutlich vor Mitternacht zu Hause. Das würde eine Überraschung geben.

Im Hausflur roch es nach Knoblauch und fettiger Bratensoße. Von oben aus der dritten Etage hörte er das Klavierklimpern der kleinen Müller-Göre, zu laut und absolut disharmonisch. Die könnte als Waffe eingesetzt werden, dachte er und lachte gut gelaunt.

Dass Fischbach ihn einfach so hatte ziehen lassen, überraschte ihn. So viel Mitgefühl hatte er dem alten Eifelkopp nicht zugetraut. Er nestelte in der Manteltasche nach seinem Schlüssel. Für eine Sekunde fürchtete er, ihn im Büro vergessen zu haben. Doch da spürte er schon die kalten Zacken der Bärte. Er schob den Wohnungstürschlüssel ins Schloss und sperrte auf. Leise Musik empfing ihn, es roch nach Vanille. Er zog seine Schuhe im Flur aus und schlüpfte in die Pantoffeln. Er mochte es nicht, wenn jemand mit schmutzigen Sohlen über das teure Parkett lief. Den Mantel hängte er an die Garderobe, zog sein Hemd straff und schlich in Richtung Wohnzimmer. Auf Licht verzichtete er, da die Tür nur angelehnt war und ein Lichtstreifen ihm den Weg wies. Vivaldi, Vier Jahreszeiten. Er liebte die CD. Gerade steigerten sich die Instrumente zum Gewitter. Kristallklar übertrug die Anlage die Töne. Sie war erst vier Monate alt, und er hatte Wert darauf gelegt, das Beste vom Besten zu bekommen. Lieber fuhr er weiterhin seinen schrottreifen Fiesta, als sich jedes Mal zu ärgern, wenn er zu Hause Musik hören wollte. Die Entscheidung zugunsten der teuren Hi-Fi-Anlage war nicht ohne Streit abgegangen. Doch er hatte sich schließlich durchsetzen können.

Aber irgendetwas schien heute nicht zu stimmen. Noch im Flur blieb er stehen und horchte. Während sich die Streicher in ein wildes Crescendo steigerten, waren Geräusche zu vernehmen, die definitiv nicht dazugehörten. Waren die Boxen defekt? Welscher schwitzte plötzlich. Zwar hatte er noch Garantie auf die Geräte, doch das würde sicherlich bedeuten, mehrere Tage, wenn nicht sogar Wochen auf den perfekten Klang verzichten zu müssen. Beruhige dich, dachte er, das Problem kannst du später angehen. Heute gilt es vordringlich, deine Beziehung zu retten.

Er stieß die Tür zum Wohnzimmer ganz auf. »Hi, Schatz«, rief er gut gelaunt. »Überraschung!«

Er benötigte einige Sekunden, um das zu verarbeiten, was er vor sich sah. »Rainer?«, sagte Welscher, bevor die Wut in ihm überkochte.

***

Fischbach fuhr nicht sofort nach Hause, sondern nach Euskirchen zurück. Er wollte Carola Poths Alibi sofort überprüfen und hatte außerdem noch etwas mit Nettersheim zu besprechen, wovon die anderen nichts erfahren mussten.

Die »Alte Tuchfabrik« war gut besucht. Das Licht des Speisesaals tauchte den Eingangsbereich in ein warmes gelbliches Licht. Diesmal ging Fischbach zum Hintereingang, nahm sein Handy und wählte. Fast augenblicklich meldete sich Nettersheim.

»Hotte hier«, sagte Fischbach. »Ich muss dich sprechen. Jetzt. Ich bin hinten.«

Er hörte noch ein Lachen, bevor er das Gespräch beendete. Kurz darauf wurde die Tür aufgestoßen. Nettersheim persönlich holte ihn ab. »Hotte, also ehrlich. Willst du dich wirklich mit einem stadtbekannten Kriminellen sehen lassen?« Er lachte dröhnend.

Fischbach folgte ihm ins Innere. Mit einem lauten Knall fiel die Tür hinter ihm ins Schloss. »Deshalb bin ich ja hinten rein«, sagte er. Sie betraten das gut beheizte Arbeitszimmer. Ohne zu fragen, nahm sich Fischbach eine Zigarre und zündete sie an. Genussvoll ließ er den Rauch über die Zunge gleiten. »Deine Zigarren sind echt die besten.«

Nettersheim tat es ihm gleich, dann setzten sie sich. Zusammen sahen sie eine Weile dem Rauch hinterher, der zur Decke stieg.

»Wie lange kennen wir uns jetzt schon?«, fragte Fischbach wie beiläufig.

Nettersheim stieß die Zigarre in seine Richtung. »Tu doch nicht so scheinheilig, Hotte. Das weißt du selbst am besten. Es war nicht lange nach dem Unfall. Ohne meinen Stoff wärst du damals zugrunde gegangen.«

»Schnee von gestern«, murmelte Fischbach. Aber Nettersheim hatte recht. Vermutlich hätte er sich damals, in der schrecklichsten Zeit seines Lebens, ohne Kokain das Leben genommen.

»Sehr treffend formuliert«, bemerkte Nettersheim schmunzelnd.

»Die Sängerin Carola Poth«, begann Fischbach.

»Schnuckelig. Was ist mit ihr?«

»War sie hier bei dir? In der Nacht, als man Baron einen Kopf kürzer gemacht hat?«

»Aber ja doch. Streich sie von deiner Liste. Die drei sind erst morgens weg. Die genaue Uhrzeit habe ich nicht mehr parat, aber es dämmerte bereits, daran kann ich mich noch erinnern.«

Fischbach rollte die Zigarre zwischen seinen Fingern. Die Deckblätter knisterten. »Gut. Jetzt erzähl mir was über diesen Belgier, Wout Bertrand, den wir morgen hochnehmen«, forderte er.

»Ein kleiner Fisch mit einem ganz geringen Warenumsatz. Deshalb lassen ihn die Großen auch in Ruhe. Solltet ihr ihn hochnehmen und das Ganze als tollen Erfolg feiern, kann ihnen das aber nur recht sein. So würden sie selbst wieder eine Weile aus der Schusslinie kommen.« Nettersheim beugte sich vor, hielt das Feuerzeug an seine Zigarre und paffte erneut an. »Ganz daneben liegst du bei dem Belgier übrigens nicht. Typ Piranha, du verstehst? Der kann richtig fies werden.«

»Hat er Baron auf dem Gewissen?«

Gequält verzog Nettersheim das Gesicht. »Was ist mit dir los, Hotte? Direkter geht es ja wohl kaum. Deine Frage hat keinen Stil.«

»Ich will keinen Wettbewerb gewinnen«, erwiderte Fischbach grinsend, »sondern einen Mordfall aufklären. Und das rasch.«

Nettersheim drückte sich aus dem Sessel hoch. An der Bar schenkte er sich einen Whisky on the rocks ein. »Du trinkst immer noch nicht, wenn du noch fahren musst?«

»Eiserne Regel«, bestätigte Fischbach. »Jetzt lenk nicht ab. Hat der Belgier Baron die Rübe weggeballert oder hat er nicht?«

Nettersheim ließ sich wieder in den Sessel plumpsen. In der einen Hand hielt er die Zigarre, in der anderen seinen Whisky. Die Eiswürfel klackerten im Glas. »Zuzutrauen wäre ihm das durchaus.« Er seufzte. »Doch leider habe ich nichts Entsprechendes gehört.«

Fischbach zog an seiner Zigarre. Auf Nettersheims Worte war Verlass, zumindest wenn sie unter vier Augen sprachen. »Gibt es denn irgendein anderes Gerücht?«

»Bezüglich Baron?«

»Bezüglich was sonst?«

»Nein. Wer es auch war, er versteht sich darauf, die Spuren zu verwischen.«

Fischbach rutschte im Sessel etwas weiter nach unten. Nun konnte er den Nacken abstützen. In seiner Nase kitzelte es. »Der perfekte Mord?«

»Den gibt es nicht«, widersprach Nettersheim. Er ließ die Eiswürfel im Glas kreisen. »Selbst wenn alles perfekt ist und wie gewünscht abläuft, kommt früher oder später ein Punkt, an dem es auffliegen könnte.«

»Könnte«, echote Fischbach spöttisch. »Eben nur könnte.«

Nettersheim leerte sein Glas mit einem Schluck und stellte es polternd auf dem Tisch ab. »Du wirst deine Chance bekommen, da bin ich sicher«, sagte er und lächelte zuversichtlich.

***

Welscher fuhr kreuz und quer durch die Gegend, ohne Sinn, ohne Verstand, zutiefst verletzt. Am LVR-Triangle in Deutz parkte er seinen Fiesta verkehrswidrig und lief zur Hohenzollernbrücke hinauf. In dem Meer der Vorhängeschlösser, die die Liebenden hier platzierten, suchte er seins. Es waren unglaublich viele dazugekommen, Hunderte, Tausende, hatten sich ausgebreitet wie die Pest. Endlich hatte er Erfolg und fand sein Schloss inmitten der anderen, am Bügel Flugrost, die schwarze Schrift der Initialen verblasst, aber noch gut lesbar. Zornig riss er daran, doch es gab nicht nach.

Einige Passanten hasteten ängstlich an ihm vorbei.

Er trat gegen die Absperrung, die den Gehweg von den Gleisen trennte. Ein scharfer Schmerz schoss durch seinen großen Zeh. Er unterdrückte einen Aufschrei und rannte davon, fest entschlossen, mit einem Bolzenschneider wiederzukommen. Laut hallte in seinem Kopf der Satz nach: »Es ist nicht so, wie es aussieht.« Hohle Worte, die Situation war zu eindeutig gewesen. Sie hatten ihn hintergangen. Es schmerzte, es schmerzte so sehr, dass er hin und wieder nach Luft schnappen musste. Sein Brustkorb fühlte sich an, als ob ein Elefant darauf stehen würde.

Wieder im Wagen steuerte er den Fiesta aus Köln hinaus. Die Lichter wurden weniger, die Nacht dunkler. Der Motor brummte selig und trieb ihn immer weiter von zu Hause fort, fort von der Stätte, wo er gerade die größte Schmach seines kurzen Lebens hatte erfahren müssen. Ortschaften flogen vorbei, ohne dass er registrierte, wo er langfuhr. Ein konkretes Ziel gab es nicht. Erst als er merkte, dass er auf Reserve fuhr, hielt er mitten in einer Ortschaft an. Er stellte den Motor aus und lehnte sich mit geschlossenen Augen zurück. So gedemütigt hatte er sich seit Jahren nicht mehr gefühlt. Plötzlich spukten gespenstische Fratzen durch seinen Geist. »Hörner, Hörner, Hörner, aufgesetzt«, sangen die Fratzen und kreisten um ihn herum wie Monde um einen Planeten. Er riss die Augen auf, kurbelte die Seitenscheibe herunter und würgte. Die kühle Nachtluft erfrischte seine heißen Wangen, und der Brechreiz verschwand augenblicklich. Welscher lehnte den Kopf wieder gegen die Stütze und sah sich um. Wo war er gelandet?

Es dauerte einige Sekunden, bis ihm klar wurde, wo er sich befand. Erstaunlich. Wieso hatte es ihn gerade hierhin verschlagen? Zufall? Oder steckte mehr dahinter? Er blickte auf die Uhr. Halb zwölf. In der Werkstatt neben dem Haus brannte Licht. Er zögerte. Durfte er so spät noch stören? Aber warum eigentlich nicht, schließlich brannte noch Licht. Er würde also niemanden aus dem Schlaf reißen.

Die Luft fühlte sich feucht an, als er ausstieg, feiner Nieselregen benetzte sein Gesicht. Das Tor quietschte kaum hörbar in den Angeln. Der Garten war nicht groß, kaum größer als ein Handtuch. Aus dem Schuppen hörte er Schmirgellaute, leise Musik und die Stimme einer Frau, die einen Schlager trällerte. Er klopfte an die Tür.

Das Schmirgeln verstummte, und kurz darauf wurde die Werkstatttür einen Spaltbreit geöffnet. Fischbach riss überrascht die Augen auf. »Jan? Was in Dreiteufelsnamen führt dich hierher?«

Welscher sah zu Boden. Er hätte nicht stören sollen. So gut kannten sie sich noch nicht, dass er hier mit seinen Problemen auftauchen konnte. Was für eine blöde Idee, schalt er sich selbst. Er wünschte sich plötzlich weit weg, für immer. Dienst schieben im friedlichen Allgäu, das wäre die Rettung. Er räusperte sich. »Darf ich reinkommen?«

»Na klar«, rief Fischbach eilig aus und öffnete die Tür vollends.

Welscher trat an ihm vorbei und sah sich um. Eine Werkbank, darüber an der Wand eine Vielzahl unterschiedlicher Werkzeuge: Schraubenschlüssel, Schraubendreher, Hämmer nach Gewichtsklassen sortiert und unzählige andere Geräte, mit denen Welscher nichts anfangen konnte. Im weißen Licht der Leuchtstofflampe lag ein mattschwarzer Motorradtank auf der Arbeitsoberfläche, daneben mehrere Bögen Schleifpapier. Rechts neben der Werkbank standen drei Metallspinde. Fischbachs Motorrad stand in der Mitte der Werkstatt. Hier, in dem kleinen Raum, wirkte die Maschine wuchtig und stark. Im hinteren Bereich war eine Plane über ein unförmiges Etwas gestülpt. Welscher erinnerte das Gebilde an einen umgestürzten Elefanten.

»Ich bin mit dir so hoch geflogen …«, trällerte die Sängerin im Radio, das auf einem Regal über den Werkzeugen an der Wand stand.

Welscher sah Fischbach überrascht an. »Du hörst Schlager? Ist das nicht Andrea Berg?«

Fischbach räusperte sich und eilte zum Gerät. »Da ist wohl der Sender weggelaufen.« Hastig drehte er an einem der Knöpfe, bis die Erkennungsmelodie von Radio Euskirchen ertönte. »Passiert mir hier ständig«, meinte Fischbach und zog die Nase hoch. »Ist eine blöde Gegend für Radioempfang.«

Welscher runzelte die Stirn. Irgendwie nahm er Fischbach nicht ab, dass der Sender nur versehentlich eingestellt war. Aber sei's drum, er hatte andere Probleme. »Hast du was zu trinken für mich?«, fragte er und lehnte sich gegen die Werkbank, da nur ein Hocker zu sehen war, und den würde sicherlich Fischbach benutzen wollen.

Fischbach öffnete einen der Spinde. Drei Wasserkästen waren darin übereinandergestapelt. »Bier ist auch da«, teilte er Welscher mit und drückte ihm eine Wasserflasche in die Hand.

Der trank gierig. »Wasser reicht, danke«, sagte er und schraubte den Verschluss zu.

Fischbach setzte sich und nahm den Tank, legte ihn dann aber wieder zurück. »Was ist los?«

Welscher starrte zu Boden, auf die alten Holzdielen mit den großen Astlöchern, unter denen sich sicher die Mäuse wohlfühlten. Er spürte plötzlich alles gleichzeitig: Zorn, Trauer, Empörung, Rachsucht und Verbitterung. Seine Kehle zog sich zusammen, und er schluchzte auf. Bevor er es verhindern konnte, weinte er. Seine Knie wurden weich, und er ließ sich mit dem Rücken gegen die Werkbank gestützt zu Boden gleiten. »Ach Scheiße«, presste er heraus und schämte sich, obwohl er sich bereits vor vielen Jahren vorgenommen hatte, sich nie wieder seiner Tränen schämen zu wollen.

Fischbach stellte dankenswerterweise keine Fragen, sondern drückte ihm nur stumm ein Taschentuch in die Hand.

Welscher trocknete seine Tränen, doch der Strom wollte nicht aufhören. Warum nur war er hergekommen? Jetzt saß er hier und blamierte sich vor seinem Kollegen. Morgen würde die ganze Behörde wissen, dass er eine Heulboje war und seine Gefühle nicht im Griff hatte.

Etwas stupste ihn am Oberarm. Er sah hin und erschrak fürchterlich.

»Was ...«, rief er aus und sprang auf die Füße. Augenblicklich fuhr sein Kreislauf Achterbahn. Die Werkstatt drehte sich, er schwankte, griff hinter sich und wollte sich auf der Werkbank abstützen, langte aber daneben und stolperte.

Beherzt packte Fischbach seinen Oberarm und verhinderte so, dass er hinfiel. »Nun mal langsam«, brummte er besorgt.

Welscher kniff die Augen fest zusammen, bis der Schwindel verschwand. Er blinzelte zu dem Vieh hinunter, das aus treuen Augen zu ihm aufblickte. »Was ist das?«, fragte er. »Gehört das nicht eingesperrt?«

Fischbach lachte freundlich und ließ ihn los. »Na, wenn du dir darüber wieder Gedanken machen kannst, dann scheint es dir ja besser zu gehen. Darf ich vorstellen: Das ist Schnüffel.«

»Schnüffel?«

»Schnüffel.«

»Ein, äh, Schwein?«

»Ja, ein Zwerghängebauchschwein, um genau zu sein. Ich habe es mit der Hand großgezogen. Sollte damals in den Cutter, da es zu klein und zu schwach war. Ich war rechtzeitig zur Stelle, um Schlimmeres zu verhindern.« Stolz warf sich Fischbach in die Brust und tätschelte Schnüffel die Seite. »Treu wie ein Hund.«

Ungläubig schüttelte Welscher den Kopf. »Beißt der nicht?«

»Die. Ist kein Eber«, korrigierte Fischbach. »Nein, sie beißt nicht, keine Sorge.«

»Und sie läuft hier frei herum?«

»Warum nicht? Schnüffel ist eine treue Seele, die haut nicht ab.«

Welscher streckte vorsichtig die Hand aus und unterdrückte den Reflex, sie wegzuziehen, als Schnüffel daran roch. Kurze Zeit später schleckte sie über seine Finger.

»Jetzt erzähl mal: Was ist los?«, forderte Fischbach.

Welscher schluckte. Er wendete den Blick nicht von Schnüffel ab. »In letzter Zeit lief es nicht mehr so gut, das gebe ich zu«, quetschte er mit zu hoher Stimme heraus. »Aber deswegen muss man doch nicht gleich ...« Seine Stimme brach, er blickte Fischbach an. »Ich meine«, krächzte er, »man kann doch darüber reden, oder?«

Fischbach hatte die Arme vor der Brust verschränkt und hörte zu, ohne ein Wort zu verlieren. Welscher fühlte sich plötzlich geborgen. Das irritierte ihn mehr als alles andere. Schließlich war Fischbach fast noch ein Fremder für ihn. Warum schüttete er ihm sein Herz aus? Aber darüber wollte er sich jetzt keine Gedanken machen. Endlich hörte ihm mal jemand zu, ohne ihm sofort Vorhaltungen zu machen, was er hätte besser machen sollen. »Es ist aus!«, platzte er heraus.

»Das ist eine ziemlich endgültige Entscheidung«, gab Fischbach zu bedenken.

»Ja«, stimmte Welscher drakonisch zu. Sein Zorn flammte wieder auf, als er sich an die Szene von vorhin erinnerte, an den Moment, als er zur Tür reingekommen war. »Ich glaube, ich bin noch nie so verletzt worden.«

Fischbach schwieg einen Moment und musterte ihn. »Korrigier mich, wenn ich danebenliege. Bei dir ist noch Liebe im Spiel, oder?«

Welscher runzelte die Stirn. Fischbach hatte treffsicher den Finger in die Wunde gelegt.

»Versprich mir eins«, forderte Fischbach und beugte sich vor.

Welscher spähte zu ihm hin, streichelte dabei Schnüffel den Rücken, die zufrieden grunzte. »Was?«

»Lass ein paar Tage ins Land gehen, bevor du irgendetwas unternimmst. Du kannst solange bei uns bleiben.«

Welscher sah zu Fischbach auf. Das großzügige Angebot hatte er nicht erwartet und war vollkommen überrumpelt.

»Ich kann doch nicht …«

»Ach was, keine Widerworte. Heute ist es doch eh schon zu spät, um eine Bleibe zu finden. Ich brauche dich morgen frisch. Und ob du jetzt eine Nacht bleibst oder ein paar mehr, ist auch egal.« Fischbach stand auf und streckte ihm die Hand entgegen.

Welscher zögerte. In seine Wohnung zurückzukehren, dazu verspürte er wirklich keine Lust. Und in ein Hotel? Er wusste noch nicht einmal, ob man nachts irgendwo problemlos einchecken konnte. »Ach, Mist«, flüsterte er und ergriff die Hand.

»Das werte ich als ein Ja«, sagte Fischbach und zog ihn hoch. »Dann werde ich mal Sigrid Bescheid sagen, dass wir einen Gast haben. Und wenn du in einigen Tagen immer noch meinst, dass eine Trennung das Beste wäre, dann kann ich dir sagen: Andere Mütter haben auch nette Töchter.«

Welscher versteifte sich. Skeptisch blickte er zu Fischbach. Wollte sein Kollege einen Scherz auf seine Kosten machen? Doch der schaltete das Radio aus und sah nicht so aus, als ob er irgendetwas im Schilde führte. Er atmete tief durch und nahm sich vor, nicht jede Bemerkung auf die Goldwaage zu legen.

NEUN

Ein Hahnenkrähen weckte Welscher. Im ersten Moment wusste er nicht, wo er sich befand. Ein unangenehmes Gefühl. Er schreckte hoch und sah sich um. Ein zweckmäßig eingerichtetes Zimmer, einfache helle Kiefernmöbel, auf dem Dielenboden ein kleiner bunter Läufer. Durch ein kleines Sprossenfenster fiel Mondlicht in den Raum und malte ein helles Quadrat auf die Bettdecke. Auf dem Stuhl neben dem Fußende lag, ordentlich zusammengelegt, seine Kleidung. Er hörte jemanden lachen. Sigrid! Ihm fiel alles wieder ein. Fischbachs Frau hatte ihn freundlich aufgenommen und ihm das Gästezimmer zurechtgemacht. Er war todmüde ins Bett gefallen und sofort eingeschlafen.

Welscher legte sich wieder zurück, schob die Arme unter den Kopf und starrte zur Decke. Er atmete durch den Mund, da die Nase verstopft war. Seine Milbenallergie machte ihm zu schaffen. Zu Hause benutzte er darum Allergikerbettwäsche.

Zu Hause.

So weit weg, so fremd kam ihm plötzlich seine Wohnung vor. Entehrt, beschmutzt. Wie oft Rainer wohl schon … Verflucht! Er musste klare Fronten schaffen, dieser Schwebezustand zwischen Trennung und Beziehung machte ihn verrückt. Doch er wollte nichts überstürzen, so schwer ihm das auch fiel. Vorübergehende Distanz, Zeit zum Nachdenken, das brauchte er, da hatte Hotte recht. Auch jetzt, mit ein wenig Abstand betrachtet, schien das der richtige Weg zu sein.

Es klopfte. »Jan? Bist du schon wach?«

Sigrid. Der alte Eifelkopp hatte wirklich Glück, so ein bezauberndes und freundliches Geschöpf gefunden zu haben. Welscher lächelte. »Ja«, rief er.

»Komm frühstücken. Wir warten auf dich.« Schritte entfernten sich, die Treppenstufen knarzten.

Er stellte die Beine auf den Boden. Eine Gänsehaut breitete sich auf seinen Unterarmen aus. Er blickte zur Heizung. Der Regler stand auf Stern. Was soll's, dachte er und zog sich an. In der Küche würde sicher ein wärmender Tee auf ihn warten.

»Du, der Häff ist tot«, sagte Sigrid und hielt die Zeitung so, dass Fischbach die Todesanzeigen sehen konnte.

»Sehr schade«, stellte er fest. »Da scheinen ja gleich einige zu trauern. Die ganze Seite ist mit seinen Anzeigen zugekleistert.«

»Muss man den kennen?«, fragte Welscher und nippte an seinem Tee. Er liebte zwar die exotischen Sorten, aber einen frischen Kamillentee schlug er auch nicht aus.

»Der Häff war ein lieber Kerl«, erklärte Sigrid. Sie legte die Zeitung zur Seite und schmierte sich eine Scheibe Brot. »Der hat allen möglichen geholfen, Nonnen in Südamerika, Bedürftigen hier in der Eifel. Ein Philanthrop erster Güte.«

Welscher nickte. »Verstehe. Wenn solche Persönlichkeiten gehen müssen, hinterlassen sie immer ein Vakuum, das erst einmal wieder ausgefüllt sein will.«

Fischbach grunzte und sah auf die Uhr. »Wo du gerade Nonnen sagst, Sigrid, da fällt mir Maria Rast ein.«

»Hat der Häff denen auch unter die Arme gegriffen?« Sie runzelte die Stirn.

Welscher lächelte und legte ihr eine Hand auf den Unterarm. »Deinem Mann ist gerade aufgefallen, dass wir wichtige Zeugen noch nicht vernommen haben. Seine Gedanken sind mitunter ein wenig sprunghaft.«

Fischbach stürzte seinen Kaffee hinunter und stemmte sich hoch. »Ich fahr mal gerade rüber. Wir treffen uns im Büro.«

Sigrid sah ihm mit offen stehendem Mund hinterher.

Welscher lächelte. »Zwei Stunden hat er noch. Die Morgenbesprechung ist heute etwas später.«

»Aber er weiß doch gar nicht, ob die Zeit für ihn haben. Selbst beim Frühstück denkt er bloß an die Arbeit«, beklagte sich Sigrid.

Der Motor der Harley sprang dröhnend an. Kurz darauf fuhr Fischbach am Küchenfenster vorbei.

»Er ist so … anders, seit ihr in diesem Fall ermittelt«, offenbarte sie Welscher.

»Es ist eine große Verantwortung. Alle Augen richten sich auf ihn und erwarten, dass er so schnell wie möglich einen Täter präsentiert.«

Sigrid biss von ihrer Brotscheibe ab und kaute nachdenklich. »Und? Habt ihr bald jemanden?«

Welscher wiegte den Kopf. »Ich für meinen Teil denke, dass wir heute Nachmittag einen großen Schritt weiter sein werden.«

»Der Belgier«, sagte Sigrid. Sie strich sich mit der Spitze des Zeigefingers Marmelade aus dem Mundwinkel. »Du glaubst, dass er der Täter ist?«

Welscher klopfte sein Ei auf. Wie lange hatte er bereits kein Frühstücksei mehr gegessen? Normalerweise ernährte er sich am Morgen von Müsli, ein Kompromiss, den er in seiner Beziehung eingegangen war, ohne es richtig zu wollen. Er liebte es eher ein wenig althergebracht. »Na ja, du weißt sicherlich, wie das ist, in einem Mordfall zu ermitteln. Man geht in der Regel verschiedenen Spuren nach, die mal mehr, mal weniger vielversprechend sind.« Er blickte auf. »Dieser Belgier ist schon eine heiße Spur, um es platt auszudrücken.«

Nachdenklich pustete Sigrid über den Rand ihrer Kaffeetasse. »Hoffentlich hast du recht. Hotte ist so sensibel.«

Welscher schmunzelte. »Sensibel?«

Über Sigrids Gesicht huschte ein Schatten. »Ich weiß, wie er auf dich wirken muss. Harley, Lederkleidung, bei Wind und Wetter auf der Maschine, ein grober Klotz eben. Doch das ist nur eine Fassade, eine die er aufbauen musste, um nicht kaputtzugehen. Dahinter sieht es ganz anders aus.«

»Erzähl mal«, forderte Welscher neugierig und löffelte sein Ei.

Sie schüttelte den Kopf. »Er wird es dir selbst erzählen, wenn du lange genug dabei bleibst und sein Vertrauen gewinnen kannst. Das kann ich dir versprechen.«

Ein wenig enttäuscht legte Welscher seinen Löffel ab. Es hätte ihn schon interessiert, wie Fischbach tickte. Noch dazu hätte es ihn von seinen eigenen Problemen einen Moment abgelenkt. Er sah auf die Uhr. Es war Zeit, ins Büro zu fahren. Er schob den Stuhl nach hinten und stand auf. Bevor er die Küche verließ, drehte er sich noch mal zu Sigrid um und sah ein wenig verlegen zu Boden. »Danke«, sagte er. »Es ist … ich finde es toll … äh …«

Sie stand auf und drückte ihm einen Kuss auf die Stirn. Dafür musste sie seinen Kopf mit ihren Händen zu sich runterziehen. »Ist schon gut. Bleib so lange, wie du willst.« Sie ließ ihn los und musterte ihn. »Und vielleicht fasst du irgendwann einmal so viel Vertrauen zu uns, dass du alles erzählst.«

Welscher spürte, wie ihm die Farbe ins Gesicht schoss. »Was ... meinst du?«, stotterte er.

»Es gibt da etwas, was du uns noch nicht erzählt hast, das spüre ich.« Sie lächelte wissend.

»Ich weiß nicht ...«

Sigrid lachte laut auf und schob ihn zur Tür hinaus. »Du musst los. Belaste dich nicht mit einer Lüge am Morgen. Und wenn ich dir noch einen Tipp geben darf: Sieh zu, dass du mal auf andere Gedanken kommst. Verabrede dich oder mach Sport.«

Auf dem Weg nach Euskirchen war Welscher immer noch verblüfft, welches Einfühlungsvermögen Sigrid an den Tag legte. Sie war wirklich eine außergewöhnliche Frau.

***

Die Lenkgabel vibrierte in seinen Händen. Fischbach hatte sich für den Weg über die L11, an Burg Zievel vorbei, entschieden. Er fror ein wenig, doch er genoss die Fahrt. Bodennebel bedeckte die Felder und Wiesen; die Pferde auf den Koppeln schienen auf Wolken zu schweben. Vor Antweiler bog er auf die K24 ab. Ein Hase huschte über die Straße und entkam gerade noch dem Vorderreifen der Harley. Fischbachs Puls schoss kurz in die Höhe, beruhigte sich aber rasch. Untermalt von dem monotonen Brummen des durchzugsstarken Motors ließ er seine Gedanken fliegen. Das mit Welscher war ein Ding. Kam ausgerechnet zu ihm, um sich auszuheulen. Wahrscheinlich war der junge Kollege selbst ein wenig überrascht darüber. Fischbach machte es nichts aus. Wenn jemand in Not war, dann fand man bei ihm immer Hilfe. So verstand er seine Rolle als gläubiger Christ. Und Sigrid würde sich um alles kümmern, es bedeutete für ihn keine zusätzliche Arbeit. Seine Gedanken wanderten weiter zu dem Fall. Die Mordkommission lief noch nicht richtig rund. Sie sammelten Fakten, befragten Zeugen, trugen alles zusammen, das ja. Aber die Verbindungen fehlten. Sie mussten anfangen, Zusammenhänge herzustellen und Hypothesen aufzustellen, die dann zu beweisen waren. Auch eine strukturierte Vorgehensweise musste gefunden werden. Zurzeit reagierten sie eher, als dass sie agierten. Dass sie die Befragung der Nonnen von Maria Rast vergessen hatten, bewies das in seinen Augen. Aber vielleicht brauchte einfach alles nur ein wenig mehr Zeit, und er war zu ungeduldig. Von der Herausforderung, plötzlich selbst wieder eine Mordkommission bilden zu müssen, waren sie überrascht worden. Kein Wunder, dass das Team bei aller Routine zunächst einem Findungsprozess unterworfen war. Und trotzdem mussten die Ermittlungen strukturierter ablaufen. Die Befragung der Nonnen war längst überfällig. Je mehr Zeit zwischen einer Zeugenaussage und dem Geschehenen lag, desto weniger konnte man sich auf den Inhalt verlassen. Er hätte eher jemanden herschicken sollen. Das wäre auch passiert, wenn sie, wie erwartet, zusätzliches Personal zur Verfügung gehabt hätten. Stattdessen hatte er Andrea Lindenlaub und Büscheler zwei volle Tage lang zur Aufnahme der Aussagen von Barons Gästen abstellen müssen. Ärgerlich drehte er am Gasgriff, die Maschine machte einen Satz nach vorne. Noch mal würde er sich den internen Widerstand nicht gefallen lassen. Er konnte auch poltern. Nur gut, dass er zumindest mit der Bianca Willms einen guten Griff gemacht hatte. Ihre Aktenführung übertraf alles, was er bisher gesehen hatte. Und dass sie auch technisch einige Kniffe kannte, half ungemein.

Fischbach bog rechts auf einen kleinen landwirtschaftlichen Weg ab. Der schmale Asphaltstreifen trennte zwei Felder und wand sich anschließend um das Waldstück herum, in dem sie Baron am Montag gefunden hatten. So früh am Morgen war der Parkplatz vor den Gebäuden fast leer. Nur ein betagter weißer Opel Corsa stand direkt vor dem blauen P-Verkehrszeichen.

Fischbach ließ die Harley durch das Tor in den Innenhof der Bildungsstätte rollen und schaltete die Zündung aus. Die Reifen knirschten, ansonsten war es ruhig und friedlich. Er klappte den Seitenständer aus und stieg ab. Am Fenster in der ersten Etage über dem Eingang bemerkte er eine Bewegung. Eine Nonne sah zu ihm herunter und beobachtete ihn. Fischbach deutete zur Tür. Sie schüttelte den Kopf und bildete mit den Händen ein X. Anscheinend wollte sie ihm so signalisieren, dass der Betrieb noch nicht begonnen hatte.

Er zückte seine Marke und hielt sie hoch. Sie fixierte eine Weile das Alu. Fischbach fürchtete bereits, dass sie aus dieser Entfernung nichts erkennen würde. Doch dann kam Leben in die Frau, sie nickte und verschwand. Kurz darauf wurde die Eingangstür aufgeschlossen, und die Nonne trat heraus. Sie trug jetzt eine dicke Strickjacke über ihrer schwarzen Tracht.

»Sie sind von der Polizei, richtig?« Sie lächelte gütig. So, wie man es erwartet, dachte Fischbach.

»Sie haben Augen wie ein Luchs«, sagte er anerkennend und stellte sich vor.

Sie tat es ihm gleich. »Schwester Regina«, erwiderte sie freundlich. »Und die Feder muss ich wieder von meinem Hut nehmen. Mit Luchsaugen hat das wenig zu tun. Ich habe Sie wiedererkannt. Oder besser gesagt Ihr Motorrad. Als die schlimme Sache dort im Wäldchen passiert ist«, sie senkte traurig den Blick, »stand Ihre Maschine auf dem Parkplatz. Der Kollege, der die Zufahrt bewachte, sagte mir, dass sie dem Hauptkommissar gehört.« Sie kam die Stufen runter und umrundete die Maschine.

»Eine Harley«, erläuterte Fischbach ein wenig stolz.

»Ich weiß. Eine ›Night Rod Spezial‹, wenn ich mich nicht irre. Sie haben allerdings eine ganze Menge daran herumgeschraubt.«

Fischbach staunte. »Sie interessieren sich für Motorräder?«

»Sicher doch.« Ihre Augen strahlten. »Ich fahre selbst eine MZ.«

Fischbach gab sich redlich Mühe, nicht das Gesicht zu verziehen. Es schien ihm nicht zu gelingen, denn Schwester Regina lachte auf.

»Geben Sie sich keine Mühe. Mir ist bekannt, was so harte Biker wie Sie über uns MZ-Fahrerinnen denken.«

Erleichtert atmete Fischbach aus. »Wissen Sie, wie man eine MZ zur bleibenden Wertanlage macht?«, unkte er.

Sie verzog gequält die Mundwinkel und gähnte gespielt übertrieben. »Volltanken, ja, ja. Aber kennen Sie den? Ein Harley-Fahrer muss mit dem Auto in die Stadt zum Einkaufen. Auf der Fahrt zurück kann er gerade noch einem Frosch ausweichen und hält an, um zu sehen, ob der Frosch okay ist. Plötzlich sagt der Frosch: ›Dafür, dass du mich gerettet hast, erfülle ich dir drei Wünsche.‹ Der Harley-Fahrer nimmt den Frosch mit nach Hause. Unterwegs erfüllt dieser ihm schon mal den Wunsch nach unendlich viel Geld und ewiger Gesundheit. Zu Hause angekommen, zeigt der Harley-Fahrer dem Frosch seine überaus potthässliche Frau und fragt: ›Kannst du aus dieser Frau ein richtig hübsches Mädchen machen?‹ – ›Ausgeschlossen‹, sagt der Frosch, ›so hässlich wie die ist, kann selbst ich nichts mehr machen.‹ – ›Aber aus meiner Harley ein richtig tolles Motorrad machen, das geht wohl, oder?‹ Sagt der Frosch: ›Kann ich noch mal deine Frau sehen?‹«

Sie lachten beide.

Schwester Regina scheint es faustdick hinter den Ohren zu haben, dachte Fischbach. Er versuchte, ihr Alter zu schätzen. Sie musste irgendwo um die vierzig sein.

»Jetzt muss ich aber leider dienstlich werden. Ich gehe davon aus, dass Sie nicht die Oberschwester hier sind.«

»Warum?«

»Sie … hm, ich denke, eine Oberschwester wäre älter«, gab er ehrlich zu, wobei er sofort merkte, wie oberflächlich seine Annahme war.

Sie kicherte. »Oberschwester heißt das bei uns nicht, sondern Leiterin der Bildungsstätte. Und richtig, ich bin es nicht.« Sie seufzte. »Leider ist aber außer mir niemand da. Diese Woche haben wir keinen Betrieb, da alle auf Wallfahrt nach Lourdes sind. Sonntagabend wollen sie wieder zurück sein.«

Fischbach fuhr sich durch die Haare und ärgerte sich. Jetzt würde wieder Zeit ins Land gehen, bevor er die Zeugenaussagen aufnehmen konnte. »Kann ich die Leiterin telefonisch erreichen?«

»Das wird nicht nötig sein«, erklärte Schwester Regina. »Wir haben uns am Montag nach dem Abendessen hingesetzt und über die Sache im Wald gesprochen.« Sie senkte wieder den Blick und wirkte traurig.

Fischbach fiel auf, dass sie immer von der Sache, nie von Mord oder Totschlag sprach. Als brächte sie diese Worte nicht über die Lippen.

»Ich habe den Auftrag, der Polizei alles zu erzählen, was uns aufgefallen ist«, ergänzte Schwester Regina.

Verdutzt hob Fischbach die Augenbrauen. »Wenn das so ist, warum sind Sie dann nicht sofort zur nächsten Polizeidienststelle und haben Ihre Aussage zu Protokoll gegeben?«

Sie blickte auf. »Ich habe mich falsch ausgedrückt, entschuldigen Sie bitte. Damit meinte ich, dass ich im Falle einer polizeilichen Befragung als Ansprechpartnerin zur Verfügung stehen sollte. Wir können nämlich leider nichts zu den Ermittlungen beitragen, da niemandem von uns etwas Ungewöhnliches aufgefallen ist.«

»Auch das ist eine wichtige Aussage«, tadelte Fischbach. Er musterte sie. Die Schwester begegnete seinem strengen Blick mit einem offenen Gesichtsausdruck, ihre Hände ruhten ineinander. Fischbach kam zum Ergebnis, dass sie die Wahrheit sagte und nicht nur eine Ausrede benutzte, damit der Frieden hier in Maria Rast nicht gestört würde. »Das ist bedauerlich«, stellte er fest. »Ich hatte gehofft, dass man hier zumindest den Schuss gehört hat. Dann wäre der Todeszeitpunkt eindeutiger zu bestimmen.« Er rieb sich das Kinn. »Wissen Sie etwas von Jugendlichen, die hier im Wald ab und an … äh … sich etwas seltsam benehmen?«

Sie zog die Stirn kraus. »Sie meinen die Teufelsanbeter.«

Fischbach nickte.

»Arme Kinder. Sie haben die falschen Werte.«

»Kennen Sie welche von ihnen?«

Sie winkte ab. »Nein, das nicht. Sie treiben sich meist oben im Wald rum. Hier auf dem Gelände waren sie noch nie. Ich weiß nur, dass sich der Förster aufregt, wenn sie da oben Feuer machen und Tiere …« Sie brach ab.

»Ich weiß, was sie mit den Tieren machen«, beeilte sich Fischbach zu sagen. Er blickte zum Waldrand. »Würden Sie mich ein Stück begleiten? Ich möchte die Fundstelle besuchen und den Tatort noch mal auf mich wirken lassen. Dabei können wir uns weiter unterhalten.«

»Gerne«, sagte sie und gesellte sich an seine Seite. Sie überquerten den Wanderparkplatz, der jetzt leer war. Der weiße Corsa war verschwunden. Sie folgten dem Weg rechts in den Wald.

»Wieso wird ein Mensch so brutal aus dem Leben gerissen?«, fragte Schwester Regina.

Fischbach überlegte. Neid, Rache, Liebe, Eifersucht, Gier. Er hätte einige Dinge aufzählen können, die als Mordmotiv in Frage kamen. Aber er spürte, dass sie das nicht gemeint hatte. »Das müssen Sie Gott fragen«, sagte er daher.

Stumm gingen sie weiter, bis Schwester Regina plötzlich stehen blieb. »Das habe ich bereits. Doch er schweigt.«

In dieser einfachen Feststellung schwang irgendetwas anderes mit. Fischbach vermutete, dass Schwester Regina gerade in einer Sinnkrise steckte. »Es gehört alles zum Leben dazu«, sagte er. »Ohne Leid kann es keine Freude geben, ohne Schmerzen kein Glück, ohne Angst keine Besinnung auf das Schöne.« Sie setzten ihren Weg fort.

»Und deswegen passieren solche Dinge? Weil Gott uns auf Kosten anderer verdeutlichen will, wie schön das Leben ist?« Ihre Stimme klang skeptisch.

»Ich bin nicht der Richtige für theologische Fachgespräche«, wehrte er ab.

»Sie sind ein Mensch, Sie denken, Sie fühlen, Sie leben. Reicht das nicht, um sich eine Meinung zu bilden?« Sie hob ihren Rocksaum leicht an, um über einen im Weg liegenden Ast zu steigen.

»Für mich ja«, gab Fischbach zurück. »So, wie ich mir meine Welt zusammengebastelt habe, bin ich zufrieden. Sie ist zwar einfach gestrickt, aber ich komme damit zurecht. Nur fürchte ich, dass Ihnen das nicht weiterhelfen wird.«

Sie nickte. »Sie können sich glücklich schätzen. Es ist nicht einfach, zu zweifeln.« Sie deutete mit dem Zeigefinger voraus. »Sehen Sie.«

Ein rotes Licht flackerte auf dem Stein, an dem sie Baron gefunden hatten. Sie traten näher.

»Ein Grablicht«, stellte Fischbach fest. »Wer stellt denn so etwas mitten im Wald auf und riskiert einen Brand?«

»Jemand, der um ihn trauert«, hauchte Schwester Regina. »Stellen Sie es bitte wieder hin. Der Wald ist feucht, der Boden noch gefroren. Es wird nichts passieren.«

Fischbach zögerte, stellte dann aber das Licht wieder zurück. Ob Barons Frau hier gewesen war? Oder diese Sängerin, die Poth? Die Sekretärin kam ebenfalls in Frage.

»Die Kerze brennt noch nicht lange«, unterbrach Schwester Regina seine Überlegungen.

Er sah ins Glas. Tatsächlich war bisher nur die oberste Wachsschicht verflüssigt. Hatte der weiße Corsa damit zu tun? Mist, er hätte sich das Nummernschild merken sollen. Aber mit so etwas rechnete ja keiner. Und schließlich konnte auch ein Spaziergänger das Licht hier aufgestellt haben.

Schwester Regina senkte den Kopf und betete stumm.

Fischbach störte sie nicht, er blickte sich währenddessen um. Die Sonne kämpfte sich durch die milchigen Wolken und vertrieb die Schatten. Was hatte er hier zu finden gehofft? Spuren, die sie bisher übersehen hatten? Lächerlich, bei Feuersängers Gründlichkeit. Den Täter, der reumütig zurückgekehrt war? Er betrachtete die Kerze. Die Flamme flackerte. Hatte der Täter sie vielleicht hierhingestellt?

Blödsinn! Bei keinem der Verdächtigen, die sie im Visier hatten, rechnete er mit Gewissensbissen. Es war eine Schnapsidee gewesen, herzukommen. Wieder nur Zeit vertrödelt.

»Ich denke, wir können wieder«, sagte er ein wenig frustriert, nachdem Schwester Regina ihr stilles Gebet beendet hatte.

Sie nickte und folgte ihm. Bis zur Bildungsstätte hing jeder seinen Gedanken nach. An der Harley angekommen, gab er ihr seine Visitenkarte. »Wenn Ihnen doch noch etwas einfallen sollte, dann melden Sie sich bitte umgehend bei mir.«

Sie nahm die Karte, warf einen kurzen Blick darauf und steckte sie ein.

Fischbach reichte ihr zum Abschied die Hand.

Sie griff zu, ließ aber nicht gleich wieder los. »Ich hätte noch eine Bitte.«

Fischbach bemerkte, wie sie rot wurde.

Sie gab seine Hand frei. »Würden Sie eine Runde mit mir drehen?« Ihre blauen Augen sahen zu Fischbach auf. Sie wirkte wie eine Katze, die um Essen buhlte. »Ich wollte schon immer mal auf einer Harley fahren.«

Fischbach schnappte nach Luft. Das hatte er beim besten Willen nicht erwartet. Er hustete in die hohle Hand, fand schließlich seine Stimme wieder. »Ich nehme nie jemanden mit.«

Ihre Schultern sackten nach vorn. Die Enttäuschung war ihr anzusehen. »Verzeihen Sie bitte«, murmelte sie.

Du alter, steifer Hund, beschimpfte Fischbach stumm sich selbst. Spring doch mal über deinen Schatten. Es wird schon nichts passieren.

»Ach was, da gibt es nichts zu verzeihen. Also gut«, sprudelte es aus ihm heraus. »Holen Sie Ihren Helm und ziehen Sie sich wärmer an. Zwanzig Minuten kann ich entbehren.«

Schwester Reginas Gesicht strahlte wie die aufgehende Sonne. »Bin gleich wieder da«, jauchzte sie, rannte zum Eingang, verschwand im Inneren des Gebäudes und kam fünf Minuten später zurück. Sie trug jetzt eine Lederjacke, eine dicke Stoffstrumpfhose unter dem Habit und bereits den Helm auf dem Kopf.

Fischbach startete den Motor und wartete, bis Schwester Regina es sich auf dem knappen Sozius bequem gemacht hatte. Beherzt schlang sie die Arme um seinen Bauch und drückte sich an ihn. »Los!«, forderte sie ihn auf. Fischbach kam es so vor, als kutschierte er ein Kind durch die Gegend, dem er gerade das schönste Geschenk der Welt überreicht hatte, und nicht eine erwachsene Frau.

***

Welscher setzte sich an Fischbachs Schreibtisch und unternahm einen weiteren Versuch, das Passwort zu entschlüsseln. Er schob den Standrahmen mit dem Bild eines kleinen Mädchens zur Seite, um zu lesen, was sein Kollege auf der Oberfläche darunter notiert hatte. Genauso verfuhr er mit dem Tischkalender, dem Monitor und der Stiftebox. Abwegig war es ja nicht, zu vermuten, dass Fischbach das Passwort einfach mit einem Gegenstand abgedeckt hatte und das für eine geniale Idee hielt. Gottlob hatte er eine gut leserliche Handschrift, wenn auch mit fast kindlich runder Ausprägung. So versuchte Welscher nacheinander die Worte »Behörde« und »Essen«, eine Telefonnummer mit Kölner Vorwahl und eine Zahl, die verdächtig nach einer Kontonummer aussah. Ohne Erfolg.

»Mist«, fluchte er leise. Eine Viertelstunde lang versuchte er jedes Wort, das er fand. Immer meldete der Computer, begleitet von einem leisen Piepsen, dass das Passwort falsch sei. Sein Blick flog über die Tischoberfläche und suchte nach Auffälligkeiten wie fett geschriebenen Buchstaben, zu kleinen Lettern oder auffälligen Schreibfehlern. Doch es war nichts zu finden. Entnervt schlug er mit den flachen Händen auf die Tastatur. Offensichtlich hatte er den knorrigen Eifler Dorfbullen unterschätzt.

***

Auf der B 51 hinter Kreuzweingarten drehte Fischbach den Gashahn auf. Die Harley schoss vorwärts, Schwester Regina jauchzte ihm ins Ohr, und er freute sich.

Er bremste und bog in einer schwungvollen Bewegung auf die L 11 nach Antweiler ab. Niemand störte ihre Ausfahrt, die Straße lag verlassen vor ihnen. Er beschleunigte und nahm auch keine Geschwindigkeit zurück, als er am Birkenhof vorbeifuhr. Plötzlich blitzte es rötlich auf. Fischbach schreckte zusammen, und die Maschine schlingerte. Eine Radarfalle. Er hoffte inständig, dass ein paar hundert Meter weiter kein Empfangskomitee für Temposünder auf ihn wartete.

Doch am Ortseingang von Antweiler verpuffte seine Hoffnung. Ein Kollege von der Streife stand auf der Straße und winkte ihn mit der Kelle auf den Seitenstreifen neben einen VW-Bus.

»Guten Morgen«, grüßte ein zweiter Kollege. Fischbach kannte ihn. Er spielte Trompete in der Big Band der Polizei und hieß Thomas Gilles.

»Das ist ja schade«, murmelte Schwester Regina und streifte ihren Helm ab. Fischbach tat es ihr gleich.

Gilles riss die Augen auf. »Hotte! Was machst du denn hier?«

»Offensichtlich zu schnell fahren«, brummte Fischbach ärgerlich. »Ihr stellt die Dinger aber auch blöd auf. Solltet ihr nicht brenzlige Ecken abdecken? Kindergärten, Schulen, von mir aus auch Altenheime?«

Gilles blickte genervt zum Himmel. »Weißt du, wie viele Leute wir jährlich von den Bäumen kratzen? Wir müssen sehen, dass die Landstraßen sicherer werden. Du kennst doch die aktuelle Diskussion.«

»Sicher«, bestätigte er. »Übersetzt heißt das: Der Kreis benötigt Einnahmen.«

»Das ist etwas zu kurz gesprungen, Hotte, und du weißt das genau.« Gilles zückte seinen Kugelschreiber und schrieb etwas auf einen Block. »Nette Begleitung hast du da«, sagte er dabei und lächelte süffisant.

»Schwester Regina«, stellte sie sich unaufgefordert vor und lachte. »Ihr Kollege hat schon ein heißes Ding zwischen den Beinen.«

Gilles hielt in seiner Bewegung inne und sah Schwester Regina ungläubig an. Sekundenlang schwebte der Kugelschreiber über dem Papier.

Fischbach wusste nur zu gut, was gerade in Gilles' Kopf vorging. Der Kollege mit der Kelle stellte sich neben ihn. Fischbach kannte ihn nur vom Sehen. »Ist was?«

»Ein Ton zu irgendjemandem, und du kannst die nächste Zeit Innendienst schieben«, zischte Fischbach Gilles zu.

»Ich liebe den Innendienst«, entgegnete der und grinste anzüglich.

»Einfach phantastisch«, jubelte Schwester Regina. Ihr war anscheinend die Zweideutigkeit ihrer Aussage nicht bewusst, denn schon plapperte sie einen weiteren missverständlichen Satz. »Die Kraft, diese Leichtigkeit. Meine Herren, Sie glauben gar nicht, wie befriedigt ich bin. Seit Jahren träume ich von solch einem Trip.« Sie kicherte. »Trip, ja, ja, sagt man so.«

Fischbach sah, dass die beiden Kollegen sich anstrengen mussten, nicht laut loszuprusten.

»Mach, dass du fortkommst«, forderte Gilles. Seine Mundwinkel zuckten amüsiert, Tränen sammelten sich in seinen Augenwinkeln.

Eilig setzten sie die Helme auf. Zehn Sekunden später steuerte Fischbach die Maschine zurück auf die Straße. Im Rückspiegel sah er noch, wie sich die beiden Kollegen vor Lachen krümmten.

***

»Hast du das Geld aufgetrieben?«

»Ja«, log er. Er sah mit unbewegter Miene zum Fenster hinaus und presste den Hörer gegen sein Ohr.

»Gut. Heute Nacht um zwölf. An der Bruder-Klaus-Kapelle.«

»In Wachendorf?«

»Kennst du sonst noch eine?«, tönte es höhnisch aus dem Hörer.

»Nein, klar. Warum gerade da?«

»Abseits, guter Überblick. Da wird uns niemand überraschen. Also keine Tricks, verstanden?«

»Keine Tricks.« Er drückte das Gespräch weg.

Tricks, nein, die hatte er nicht mehr nötig. Hier mussten Fakten geschaffen werden. Er hätte nicht gedacht, dass es so einfach werden würde. Offensichtlich wurde ihm zu wenig zugetraut. Ein Wolf im Schafspelz. Der Vergleich gefiel ihm. Es wurde Zeit, auf die Jagd zu gehen.

***

Der Konferenzraum war gut gefüllt. Neben dem Ermittlerteam waren diesmal auch wieder Bönickhausen und Doris Schmitz-Ellinger anwesend, außerdem Klaus Züll, der Leiter des Sondereinsatzkommandos, das eigens aus Köln angefordert worden war. Er trug einen grünen Overall. Mit seinen breiten Schultern und dem durchtrainierten Körper wirkte er auf seinem Stuhl wie ein Clown auf einem zu kleinen Fahrrad. Auch Feuersänger huschte noch herein und setzte sich zu ihnen.

Fischbach brachte zunächst alle auf Stand, bevor er auf den geplanten Einsatz zu sprechen kam. »Heute Nachmittag um vier schnappen wir uns diesen Belgier. Sind deine Leute vorbereitet, Klaus?«

»Sicher dat«, dröhnte Züll. Seine Stimme hätte kleine Kinder verängstigt, so tief und röhrend war sie. »Ihr braucht nur zuschauen. Wir machen dat schon.«

»Gut«, sagte Fischbach. »Wir werden uns also im Hintergrund halten.« Er hielt einen Moment inne, um sich zu sammeln. »Frau Schmitz-Ellinger?« Die Staatsanwältin sah auf. Sie wirkte heute müde und abgespannt. »Wir müssten jetzt auch mal mit Ihrem Sohn reden.«

Fischbach hatte erheblichen Widerstand erwartet. Doch sie nickte nur und sagte: »Er ist zu Hause. Ich gebe ihm Bescheid, dass er zu Ihnen kommen soll. Ist zwölf Uhr okay?«

»Sicher«, bestätigte Fischbach erleichtert. Offensichtlich hatte Staatsanwältin Schmitz-Elliger inzwischen mit der Vorladung ihres Sohnes gerechnet und sich damit abgefunden. »Und machen Sie sich keine Sorgen. Wir werden ganz behutsam mit ihm umgehen. Wenn Sie möchten, können Sie auch gerne dabei sein.«

Sie schüttelte den Kopf. »Das wird nicht nötig sein. Er hat nichts verbrochen.«

Ihr Wort in Gottes Ohr, dachte Fischbach. »Hat sonst noch jemand was?«

Feuersänger hob den Arm. »Wir haben Barons Bentley der Witwe überstellt, und die Rechtsmedizin hat seine Leiche freigegeben. Die Beerdigung ist morgen um neun Uhr. Falls jemand da hinwill.«

»Schaden kann es nicht. Jan und ich werden da mal vorbeischauen«, entschied Fischbach. »Andrea, Guido. Ihr werdet heute den Geschäftsleuten aufs Dach steigen, denen, die so nette Mails an Baron verschickt haben. Arbeitet mit Bianca zusammen. Sucht nach Querverbindungen, sei es zum Belgier, zu Susanne Baron oder zu Nettersheim. Seid einfach kreativ, ja?« Bianca Willms hob den Daumen, Büscheler und Andrea Lindenlaub nickten. »Wenn sonst niemand etwas hat …« Fischbach wartete einige Sekunden. Als sich keiner mehr meldete, schloss er die Runde.

Beim Verlassen des Raums hielt ihn Bönickhausen am Oberarm zurück. »Auf ein Wort, Hotte. Unter vier Augen.«

Fischbach bat Bianca Willms, die wild auf der Tastatur hämmerte, sie eine Viertelstunde alleine zu lassen.

»Kein Problem. Ich arbeite woanders weiter.« Sie zog die Kabel aus dem Notebook, klappte den Deckel zu und ließ sie allein.

»Die Überwachung von Frau Baron«, setzte Bönickhausen an. Er drückte einen Knopf an der Kaffeemaschine. Augenblicklich nahm das Mahlwerk laut rasselnd seine Arbeit auf. »Ist die wirklich notwendig?«

»Ja, klar«, erwiderte Fischbach resolut. »Mit der Frau stimmt irgendetwas nicht. Die denkt ans Verreisen, obwohl ihr Mann noch gar nicht unter der Erde ist. Wir vermuten, dass sie einen Liebhaber hat. An sich ja kein Problem. Aber in Kombination mit Barons Untreue und dessen Lebensversicherung ergibt sich schon ein Motiv.«

Bönickhausen nickte. »Und warum befragt ihr nicht einfach diesen Liebhaber?« Er sah Fischbach nicht an, sondern betrachtete gelegentlich den Strahl schwarzen Kaffees, der unter sanftem Surren aus der Maschine in eine Tasse lief.

Fischbach runzelte die Stirn. Was sollte das werden? Kritik an seiner Vorgehensweise? »Wir sind seiner bisher nicht habhaft geworden. Er ist wie ein Gespenst. Daher ja auch die Überwachung.« Ärger keimte in ihm auf.

»Eine Rund-um-die-Uhr-Überwachung ist nicht gerade preiswert«, stellte Bönickhausen fest und rührte Milch in seinen Kaffee.

Fischbach presste seine Handflächen angestrengt gegeneinander. »Das weiß ich, Dieter. Aber wir können uns nicht allein darauf verlassen, dass der Belgier uns zum Ziel führt. Es wäre tödlich für die Ermittlungen, nur den Spuren zu folgen, die uns kein Geld kosten. Du wolltest doch, dass wir den Fall allein lösen. Was ist denn jetzt mit der vollen Unterstützung, die du uns zugesichert hast?«

Die Spitze saß. Bönickhausen blickte ärgerlich auf. »Dazu stehe ich immer noch, keine Sorge.«

»Wo ist denn dann das Problem?«

Bönickhausen ließ sich auf einen der Stühle fallen. »Im Haus gibt es Stimmen, die nicht zufrieden mit deiner Ernennung zum Leiter der Mordkommission sind. Ich fürchte sogar, sie hoffen darauf, dass du die Sache in den Sand setzt. Und wenn sich im Nachhinein herausstellen sollte, dass du das Geld zum Fenster rausgeworfen hast, na dann aber gute Nacht.« Er beugte sich vor und sah Fischbach direkt in die Augen. »Ich will nicht, dass du in die Schusslinie gerätst.«

Fischbachs Hals schnürte sich zu. Er schluckte trocken, um seine Wut in den Griff zu bekommen. »Wer schießt denn? Rück doch mal Namen raus.«

Bönickhausen lehnte sich zurück. »Das werde ich nicht tun. Es reicht, wenn ich das höre. Und wenn sie zu ihren Meinungen stehen, werden sie es dir selbst sagen. Bis dahin konzentrier dich auf den Fall.« Er trank einen Schluck aus seiner Tasse. »Intriganten gibt es überall. Das ist kein Phänomen unserer Behörde. Belaste dich nicht damit. Wenn du den Fall erst mal erfolgreich abgeschlossen hast, werden die Stimmen schnell verstummen.«

Fischbach zweifelte daran. »Bekomme ich nun meine Überwachung oder nicht?«

Bönickhausen nickte. »Ab morgen früh steht da ein Wagen vor der Tür.«

»Morgen erst?«

Bönickhausen lächelte listig. »Kompromisse sind manchmal notwendig, Hotte. Wenn mir ein Abteilungsleiter sagt, dass er keine Leute zur Verfügung hat, dann muss ich ihm das glauben und ihm entgegenkommen. Ansonsten würde er sich auf den Schlips getreten fühlen. Er muss ja zumindest die Chance haben, seine Leute umzudisponieren.«

Fischbach stemmte sich hoch. »Hoffentlich ist es dann noch nicht zu spät.«

Bönickhausen winkte ab. »An der Beerdigung wird Frau Baron schon noch teilnehmen. Vorher kann sie kaum mit ihrem Liebhaber auf große Reise gehen.« Er stand auf und klopfte Fischbach aufmunternd auf die Schulter.

***

Welscher nahm die Akte vom Sideboard, die ihm vor fünf Minuten ein Bote hereingereicht hatte. Er legte sie vor sich auf den Schreibtisch. »Teufelsanbeter« stand in großen schwarzen Lettern auf dem Deckel. Da trieben sich ein paar gelangweilte Jugendliche nachts im Wald herum, und die Eifler hatten nichts Besseres zu tun, als mit

Übertreibungen zu reagieren. Teufelsanbeter, wie theatralisch. Die sollten mal erleben, was in Köln alles so ablief. Viele Eltern dort wären froh, wenn ihre Kinder nur den Teufel anbeten würden. Trotzdem war es wichtig, die Sache zu prüfen, das wusste er. Sobald Fischbach auftauchte, mussten sie sich absprechen, damit sie die richtigen Fragen stellen konnten. Er zückte seinen Notizblock und schlug die zuletzt beschriebene Seite auf, die er mit dem Lesezeichen markiert hatte. Eine Telefonnummer fiel ihm ins Auge. Kerstin. Die hätte er fast vergessen. Er grübelte eine Weile vor sich hin und kam zu dem Ergebnis, dass Sigrid recht hatte. Er musste auf andere Gedanken kommen. Er sah auf die Uhr. Zwanzig vor zehn. Würde er Kerstin jetzt erreichen können? Eigentlich müsste gerade die erste große Pause laufen. Probier es einfach aus, Jan, dachte er. Falls sie sich doch im Unterricht befinden sollte, würde sie ihr Handy ausgeschaltet haben, keine Gefahr also zu stören.

Entschlossen nahm er sein Handy und löschte zunächst die zahlreichen Benachrichtigungen über eingegangene und nicht angenommene Anrufe. Immer dieselbe Telefonnummer. Du kannst ruhig ein wenig schmoren, dachte er böse. Dann wählte er Kerstins Nummer. Bereits Sekunden später meldete sie sich.

»Hallo, Jan hier. Stör ich?«

»Nein, nein«, hörte er ihre fröhliche Stimme sagen.

»Gut. Ich will nämlich nicht …«

»Jan, du störst nicht«, unterbrach sie ihn. »Wie geht es dir?«

Was sollte er darauf antworten? Er entschied sich, sie nicht mit seinen Beziehungsproblemen zu belasten. »Gut, gut«, versicherte er. »Pass auf, warum ich anrufe: Wie wäre es, wenn wir uns heute zusammensetzen? Hast du Zeit? Ich lade dich ein, quasi als Wiedergutmachung.« Er stützte den Kopf in die linke Hand, wappnete sich gegen die Möglichkeit, abgewiesen zu werden.

»Gerne. Um sechs?«

Überrascht ruckte er hoch. »Äh, lieber etwas später. Wir haben heute Nachmittag ein volles Programm, und ich will nicht wieder absagen müssen. Geht auch neun?«

Sie lachte. »Natürlich. Ich bin ja nicht gebunden. Was hältst du vom ›Basta‹ in Euskirchen?«

Er notierte sich den Namen der Kneipe. »Ich werde da sein. Ich freue mich, ehrlich.«

Sie verabschiedeten sich. Zufrieden lehnte er sich in seinen Stuhl zurück.

Fischbach stürmte herein. Welscher bemerkte sofort, dass er sauer war. Seine Mundwinkel hingen herab, die Lippen waren aufeinander gepresst, die Fäuste geballt. Er blieb am Fenster stehen und starrte hinaus.

»Schlechte Nachrichten?«

Fischbach stützte sich mit den Fäusten auf die Fensterbank und lehnte die Stirn gegen die Scheibe. »Nur ein paar organisatorische Probleme«, presste er heraus.

Welscher spürte, dass Fischbach ihn nicht mit Einzelheiten belasten wollte, und beließ es dabei. »Was meinst du? Sollen wir mal die Akte durchgehen?«

»Sicher«, sagte Fischbach knapp und setzte sich. »Schieß mal los. Was wissen wir über das Balg von der Schmitz-Ellinger?«

Jetzt versprühten seine Augen wieder den verschmitzen Charme, den Welscher schon öfter bei seinem Kollegen bemerkt hatte. Er freute sich, dass Fischbach seinen Ärger überwunden hatte, und schlug die Akte auf.

Anderthalb Stunden später waren sie bestens vorbereitet.

»Gibt es hier im Haus einen Automaten?«, fragte Welscher.

Fischbach legte die Füße auf den Tisch. »Falls du etwas zu trinken willst, rate ich dir, bei der Kreuz vorbeizuschauen. Die bunkert die Getränke für uns. Und bei ihr ist es billiger als am Automaten.«

Welscher stutzte. »Die betreibt einen Kiosk? Hier in der Behörde? Hat die das denn als Nebentätigkeit angemeldet?«

Fischbach runzelte die Stirn. »Nebentätigkeit?«

»War ein Scherz.« Welscher feixte. Er klopfte auf seine Hosentasche, um zu prüfen, ob er sein Portemonnaie dabeihatte. »Bin dann mal kurz weg.« Er verschwand im Flur.

Das Telefon schrillte. »Ja?«, meldete sich Fischbach knapp und verstieß einmal mehr gegen die internen Vorgaben. Gemäß Dienstanweisung hätte er sich mit Dienstrang und vollem Namen melden müssen.

»Hallo, Hotte«, begrüßte ihn Gisela Brockmeyer vom Empfang. »Hast du einen Moment Zeit und kannst mal runterkommen?«

»Ist schlecht jetzt. Wir haben gleich eine Vernehmung.«

»Es ist aber wirklich wichtig«, drängte Gisela Brockmeyer. »Ehrlich.«

»Sag es mir doch einfach.«

»Komm runter, sofort«, gab Gisela Brockmeyer streng zurück und legte auf.

Verdutzt starrte er auf den Hörer. Dann stand er auf und verließ das Büro. Sie kannten sich lange genug, und er wusste, wenn sie so reagierte, dann sollte er die Beine in die Hand nehmen.

Keine Minute später stand er bei ihr am Empfang. »Jetzt bin ich aber gespannt ...«, setzte er an, wurde jedoch barsch von ihr unterbrochen.

»Komm mit!«

Fischbach folgte ihr über den Flur zum angrenzenden Erste-Hilfe-Raum. Vor der verschlossenen Tür blieb sie stehen.

»Das bleibt unter uns«, sagte sie und bedachte ihn mit einem eindringlichen Blick. »Ich musste den beiden Streifenhörnchen, die sie geschnappt haben, eine Runde bei der nächsten Weihnachtsfeier versprechen, damit sie die Sache unter den Tisch fallen lassen. Ich schreib dir 'ne Rechnung.« Sie wandte sich um und schritt davon.

Fischbach sah ihr verdutzt hinterher, bis sie wieder im Empfangszimmer verschwand. Neugierig drückte er die Klinke herunter und trat mit Schwung ein, blieb dann aber wie festgeschraubt stehen. Die kleine Frau, die auf der Liege saß und sich an ihre Handtasche klammerte, sah auf. Ein trauriges Lächeln huschte über ihr eingefallenes Gesicht. »Da bist du ja endlich«, fistelte sie.

Fischbach merkte, dass sein Mund offen stand. Er schluckte trocken. »Mama! Was machst du denn hier?«

***

Welscher wollte gerade anklopfen, als er bemerkte, dass die Tür zu Frau Kreuz' Büro einen Spaltbreit offen stand.

»Er ist soooo süß«, hörte er drinnen eine schmachtende Stimme seufzen. Offensichtlich schüttete da gerade jemand sein Herz bei der alten Kreuz aus. Das war ja interessant. Er schob sein Ohr näher an den Türspalt. Es war nie verkehrt, mehr zu wissen, als anderen lieb war.

»Bianca«, mahnte die rauchige Stimme der Kreuz, »lass dir Zeit. Verliebe dich nicht direkt wieder in den Erstbesten.«

Ah, die Bianca, dachte Welscher amüsiert.

»Aber er ist so … ich weiß nicht, so anders halt.«

»Anders? Ist das gut oder schlecht?«

»So sensibel.« Bianca Willms seufzte vernehmlich. »Und gut aussehen tut er auch noch.«

Welscher stutzte. Er spürte plötzlich, dass ihm heiß wurde. Mit dem Zeigefinger lockerte er den Kragen seines T-Shirts. Täuschte er sich, oder …

»Er ist gerade erst seit Montag bei uns, Bianca. Du kennst ihn doch noch gar nicht richtig«, hörte er von Frau Kreuz auch schon die Bestätigung seiner Vermutung.

»Ja und?«, maulte Bianca Willms. »Was soll ich denn machen? Wenn Jan in meiner Nähe ist, kann ich nicht mehr klar denken. Ich fühle mich dann wie elektrisiert, die Gedanken fahren Karussell.«

Welscher hatte genug gehört. Er schlich zurück zum Treppenhaus, rannte hinunter an die frische Luft. Draußen raufte er sich die Haare. Auf der einen Seite schmeichelte es ihm, dass Bianca Willms sich in ihn verliebt hatte. Auf der anderen Seite bedeutete es auch, dass er ihr vermutlich irgendwann das Herz brechen musste. Und das war nie angenehm.

***

Fischbach schloss die Tür hinter sich.

Seine Mutter kramte in ihrer Handtasche und zog ein Taschentuch hervor. Sie hob ihre Brille an und schnäuzte sich heftig. Es hörte sich an wie eine verstimmte Trompete.

»Ist ja direkt ein Wunder, dass du mich noch erkannt hast«, sagte sie vorwurfsvoll, um dann trotzig hinterherzuschieben: »Du musst dich aber nicht um mich kümmern. Ich komme schon allein zurecht, muss ich ja sonst auch immer.«

Fischbach zwang sich, nicht loszupoltern. Es war doch immer das Gleiche mit seiner Mutter. Immerzu warf sie ihm vor, sich nicht genug um sie zu kümmern. Seit seiner Kindheit war das so. Dabei hatte er damals immer neben ihr auf dem Sofa gesessen, wenn Frank Elstner am Samstagabend »Wetten dass« moderierte, statt mit seinen Kumpels in dieser Zeit die Schützenfeste unsicher zu machen. Seiner Tochter hatte er als zweiten Vornamen den Namen ihrer Großmutter gegeben, dabei war Lina nicht gerade das, was er sich unter einem schönen Namen vorstellte. Als sein Vater vor fünf Jahren gestorben war, hatte er sich um alles gekümmert, die Beerdigung, den Schriftverkehr, die Auflösung des Haushaltes, bis hin zur Anmietung der neuen Wohnung im Altenheim ganz in ihrer Nähe. Doch seiner Mutter war das nicht genug. Noch heute warf sie ihm vor, keinen Platz für sie im Haus zu haben. Dabei konnte sie jederzeit zu ihnen rüberkommen. Vom Pflegeheim in der Kölner Straße bis zu ihnen waren es nur ein paar Meter. Seine Mutter war mit ihren zweiundsiebzig Jahren noch rüstig. Und Sigrid machte es überhaupt nichts aus, ihrer Schwiegermutter ab und an einen Kaffee zu kochen.

Fischbach schluckte seinen Ärger hinunter, zog sich den Hocker heran, der unter einem einfachen Stahltisch stand, und setzte sich. »Lenk nicht ab«, forderte er streng, »was hast du ausgefressen?«

Sie wich seinem Blick aus und schniefte. »Nichts habe ich ausgefressen. Ich bin nur Auto gefahren und dabei von der Straße abgekommen.« Sie schob den Unterkiefer vor und blickte Fischbach trotzig an. »Niemand ist zu Schaden gekommen. Plötzlich aber waren deine Freunde da. Ganz ungehobelte Leute, ganz ungehobelte.«

Fischbach kannte seine Mutter lange genug, um zu wissen, dass er hier, wenn überhaupt, nur die halbe Wahrheit hörte. Er nahm den Hörer des Telefons, das auf dem Tisch stand, und rief Gisela Brockmeyer an. Als sie sich meldete, fragte er: »Was ist vorgefallen?«

»Deine Mutter hat mit ihrem Wagen auf der Kölner Straße drei Jugendliche gejagt. Die Jungs sind in einen kleinen Supermarkt geflüchtet. Deine Mutter ließ aber nicht locker, wartete draußen mit ihrem Smart. Die Kiddies sahen keine andere Möglichkeit, als die Polizei zu benachrichtigen.«

»Kam jemand zu Schaden?«

»Gott sei Dank nicht, sonst hätten die Kollegen die Sache ja auch nicht unter den Tisch fallen lassen können.«

Fischbach bedankte sich und legte auf. »Jetzt aber mal raus mit der Sprache«, sagte er barsch. »Wieso jagst du Jugendliche durch Kommern?«

Sie riss die Augen auf. »Ach so ist das! Natürlich bin sofort wieder ich an allem schuld, nicht wahr? Ich jage unschuldige Kinder«, höhnte sie. »Ja, ja, sag doch einfach, was du ohnehin denkst: Ich bin ja senil, weiß nicht mehr, was ich mache.«

»Du lenkst schon wieder ab.« Fischbach rieb sich entnervt den Nasenrücken. »Fangen wir anders an. Was haben dir die Jugendlichen denn getan, dass sie dich so verärgert haben?«

Seine Mutter beruhigte sich ein wenig. »Sie haben unter meinem Fenster gestanden und ihre grässliche Musik gehört. Mit ihren Krachmachern. Es plärrte schrecklich, die sollte man verbieten.« Sie bekräftigte ihren Vorschlag mit einem heftigen Kopfnicken.

Fischbach ging nicht darauf ein. Mit Krachmachern bezeichnete seine Mutter Handys, das Internet war für sie Kram und das private Fernsehen immer schon Humbug. »Warum hast du denen nicht einfach gesagt, sie sollen die Handys leiser stellen oder einfach weitergehen?«

Wieder schob sie ihren Unterkiefer trotzig vor. »Habe ich ja. Aber diese Halbstarken haben nur gelacht und mich eine alte Eule geschimpft.« Seit dem Film mit Horst Buchholz waren bei seiner Mutter alle Jugendlichen Halbstarke.

Beim Stichwort Film kam Fischbach eine andere Assoziation. »Und da hast du den Smart genommen und ein wenig ›Christine‹ gespielt.« Trotz der ernsten Situation musste er grinsen. Dass ihm gerade jetzt Stephen King einfiel, überraschte ihn ein wenig. Er hatte den Film vor unzähligen Jahren mit den K-Heroes im Autokino in Pulheim gesehen. Das war einer der wenigen Samstagabende gewesen, die er nicht mit seiner Mutter und dem jungen Thomas Gottschalk verbracht hatte. Dabei hatte er den Film noch nicht einmal besonders gemocht. Ein 58er Plymouth, der Halbstarke jagt und tötet. Wie absurd.

Seine Mutter runzelte die Stirn. »Wer ist Christine? Die kenne ich nicht.« Sie schnäuzte wieder in ihr Taschentuch. »Eine Eule, also ehrlich«, entrüstete sie sich. »Da geht mir die Hutschnur hoch.« Sie kniff böse die Augen zusammen. »Die Eule hat es denen aber dann gezeigt. Ist nämlich ein Raubtier, die Eule, nicht? Was meinst du, was die für einen Schiss hatten.«

»Du hättest jemanden verletzen können«, wandte Fischbach ein, der sich jedoch eingestehen musste, dass ihn die ganze Geschichte insgeheim amüsierte.

Sie winkte ab. »Red keinen Quatsch. Gar nichts hätte passieren können. Ich habe den Wagen immer noch voll im Griff, darauf kannst du Gift nehmen.«

Das konnte er wirklich, das wusste Fischbach. Daher ermahnte er sie nur mehr halbherzig: »Lass den Quatsch in Zukunft. Ansonsten kann ich für nichts garantieren. Du hast großes Glück, dass ich hier bin und nicht die Kollegen von der Streife. Und jetzt komm, ich bring dich zur Tür und ruf dir ein Taxi.«

Sie hakte sich bei ihm unter. Ihr Kopf reichte ihm gerade bis zur Brust. »Wenn ich es richtig verstanden habe, hat mir deine Kollegin die Schlinge vom Hals genommen und nicht du. Spiel dich also nicht auf.«

Fischbach öffnete die Tür. Seine Mutter hatte es wieder einmal geschafft, ihn zu überraschen. So unscheinbar sie wirkte, so faustdick hatte sie es hinter den Ohren. Er hätte niemals erwartet, dass sie bemerken würde, wer hier wem geholfen hatte.

***

Doris Schmitz-Ellinger hielt Wort und schob ihren Sohn Punkt zwölf Uhr in Fischbachs und Welschers Büro. »Meine Herren«, sagte sie mit etwas zittriger Stimme, »das ist mein Sohn Robin.«

Der junge Mann sah sich schüchtern im Raum um, seine Augen huschten nervös zwischen den beiden Kommissaren hin und her.

Fischbach stieß sich in seinem Bürostuhl von der Tischplatte ab, machte eine halbe Drehung und wies auf den Besucherstuhl. »Nehmen Sie doch Platz.« Er sah sich um, fand aber keine Sitzmöglichkeit, die er der Schmitz-Ellinger anbieten konnte.

Doch die winkte ab. »Ich muss zurück ins Büro.« Sie gab ihrem Sohn einen flüchtigen Kuss auf die Wange. Der zog angewidert den Kopf weg.

»Lass das!«, schimpfte er.

Die Staatsanwältin verließ mit einem traurigen Gesichtsausdruck das Büro.

Welscher empfand Mitgefühl für sie. Sicher war es als Mutter nicht einfach, das Erwachsenwerden der eigenen Kinder miterleben zu müssen. Dienstags noch die kleinen, süßen Racker, die sich abends an die Brust schmiegten, mittwochs bereits picklige Jünglinge, die ihre Eltern absolut uncool fanden.

Fischbach schlug die Teufelsanbeterakte auf. »Sie besuchen das Gymnasium und sind vor zwei Wochen achtzehn Jahre alt geworden. Ist das richtig?«

Robin nickte. »Sie dürfen mich ruhig duzen. Ist mir lieber.«

Welscher lehnte sich zurück und musterte ihn. Ein Grufti, vermutete er, schwarze Hose, weißes Hemd mit Brokat am Kragen, schwarzer Samtmantel, toupierte Haare. Eine grobgliedrige Kette diente als Gürtel, ein Piercing steckte in der Nase, eins in der Unterlippe. Robins Gesichtsfarbe konnte man guten Gewissens persilweiß nennen. Um den Hals trug er eine Silberkette, an der verkehrt herum ein großes Metallkreuz hing. Seine Augen ... Welscher beugte sich vor, um genau hinsehen zu können. Tatsächlich! Spinnennetze. Robin musste Kontaktlinsen tragen.

»Du weißt sicher, warum wir dich eingeladen haben?«, fragte Fischbach, während er einen Kugelschreiber zückte und ein Blatt Papier bereitlegte.

»Na klar, dieser tote Gartenzwergwichser im Wald. Ich habe nichts damit zu tun«, sagte Robin hastig.

»Das haben wir auch nicht behauptet«, beruhigte ihn Fischbach. »Ihr seid aber schon hin und wieder oben im Wäldchen unterwegs, bei Maria Rast, oder?«

Robins Blick huschte zwischen Fischbach und Welscher hin und her. Er legte seine Hände ineinander. An jedem Finger trug er einen Ring. »Die letzte Zeit nicht mehr.« Er wich Fischbachs Blick aus und starrte auf den Boden.

Eine Lüge, dachte Welscher.

»Ist es nicht ungewöhnlich, als Punker in dunklen Wäldern herumzurennen?«, wollte Fischbach wissen. »Da kann man doch niemanden provozieren.«

Robin sah wieder auf und zog eine Grimasse. »Punker, nee, klar. Für *die* wäre es wirklich seltsam.«

Irritiert sah Fischbach ihn an.

Welscher seufzte stumm und übernahm das Gespräch. »Ist bestimmt nicht einfach für dich, oder, Robin? Als *Grufti*, meine ich.«

Fischbach runzelte die Stirn, schwieg jedoch und ließ ihn gewähren.

Robin stieß verächtlich Luft aus. »Mann, was verstehst du schon davon?«

»Eine ganze Menge«, versicherte Welscher und kniff die Augen zusammen. »Moment, warte mal. Nee, kein Grufti. Ein Goth, ja, sicher, ohne Zweifel, aber lass mich raten.« Er tippte sich – demonstrativ nachdenklich – mit seinem Kugelschreiber gegen das Kinn. »Endzeitromantiker! Richtig?«

Amüsiert zuckten Robins Mundwinkel. »Du kennst dich wirklich aus«, sagte er anerkennend. »Warst du auch mal dabei?«

Welscher spürte, dass er ein kleines Stück weit die Mauer eingerissen hatte, die der junge Mann um sich errichtet hatte. »Nein. Aber im Gegensatz zu manch anderen«, er warf einen Blick auf Fischbach, »interessiere ich mich für die Dinge hinter den Klischees.«

Fischbach wurde rot, schwieg jedoch weiterhin beharrlich.

»Euch ist die Musik wichtig, ihr mögt Literatur und Malerei.«

Robin deutete zustimmend mit dem Zeigefinger in Welschers Richtung. »Krass richtig.«

Welscher seufzte. »Und ihr habt eine Vorliebe für verfallene Bauten, also Ruinen, und auch Friedhöfe. Daher das Wäldchen bei Maria Rast. Die Burgruine hat es euch angetan. Nicht weit davon entfernt gibt es einen kleinen, versteckten Friedhof mit einem malerischen Holzkreuz. Na, wenn da nicht alle Elemente zusammentreffen, weiß ich auch nicht.«

Die Miene des jungen Mannes erstarrte zur Maske. »Ja und? Ist doch nicht verboten, oder?«

Fischbach trommelte mit den Zeigefingern auf die Kante des Schreibtisches. »Nonnen erschrecken aber schon.«

»Die pennen doch nachts. Die kriegen gar nichts mit«, leierte Robin übertrieben gelassen herunter.

»Sei dir da mal nicht so sicher«, warnte Welscher. »Kommen wir mal zu der besagten Nacht. Wo warst du am frühen Montagmorgen? Sagen wir, zwischen ein Uhr in der Nacht und sechs Uhr früh.«

Robin kicherte. »Mann, das ist ja mal genau. Im Fernsehen können die das fast auf die Minute genau sagen, wann jemand den Löffel abgegeben hat. Davon seid ihr aber weit entfernt.«

»Hast du schon mal von der Theorie gehört, dass Fernsehserien mitunter nicht realistisch sind?«, fragte Welscher und forderte dann ein weiteres Mal, ohne eine Antwort abzuwarten: »Rück schon raus. Wo warst du?«

»Wo soll ich schon gewesen sein?«, fuhr Robin auf. »Ich habe gepennt.«

»Du kannst uns also gar nichts zu dem Fall berichten?«, hakte Welscher nach.

Robin schüttelte stumm den Kopf.

»Wir haben hier noch andere Namen«, sagte Fischbach und legte die Hand auf die Akte. »Kannst du uns sagen, ob deine Freunde in der Nacht dort waren? Oder willst du behaupten, dass sie ebenfalls die ganze Nacht im Bett geschlummert haben?«

Robins Augenbrauen rückten zusammen. »Mann, was erzählst du denn für einen Mist?« Von seiner anfänglichen Schüchternheit war nichts mehr übrig. Er wirkte nur noch schnoddrig und überheblich. »Ihr wisst ja offensichtlich gar nichts. Die sind doch alle auf Klassenfahrt, Skifahren in den Alpen. Nur ich bin nicht mit, hatte keine Lust auf heile Welt. Oder was glaubt ihr, warum ich nachts im Bett liege und nicht den Mond anheule, he? Ist halt niemand da, mit dem ich Kerzen im Wald anzünden kann.«

Fischbachs Kopf ruckte hoch. »Kerzen im Wald? Wie kommst du gerade darauf?«

Plötzlich wirkte Robin wieder genauso verschlossen wie zu Beginn ihres Gesprächs. Unstet glitt sein Blick zwischen Welscher und Fischbach hin und her. »Habe ich nur so dahergesagt. Wird doch von uns erwartet, oder etwa nicht?«

Fischbach schloss die Akte. »Heute Morgen brannte am Tatort eine Kerze«, offenbarte er. »Ich frage jetzt mal frei heraus: Hast du sie dort aufgestellt?«

»So ein Scheiß«, wehrte Robin schrill ab. »Warum sollte *ich* ausgerechnet *dort* eine Kerze aufstellen wollen?«

Fischbach ließ nicht locker. »Das frage ich dich«, entgegnete er. »Vielleicht sollten wir dich eine Weile hierbehalten, damit du darüber nachdenken kannst.«

Ärgerlich zog Welscher die Augenbrauen zusammen. Eine solche Drohung war nicht abgesprochen und versprach keine Aussicht auf Erfolg. Schließlich wusste heutzutage Hinz und Kunz durch die ganzen Fernsehserien, dass man nicht so einfach in Gewahrsam genommen werden konnte. Und ganz bestimmt wusste das der Sohn einer Staatsanwältin auch. Und was war das überhaupt für eine Kerze, von der Fischbach sprach? Die hätte er ja ruhig mal bei der Morgenbesprechung erwähnen können.

»Ach Scheiße. Dann sag ich es eben. Mir kann eh nichts passieren, ich hab ja nichts gemacht. Ich war heute Morgen oben, allein. Ich wollte nachschauen, ob am Treffpunkt alles in Ordnung ist. Und da hab ich die Lady gesehen.«

Welscher entglitten die Gesichtszüge. Er fasste es nicht. Fischbach hatte mit seinem plumpen Versuch den jungen Mann tatsächlich aus der Reserve gelockt.

»Erzähl«, forderte Fischbach.

»Nicht mehr ganz jung, aber auch nicht alt, so mittel halt. Blonde Haare. Die kniete vor dem Stein, wo dieser Heini seinen Kopf verloren haben muss, und heulte. Ich habe mich hinter einem Baum versteckt und abgewartet. Ich habe Respekt, wenn jemand trauert, da störe ich nicht. Dauerte fünf Minuten, dann hat sie so ein Grablicht angezündet und war auf und davon.«

»Blond, sagtest du. Kann es auch rotes Haar gewesen sein?«, wollte Fischbach wissen.

»Nee, ganz sicher nicht. Die war blond, aber so was von blond, eindeutig. Heino ist dagegen dunkelhaarig«, bekräftigte Robin.

Fischbach wechselte einen Blick mit Welscher, der sofort verstand. Susanne Baron schied damit aus.

»Kanntest du die Frau?«

Robin zog ein weißes Seidentaschentuch aus der Innentasche seines schwarzen Mantels und tupfte sich den Schweiß von der Stirn. »Nee, hab die Frau noch nie gesehen, ehrlich.«

»Verstehe. Fährst du zufällig einen weißen Corsa?«

Robin lachte. »Gott bewahre, nee, mit Opel brauchst du mir nicht zu kommen. Ich war auch gar nicht mit dem Auto da. Ab und an nehme ich das Fahrrad, um fit zu bleiben.« Stolz schwang in seiner Stimme mit. Plötzlich runzelte er die Stirn. »Aber wo du die Opelbüchse erwähnst. Ich meine, mich erinnern zu können, dass so eine auf dem Parkplatz stand, als ich heute Morgen oben war.« Sein Gesicht hellte sich auf, und er sah von einem zu anderen. »Ja, sicher. Da stand ein weißer Corsa.«

»Das Kennzeichen hast du dir nicht zufällig gemerkt?«, hakte Welscher nach.

»Aber klar doch. Ist ein Hobby von mir, Nummernschilder von parkenden Autos auswendig zu lernen. Ich habe auch direkt in Flensburg nachgehört, wem der Wagen gehört, damit ihr keine Arbeit mehr habt«, ätzte Robin übertrieben.

Welscher zog einen Mundwinkel nach unten. Der Kleine nervte ihn zunehmend.

»Ist dir sonst noch etwas aufgefallen?«, übernahm Fischbach wieder.

Robin senkte den Blick, er überlegte anscheinend wirklich. Dann schüttelte er den Kopf. »Nein, wirklich nichts. Ansonsten war es dort ruhig wie auf einer Beerdigung.« Er grinste schief.

Fischbach stand auf. »Nun gut.« Er öffnete die oberste Schublade seines Schreibtisches und reichte Robin eine Visitenkarte. »Falls dir noch etwas in den Sinn kommt, melde dich bei mir. Jederzeit, Tag und Nacht, verstanden?«

Der junge Mann nahm die Karte und stopfte sie, ohne sie eines Blickes zu würdigen, in seine Manteltasche. »Kann ich jetzt gehen? Ich hab noch Chemie.«

Fischbach nickte und schob ihn hinaus. »Und lass mir die Nonnen in Ruhe, verstanden?«, mahnte er, schloss die Bürotür und lehnte sich dagegen.

»Was ist das für ein Corsa?«, wollte Welscher wissen. »Davon weiß ich nichts.«

Fischbach drückte sich von der Tür ab und ging neben seinem Schreibtisch auf und ab. Dabei musste er achtgeben, seinen kümmerlichen Gummibaum, der in einem viel zu kleinen Topf steckte, nicht umzurennen. Er erzählte Welscher von seinem Ausflug nach Maria Rast und von der Kerze, die er dort vorgefunden hatte. »Da habe ich vorhin gar nicht mehr dran gedacht. Entschuldige bitte.«

»Geschenkt. Wir sollten da morgen früh mal jemanden hinschicken«, schlug Welscher vor. »Wenn die Frau dort jeden Tag auftaucht, kann man vielleicht die Personalien feststellen.«

Fischbach nickte und griff zum Hörer. »Daran habe ich auch schon gedacht. Ich ruf mal Bönickhausen an. Der soll das klären.«

»Warum ordnest du es nicht selbst an?«, wunderte sich Welscher. »Ich denke, du hast absolute Verfügungsgewalt.«

Fischbach winkte ab. »Wenn das alles mal so einfach wäre.« Während er die Nummer tippte, ergänzte er: »Ruf Bianca an. Die soll das mit der Klassenfahrt klären. Wenn es stimmt, ist der Punker meiner Meinung nach raus aus der Sache. Der hat keinen Mumm, allein jemanden zu opfern. Und danach ziehst du die Jacke an. Wenn ich mit Bönickhausen alles geklärt habe, düsen wir zu mir. Sigrid hat Hähnchen in Rieslingsoße auf dem Herd stehen. Du wirst begeistert sein. Mit vollem Bauch ist es leichter, dicke Belgier einzufangen.« Er zwinkerte Welscher zu.

ZEHN

Der Wind blies den Regen quer über das Feld. Die Tropfen stachen wie kleine Nadelstiche in Welschers Gesicht. Zumindest halfen ihm die Nässe und die Kälte, die langsam unter seine Jacke kroch, wach zu bleiben. Das Mittagessen bei Fischbachs war grandios gewesen. Wenn Sigrid ein Restaurant aufmachen würde, wäre ihr mindestens ein Michelinstern sicher. Er drückte das Fernglas kräftiger gegen seine Augen und schaute nach Juntersdorf hinüber. Das Nest lag wie tot da. Nichts rührte sich. Man könnte glauben, eine Seuche hätte die Einwohner ausgelöscht. Sehnsucht packte ihn. Wie anders war es doch in Köln. Überall Menschen, Lichter, der angestrahlte Dom, die Hektik im Straßenverkehr, die er so oft verflucht hatte, jetzt jedoch vermisste. Da war wenigstens etwas los. »Schon unheimlich«, murmelte er.

»Hier in der Eifel geht keiner vor die Tür, wenn er nicht muss. Und erst recht nicht bei diesem Wetter«, flüsterte Fischbach an seiner Seite. Dabei war Flüstern vollkommen überflüssig. Sie hatten auf einer Bank unter einem riesigen Baum an der Hovener Straße Stellung bezogen. Ein Steinkreuz mahnte die Vergänglichkeit des Lebens an, zwei große Findlinge wirkten, als ob ein Riese sie hier fallen gelassen hätte. Die Fahrzeuge hatten sie im Dorf geparkt. Zwischen ihnen lagen noch gut fünfhundert Meter braches Feld bis zum Haus der Eimermachers am Düttling. Eine sichere Entfernung. Das Sondereinsatzkommando würde die Drecksarbeit erledigen. Züll wartete mit vier Leuten im Haus der Eimermachers, ein Hubschrauber stand bereit, die Zufahrtsstraßen waren durch Zivilfahrzeuge abgesichert. Sobald der Belgier hier auftauchte, würde er in der Falle sitzen.

Welscher hatte nicht schlecht gestaunt, dass Bönickhausen ein ganzes Einsatzkommando nebst Hubschrauber für die Festnahme in Köln angefordert und auch zugeteilt bekommen hatte. Offensichtlich wurde bei der neuen politischen Zusammensetzung nicht gekleckert, sondern geklotzt. Ihm erschien das ein wenig übertrieben. Er sah auf die Uhr. »Schon zehn Minuten überfällig.«

»Er wird kommen«, prophezeite Fischbach zuversichtlich und spähte durch sein Fernglas.

»Hm«, machte Welscher weniger überzeugt.

Fischbachs Handy klingelte. Die Melodie von »Highway to Hell« durchschnitt die Stille.

»Soll ich dir noch einen Verstärker bringen?«, brummte Welscher, der sich ärgerte, dass Fischbach den Klingelton nicht abgestellt hatte. Nicht weil er fürchtete, entdeckt zu werden, sondern einfach nur aus Prinzip. An so etwas musste man im Einsatz denken, das bekam jeder Anwärter schon am ersten Tag eingebläut.

»Ha, ha, lustig«, kommentierte Fischbach und nahm das Gespräch an. Er brummte hin und wieder zustimmend in das Gerät, steckte es dann wieder ein. »War Bianca. Robins Kameraden sind tatsächlich auf Tour.«

»Dann ab mit ihm auf die hintersten Plätze unserer Verdächtigenliste«, meinte Welscher und spähte weiter durch das Fernglas.

»Genau«, stimmte Fischbach zu. »Und du hast die Welle gemacht, dass wir ihn uns nicht eher vorgeknöpft haben.«

»Zu Recht. Gab ja bis dato keinen Hinweis darauf, dass er nicht involviert war.«

»Doch. Meine Intuition.«

»So ein Quatsch.«

»Neidisch?«

Welscher setzte das Fernglas ab und sah, dass Fischbach ihn übermütig anstrahlte. »Neidisch? Du hast Glück gehabt, mehr nicht.«

Er nahm das Glas wieder vor die Augen und betrachtete die Umgebung. »Die Dinger sind echt gut«, lobte er. »Damit kannst du sogar dort hinten das Werbeplakat lesen.« Er deutete zum Ortseingang.

Fischbach hob sein eigenes Glas an die Augen und schaute es sich an.

»Vlado Kumpan und seine Musikanten«, las Welscher vor. »›Der Stern am Blasmusikhimmel‹, steht da. Die spielen am Sonntag in Obergartzem.« Sekundenlang schwieg er, dann machte sich ein süffisantes Grinsen auf seinem Gesicht breit. »Hast du dir schon Karten besorgt?«

»Ich?« Fischbachs Stimme hatte einen zu hohen Ton. »Was soll gerade *ich* denn dort? Du weißt doch, was ich für Musik höre.« Er holte sein Handy aus der Tasche und wedelte damit vor Welschers Nase herum. Dessen Grinsen wurde noch breiter, als er sah, wie Fischbach rot anlief.

»Mein ja nur. Könnte ja sein, dass du auch auf so etwas stehst.«

»Blödsinn«, murrte Fischbach und steckte sein Handy wieder ein.
»Andrea Berg magst du ja auch.«
»Das war der Sender ... hab ich dir doch erklärt.«
»Ist *mir* noch nie passiert.«
Fischbach plusterte sich auf. »Willst du damit andeuten ...«
Welscher winkte ab und verkniff sich ein Lachen. Fischbachs Gesicht hatte die Farbe einer überreifen Tomate angenommen. Er wollte nicht riskieren, dass seinem Kollegen der Kopf platzte. »Komm, ist gut. Ich wollte dich nur ein wenig hochnehmen.«
Über ihnen in den Bäumen zwitscherte müde ein Vogel. Welscher sah hinauf und versuchte, das bisschen Leben zu entdecken, das sich hier herumtrieb, sah man mal von Fischbach ab, der leise in die hohle Hand rülpste. »Warum bist du kleiner Kerl denn nicht im warmen Süden?«, fragte er den gefiederten Gesellen.
»Weil das ein Haussperling ist«, erklärte Fischbach. »Die ziehen nicht fort.« Er schüttelte den Kopf. »In der Punkerszene kennt der sich aus, aber eine Mösch kann er nicht von einem Kranich unterscheiden.«
»Wobei Punker und Goths ähnlich weit auseinanderliegen«, erwiderte Welscher trocken. Er suchte noch eine Weile im Geäst nach weiteren Vögeln, bis er von Fischbach am Ärmel gezupft wurde.
»Ich glaube, es geht los.« Er deutete in Richtung Dorf.
Welscher setzte sein Fernglas an. Über den Düttling fuhr gerade ein silberner Range Rover mit belgischem Kennzeichen. Vor dem Haus der Eimermachers hielt er an. Dann passierte eine Weile nichts.
»Warum steigt er nicht aus?«, murmelte Fischbach.
Plötzlich machte der Rover einen Satz nach vorne und wurde immer schneller. Der hochgezogene Motor heulte bis zu ihnen herüber.
»Der will abhauen«, stellte Welscher seelenruhig fest. Er wusste genau, dass der Belgier keine Chance hatte. Schon rasten Zülls Männer heran und versperrten alle Wege. Doch so schnell gab der Belgier nicht auf. An der Stelle, wo der Düttling im Neunzig-Grad-Winkel in Richtung Dorf abknickte, stoppte er kurz, gab dann wieder Vollgas und verließ die Straße. In wilder Fahrt rumpelte er über das Feld, genau auf sie zu.
Welscher setzte das Fernglas ab und sah in Fischbachs überraschtes Gesicht. »Der Idiot! Wo will der hin?«

Die Fahrzeuge des Sondereinsatzkommandos blieben auf der Straße zurück. Für eine Verfolgung über das gefrorene, furchige Feld waren sie nicht geeignet.

Welscher zog seine Dienstwaffe und kniete sich hin. Der Range Rover preschte immer noch in hoher Fahrt heran. Sein Kühlergrill ragte wie ein Urzeitmonster vor ihnen auf und wurde stetig größer. Der Motor jaulte wütend, gefrorene Erdklumpen spritzten von den Reifen im hohen Bogen durch die Luft. Aus dem Augenwinkel heraus bemerkte Welscher, dass Fischbach hinter dem Baumstamm in Deckung ging.

»Dreh ab!«, flüsterte Welscher, während er den Rover über Kimme und Korn im Visier behielt. »Mann, dreh ab!«

Neben dem brüllenden Motor hörte er jetzt noch ein weiteres Geräusch. Ein Schatten ging über ihn hinweg, ein Luftzug zerrte an seiner Kleidung. Der Hubschrauber. Plötzlich machte der Rover einen Schwenk nach rechts und bot Welscher jetzt die Breitseite. Er zielte und schoss. Der erste Schuss ging daneben, beim zweiten explodierte der linke Vorderreifen, der dritte ließ das Hinterrad in Fetzen fliegen. Augenblicklich stoppte der Range Rover, die Fahrertür wurde aufgerissen, und ein unglaublich fetter Mann wälzte sich heraus.

»Stehen bleiben und Hände nach oben«, schrie Welscher aus vollem Hals. Das Adrenalin in seinen Adern ließ seinen Puls rasen.

Der Mann schleppte sich zwei Schritte vorwärts, rutschte dann aus und fiel der Länge nach hin. Angestrengt versuchte er, wieder auf die Beine zu kommen. Als aber der Hubschrauber genau über ihm Position bezog, gab er auf, streckte die Arme nach oben und setzte sich auf den kalten Boden. Über das Feld kam Züll mit seinen Männern in geduckter Haltung auf ihn zugelaufen.

Welscher spürte eine Hand auf seiner Schulter. »Kannst deine Wumme einstecken«, sagte Fischbach. »Der entschlüpft uns nicht mehr.«

Welscher atmete durch, entspannte sich und steckte seine Waffe zurück in das Holster.

»Nicht schlecht«, sagte Fischbach. »Zwei Reifen bei einem fahrenden Wagen mit der Pistole, wirklich erstaunlich.«

Welscher zuckte mit den Schultern. »Im Schießen war ich schon immer gut. Leider ging ein Schuss daneben.«

Das Sondereinsatzkommando drängte den Belgier an den Range

Rover und fesselte seine Hände mit einem Rappband auf dem Rücken. Der Hubschrauber flog noch eine Runde und drehte dann nach Osten ab.

»Komm mit, Billy the Kid!« Fischbach griff Welscher am Arm und zog ihn grinsend mit sich. »Würde mich wundern, wenn deine dritte blaue Bohne nicht zumindest im Blech des Rovers zu finden wäre.«

***

Im Vernehmungszimmer, ein leeres Büro im Erdgeschoss, stand die Luft. Der Schweiß lief dem dicken Belgier wie ein Wasserfall über die Stirn und die Wangen hinunter. Sein Hemd klebte ihm am Körper, an seinen Schuhen der getrocknete Matsch. Mit seinen kleinen braunen Augen glich er einem dicken Teddybär.

Der sollte mal Terre d' Hermès benutzen, dachte Fischbach und verschränkte die Arme. Seit einer Stunde vernahmen sie ihn und hatten dabei noch nicht viel mehr als ein paar Eckdaten aus Wout Bertrand herausbekommen. Bianca Willms war dabei, alles über diesen Mann in Erfahrung zu bringen.

»Warum sind Sie geflüchtet?«, fragte Welscher scharf. Er glich einem übel gelaunten Bluthund, der kurz vor dem Zubeißen stand. Er saß auf der Kante des Tisches, sein Gesicht befand sich kaum einen halben Meter von Bertrand entfernt.

»Wie oft wollen Sie mich das noch fragen?«, antwortete der Belgier mit einer Gegenfrage. »Das habe ich Ihnen doch bereits drei Mal erklärt.« Er sprach mit starkem wallonischem Akzent.

Welscher sagte nichts darauf, er sah Bertrand nur weiterhin stumm an. Fehlt nur noch das Zähnefletschen, dachte Fischbach und rieb sich die Nase.

Resigniert hob Bertrand den linken Arm und ließ ihn provozierend knapp neben Welschers Oberschenkel auf die Tischplatte fallen. »Also noch mal: Ich habe neidische Kollegen, die nicht gut auf mich zu sprechen sind. In letzter Zeit habe ich ein paar gute Geschäfte abgewickelt, die ich den anderen abgeluchst habe. Jetzt habe ich gedacht, die würden mir auflauern, um mir eine Abreibung zu verpassen.«

»Was für Geschäfte?«, hakte Welscher nach.

Bertrand fuhr sich mit den Händen über seinen feisten Bauch. »Ich bin der Prototyp eines Programmierers. Sieht man doch. Zu viele Fritten, zu viel Cola.« Er lachte gackernd.

»Selbstständig?«

»Sicher.«

»Und Sie haben Kunden, die das bestätigen können?«

»Jede Menge. Ein erlesener Kreis, wenn ich das anmerken darf.« Er beugte sich vor. »Sie sollten sich in Acht nehmen. Ich kenne einflussreiche Leute hier in Deutschland.« Seine Stimme hatte plötzlich etwas Drohendes.

Passt, dachte Fischbach. Erst programmiert er die Alarmanlage, die Heizung oder was auch immer. Anschließend versorgt er sie mit Drogen. Gute Geschäftsidee, vollkommen unauffällig.

»Christian Eimermacher gehörte dann wohl zu Ihrem Kundenkreis?«

»Ach was.« Er tippte sich mit dem Zeigefinger gegen die Stirn. »Den habe ich mal auf einer Raststätte getroffen. Sympathisches Kerlchen. Wir haben uns angefreundet. Nur seine Frau mochte mich nicht, weiß leider nicht, warum.«

Fischbach war beeindruckt. Bertrand machte das ganz geschickt: Immer nahe bei der Wahrheit bleiben, und die unangenehmen Dinge unter den Tisch fallen lassen. So konnte man sich kaum verstricken.

»Und Abreibungen sind in Ihrer Branche üblich?« Welscher hob skeptisch eine Augenbraue.

Bertrand beugte sich vor. »Es ist ein Hauen und Stechen, ein knallharter Wettbewerb. Davon haben Sie als Beamter sicher keinen Schimmer.« Er lachte süffisant.

Welscher stutzte und blickte Fischbach an, der sich das Lachen verkneifen musste. Diesmal hatte also Welscher den Spruch abbekommen, den Frau Baron letztens ihm an den Kopf geworfen hatte. Er zuckte kaum merklich mit den Schultern und machte eine aufmunternde Handbewegung.

»Wo waren Sie in der Nacht zum Montag?«, legte Welscher auch sofort nach.

Bertrand wischte sich mit dem Ärmel seines Hemdes über die Stirn. »Ihr habt es ganz schön warm hier drin.«

»Mir ist nicht warm«, stellte Welscher lapidar fest. »Also, wo waren Sie in der Nacht zum Montag?«

»Ich war zu Hause.«

»Kann das jemand bestätigen?« Welscher haute die Fragen jetzt wie im Stakkato raus.

»Nein, ich wohne allein, in der Rue …«

»In Malmedy, ja, haben Sie bereits gesagt«, unterbrach ihn Welscher. »In Ihrem Range Rover haben wir eine Browning neun Millimeter Parabellum gefunden. Warum führen Sie eine Waffe mit sich, Herr Bertrand? Sie wissen vermutlich, dass die illegale Einfuhr von Schusswaffen nach Deutschland mit einer Freiheitsstrafe von bis zu fünf Jahren geahndet werden kann.«

»Ich bin EU-Bürger, Sportschütze und habe einen europäischen Feuerwaffenpass«, verteidigte sich Bertrand. »Was mir fehlt, ist eine Einladung zu einem Sportfest. Ein bisschen wenig für den Knast, oder? Also hören Sie auf mit Ihren plumpen Drohungen.« Er gähnte übertrieben lässig. »Und hätten Sie mitbekommen, was ich gerade gesagt habe, dann dürfte Ihnen schon längst klar geworden sein, warum ich die Waffe bei mir trage«, ergänzte er. »Ich fühle mich bedroht. Wenn die deutsche Polizei ein wenig pfiffiger wäre und solche subversiven Elemente dingfest machen würde, dann bräuchte ich als unbescholtener Gast in Ihrem Land auch keine Angst zu haben. Aber lassen Sie von mir aus die Waffe untersuchen. Sie ist seit Jahren nicht mehr abgefeuert worden.«

»Wir sind schon dabei.« Welscher überging die Spitze, stand auf und lief auf und ab. Die Hände verschränkte er hinter dem Rücken. »Uns liegen Beweise vor, dass Sie Bruce Baron kannten und ihn bedrohten.«

Bertrand zog die Mundwinkel nach unten. »Baron? Bruce Baron? Kenne ich nicht. Wer ist das? Was sollen das für Beweise sein?«

»Ein Abschiedsbrief«, gab Welscher preis.

»Von wem?«

»Christian Eimermacher. Er hat sich aufgehängt.«

Bertrand öffnete überrascht den Mund, schloss ihn wieder und schluckte. »Tut mir leid, besonders für seine Frau. Die ist doch schwanger, soweit ich mich erinnere. Ich werde sie besuchen und ihr meine Hilfe anbieten.«

Aalglatt, dachte Fischbach.

»Das werden Sie schön sein lassen«, brüllte Welscher. »Sie sind immerhin die Ursache für den Selbstmord.«

Bertrand zog eine Grimasse. »Sie vergessen sich, Herr Kommissar.«

»Lassen Sie den Mist!«, fuhr Welscher ihn an. »Spielen Sie hier nicht den Unschuldigen. Eimermacher hat Sie schwer belastet, und ich wüsste nicht, warum er bei seinen letzten Worten gelogen haben sollte. Ich bin außerdem sicher, dass Barons Sekretärin Sie sofort wiedererkennen würde. Sie haben sich mit Baron ja heftig gestritten. So etwas bleibt in Erinnerung.« Er baute sich drohend vor ihm auf. »Ich sag Ihnen, wie das gelaufen ist: Baron sollte für seinen Fahrer Eimermacher die Zeche zahlen, weil der zu blöd war, auf die Ladung und damit auf Ihre Drogenpäckchen aufzupassen. Sie drohten Baron, ihn umzulegen, wenn er zur Polizei geht. Das gleiche Schicksal würde ihm blühen, sollte er nicht rechtzeitig mit der Kohle rüberkommen.«

Ächzend ließ sich Bertrand nach hinten gegen die Stuhllehne fallen und blickte zur Decke, wo eine Neonlampe leicht flackerte. »Sie haben eine blühende Phantasie, Herr Kommissar. Glauben Sie wirklich, dass eine so platte Drohung bei einem Geschäftsmann Eindruck schindet?«

Welscher hielt in der Bewegung inne und blickte Bertrand an. »Sie fühlten sich doch auch bedroht und haben die Polizei nicht eingeschaltet. Anscheinend ist es in der Branche üblich, die Dinge selbst regeln zu wollen.«

Es klopfte. Bianca Willms steckte den Kopf zur Tür rein. »Hotte, kann ich dich mal sprechen?«

Fischbach stand auf, ging mit ihr in den Flur und schloss die Tür hinter sich.

Bianca Willms hielt ein Fax in der Hand. »Seine Angaben sind korrekt, Name, Anschrift, freiberuflicher Programmierer, ledig, keine Kinder. Er hat einen Waffenschein, ganz offiziell, und ist einmal mit Kokain beim Zoll aufgefallen. War allerdings knapp unter der nicht geringen Menge. Sonst ist er ein unbeschriebenes Blatt.« Sie überflog rasch die Zeilen und versicherte sich so, nichts vergessen zu haben. »Zumindest noch.« Sie reichte Fischbach den Ausdruck. Der bedankte sich und ging zurück in das Vernehmungszimmer. Der Geruch nach saurem Schweiß stach ihm jetzt, wo er einen Moment draußen gewesen war, deutlicher in der Nase.

Welscher tigerte wieder hin und her. »Was ich mich schon die ganze

Zeit frage: Wie haben Sie eigentlich bemerkt, dass Sie in eine Falle geraten sind?«

Bertrand lachte. Sein Doppelkinn wogte wie Ozeanwellen. »Christian«, er sprach es wie »Christion« aus, »erwartete mich immer vor der Haustür, damit seine Frau so wenig wie möglich von unseren Treffen mitbekam. Das Ganze kam mir eh schon komisch vor. Sie hatte mich vorher nie angerufen, aber weil sie meinte, es sei dringend und Christian hätte sie gebeten, mich zu bestellen, habe ich mich breitschlagen lassen. Also ganz einfach, das Ganze: Christian nicht vor der Tür, der seltsame Anruf seiner Frau, Alarmglocken im Kopf und Fluchtreflex nach vorn.«

Welscher blieb stehen und musterte den Belgier.

Fischbach schmunzelte. Es war nicht schwer zu erkennen, dass sein Kollege eine Antipathie gegen Bertrand hegte. Er sah aus, als ob er die ganze Zeit auf einer Zitrone herumkauen würde.

»Herr Eimermacher hat sich das Leben genommen«, zischte Welscher, »und Sie sind schuld, Sie mit Ihren Machenschaften und Einschüchterungen.«

»Was noch zu beweisen wäre«, gab Bertrand zurück. Den Vorwurf ließ er ungerührt an sich abprallen. Er rückte vom Tisch ab und legte den linken Fuß auf den rechten Oberschenkel.

Welscher zog aus der Ermittlungsakte ein Papier hervor und legte es vor ihm auf den Tisch. »Das ist der Abschiedsbrief, den Ihr Kurier geschrieben hat. Lesen Sie ihn ruhig. Er beschreibt genau, wie alles gelaufen ist.«

Bertrand stellte sein Bein zurück auf den Boden und rückte wieder näher an den Tisch heran. Er nahm die Kopie des Abschiedsbriefs und las stumm. Ohne jede Gemütsregung legte er den Zettel wieder zurück. »Ich werde namentlich nicht erwähnt. Wie kommen Sie nur darauf, dass ich hinter den geschilderten Machenschaften stecke?«

»Seine Frau weiß davon.«

»Das glaube ich kaum. Sie vermutet höchstens, und das offensichtlich falsch.«

»Sie waren bei den Eimermachers zu Hause.«

Bertrand sah zur Decke und stöhnte. »Das habe ich auch nicht abgestritten. Christian und ich waren Freunde, ich sagte es bereits. Und wie ich Ihnen ebenfalls mehrfach unter die Nase gerieben habe, kann

Christians Frau mich irgendwie nicht ausstehen. Ich denke sogar, dass sie ein ziemliches Biest ist und mir alles in die Schuhe schieben würde, wenn sie Gelegenheit dazu hätte.« Er schürzte die Lippen und gab sich für einen Moment nachdenklich. »In genau so einer Situation stecke ich ja wohl gerade. Hat die Hexe also erreicht, was sie wollte.«

Welscher ballte die Fäuste und stützte sie auf der Tischoberfläche ab. Seine Halsschlagadern traten hervor. Nur noch wenige Zentimeter trennten seine von Bertrands Nase. »Sie haben zu verantworten, dass eine junge Frau ihres Ehemanns beraubt wurde. Und wenn Sie das noch nicht rührt: Eimermachers Sohn wird ohne Vater aufwachsen müssen. Ihr Belgier habt doch ein Herz für Kinder.«

Das saß. Bertrands Gesicht verfinsterte sich und verlor an Farbe. »Das ist geschmacklos«, brummte er. »Ich denke, es ist Zeit, dass ich einen Anwalt zu Rate ziehe.«

Fischbach fürchtete für Sekunden, mit Welscher habe er sich einen Heißsporn ins Team geholt, der bei Vernehmungen gerne mal den Schimanski spielte, und machte sich bereit dazwischenzugehen. Obwohl ein Übergriff kaum zu dem Welscher passen würde, den er bisher kennengelernt hatte. Der Gedanke beruhigte ihn etwas.

Welscher atmete denn auch tief durch und rieb sich die Augen. »Ich gehe mir mal einen Tee holen.«

Bertrand lachte. »Was sind Sie denn für ein Bulle? Tee, dass ich nicht lache.«

Fischbach gebot ihm mit einer Handbewegung Einhalt. »Ich an Ihrer Stelle würde darüber keine Witze machen. Mein Kollege kann da zum Tier werden.«

Das schiefe Grinsen auf Bertrands Gesicht erstarrte. Ein wenig gehetzt blickte er Welscher hinterher, der den Raum verließ.

Fischbach setzte sich Bertrand gegenüber, schlug die Beine übereinander und musterte ihn stumm. Nach fünf Minuten wurde Bertrand unsicher. Immer wieder ließ er seine Fingerknöchel knacken. Nach weiteren fünf Minuten fragte er: »Wie lange soll das Spiel hier noch gehen? Wenn Sie was zu fragen haben, dann fragen Sie. Ansonsten kann ich ja wohl gehen.« Eine Zornesfalte grub sich in seine Stirn.

Fischbach blieb stumm. Sollte der fette Kerl ruhig ins Schwitzen kommen.

Weitere fünf Minuten später sprang Bertrand auf. »Ich gehe jetzt«, bestimmte er, schritt zur Tür und öffnete sie mit einem Ruck.

»Na, na, na. Wo wollen Sie denn hin?« Welscher versperrte ihm mit einem Plastikbecher in der Hand den Weg und schlürfte an seinem Tee.

»Ich gehe jetzt«, schrie Bertrand. Dicke Schweißperlen standen auf seiner Stirn. Von seiner anfänglichen Gelassenheit war nichts mehr übrig.

»Hast du ihm das erlaubt?«, wollte Welscher von Fischbach wissen, der als Antwort stumm den Kopf schüttelte.

Welscher zerdrückte den leeren Becher, das Plastik knisterte laut.

»Mit diesem Verrückten bleibe ich keine Minute länger allein im Raum!«, schrie Bertrand. Er wies mit der rechten Hand auf Fischbach. »Der sitzt nur da und glotzt mich wie ein Frosch an.«

Welscher schob ihn zurück ins Vernehmungszimmer. »Vor dem brauchen Sie keine Angst zu haben«, sagte er. »Was man so gemeinhin im Fernsehen sieht, ist alles übertrieben. Niemand hier wird Ihnen ein Haar krümmen.« Er drückte Bertrand auf den Stuhl. Der wehrte sich zunächst ein wenig, ergab sich dann aber seinem Schicksal.

»Ich will meinen Anwalt sprechen«, forderte er ärgerlich.

»Sie werden einen Anwalt bekommen«, erwiderte Welscher. »Falls es zu einer Anklage kommen sollte, spätestens dann, das verspreche ich Ihnen. Aber hier und jetzt wollen wir uns nur ein wenig unterhalten. Dagegen haben Sie doch nichts?«

Fischbach musste zugeben, dass sich der Frischling trotz der hakeligen Situation gerade eben ganz gut schlug. Unbeeindruckt von Bertrands Reaktionen spielte er genau die Rolle, die sie vorher abgesprochen hatten: den emotionalen, etwas genervten Bullen. Fischbach dagegen mimte den stillen Raubfisch, der anscheinend nichts Besseres zu tun hatte, als die Beute im Blickfeld zu behalten. Offensichtlich verunsicherte er Bertrand damit, was sicherlich für die weitere Befragung von Vorteil sein würde. Manchmal war es eben einfach besser, zu schweigen. Er schürzte die Lippen, setzte eine ernste Miene auf und fixierte den Belgier aus schmalen Augen. Der fing seinen Blick auf, sah sofort wieder weg und fummelte an seinen oberen Hemdknöpfen herum.

»Gehen wir alles noch mal durch«, bestimmte Welscher und nahm seine Wanderung wieder auf.

Bertrand stöhnte.

Den kochen wir weich, dachte Fischbach zufrieden.

Anderthalb Stunden später saßen sie wieder in ihrem Büro. Fischbach legte die Füße auf den Tisch und starrte nach draußen. »Ein harter Hund, dieser Belgier«, urteilte er.

Welscher setzte sich. Der Stuhl quietschte laut. »Mal sehen, wie er morgen früh drauf ist. Zurzeit ist es noch ein bisschen wenig für einen Haftbefehl. Damit überzeugen wir die Schmitz-Ellinger nie, geschweige denn einen Richter.«

»Ich weiß«, sagte Fischbach und rieb sich müde die Augen. Wenn es ihnen nicht gelang, Bertrand weichzukochen und mehr aus ihm herauszuquetschen, dann mussten sie ihn morgen wieder ziehen lassen. Ohne Haftbefehl durften sie ihn nicht festhalten. Aber was hatten sie denn erwartet? Dass Bertrand heulend zusammenbrechen und alles gestehen würde? Insgeheim musste Fischbach sich eingestehen, dass er genau das erhofft hatte, so naiv es auch war.

Das Telefon schrillte. Es war Feuersänger. Fischbach stellte auf laut, sodass Welscher mithören konnte.

»Die Browning von deinem Belgier ist nicht die Tatwaffe«, beschied ihn Feuersänger knapp.

»Wäre auch zu schön gewesen. Habt ihr euch schon seinen Wagen vorgenommen?«, wollte Fischbach wissen.

»Selbstverständlich. Nichts. Das Innere ist sauber wie ein gerade geleckter Katzenarsch.«

»Appetitlich«, kommentierte Fischbach. »Hast du sicherheitshalber die Fingerabdrücke durchlaufen lassen?«

»Willst du mich beleidigen?«, maulte Feuersänger. »Klar habe ich das gemacht. Nichts – was ja zu erwarten war. Schließlich ist er bisher nicht auffällig geworden.«

Fischbach bedankte sich und legte auf. »Mist«, fluchte er. »Irgendwie treten wir auf der Stelle. Alles, was wir anpacken, entpuppt sich als Fata Morgana.«

»Ja. Sieht aus wie das perfekte Verbrechen«, stimmte Welscher zu und sah auf die Uhr. »Brauchst du mich noch?«

»Wieso?«

»Bin verabredet.«

Fischbach unterdrückte den Wunsch nachzufragen, mit wem.

»Dann hau ab. Für heute sind wir durch. Ich schreibe noch schnell den Bericht. Den kann Bianca morgen dann archivieren. Aber komm mir nicht so spät nach Hause.« Er drohte mit dem Zeigefinger.

»Du hörst dich an wie mein Vater«, stellte Welscher fest. Er nahm seine Jacke von der Stuhllehne.

»Dein Vater ist ein weiser Mann.«

Welscher blieb im Türrahmen stehen. Er sah aus, als ob er ein Glas Essig auf ex getrunken hätte. »Das glaube ich kaum«, sagte er.

Fischbach spürte, dass er unfreiwillig einen wunden Punkt getroffen hatte. Er winkte ab. »War nur ein Scherz. Du kannst machen, was du willst. Es geht mir nur darum, dass dich ja jemand reinlassen muss, und Sigrid und ich sind keine Nachtschwärmer.«

Welscher nickte. »Schon klar.« Er hob die Hand zum Abschied und stürmte hinaus.

***

Die Musik lief dezent im Hintergrund, störte aber nicht bei Unterhaltungen. Sie saßen an einem Tisch links neben dem Eingang. Das »Basta« war gut besucht, und es strömten immer noch mehr Leute herein. Das Licht strahlte angenehm weich und vermittelte Welscher das Gefühl eines Sonnenuntergangs in der Karibik. Sein Handy hatte er ausgeschaltet. Den ganzen Tag hatte er Anrufe ignoriert, die nicht aus der Dienststelle kamen. So wollte er sich den Abstand erarbeiten, den er benötigen würde, um seine Situation objektiv abschätzen und eine Entscheidung für die Zukunft treffen zu können. Irgendwelche hohlen Liebesschwüre und falschen Beteuerungen hätten dabei nur gestört.

Kerstin saß ihm gegenüber, genoss ihren »Sex on the Beach« und kicherte. »Und ich dachte, du hättest mich damals wegen einer anderen sitzen lassen. Warum hast du mir das nicht einfach gesagt?«

»Die Zeit war nicht reif«, erklärte Welscher und schob seine leere Cappuccinotasse von sich. Er winkte der jungen Kellnerin, die sofort herbeieilte. »Eine Fanta. Aber bitte ohne Eis.«

Sie schmunzelte. »Wirklich? Bei der Hitze hier«, sie wedelte sich selbst mit dem Tablett zu, »wird die Fanta ruck, zuck im Glas kochen.«

»Ohne Eis«, bestimmte Welscher.

»Ohne Eis, der Herr.« Sie zwinkerte ihm zu und verschwand in der Menschenmenge.

»Hast du mal schlechte Erfahrungen gemacht?«, wollte Kerstin wissen. »Im Ausland? Da trink ich auch nur Wasser aus Flaschen.«

»Nein, nichts dergleichen«, antwortete Welscher. »Ich mag es einfach nicht.« Kurz fragte er sich, warum er immer wieder auf seine Eigenarten angesprochen wurde. Konnte man sie nicht einfach nur akzeptieren, so wie sie waren? Schließlich quälte er keine Tiere oder schändete Frauen. Zumindest drängte Kerstin nicht weiter, sondern kam zum Thema zurück.

»Du hast mir damals sehr wehgetan.« Ihr Lächeln verschwand. »Von heute auf morgen einfach Schluss zu machen, ohne Grund.« Sie fummelte nervös an ihrem Bierdeckel und pflückte Pappstückchen ab.

»Inzwischen weißt du ja, dass es nicht an dir lag«, tröstete Welscher sie und spürte selbst, wie billig sich das anhörte.

»Wir hätten doch Freunde bleiben können«, beschwerte sie sich und wischte die Pappflusen vom Tisch.

Die Kellnerin flog heran und knallte Welscher die Fanta auf den Tisch. »Ohne Eis«, sagte sie, schrieb mit einem angenagten Bleistift den Preis auf den Deckel und eilte schon wieder fort.

»Das hätte nicht funktioniert«, sagte Welscher. »Du und ich, wir waren beide emotional zu aufgewühlt. So kam es zumindest nicht zum Streit.«

»Vielleicht wäre aber ein Streit der bessere Weg gewesen«, argwöhnte sie.

»Vielleicht«, stimmte Welscher zu, ohne es ernst zu meinen. Damals war er noch nicht so weit gewesen, ihr die Wahrheit zu beichten. Selbst hatte er ja Monate benötigt, um sie zu erkennen und später dann auch zu akzeptieren. Und ein wenig hatte ihm auch der Mut gefehlt.

Sie legte den zerfledderten Pappdeckel zur Seite. »Weißt du«, druckste sie herum, »so richtig vergessen konnte ich dich nie.«

Er atmete tief durch. »Bitte, Kerstin, mach es nicht kompliziert.«

Ihre Augen flackerten. Welscher fürchtete, sie würde anfangen zu weinen.

»Du hast recht«, sagte sie und lachte gekünstelt. »Verzeih mir bitte meinen nostalgischen Anflug.«

»Du brauchst dich für nichts zu entschuldigen«, erklärte Welscher.

»Okay«, gab Kerstin knapp zurück.

Welscher spürte, dass er sie erneut verletzt hatte. Ohne Zweifel hatte Kerstin sich Hoffnungen gemacht, auf einen neuen Versuch, eine neue Beziehung und vielleicht noch mehr. Sie enttäuschen zu müssen war nie seine Absicht gewesen. Er hatte sich auf einen unterhaltsamen Abend gefreut, mehr nicht, ein wenig Ablenkung von seinem heimischen Desaster. »Bleiben wir Freunde?«, fragte er, um die Situation zu entspannen.

Ernst blickte sie ihn an. »Wenn ich ehrlich bin, weiß ich nicht, ob ich auf Dauer damit klarkomme.«

»Lass es uns einfach versuchen. Zwischendurch kann ich mich ja auch mal wie ein Arschloch benehmen, damit es dir leichter fällt.«

Jetzt stahl sich ein Schmunzeln in ihre Mundwinkel. »Okay, wenn du dir solche Mühe geben willst, kann ich ja nicht Nein sagen.«

Sie hob ihr Glas und prostete ihm zu.

***

Der Wind strich eisig über die Anhöhe und trug einen Hauch von modriger Erde mit sich.

Ihn fröstelte. Er zog seinen Kragen enger und stellte sich in den Windschatten des Gebäudes. Nervös sah er immer wieder zur Straße hinüber. Endlich sah er am Dorfrand zwei Scheinwerfer, die langsam herankamen. Auf dem Parkplatz hielt der Wagen. Angespannt horchte er. Die Autotür schlug zu, danach war nichts mehr zu hören.

Verdammt, was macht der da? Auf dem Kies müssten die Schritte doch …

Ein kaum wahrnehmbares Zischen drang an sein Ohr. Er runzelte die Stirn. Eine Schlange? Plötzlich wusste er, was es war. Er lachte stumm. Endlich hörte er Schritte knirschen. Ein Schatten näherte sich. Als er fast bei ihm war, erkannte er ihn. Sein Herz machte einen Sprung. Tatsächlich! Er war so blöd gewesen, allein hier aufzutauchen. Was für ein Glück.

»Hast du die Kohle?«, fragte der Mann.

»Hast du meine Papiere?«, fragte er.

Der Mann lachte verächtlich. »Glaubst du, ich bin so blöd und treffe mich mit dir, ohne dass ich noch etwas in der Hinterhand habe?«

Scheiße, dachte er ärgerlich. »Und was habe ich für Sicherheiten?«, beklagte er sich mit kieksender Stimme. Die Wut schnürte ihm den Hals zu.

Wieder lachte der Mann. »Keine. Nur mein Wort.«

»Wie viel das wert ist, habe ich ja schon feststellen können.«

»Ich hole mir nur das, was ich ohnehin wollte, nicht mehr und nicht weniger.« Seine Stimme troff vor Verachtung und Arroganz.

Rote Punkte der Wut tanzten vor seinen Augen. Er griff nach hinten in seinen Hosenbund. »Du hast mich lange genug zum Narren gehalten«, presste er hervor.

»Du bist nicht in der Position, um mir drohen zu können. Du bist nur noch ein Nichts, ein Niemand«, höhnte der Mann.

»Wenn du meinst.« Er zog seine Pistole, setzte mit einer raschen Bewegung den Lauf auf seine Stirn und drückte ab.

Der Schuss knallte trocken und wurde vom Wind davongetragen.

***

Schlaflos lag Welscher auf dem Bett und starrte zum Fenster, durch das fahles Mondlicht in den Raum fiel. Der Abend mit Kerstin war nett gewesen. Sie hatten noch über die schönen Tage ihrer gemeinsamen Vergangenheit geplaudert und sich gegen elf voneinander verabschiedet. Er hoffte, dass sie mit der für sie neuen Situation zurechtkommen würde und sie Freunde werden könnten. Er mochte ihre aufgeschlossene, humorige Art. Es wäre einfach schade, wenn sich keine gemeinsame Basis finden würde, mit der sie beide zufrieden waren.

Zum wiederholten Male summte sein Handy. Er blickte auf die Leuchtziffern des Weckers: kurz nach zwei. Welscher rappelte sich auf die Ellenbogen und verfolgte unschlüssig sein Handy, wie es über die polierte Oberfläche des Nachttischchens tanzte.

»Ach verflucht«, sagte er gepresst und nahm das Gespräch an. »Was willst du?«

Er horchte. Einige Sekunden blieb es still, dann sagte Alex: »Gott sei Dank. Dir geht es gut.«

»Gut? Gut fühlt sich anders an«, murrte Welscher verächtlich.

»Ich hatte solche Sorgen, dass du dir etwas antust.«

»So wichtig bist du nicht.«

»Lass uns darüber reden, ja? Bitte.«

Welscher schloss die Augen und schluckte trocken. »Gib mir noch ein wenig Zeit.«

»Wie lange?«

»Dräng mich bitte nicht.«

Sekundenlanges Schweigen. »Wann, Jan?«

Welscher wusste es selbst nicht. »Ich melde mich.« Ohne eine Reaktion abzuwarten, beendete er das Gespräch.

ELF

Nasskaltes Wetter klammerte sich an die Kleidung und überzog die Haut mit einem feuchten, klebrigen Film. Die Bäume hatten ihr letztes Laub abgeworfen und streckten ihre grauen, kargen Äste in den diesigen Morgenhimmel. Auf dem Mechernicher Friedhof an der B477 war es dem Anlass angemessen ruhig. Nur der Verkehrslärm störte ein wenig.

Fischbach schritt als Letzter hinter dem Zug der Trauernden her, an seiner Seite Welscher, der den Blick nicht von den Leuten vor ihnen abwendete. Fischbach wusste zwar, wie gering die Chance war, hier etwas Sachdienliches zu finden, aber er wollte nichts unversucht lassen. Er hoffte, dass Andrea Lindenlaub und Büscheler in der Zwischenzeit Erfolg haben würden. Sie hatten den Auftrag, sich mit dem Zoll in Verbindung zu setzen, um Anhaltspunkte für eine Verhaftung des Belgiers aufzustöbern. So könnten sie Bertrand weiter in Gewahrsam behalten. Es wäre ein Umweg, aber immer noch besser, als ihn später wieder zur Fahndung ausschreiben zu müssen. Fischbach wollte auf Zeit spielen, Bertrand langsam, aber sicher weichkochen.

Die Trauergemeinde erreichte das Grab und gruppierte sich im Halbkreis um die ausgehobene Erde.

Fischbach war etwas überrascht gewesen, seinen K-Heroes-Kompagnon Klaus Levknecht hier anzutreffen. Doch dann war ihm eingefallen, dass Levknecht beim Stammtisch mal erzählt hatte, dass er immer weitere Pfarrgemeinden zugewiesen bekam, da auch die Katholische Kirche sparen musste.

Levknecht stellte sich nun an den Kopf des Grabes, faltete die Hände und hielt seine Rede. Seine knorrige Nase leuchtete wie die des bekannten Weihnachts-Rentieres. Klaus schnuppert wohl zu oft am Messwein, dachte Fischbach amüsiert.

Mit versteinerter Miene stand Susanne Baron in der ersten Reihe. Auch Barons Sekretärin und der Hausmeister waren gekommen. Er stützte sie am linken Ellbogen, während sie ohne Unterbrechung schluchzte. Selbst Carola Poth hatte sich zum letzten Geleit eingereiht und stach in ihrem weinroten Kleid aus den in Grau und Schwarz gekleideten Trauergästen hervor. Ein Fuchs wärmte ihren Hals. Nur ihr wagenradgroßer Hut war schwarz.

Levknecht sprach ein Gebet, und Fischbach senkte den Kopf. Er war zwar nicht streng katholisch, doch er nannte sich selbst einen guten Christen. Aus dem Augenwinkel heraus sah er Welscher weiterhin unbeeindruckt die Trauergäste mustern. Nach dem Amen des Pfarrers sah Fischbach wieder hoch. Die Träger ließen den Sarg in die Grube. Ein Helfer in einem eleganten dunklen Anzug und mit einem Zylinder auf dem Kopf stellte sich mit einem Rosenstrauß in der Hand neben das Grab. Nach und nach traten die Trauergäste zu ihm, ließen sich eine Rose geben und warfen sie in die Grube.

Susanne Baron hatte bisher nicht eine einzige Träne vergossen. Sie stand etwas abseits und ertrug ungerührt die Beileidsbekundungen.

»Bisschen kühl, nicht?«, bemerkte Welscher.

»Finde ich auch«, flüsterte Fischbach. Plötzlich fiel ihm eine Frau auf, die einige Grabreihen weiter stand und zu ihnen herüberschaute. Sie trug Schwarz. Hellblonde Haare schauten unter ihrem Hut hervor. Anscheinend traute sie sich nicht näher heran. Mit dem Ellbogen stupste er Welscher an. »Schau mal dahinten.« Er wies mit dem Kinn in ihre Richtung. »Ob die wegen Baron gekommen ist?«

»Soweit ich weiß, ist das heute die einzige Beerdigung.«

»War sie in seiner Bildergalerie? Eine Verstoßene?«

Welscher wiegte den Kopf. »Von hier aus schwer zu beurteilen. Warum bleibt sie auf Abstand? Hat sie Sorge, dass es eine Szene geben könnte?«

Fischbach wischte sich über das Gesicht, ohne die Frau aus den Augen zu lassen. »Die Frage sollten wir ihr mal stellen. Was meinst du?«

Welscher ließ seinen Blick über die Trauergemeinde schweifen. Er glich einem Raubvogel auf Beutejagd, aufmerksam, kühl, jederzeit bereit zuzuschlagen. »Ich bleibe hier«, bestimmte er. »Dann kann uns nichts entgehen. Und jetzt sieh zu, dass du loskommst. Sie geht gerade.«

»Okay«, stimmte Fischbach zu und schritt eilig zum Hauptweg. Als er rechts abbog, hatte er die Frau bereits aus den Augen verloren. Er rannte los. Der Friedhof war zwar relativ übersichtlich, doch in diesem diesigen Wetter eine in Schwarz gekleidete Person ausfindig zu machen, war trotzdem nicht ganz einfach. Kurzerhand entschied er sich für den Weg zum Nebeneingang, der auch zum Parkplatz führte. Er hatte Glück. Vermutlich hatte sie diesen Weg ebenfalls gewählt, denn sie war bereits an ihrem Auto angekommen und schloss den Wagen auf.

»Warten Sie!«, rief Fischbach.

Die Frau sah irritiert auf, zögerte sekundenlang, sprang dann in ihren Wagen und startete.

Fischbach stutzte. Nicht nur, weil er den weißen Corsa wiedererkannte, der gestern auf dem Parkplatz von Maria Rast gestanden hatte, sondern auch, weil die Frau ganz offensichtlich abhauen wollte.

»Halt! Stopp!«, rief er und rannte los.

Mit aufheulendem Motor setzte sie den Wagen zurück, zwang den Vorwärtsgang rein und schoss los. Fischbach konnte gerade noch mit einer Hand den Kotflügel greifen, rutschte aber an der glatten Fläche ab. Er kniff die Augen zusammen. Merk dir das Kennzeichen, merk dir das Kennzeichen, dachte er angestrengt. Die Buchstaben und Zahlen auf dem Nummernschild tanzten vor seinen Augen, als die Frau den Corsa über die Bordsteinkante auf die Straße jagte. Doch er war sich sicher, alles erkannt zu haben. Zufrieden zog er sein Notizbuch heraus und notierte das Kennzeichen.

Sein Handy vibrierte.

Er steckte das Buch zurück in seinen Mantel und meldete sich.

Bianca Willms war in der Leitung. Was sie Fischbach berichtete, konnte er kaum glauben.

***

Er stieg von der Harley und nahm seinen Helm ab.

»Sieht ja aus wie die Berliner Mauer«, meinte Welscher, während Fischbach seine Utensilien verstaute.

Fischbach musste ihm recht geben. Die unverputzten Betonwände des Gebäudes wirkten inmitten der ländlichen Umgebung weitab des Dorfes wie eine Provokation des Architekten.

»Mich erinnert es immer an den Turm eines U-Bootes. Ist dennoch eine Kapelle«, erklärte er. »Entworfen von dem Schweizer Architekten Peter Zumthor. Hat die Gemüter ziemlich erhitzt. Der Schlagabtausch der unterschiedlichen Positionen ging mehrere Wochen durch die Presse. Wachendorf«, er wies mit der Hand hinunter zu den Häusern, »ist ja eher ein beschauliches Dörfchen. Neumodischer Kram ist da nicht gerne gesehen.« Er seufzte. »Aber ich glaube, die Architektur ist heute unser kleinstes Problem.«

Nebeneinander gingen sie hangaufwärts. Quer gestellte Einsatzwagen riegelten die Zufahrt ab. Bei einem hatte jemand vergessen, das Blaulicht auszuschalten. Das kalte blaue Licht rotierte träge. Ein Bus der Tatortgruppe parkte halb auf dem Feld. Sie grüßten den Kollegen am Absperrband und bogen nach rechts auf den bekiesten Fußweg ein. Feuersänger hatte bereits den Tatort gesichert und wuselte mit seinen Männern herum.

»Kommt nicht zu nahe!«, rief er ihnen zu. Er kniete neben einer Leiche und kratzte Schmutz unter den Fingernägeln des Opfers heraus. Der Tote lag rücklings auf dem Boden, das Gesicht abgewandt, mit einem grauen Mantel bekleidet.

Fischbach hob die Hand als Zeichen, dass sie vorsichtig sein würden.

»Guido und Andrea sind in der Kapelle. Sie vernehmen den Zeugen, der uns die Sache gemeldet hat«, teilte Feuersänger ihnen mit, ohne aufzusehen.

»Keine Spuren im Inneren?«, horchte Welscher nach.

Fischbach belächelte die Frage. Feuersänger hätte die Kollegen persönlich an den Ohren herausgezogen, wenn es anders wäre.

»Nachts ist der Klotz abgeschlossen. Da waren sie nicht drin. Ich habe mich dessen bereits versichert«, sagte Feuersänger.

Fischbach deutete mit dem Daumen über die Schulter in Richtung eines Wagens, der hundert Meter weiter unten allein auf dem Parkplatz stand. »Der Mercedes. Ist das der Wagen des Opfers?«

Feuersängers Blick ging kurz hoch. »Der Autoschlüssel, den wir in seiner Hosentasche gefunden haben, passt zumindest. Eine Halterabfrage habe ich noch nicht veranlasst. Und jetzt frag mir kein Loch in den Bauch. Lass uns unsere Arbeit machen. Ich werde euch nachher alles berichten«, knurrte er.

»Ziemlich brummig heute, der Gute«, raunte Welscher. »So liebe ich sie, die aufgeschlossene und heitere Art der Eifeler Eingeborenen.«

»An einem Mordopfer herumfummeln zu müssen ist ja auch nichts, wobei man überspitzte Freudenschreie loslässt, oder?« Beherzt betätigte Fischbach den Knauf der dreieckigen Stahltür und zog. Nichts tat sich. Er versuchte es mit beiden Händen, wieder ohne Erfolg. »Versuch du mal«, bat er.

Welscher griff zu. Auch er zog vergeblich, hängte sich schließlich mit dem gesamten Körpergewicht an den Metallknauf, doch die Tür blieb verschlossen.

»Vielleicht geht sie nach innen auf«, schlug Fischbach vor.

»Hm, nee«, stellte Welscher fest. »Die Tür ist größer als die Öffnung dahinter. Die haben bestimmt von innen abgeschlossen, damit niemand stört.«

»Es ist offen«, sagte plötzlich die Tür mit heiserer Stimme.

»Die Tür hört sich verdammt nach Kollege Büscheler an«, stellte Fischbach fest.

»So ist es«, krächzte die Tür und schwang auf. Büscheler sah sie streng an. »Man muss den Knauf nach oben ziehen, ihr Neandertaler, nicht nach unten drücken.«

Überrascht sah Welscher sich den Mechanismus an und probierte es einige Male aus. »Wo er recht hat, hat er recht. Von außen kaum zu erkennen.«

»Neandertaler«, wiederholte Büscheler. »Ich hatte schon Sorge, ihr würdet versuchen, die Tür aufzuschießen.«

Sie folgten ihm ins Innere der Kapelle. Der schmale Gang öffnete sich zu einem hohen, annähernd runden Raum mit einer nackten, spiralförmig nach oben gezogenen Außenwand. Die Rillen im Beton erinnerten Fischbach an einen gezogenen Gewehrlauf. Die Sonne schien durch eine Öffnung in der Decke und durch unzählige gläserne Halbkugeln in der Größe von Tennisbällen, die in die Wand eingelassen waren. Fischbach horchte. Nur gedämpft hörte er noch Geräusche von draußen. Wie in Watte gepackt, dachte er.

Andrea Lindenlaub saß mit einem kleinen, runzeligen Mann auf der Bank neben einer plastischen Figur. Fischbach war sich nicht sicher, wen oder was sie darstellen sollte. Sie glich einem lieblos modellierten Lehmklumpen. Jesus? Die Mutter Maria? Nepomuk? Es konnte auch alles gleichzeitig sein.

Der Mann hustete krampfhaft. »Entschuldigen Sie bitte. Mein Asthma.« Er zog einen Inhalator aus seiner Westentasche und pumpte sich ein Medikament in die Lunge. Sein rasselnder Atem ging in ein Pfeifen über.

»Herr Kopp hat den Toten gefunden«, erklärte Andrea Lindenlaub. »Er schließt jeden Morgen die Kapelle auf und abends wieder ab.«

»Ja«, bestätigte Kopp und straffte sich stolz. »Seit 2007 jeden Morgen. Ich bin dreiundsiebzig, aber auf mich ist Verlass, wie der Herr Pfarrer immer wieder betont. Die Felder hier oben gehören Hermann-Josef Scheidtweiler«, referierte er übergangslos. »Der besitzt in Wachendorf den Heidehof. Der Hejo hat das alles hier auf den Weg gebracht. Der war mal hier spazieren und hat zu seiner Frau gesagt: Hier, auf meinem Grund und Boden, will ich eine Kapelle bauen. Und da er in der Katholischen Landjugendbewegung groß geworden ist, die als Schutzheiligen den Heiligen Nikolaus von Flüe hat, lag der Name nahe: Bruder-Klaus-Kapelle. So kam es, wie es ...«

»Sie haben also den Toten gefunden«, unterbrach Fischbach den Mann mit ruhiger Stimme.

Kopps runzeliges Gesicht verfinsterte sich. »Kurz nach neun war ich hier. Ich komme jeden Morgen zu Fuß hier rauf, bei Wind und Wetter.«

»Sie wohnen in Wachendorf?«

Er nickte.

»Die Adresse habe ich«, teilte Andrea Lindenlaub ihnen mit.

»Erst habe ich gedacht, da hätte jemand einen schwarzen Müllsack hingeworfen«, berichtete Kopp. »Ich habe mich geärgert. Direkt neben einem geweihten und gesegneten Gebäude, habe ich gedacht, da muss man schon abgebrüht sein, seinen Müll gerade dorthin zu werfen.« Er sah entrüstet auf. »Das geht doch nicht.«

»Selbstverständlich nicht«, stimmte Fischbach zu. »Müll war es aber ja leider auch nicht.«

Kopp senkte den Blick und legte seine faltigen Hände in seinen Schoß. »Nee, aber so was in der Art. Auch nicht besser. Das geht doch einfach nicht.«

»Was haben Sie unternommen, als Sie erkannt haben, dass es kein Müll war?«, fragte Fischbach.

»Der sah ja nicht schön aus, nä, so mit dem Loch im Kopf.« Kopps Blick glitt in die Ferne. »An dem Betonsockel, wo man normalerweise schön in der Sonne sitzen kann, klebte überall Blut. Nee, dass das kein Müll ist, habe ich schon von Weitem sehen können. Die Polizei habe ich angerufen, was soll ich sonst gemacht haben? Zum ersten Mal habe ich mein tragbares Telefon benutzt.« Ungelenk kramte er ein Handy aus der Tasche seiner Cordweste. Die Tasten waren riesig. »Meine Enkel haben mir das Teufelsding zu Weihnachten geschenkt. Sie haben gesagt: ›Wellem‹, haben sie gesagt, ›wenn du da oben mal umkippst und nicht mehr hochkommst, kannst du wenigstens Hilfe rufen.‹«

»Sehr umsichtig«, lobte Fischbach. »Während Sie auf die Polizei gewartet haben, haben Sie da irgendetwas berührt? Oder etwas am Tatort verändert?«

»Nee! Ich bin doch nicht blöd«, entrüstete sich Kopp. »Ich schaue jeden Sonntag den ›Tatort‹. Und auch die Wiederholungen unter der Woche. Ich weiß ganz genau, wie Sie arbeiten.«

Welscher schmunzelte. Dass die Krimiserien im Fernsehen manchmal meilenweit von der Realität entfernt waren, schien Kopp entgangen zu sein. Aber woher sollte er es auch wissen? Hauptsache, er hatte sich richtig verhalten.

»Und Sie waren die ganze Zeit alleine hier? Sie haben niemanden gesehen oder bemerkt?«, forschte Fischbach nach.

»Also, der Tote ist schon dageblieben«, stellte Kopp klar. »Der ist zwischendurch nicht abgehauen und hat mich allein zurückgelassen. Ansonsten aber ist niemand aufgetaucht, wenn Sie das meinen.«

Fischbach kämpfte gegen einen Lacher an. Der Alte hatte offensichtlich trotz der aufwühlenden Situation seinen Humor behalten. Gut so. Das war der beste Weg, um über ein schlimmes Erlebnis hinwegzukommen.

Fischbach wendete sich Andrea Lindenlaub zu. »Ablauf?«

»Guido und ich haben die Meldung gegen zwanzig nach neun erhalten. Zwanzig Minuten später waren wir vor Ort, eine Streife war schon fünf Minuten vor uns eingetroffen. Die Kollegen hatten bereits den ersten Angriff gefahren und den Tatort weiträumig gesichert. Ich habe Feuersänger und seine Truppe informiert. Die trudelten um fünf nach zehn ein. Um halb elf habt ihr dann an der Tür gerüttelt.«

Fischbach grübelte. Zwei Morde in so kurzer Zeit, die Orte gerade mal vier, fünf Kilometer voneinander entfernt. War es möglich, dass der Mord an Baron mit diesem hier zusammenhing? Er war gespannt darauf, was Feuersänger ihnen gleich berichten würde.

»Kann ich jetzt gehen?«, fragte Kopp.

»Äh, sicher. Vielen Dank für Ihre Hilfe.« Er gab Kopp die Hand, und der Mann schlich mit hängenden Schultern hinaus. Sein Atem rasselte wieder. Kurz darauf fiel die Tür scheppernd ins Schloss.

»Armer Kerl«, meinte Andrea Lindenlaub mitfühlend.

»So ein alter Eifler ist zäh«, sagte Fischbach. »Es wird nicht lange dauern, dann wird er beim Frühschoppen erzählen, wie wir nur durch seine Hilfe den Mörder gestellt haben, warte ab.« Er zwinkerte ihr zu.

»Möglich. Aber er sah erschöpft aus. Ich möchte ihn ungern allein ziehen lassen.«

Fischbach nickte und blickte sich um. »Wo steckt denn eigentlich Guido?«

»Der ist gerade raus, eine quarzen«, klärte sie ihn auf.

Er ging den kurzen Gang zum Eingang zurück und drückte die Tür auf. Büscheler stand direkt davor. »Kannst du Kopp rasch runter ins Dorf begleiten? Ich möchte ihn jetzt nicht allein laufen lassen.«

Büscheler zog noch mal heftig an seiner Zigarette, warf sie halb aufgeraucht zu Boden und trat sie aus. »Klar«, knarzte er. Er nahm den Alten, der noch unschlüssig auf dem Weg stand und nach Luft rang, am Arm und schlenderte mit ihm in Richtung Straße davon. Auf den ersten Blick konnte man nicht erkennen, wer von den beiden der Jüngere war. Büschelers Rücken krümmte sich wie ein Fragezeichen und sein schlurfender Gang stand dem von Kopp in nichts nach.

Kurz darauf verließen sie die Kapelle. Fischbach stellte sich neben Andrea Lindenlaub und Welscher, die stumm der Tatortgruppe zusahen, wie sie die Beweise sicherten. Feuersängers Truppe arbeitete zügig und routiniert, jeder Handgriff stimmte. Feuersänger selbst saß auf dem Betonsockel und registrierte jede Bewegung seiner Leute. Vermutlich speicherte er im Kopf Lob und Tadel, die er bei der nächsten Einsatzbesprechung anbringen würde. Ab und an zog er ein Gesicht, als ob er in eine Zitrone gebissen hätte.

Ein Audi schoss die Straße herauf und parkte. Die Tür wurde aufgerissen, und Doris Schmitz-Ellinger stieg aus und kam zu ihnen herüber. Fischbach berichtete knapp, was sie bisher erfahren hatten. Wenig später erhob sich Feuersänger und stellte sich zu ihnen. Sein

Feuermal leuchtete wie die aufgehende Sonne. »Das Projektil haben wir. Lag nicht weit entfernt.« Er deutete unbestimmt hinter sich. »Neun Millimeter.«

»Wie bei Baron«, stellte Welscher fest.

Also doch ein Zusammenhang.

Feuersänger rümpfte die Nase. »Aber ob es dieselbe Waffe war, muss ich im Labor erst noch feststellen.«

»Klar«, grummelte Welscher. »Als ob wir das nicht wissen würden.«

Feuersängers Blick ging knapp an ihm vorbei. »Wollt ihr den Todeszeitpunkt wissen?«

Welscher rieb sich die Augen. Womit hatte er das verdient? Ein Tatorttechniker, der seinen Wissensvorsprung nur nach und nach preisgab. »Irgendwann in der Nacht oder am frühen Morgen?«, riet er.

Feuersänger wedelte mit dem Zeigefinger in der Luft herum. »Früher Morgen nicht. Aber mit nachts liegst du richtig. Es war drei Minuten nach Mitternacht.«

Jetzt war Welscher erstaunt. Selbst erfahrene Rechtsmediziner konnten den Todeszeitpunkt nicht so genau analysieren. »Woher willst du das wissen?«

Feuersänger deutete auf das Handgelenk des Toten. »Seine Uhr ist beim Sturz zu Bruch gegangen. Sieh mal selbst.«

Welscher hockte sich hin und betrachtete das Ziffernblatt. Es stimmte. »Okay, umso besser.«

»Dann haben wir noch Reifenspuren.«

Er stand auf und trat mit der Hacke in den Boden. Er fühlte sich wie Beton an. Nur der oberste Millimeter war angetaut. »Bei dem Frost?«

Feuersängers Gesicht verzog sich zu einem Lächeln.

Welscher schüttelte sich innerlich. Für ihn sah der Kriminaltechniker jetzt aus wie der Teufel persönlich. Oder Rumpelstilzchen, was ziemlich auf das Gleiche hinauslief.

»Da hat sich jemand, ganz salopp gesagt, erleichtert. Die warme Brühe hat den Boden aufgetaut, der Reifen ist genau dort drüber, und schwups haben wir einen verwertbaren Abdruck.« Feuersängers Augen rollten wie Wagenräder. Er schien sich über die Reifenspuren ein Loch in den Bauch zu freuen.

Doris Schmitz-Ellinger stöckelte in hohen Stiefeletten näher zum Toten, knickte um, fing sich aber gerade noch rechtzeitig. Stumm betrachtete sie den Leichnam und wandte sich dann an Fischbach. »Der zweite Tote in einer Woche. Wir haben ja fast kolumbianische Zustände hier!«

Welscher schloss die Augen. Was sollte man darauf entgegnen? Schließlich hatten sie gerade erst mit ihrer Arbeit begonnen. Besser war es, einfach den Mund zu halten. Was Fischbach auch tat.

»Der Tote kommt mir bekannt vor«, hörte Welscher die Staatsanwältin sagen.

»Kein Wunder«, bestätigte Feuersänger.

Welscher runzelte die Stirn, öffnete die Augen und sah, dass Fischbach mit abwartendem Gesichtsausdruck und einem leichten Lächeln um die Mundwinkel kaum merklich nickte. Dreimal. So, als würde er insgeheim von drei herunterzählen. Wie auf Kommando fügte Feuersänger hinzu: »Das ist Jörg Bauernfeind. Ihr wisst schon, der Kerl, der sich für aktive Sterbehilfe einsetzt. Oder besser gesagt eingesetzt hat.«

Welscher traute seinen Ohren kaum. Er ging drei Schritte nach links und reckte den Hals, um dem Toten ins Gesicht sehen zu können. »Hm, ja, er könnte es sein.«

Feuersänger lachte gackernd. Er ließ sich ein Tütchen von einem Kollegen reichen und hielt es so, dass alle den Personalausweis darin sehen konnten. »Also, die Übereinstimmung ist eindeutig«, stellte er klar. »Der Tote ist Jörg Bauernfeind.«

Sie brauchten einige Sekunden, bevor sie die Information verarbeitet hatten.

»Baron kannte Bauernfeind«, rief Andrea Lindenlaub ihnen in Erinnerung. »Vielleicht hängen die Fälle zusammen?«

»Nicht nur vielleicht, sondern ganz bestimmt, das sagt mir mein sechster Sinn«, brummte Fischbach und wandte sich an Feuersänger. »Ich will alles über den Reifenabdruck wissen. Dazu unverzüglich die ballistische Auswertung. Ich will wissen, ob Baron und Bauernfeind mit derselben Waffe ermordet wurden.«

Doris Schmitz-Ellinger holte ihr Handy aus der Handtasche. »Ich rufe in der Rechtsmedizin an und kündige die Leiche an. Ich erwarte schnelle Ergebnisse.« Sie ging tastendrückend ein paar Schritte zur Seite.

»Und hier.« Fischbach riss eine Seite aus seinem Notizbuch und drückte sie Andrea Lindenlaub in die Hand. »Bianca soll die Halterin des Fahrzeuges feststellen. Ein weißer Corsa. Ich will mit ihr reden und nachhören, warum sie heute auf Barons Beerdigung war.« Er klatschte einmal in die Hände. »So Leute, jetzt fahren wir das volle Programm. Wenn der Mörder glaubt, er könnte uns an der Nase herumführen, dann lernt er uns jetzt kennen.«

Welscher rieb sich die Schläfen. So viel Pathos verursachte bei ihm Kopfschmerzen.

»Gut gebrüllt, Löwe«, kommentierte Feuersänger Fischbachs Ausspruch. »Vielleicht habe ich noch etwas anderes, was dir bei der Eroberung des Dschungels hilft.«

Löwen im Dschungel, ja klar, dachte Welscher, was für ein Machoscheiß. Doch er sagte nichts dazu. Auch Fischbach und Andrea Lindenlaub starrten Feuersänger nur abwartend an. Drei, zwei, eins, erinnerte sich Welscher.

»Wir haben zwar einen Autoschlüssel gefunden, aber keinen Wohnungsschlüssel.«

»Sie meinen, der Täter hat ihn mitgenommen?«, fragte Doris Schmitz-Ellinger.

Feuersänger zuckte mit den Schultern. »Ich finde es zumindest äußerst seltsam, dass ein allein lebender Mann keinen Schlüssel mitnimmt, wenn er sein Haus verlässt.«

Fischbach holte sein Handy hervor und wählte. »Bianca, Hotte hier. Frag bitte nach, ob irgendetwas hinsichtlich Bauernfeinds Anwesen vorliegt. Wenn nicht, bitte den Chef, eine Streife vorbeizuschicken, die mal nach dem Rechten schaut.« Er horchte kurz. »Erklär ich dir später. Ruf mich an, sobald du etwas weißt.« Er steckte sein Handy wieder ein. »Wenn der Täter den Schlüssel mitgenommen hat, um bei Bauernfeind einzubrechen, dann werden wir es bald wissen. Können wir uns den Toten jetzt mal näher ansehen?«

Feuersänger verzog das Gesicht. Welscher vermutete, dass der Kriminaltechniker alle Tatorte am liebsten für immer versiegeln würde, damit nur ja keine Kontamination eintreten könnte. Entsprechend abweisend hob Feuersänger den Zeigefinger. »Jeglicher Aufenthalt von Fremdpersonen …«

»Heinz? Wir sind fertig«, rief in diesem Augenblick einer seiner Kollegen.

Feuersänger ließ seine Hand sinken. »Dann schaut euch den Kerl halt an«, entschied er, sichtlich enttäuscht, hier nicht mehr Herr des Tatortes sein zu dürfen, und machte den Weg frei.

Sie scharten sich um die Leiche und hockten sich hin. Nur Doris Schmitz-Ellinger, die wieder zu ihnen gestoßen war, blieb zwei Schritte hinter Andrea Lindenlaub stehen.

Welscher kämpfte mit seinem Magen, der sich beim Anblick des Toten verkrampfte. Dabei sah Bauernfeind für ein Mordopfer relativ harmlos aus. Er lag mit angewinkelten Beinen auf dem Boden, die Arme weit von sich gestreckt und den Kopf zur Seite geneigt, sodass nur das dunkle Einschussloch zu sehen war. Der Boden um seine Haare herum war von Blut durchtränkt, die vereinzelt wachsenden Grashalme schimmerten ebenfalls dunkel. Leblose Augen blickten starr in die Ferne.

»Irgendwelche Kampfspuren?«, fragte Fischbach.

»Wir haben keine Anzeichen dafür gefunden«, antwortete Feuersänger. »Aber endgültig wissen wir es erst, wenn die Rechtsmediziner ihn auseinandergenommen haben.«

Welschers Magen setzte zum Sprung an. Er rülpste leise in die hohle Hand.

Andrea Lindenlaub legte ihm die Hand auf die Schulter. »Du musst dir das nicht antun.«

Er nickte tapfer, ärgerte sich aber insgeheim. Bauernfeind sah beileibe nicht so schlimm aus wie Baron. Hier vor den Augen seiner Kollegen als Weichei zu gelten, gefiel ihm überhaupt nicht. Dabei war es weniger der Anblick, der seinen Magen rebellieren ließ, sondern mehr der Gedanke, dass jemand so brutal aus dem Leben gerissen wurde und keine Chance mehr auf die Verwirklichung seiner Träume und Ziele hatte.

»Nur ein Schuss?«, fragte Fischbach.

Feuersänger nickte. »Soweit wir feststellen konnten. Der Täter muss direkt vor ihm gestanden haben. Die Schmauchspuren sind nicht zu übersehen.«

Fischbach rieb sich das Kinn. »Es war ein Treffen. Bauernfeind kannte seinen Mörder.«

»Dann stellt sich aber die Frage«, warf Andrea Lindenlaub ein, »warum sie sich in später Nacht, nach einer Fahrt durch die halbe Eifel, ausgerechnet hier trafen.«

Welscher räusperte sich, der Kloß im Hals wurde kleiner. »Vielleicht ging es um den Dienst an einem Kunden.«

»Hm, ja, aber mitten in der Nacht? Hier? Ich weiß nicht«, zweifelte Fischbach und richtete sich auf.

»Baron wurde an einem ähnlich besonderen Ort getötet«, überlegte Doris Schmitz-Ellinger. »Könnte es damit ...«

Ihr Handy schnarrte. Sie drückte es ans Ohr und ging wieder einige Schritte weg.

»Eine verfallene Burg im Wald«, nahm Fischbach den Faden auf, »und ein religiöses Gebäude. Ein todkranker Geschäftsmann und ein Sterbehelfer.« Er seufzte. »Sollten die Fälle zusammenhängen, bin ich gespannt, wie.«

Doris Schmitz-Ellinger hatte ihr Gespräch beendet und winkte Feuersänger heran. »In Bonn warten sie auf die Leiche. Schaffen Sie sie umgehend hin.«

Feuersänger rümpfte die Nase. »Was ist das für ein Ton?«, murrte er. Sein Gesicht lief rot an und glich sich dem Feuermal an. »Ein Bitte hätte nicht geschadet.«

»Wir haben keine Zeit für Schmeicheleien«, entgegnete Doris Schmitz-Ellinger brüsk. »Wenn die Rechtsmediziner so ausgezeichnet mitziehen, dann sollen sie nicht unseretwegen Däumchen drehen müssen. Also los!«

Feuersänger war diesmal so schlau, den Mund zu halten. Stattdessen nickte er einem seiner Kollegen zu, der davoneilte und im abgestellten Kleinbus verschwand.

»Haben wir überhaupt schon einen Totenschein?«, fragte Doris Schmitz-Ellinger.

»Ja«, antwortete Feuersänger. »Ich habe bei meiner Ankunft einen Hausarzt aus Wachendorf kontaktiert. Der hat vor einer halben Stunde alles bescheinigt.«

»Gut!« Doris Schmitz-Ellingers Miene hellte sich ein wenig auf. »Dann ist das schon mal erledigt. Was gedenken Sie nun zu tun?«, fragte sie Fischbach.

Fischbach hob eine Augenbraue. »Was wohl? Den Täter finden natürlich.«

Augenblicklich verdunkelte ein neuer Schatten das Gesicht der Staatsanwältin. Bevor sie sich jedoch aufregen konnte, verteilte Fischbach die Rollen.

»Andrea, du fährst mit nach Bonn. Guido klappert, wenn er zurück ist, hier die Häuser ab und hört nach, ob jemandem etwas aufgefallen ist. Jan, du wirst ihn dabei ...« Das Klingeln seines Handys unterbrach ihn. Er zog einen Flunsch und meldete sich. Sekunden später riss er erstaunt die Augen auf. »Ist nicht wahr! ... Ja, klar. Melde uns bitte bei den Kollegen an. Wir fahren sofort los.« Er beendete das Gespräch und sah lächelnd in die Runde.

»Rück schon raus«, verlangte Welscher. Er mochte es nicht, wenn jemand seinen Informationsvorsprung derart zelebrierte.

Fischbach kostete den Moment noch kurz aus, platzte dann aber heraus: »Bei Bauernfeind ist eingebrochen worden.« Er machte kehrt und eilte zu seiner Harley. »Los, Jan. Du kommst mit.«

»Und wer macht hier weiter?«, rief Andrea Lindenlaub ihm hinterher.

»Das macht Guido. Er soll Bönickhausen anrufen und um Unterstützung bitten. Wir treffen uns heute Nachmittag um fünf im Besprechungsraum.«

Welscher wechselte einen genervten Blick mit Andrea Lindenlaub. »Als ob es plötzlich auf ein paar Minuten mehr oder weniger ankommen würde.«

Sie lachte. »So ist der Hotte. Phlegmatisch wie eine verpuppte Raupe. Aber wenn er mal schlüpft, dann breitet er die Flügel aus und macht ordentlich Wind.«

ZWÖLF

Bauernfeinds Haustür stand sperrangelweit offen, als Welscher seinen Wagen hinter Fischbachs Motorrad parkte. Heute zeigte sich Einruhr bedeckt. Der See lag grau und abweisend im Tal, Böen kräuselten die Wasseroberfläche. Bauernfeinds Grundstück war abgeriegelt, zwei Grün-Weiße standen auf dem gepflasterten Weg, der von der Straße zum Haus führte, und rauchten.

»Was ist denn hier los?«

Welscher wandte sich um. Eine alte, runzelige Dame stand auf dem Bürgersteig und blickte ihn über die Motorhaube hinweg an. Irgendetwas hechelte pfeifend. Irritiert schaute er sich um, bis er bemerkte, dass die alte Dame eine Hundeleine in der Hand hielt.

»Gehen Sie bitte weiter. Hier gibt es nichts von Interesse«, sagte er freundlich und kam um den Wagen herum. Auf dem Bürgersteig sah er die Quelle des pfeifenden Geräuschs: Ein fetter Mischling lag hechelnd zu Füßen der alten Frau, die Zunge ausgerollt wie ein roter Teppich. Der Köter hört sich fast an wie Guido, dachte Welscher amüsiert.

»Junger Mann.« Die Frau hob die Stimme. »Da drin wohnt mein Sohn. Ich glaube schon, dass ich ein Recht habe zu erfahren, was da los ist.«

Ach du Scheiße, dachte Welscher. Ihm wurde heiß und kalt zugleich. Auch das noch.

»Jan? Kommst du endlich?«, rief Fischbach vom Haus herüber. »Schick die Frau weg! Hier gibt es nichts zu sehen.«

Schlaumeier, dachte Welscher, so weit war ich auch schon. »Äh … Frau Bauernfeind«, begann er, wurde aber sofort unwirsch unterbrochen.

»Woher kennen Sie denn meinen Namen?« Sie stemmte die Hände in die Hüften. Die Hundeleine spannte sich und würgte den Hund. Aber anstatt sich auf seine vier Pfoten zu stemmen, zog er es vor, noch lauter zu keuchen. »Spionieren Sie mir etwa nach? Sind Sie von der CIA? Oder schlimmer noch: vom KGB?«

Verwirrt blickte er sie an. Hatte die nicht alle Tassen im Schrank? Am liebsten hätte er geantwortet, er sei ein Außerirdischer im Dienste des FBI. Doch er musste der armen Frau erklären, dass ihr Sohn ermordet wurde, daher verkniff er sich jegliche Ironie.

»Jan! Schlag da keine Wurzeln«, rief Fischbach ungeduldig.

Welscher winkte ab. »Geh schon mal vor. Ich muss hier noch etwas erledigen.«

»Aber …«

»Ich komme nach«, rief Welscher ärgerlich. »Du bist doch alt genug und wirst ein paar Minuten ohne mich auskommen, oder?«

Die beiden grün-weißen Kollegen, die den Zugang bewachten, feixten sich was.

Fischbach verzog missbilligend das Gesicht und verschwand im Haus.

Welscher hob die Hände. »Frau Bauernfeind, ich versichere Ihnen, dass ich kein heimlicher Geheimdienstmitarbeiter, sondern ein gesetzestreuer deutscher Polizeibeamter bin …«

»Sie sehen aber eher wie eins dieser Jüngelchen aus, die meine Enkelin an der Wand hängen hat. Die, die diese grässliche Hottentotten-Musik machen.« Ihre Augen verengten sich zu Schlitzen. »Ich trau Ihnen nicht.«

Welscher zog seine Erkennungsmarke und zeigte sie ihr. »Können wir uns irgendwo ungestört unterhalten?«

Sie musterte die Marke misstrauisch und entspannte sich dann. Ihr Rücken krümmte sich. »Nun, wir können bei meinem Sohn …«

»Leider nein.«

Sie sah unsicher zum Haus. »Dann bei mir? Ich wohne nicht weit entfernt.«

»Ich fahre Sie«, entschied er und öffnete die Beifahrertür. »Ich hoffe, Ihr Hund verträgt das Autofahren.«

***

Fischbach sah traurig auf die beiden toten Körper, die in einer riesigen Blutlache auf dem Küchenboden lagen.

»Drei Schüsse, soweit ich es auf die Schnelle feststellen kann«, berichtete der Veterinär, ein grobschlächtiger Mann mit einer riesigen Hornbrille, Modell Zweiter Weltkrieg. »Wenn Sie mich jetzt nicht mehr brauchen …«

Polizeihauptkommissar Ungerer vom Bezirksdienst Rurberg reagierte nicht, stand nur stumm neben Fischbach und sah wie dieser mit traurigen Augen zu den toten Hunden hinunter. Mit Daumen und Zeigefinger strich er immer wieder über seinen Schnurrbart.

»Ich muss noch rüber nach Seifenauel«, versuchte es der Veterinär erneut. »Die Kuh von Schmitzes Jupp kommt nicht mehr hoch.«

Da Ungerer wieder nicht antwortete, stupste ihn Fischbach mit dem Ellenbogen an. Ungerer zuckte zusammen. »Hm, ja, ja, Sie können gehen, Sie haben uns sehr geholfen.«

Der Tierarzt nahm seine Tasche vom Tisch und verabschiedete sich.

Ungerer seufzte. »Weißt du, äh ...«

»Hotte«, half Fischbach aus. Er hatte sich zwar eben schon vorgestellt, doch Ungerer, der mit Vornamen Uwe hieß, schien dies gar nicht registriert zu haben. Anscheinend machte ihm die ganze Sache zu schaffen. Im Obergeschoss fiel etwas zu Boden. Der Aufschlag drang dumpf zu ihnen durch. Irgendjemand rief: »Scheiße! Pass doch auf!« Ungerers Leute wuselten im ganzen Haus herum und sicherten Beweise. Hier in der Küche hatte der Einbrecher sämtliche Schubladen aufgezogen und die Schranktüren geöffnet. Besteck, Töpfe und zerbrochenes Porzellan lagen auf der Arbeitsfläche und auf dem Boden verstreut. Eine Horde Hunnen hätte vermutlich weniger Schaden angerichtet, dachte Fischbach.

»Also, Hotte, ich züchte selbst. Und die Becky«, Ungerer deutete auf den linken Hund, »hat Bauernfeind von mir. Er wird entsetzt sein, wenn er mitbekommt, was hier passiert ist. Das ganze Haus auf den Kopf gestellt, und dazu noch seine Lieblinge tot.« Er schüttelte betroffen den Kopf. Dabei flogen die Haare, die er vom linken Ansatz über seine Glatze nach rechts gekämmt hatte, in der Luft herum. Er wirkte wie ein zerstreuter Professor, dem man gerade mitgeteilt hatte, dass er im falschen Hörsaal unterrichtete.

Fischbach räusperte sich. »Das wird er leider nicht. Wir haben ihn heute Morgen tot aufgefunden, drüben in Wachendorf.«

Ungerers Augen weiteten sich. »Und da gibt es keinen Zweifel?«

»Überhaupt keinen. Daher sind wir auch sofort hergekommen. Ansonsten hätten wir ja nichts mit dem Einbruch zu tun.«

»Ich hatte mich auch schon gewundert«, sagte Ungerer mit müder Stimme. »Erzähl mal, was ihr wisst.«

»Da gibt es nicht viel«, gab Fischbach zu und fasste den Stand der

Ermittlungen knapp zusammen. »Weißt du, ob wir jemanden über Bauernfeinds Tod informieren müssen?«, schloss er. »Hatte er Verwandte?«

»So viel ich weiß, gibt es eine Schwester. Ich habe aber keinen Schimmer, wo die lebt. Und dann noch seine Mutter. Die wohnt nicht weit entfernt.«

Fischbach ging ein Licht auf. »So groß«, er hielt die flache Hand vor seine Brust, »und hat einen kleinen Mischling, etwas übergewichtig?«

Ungerer presste die Lippen aufeinander und nickte. »Du kennst sie?«

Fischbach zuckte mit den Schultern. »Nicht persönlich, aber ein Kollege hat sie auf der Straße getroffen und teilt ihr vermutlich gerade mit, was passiert ist.«

***

Der Hund der alten Frau Bauernfeind lag mit geschlossenen Augen auf dem Fliesenboden. Nur das Zucken seiner Flanken zeigte ab und an, dass noch Leben in ihm steckte.

Frau Bauernfeind saß mit Welscher am Küchentisch. Tapfer hatte sie die Nachricht vom Tod ihres Sohnes ertragen. Nur ein feuchter Schimmer in ihren Augen und das leichte Zittern ihrer Hände verrieten, wie es wirklich um sie stand.

»Wissen Sie, Herr Kommissar, Jörg war nie das, was man sich wünscht. Ich meine, so als Mutter.« Sie wischte mit dem Handrücken eine Träne fort. »Nur selten hatte er Zeit für mich. Wäre ich nicht ab und an rübergegangen, hätten wir uns wahrscheinlich nur zu Geburtstagen und zu Weihnachten gesehen.« Sie lachte traurig.

Nicht zum ersten Mal fragte sich Welscher, ob seine Mutter vielleicht ähnlich empfand. Er verdrängte den störenden Gedanken. »Wissen Sie, ob Ihr Sohn Probleme hatte, Ärger oder Feinde?«

Sie stand auf, öffnete eine Schublade im rustikalen Küchenschrank und zog ein Papiertaschentuch heraus. Sie schnaubte hinein und faltete es akkurat zusammen. »Feinde hatte er viele, dass wissen Sie doch sicherlich«, gab sie zurück. Sie schob trotzig das Kinn vor. »Ich bin auch gegen Sterbehilfe«, sagte sie bestimmt. »Was mein Sohn da vertreten hat, war sogar mir zuwider.«

»Sie denken also, jemand, der Ihre Ansicht teilt, könnte Ihren Sohn auf dem Gewissen haben?«

Sie schob sich wieder auf ihren Stuhl. »Ich bin siebenundachtzig Jahre alt. Als Zwanzigjährige habe ich als Rotkreuzschwester im Lazarett in Frankreich gedient. Dort habe ich meinen späteren Mann kennengelernt, einen französischen Arzt, der im Lazarett aushalf. Nach der Landung der Alliierten tauchten wir unter und schlossen uns der Résistance an. Glauben Sie mir, Herr Kommissar, wenn man meint, richtig zu handeln, dann ist man auch bereit, dafür zu töten.«

Welscher sah sie beeindruckt an. Dass dieses kleine, unscheinbare Persönchen geholfen hatte, den Krieg schneller zu beenden, überraschte ihn. »Aber das ist doch ganz was anderes«, wandte er ein. »Damals war Krieg.«

Sie legte ihre Hände ineinander. »Es kommt auf die innere Einstellung an, auf das, woran man glaubt, für was man einsteht. Wenn man felsenfest von der Richtigkeit seines Handelns überzeugt ist, will man alles tun, um seinen Idealen näher zu kommen. Für denjenigen, der kämpft, ist immer Krieg.«

Da war was Wahres dran, das musste Welscher zugeben. »Aber konkrete Namen haben Sie nicht zufällig für mich? Hat Ihr Sohn vielleicht mal fallen lassen, von wem er sich bedroht fühlt?«

»Warten Sie mal.« Sie stand auf und verließ mit schweren Schritten die Küche. Kurz darauf kam sie zurück und legte einen ausgeschnittenen Zeitungsbericht vor Welscher auf den Tisch. »Zwei Wochen ist das jetzt her«, erklärte sie, »aber lesen Sie selbst.« Sie setzte sich und sah ihn aufmunternd an.

Welscher sah auf das Bild, das zum Bericht gehörte. Eindeutig Bauernfeinds Haus, von der anderen Straßenseite aufgenommen. Auf die weiß verputzte Hausfront hatte jemand in roter, schmieriger Schrift »MÖRDER!« gesprüht. »Bauernfeind wieder in der Kritik«, lautete die Überschrift. Welscher überflog den Bericht. Inhaltlich wiederholte der Reporter nur die Dinge, die über Bauernfeind allgemein im Umlauf waren. Alles war sachlich geschildert, das Für und Wider von Sterbehilfe wurde neutral abgehandelt. Über die Schmierereien empörte sich der Reporter jedoch maßlos. Die Wörter »Anarchie« und »Sachbeschädigung« kamen mehrmals vor. Welscher amüsierte das. Die heile Eifeler Welt hatte einen Riss. Willkommen in der Wirklichkeit. »Wissen Sie, ob man den Sprayer gefasst hat?«

Sie schüttelte den Kopf. »Soviel ich weiß, nicht. Aber vielleicht ist es ein Anhaltspunkt.«

Welscher bezweifelte das, sprach es aber nicht aus. Warum sollte sich Bauernfeind mitten in der Nacht in Wachendorf mit einem ideologischen Gegner treffen? Niemand rennt seinen Feinden einfach so in die Arme, wenn er es verhindern kann. Das passte nicht zusammen. Hinzu kam, dass Bauernfeind kein Missionar war, dem es um die einzelne Meinung ging. Als Lobbyist benötigte er die Öffentlichkeit und kein einsames Plätzchen am Arsch der Eifelwelt. Er schob den Bericht über den Tisch, stutzte aber, als sein Blick noch mal das Foto streifte. Er nahm den Artikel wieder hoch und schaute genauer hin. Das konnte doch nicht wahr sein! Wie groß war die Wahrscheinlichkeit, dass es sich hier um einen Zufall handelte? »Darf ich den Bericht eine Weile behalten?«, fragte er höflich, obwohl er ihn am liebsten an sich gerissen hätte und damit zu Fischbach gestürmt wäre.

»Sicher doch.« Frau Bauernfeind beugte sich vor und griff nach seinen Händen. Ihre ledrige Haut fühlte sich warm und trocken an. Sie blickte ihn aus traurigen Augen an. »Finden Sie den Mörder meines Sohnes, Herr Kommissar, bitte! Er war kein schlechter Mensch, auch wenn viele darüber anders urteilen.«

Welscher nickte. Mütter verzeihen alles, dachte er, immer bleibt man Kind für sie. Vielleicht sollte er doch mal … Er zwang sich zur Ordnung und verabschiedete sich. Erst die Arbeit. Später konnte er sich immer noch um seine privaten Baustellen kümmern.

***

Ungerer begrüßte ihn mit einem schlaffen, feuchten Händedruck. Verstohlen wischte Welscher seine Hand an der Hose ab. Dabei wurde ihm bewusst, dass er seit der Flucht aus seiner Wohnung dieselbe Kleidung trug. Er nahm sich vor, bald nach Euskirchen zu fahren und sich im Kaufhof mit einem Satz frischer Wäsche einzudecken. Er rieb sich über die Wange. Rasieren war auch mal wieder nötig, obwohl er keinen sonderlich starken Bartwuchs hatte.

Fischbach gab Welscher einen kurzen Überblick. »War das vorhin Bauernfeinds Mutter?«, fragte er abschließend.

»Ja. Eine sehr tapfere Frau. Ihre Tochter ist auf dem Weg und wird sich um sie kümmern.«

»Gut so«, brummte Ungerer.

»Hör mal, Uwe«, sagte Fischbach. »Kannst du uns eins der Projektile überlassen?«

Ungerer sah ihn fragend an. »Was willst du denn damit?«

»Du wirst sicher von dem Mord an dem Gartenzwergkönig aus Kall, Bruce Baron, gehört haben. Bauernfeind und er kannten sich. Ich will sehen, ob es Zusammenhänge gibt.«

Ungerer winkte eine Kollegin heran, die gerade durch den Flur ging. »Der Kollege bekommt eine Kugel mit. Kannst du das bitte veranlassen?« Sie nickte stumm und verschwand mit ihrem Köfferchen nach draußen.

Welscher zog den Zeitungsartikel aus seiner Jackentasche. »Hier, schaut mal«, forderte er.

Fischbach runzelte die Stirn, nahm das Stück Papier und überflog den Artikel. Ungerer blickte ihm dabei über die Schulter. »Ach ja, das. Unangenehme Sache. Wir tun, was wir können, aber den Schmierfink haben wir leider noch nicht gefunden«, jammerte er.

»Schau dir den Wagen an, der da parkt.« Welscher deutete auf das Bild.

»Habe ich schon mal gesehen«, murmelte Fischbach. »Seltener Typ, auffällig. Lass mich überlegen, ich habe es ja nicht so mit Autos …«

»Es ist ein Bentley«, kürzte Welscher das Ganze ab. »So einen fuhr Baron, jetzt hat ihn seine Witwe.« Er lächelte zufrieden, als er Fischbachs überraschten Gesichtsausdruck sah.

»Von wann ist denn der Artikel?«

Fischbach und Welscher suchten nach dem Datum, doch leider hatte Mutter Bauernfeind den oberen Rand mit abgeschnitten. Erwartungsvoll sahen sie Ungerer an.

»Letzte Woche war das, Dienstag.« Er grübelte. »Nein, Mittwoch. Jetzt erinnere ich mich genau. Ich war beim Arzt wegen meiner Bandscheibe. Als ich den Dienst antrat, hat mir ein Kollege davon erzählt. Ganz klar, Mittwoch.« Er sah sie triumphierend an, als ob er gerade einen Marathonsieg hingelegt hätte.

»Dann hat uns Bauernfeind belogen«, stellte Welscher fest. »Er hat gesagt, dass Baron nur ein einziges Mal bei ihm war, und zwar schon vor Wochen.«

»*Wenn* es sein Wagen ist«, bremste ihn Fischbach. Er ging mit dem Artikel vor die Tür, sodass mehr Licht darauffiel. Welscher und Ungerer folgten. Fischbach kniff die Augen zusammen bei dem Versuch, das Kennzeichen zu entziffern.

»Blindschleiche?«, flachste Welscher.

Ungerer zog eine Lesebrille aus der Brusttasche seines Hemdes und hielt sie Fischbach hin. Doch der wehrte ab.

»Geht schon.« Seine Augen verengten sich noch mehr, und er streckte die Arme aus, um die Entfernung zum Artikel zu vergrößern.

»Ich könnte ihn für dich halten«, frotzelte Welscher.

Fischbach gab seinen Kampf auf. »Gib schon her«, sagte er und nahm Ungerer die Brille ab. Ungeschickt setzte er sie auf. »Das Kennzeichen ist vom Verlag anonymisiert worden«, stellte er dann fest.

»Frag doch einfach mich«, sagte Welscher. »Das ist mir längst aufgefallen. Meine Augen sind nämlich noch ganz in Ordnung. Ich habe in der Redaktion in Euskirchen angerufen. In einer Stunde bin ich mit dem Reporter verabredet.« Er nahm Fischbach den Artikel aus den Händen. »Ich mache mich jetzt auf den Weg.«

»Du brauchst doch keine Stunde bis Euskirchen«, wandte Fischbach ein und sah ihn über das Brillengestell hinweg an.

»Das nicht«, gab Welscher zu, »aber ich muss unbedingt noch ein paar Besorgungen machen.« Er schnupperte demonstrativ an seiner Achsel und lächelte gequält.

Bauernfeinds Wohnzimmer sah aus, als ob eine Horde Affen auf Ecstasy darin eine wilde Party gefeiert hätte. Jede Schublade war herausgezogen und ausgeräumt, die Möbelstücke von den Wänden abgerückt, die Polster aufgeschlitzt worden. Eine Uhrensammlung lag auf dem Boden verstreut. Fischbach kniete sich hin. »Breitling« und »Glashütte« las er auf den Ziffernblättern.

»Der oder die Einbrecher müssen die halbe Nacht hier verbracht haben«, sagte Ungerer. »So gründlich, wie hier vorgegangen wurde.«

Sie setzten ihren Gang durch das Haus fort. Im verwüsteten Arbeitszimmer stand ein kühlschrankgroßer, massiv wirkender Safe, davor lag eine Brechstange.

»Die ist aus dem Hobbyraum im Keller«, erklärte Ungerer. »Bauernfeind hatte dort unten alles säuberlich in Werkzeugschränken verstaut und beschriftet. Sehr pedantisch, der Mann. Der Einbrecher hat versucht, die Stahltür aufzuhebeln.« Er lachte. »Aber mit einer Brechstange kannst du dem Ding nicht beikommen.«

»Fordere mal einen Spezialisten an«, bat Fischbach. »Ich will wissen, was da drin ist. Vielleicht hilft es uns weiter.«

Ungerer nickte stumm, und sie setzten ihren Rundgang fort. Eine halbe Stunde später standen sie wieder vor der Haustür. Die Kollegin, die Ungerer vorhin angesprochen hatte, überreichte Fischbach die Klarsichttüte mit dem Projektil.

»Wir haben die Zeugenaussagen der Nachbarn«, teilte sie Ungerer mit. »Viel ist nicht dabei rumgekommen.« Sie zeigte auf das rechte Haus. »Dort wohnt ein älteres Ehepaar. Sie sind gegen halb zwei aus dem Schlaf aufgeschreckt, weil sie etwas gehört hatten. Da danach aber alles ruhig war, sind sie rasch wieder eingeschlafen. Im Nachhinein sind die beiden der Ansicht, dass die Geräusche durchaus Schüsse gewesen sein könnten.«

»Wenn denen das eher eingefallen wäre«, grummelte Ungerer, »dann hätten wir den Einbrecher vielleicht auf frischer Tat ertappen können.«

»Also halb zwei«, wiederholte Fischbach und nickte. Er zeigte auf das Türschloss. »Habt ihr das schon untersucht? Irgendwelche Anzeichen einer gewaltsamen Öffnung?«

»Weder am Schloss noch sonst wo haben wir derartige Spuren gefunden.«

»Es scheint alles zusammenzupassen«, sagte Fischbach nachdenklich. »Zunächst tötet unser Unbekannter Bauernfeind in Wachendorf, so gegen Mitternacht. Er heimst den Hausschlüssel des Toten ein, fährt hierher und schließt damit die Tür auf. In der Küche trifft er auf die beiden Hunde. Der Täter erschießt sie. Dann durchsucht er in aller Ruhe das Haus.« Er sah Ungerer abwartend an. Als dieser nickte, fuhr er fort: »Daraus ergeben sich mehrere Fragen. Eine hatten wir schon: Warum trifft sich Bauernfeind mitten in der Nacht mit dem Unbekannten in Wachendorf? Und die zweite wichtige Frage: Was hat der Täter hier gesucht? Was war so wichtig, dass er Bauernfeind tötete und anschließend das ganze Haus auf den Kopf stellte?«

»Vielleicht Geld«, mutmaßte Ungerer.

»Dann hätte er sicher auch die wertvollen Uhren mitgenommen«, widersprach Fischbach.

Sein Handy klingelte. Bianca Willms teilte ihm die Adresse des Halters des weißen Corsa mit. Er notierte sich die Daten und fragte: »Was machen die anderen?«

»Alle noch unterwegs. Andrea ist bei der Obduktion, Guido hat sich zwei Kollegen von der Sitte als Unterstützung dazugeholt und klappert die Haustüren ab, um Zeugen zu finden«, teilte sie ihm mit und verabschiedete sich.

Fischbach wandte sich wieder an Ungerer. »Ich bin dann mal weg«, sagte er und reichte ihm die Hand. »Wir bleiben in Kontakt. Meine Mitarbeiterin wird dir alles zuschicken, was wir wissen.«

»Ist keine Einbahnstraße«, erwiderte Ungerer mit einem schlaffen Händedruck.

Als Fischbach wenig später über die B 266 zwischen Herhahn und Gemünd donnerte, verspürte er plötzlich Hunger. Überrascht stellte er fest, dass es schon auf zwei Uhr zuging. Er beschloss, einen kleinen Umweg zu machen, und steuerte seine Harley eine Viertelstunde später auf seinen Hof. Schnüffel wackelte heran und sah treuherzig zu ihm auf. Er ging in die Knie und streichelte ihr eine Weile über den borstigen Scheitel. Sie grunzte zufrieden. Mit knackenden Knien kam Fischbach wieder in die Höhe und ging ins Haus. Schnüffel folgte ihm.

»Was machst du denn hier?«, empfing ihn Sigrid in der Küche.

Es roch nach Schnaps und Gewürzen.

»Ah, Aufgesetzter«, stellte er fest.

Sie gab ihm einen Kuss auf die Wange. »Ja. Wacholder.«

Zufrieden nickte er. Den mochte er am liebsten.

»Ich bring mal die Sau raus.« Sie sah ihn tadelnd an und schob Schnüffel hinaus.

Fischbach wusste, dass Sigrid das Tier im Haus nicht mochte. Ihm war es egal. Schnüffel war stubenrein, und zum Suhlen war der Boden zurzeit zu gefroren, sie konnte sich also keinen ihrer gefürchteten Dreckpanzer zulegen und damit das Haus verunreinigen.

»Haben wir was zu essen im Haus?«, fragte er, als Sigrid wieder zurück war. Er setzte sich an den Esstisch. »Muss aber schnell gehen.«

Sie lachte hell. »Übertreib nicht so. Der Baron kann euch schließlich nicht mehr weglaufen.«

Fischbach rieb sich müde die Augen. »Wir haben einen weiteren Fall.«

Sigrids Miene verfinsterte sich. »Magst du darüber erzählen?«

Er nickte. Schließlich wusste er, dass er sich auf das Stillschweigen seiner Frau verlassen konnte.

Sigrid holte eine Pfanne aus dem Schrank. »Ich höre. In der Zeit mache ich dir einen Speckpfannkuchen.«

Gut gesättigt setzte sich Fischbach eine halbe Stunde später wieder auf seine Maschine. Sigrid drückte ihm noch einen Kuss auf die Wange. »Pass auf dich auf«, flüsterte sie. Ihre Stimme vibrierte sorgenvoll.

Er nickte.

»Ach, was ich dir noch erzählen wollte.« Sigrid hielt die Hand über den Zündschlüssel. »Der Häff, der ist gar nicht tot.«

Fischbach hielt inne. »Wie, nicht tot? Und die Anzeigen?«

Sie schmunzelte. »Ehrlich, kein Quatsch. Die Todesanzeigen hat der Häff alle selbst geschaltet. Er ist wohl durchgedreht. Sie haben ihn eingewiesen.«

Fischbach schüttelte den Kopf und setzte den Helm auf. »Armer Kerl«, murmelte er und winkte Sigrid zum Abschied zu.

***

Die Redaktion des Stadt-Anzeigers in der Berliner Straße in Euskirchen war nur einige hundert Schritte vom Kaufhof entfernt. So verlor Welscher nicht viel Zeit, als er sich vor dem Besuch mit zwei neuen Jeans, einer Zwanzigerbox Unterhosen, vier hellblauen Hemden und einem Paket grauer Socken eindeckte.

Mit der riesigen Einkaufstüte in der Hand eilte er durch die Fußgängerzone und überquerte die Neustraße. In einem schlichten mehrstöckigen Gebäude gegenüber dem C&A fand er die richtige Klingel. Bevor er sie drücken konnte, schwang die Tür auf und ein weißhaariger Mann in Cordhose und abgewetzter Lederweste begrüßte ihn. »Sie sind sicher der Kommissar.«

Welscher nickte und gab ihm die Hand. Das Alter des Reporters schätzte er auf Anfang sechzig.

»Hans-Peter Körner«, stellte sich der Mann vor und trat auf die Straße. Er stopfte sich eine Pfeife. »Aus dem Anruf vorhin habe ich geschlossen, dass die Zeit drängt. Wenn ich mir Sie jetzt aber so ansehe, scheint es ja nicht mehr ganz so eilig zu sein.« Er wies mit dem Mundstück seiner Pfeife auf die Tüte in Welschers Hand. »Da werden Sie mir sicher ein Pfeifchen gönnen.« Er setzte den Tabak in Brand und paffte seelenruhig.

Welscher wartete geduldig. Auf ein paar Minuten kam es wirklich nicht an.

»Ich komme eben aus Wachendorf zurück«, sagte Körner und blies eine große blaue Wolke aus, die sofort vom Wind davongeweht wurde. »Wird eine schöne Schlagzeile werden. Ihr Interesse an meinem Artikel von letzter Woche hängt wohl irgendwie damit zusammen.« Es klang wie eine Feststellung. Doch Welscher wusste, dass Körner ihn aushorchen wollte.

»Sicher wird es bald eine Pressekonferenz geben«, sagte er freundlich.

»Bauernfeind war kein einfacher Mensch. Ein Fundamentalist, der die Leute vor den Kopf stieß. Musste ja irgendwann so kommen.« Körner stützte den rechten Ellenbogen auf seine linke Hand und sah in die Ferne.

»Fallen Ihnen Namen ein?«, fragte Welscher und nahm die Tüte in die andere Hand.

Körner lachte. »Unzählige. Vom Papst angefangen.«

»Würden Sie mir die anderen auch noch preisgeben?«

Nachdenklich zog Körner an dem Mundstück der Pfeife. »Weiß nicht.«

Welscher wusste, auf was das hinauslief. Quid pro quo. Doch er war nicht befugt, Informationen an die Presse weiterzugeben. Er konnte sich also nicht auf einen Kuhhandel einlassen. Darüber hinaus glaubte er auch nicht, dass Körner Informationen vorlagen, auf die sie nicht ebenso gut selbst zugreifen könnten.

»Die Ermittlungen laufen auf Hochtouren«, sagte er daher unbestimmt. »Wir sind sicher, dass wir den Mörder bald haben.«

Körner lachte laut auf und klopfte seine Pfeife an der Hauswand aus. »Sie gefallen mir.« Seine Augen blitzten amüsiert. »Sie können dichthalten. Kann nicht jeder in Ihrer Branche.« Er legte Welscher feierlich eine Hand auf die Schulter. »Ich spüre, dass dies der Beginn einer großen Freundschaft ist.«

Welscher schmunzelte. Tatsächlich fand er den alten Kerl sympathisch. Er erinnerte ihn an seinen Onkel Jupp, der trotz eines im Krieg verlorenen Beins immer für einen Spaß zu haben gewesen war.

»Einer wunderbaren Freundschaft«, stellte Welscher das Zitat richtig.

Körner lächelte. »Richtig. Wollte Sie nur testen. Folgen Sie mir.« Er drückte die Tür auf und wiederholte: *»I think this is the beginning of a beautiful friendship.«*

DREIZEHN

Wieder führte Fischbachs Weg ihn nach Kreuzweingarten. So oft wie in dieser Woche hatte er das Dorf knapp sieben Kilometer südlich der Kreisstadt noch nie angesteuert. An der Heilig-Kreuz-Kirche, deren weiße Fassade im milchigen Licht der von Wolken verdeckten Sonne heute stumpf wirkte, bog er rechts in die Antweiler Straße ab. Er folgte dem Straßenverlauf an der Stützmauer entlang den Hügel hinauf. René Sieper, der Halter des weißen Corsa, wohnte im Mersbachweg, einer Abzweigung der Straße Am Römerkanal. Rechts ein paar Bäume, links frei stehende Einfamilienhäuser, wie an einer Kette aufgereiht. Fischbach ließ seine Harley langsam rollen. Adolf Bachem, der Förster, der Baron gefunden hatte, wohnte gleich um die Ecke. Ob es da einen Zusammenhang gab?

Siepers Haus war als einziges mit roten Dachziegeln eingedeckt. Zufrieden stellte Fischbach fest, dass der weiße Corsa in der Einfahrt parkte. Er stellte seine Maschine dahinter ab und ging durch den ungepflegten Vorgarten. Laub gammelte auf dem Rasen, dem man offensichtlich den letzten Herbstschnitt verweigert hatte, vor sich hin. Die Büsche hatten einen Rückschnitt nötig, zwischen den Gehwegplatten wuchs Unkraut. Er klingelte. Kurz darauf hörte er im Flur hinter der Tür Getrappel. »Wer ist da?«, rief eine Kleinkinderstimme. Bevor er antworten konnte, wurde die Haustür geöffnet.

Da stand sie, die Frau, die er auf dem Friedhof verfolgt hatte. Dürr, in einen rosa Freizeitanzug gehüllt, der mindestens fünf Nummern zu groß war und wie ein Sack an ihr herunterhing. An ihre Beine klammerten sich zwei Jungs und sahen mit traurigen blauen Augen zu ihm auf. »Wieder nicht Papa«, sagte der linke und schmollte. Die Zwillinge, die Fischbach auf vier, vielleicht auch schon fünf Jahre schätzte, glichen sich bis aufs Haar.

»Wo ist denn dein Papa?«, fragte Fischbach und lächelte freundlich.

»Verreist«, rief der Kleine. »Ganz weit weg, hat Mama gesagt.«

Fischbach ahnte, was hier los war. Die Mutter hatte es nicht übers Herz gebracht, ihren Kindern zu beichten, dass der Vater stiften gegangen war. Er sah auf. Die Frau wich seinem Blick aus und scheuchte die Kinder ins Haus. »Geht mal hoch, spielen. Ich komme gleich nach.«

Folgsam rannten die Kleinen los, die Treppe hinauf.

»Gut erzogen«, lobte Fischbach, um ins Gespräch zu kommen.

»Was wollen Sie?«, fragte sie unwirsch. Sie wirkte müde und abgespannt. Tiefe Falten in ihren Mundwinkeln ließen sie verhärmt aussehen.

Fischbach zeigte ihr seine Marke. »Sie waren heute Morgen auf der Beerdigung. Darüber wollte ich mit Ihnen sprechen.«

Ihre Augen wurden größer. »Beerdigung … ich?«, stammelte sie.

»Frau Sieper, bitte, ich habe Sie gesehen. Ich habe mir das Kennzeichen Ihres Wagens notiert. Und Sie können mir nicht erzählen, dass Sie mich nicht wiedererkennen.«

Sie schwankte leicht. »Aber ich …«

Fischbachs strenger Blick ließ sie verstummen.

»Ach, scheiß drauf«, fluchte sie und machte den Weg frei. »Geradeaus geht's ins Wohnzimmer.«

Fischbach ging voraus. Kiefernmöbel empfingen ihn. Ikeastil, nicht sein Geschmack, aber durchaus akzeptabel arrangiert. Ein Panoramafenster gab den Blick in den Garten frei. Auch dort gammelte das Laub vor sich hin.

Frau Sieper setzte sich in einen Ledersessel und steckte sich eine Zigarette an. »Ist es neuerdings verboten, einer Beerdigung beizuwohnen?«

Ohne eine Aufforderung abzuwarten, setzte sich Fischbach auf das Sofa. »Nein, sicher nicht.«

»Was wollen Sie dann von mir?« Sie blies den Rauch zur Decke, schlug die Beine übereinander und ließ den Fuß wippen.

»Kannten Sie Bruce Baron?«

Sie sah dem Rauch hinterher und runzelte die Stirn. »Baron, hm? Wer soll das sein?«

»Es war seine Beerdigung heute Morgen.«

»Oh, ach so. Ich war nur zufällig da und habe mir das Brimborium angesehen.« Ein heftiger Zug an der Zigarette, der glühende Tabak knisterte.

Sie lügt, dachte Fischbach, aber warum? »Wie kann man denn zufällig auf einem Friedhof herumlaufen?«, fragte er mit gerunzelter Stirn.

Sie warf ihm einen kurzen Blick zu, sah dann sofort wieder weg. »Ja, nein, ach, ich habe mich blöd ausgedrückt. Nicht zufällig, schon gewollt. Meine Mutter ist dort begraben. Ich war an ihrem Grab.«

Fischbach lehnte sich zurück und faltete die Hände über seinem Bauch. »Vielleicht besuche ich auch mal das Grab Ihrer Mutter«, erwiderte er im Plauderton, um darauf hinzuweisen, dass eine etwaige Lüge einfach zu enttarnen wäre.

»Vielleicht treffen wir uns dann zufällig dort«, antwortete sie unbeeindruckt.

Nicht unwahrscheinlich, dass ihre Mutter wirklich dort begraben liegt, dachte er. Oben tobten die Kleinen, spitze, freudige Schreie drangen dumpf durch die Decke.

»Die beiden stecken das gut weg, oder?«, fragte Fischbach.

Sie runzelte die Stirn. »Was?«

»Die Trennung von Ihrem Mann«, erklärte Fischbach.

Mit zittrigen Fingern zündete sie an der Glut ihrer alten Zigarette eine neue an. »Sie wissen es nicht«, flüsterte sie. »Ich habe es ihnen nicht gesagt.« Tränen rollten über ihre Wangen. »Er ist einfach auf und davon. Hat mir gesagt, dass er es nicht mehr aushalten würde mit mir. Als ob ich eine Aussätzige wäre«, sprudelte es plötzlich aus ihr heraus. »Ich weiß nicht, wo er steckt oder was er macht. René wollte immer auswandern, nach Südafrika oder Argentinien. Ein Spleen von ihm. Aber wer weiß. Und ich sitze hier und habe keine Ahnung, wie ich über die Runden kommen soll.« Wütend drückte sie die halb aufgerauchte Zigarette im Aschenbecher aus, nur um sich sofort eine neue anzuzünden.

Fischbach wunderte sich, dass sie gerade einem wildfremden Polizeibeamten ihr verkorkstes Leben beichtete. Hatte sie keine Freundin, die ihr helfend zur Seite stehen konnte?

»Sie sollten mit jemandem darüber sprechen und Ihren Ärger nicht in sich hineinfressen«, riet er ihr.

Wütend drückte sie auch die gerade angerauchte Zigarette im Aschenbecher aus. »Unsere Freunde haben schnell das Weite …«, sie brach ab und machte eine wegwerfende Geste.

Fischbach schüttelte den Kopf. Ihn erinnerte das an einen Liedtext von BAP: »Wer alles, wenn es dir klappt, hinter dir herrennt, deine Schulter klopft, wer dich nicht alles hofiert, sich, ohne rot zu werden, dein Freund nennt und dich tags drauf ganz einfach ignoriert.«

Verdammt lang her, dass er diesen Titel zum letzten Mal gehört hatte. Da ihm nichts Tröstendes einfiel, kam er zu seinem Anliegen zurück. »Warum haben Sie im Wäldchen eine Kerze angezündet?«

Frau Sieper fummelte nervös an ihren Fingernägeln herum. »Haben Sie mich da auch gesehen?«, wich sie aus.

»Nein«, gestand Fischbach. »Aber Ihr Corsa ist mir aufgefallen, als ich den Tatort noch mal untersucht habe.«

»Wer sagt Ihnen denn, dass ich die Kerze aufgestellt habe?« Sie lehnte sich zurück, ließ die Arme lässig über die Lehnen hängen. Eben noch wirkte sie verletzt und verbittert, jetzt erleichtert. Diese Berg- und Talfahrt der Gefühle irritierte Fischbach.

»Indizien«, antwortete er.

Sie lehnte sich wieder vor und lächelte zum ersten Mal, seit er die Wohnung betreten hatte. »Ich war es nicht.«

Sie lügt, schrillten bei Fischbach alle Alarmglocken, nur: warum? »Kennen Sie eigentlich Adolf Bachem?«, lenkte er das Gespräch in eine andere Richtung.

»Den Förster?«

Er nickte.

»Ach Gott.« Sie warf die Arme in die Höhe. »Wie man sich so kennt in dem kleinen Nest hier. Guten Tag und auf Wiedersehen, mehr war da bisher nicht.«

»Er geht jeden Tag dieselbe Route durch den Wald.«

»Weiß hier jeder«, gab sie zu. Sie senkte die Stimme. »Man sagt, dass es ihm nicht gut geht.« Sie tippte sich an die Stirn.

Fischbach ließ diese Bemerkung unkommentiert und stand auf. Aus der Brusttasche seiner Lederweste nestelte er eine Visitenkarte hervor und legte sie auf den Tisch. »Falls Ihnen noch etwas einfällt«, sagte er und ergänzte dann: »oder Sie einfach reden wollen.«

»Mama!«, rief einer der Jungs von oben. »Kommst du bald?«

Sie stand auf und geleitete ihn zur Tür.

Als Fischbach auf seiner Harley saß, bemerkte er, dass sie hinter dem Küchenfenster stand und ihn beobachtete.

***

Welscher saß hinter Fischbachs Schreibtisch und fluchte leise. »Dieser Nickel! Was hat der nur für ein Passwort?«

Er versuchte »Nickel«. Wieder meldete der Computer eine falsche Eingabe. Allein kam er einfach nicht weiter. Er setzte sich an seinen eigenen Schreibtisch und rief Bianca Willms an.

»Bianca, ich bin's, Jan.«

»Jan!«, rief sie freudig.

Welscher schloss die Augen und rieb sich mit Daumen und Zeigefinger den Nasenrücken. Irgendwann musste er es ihr sagen. Doch im Moment wäre es ein schlechter Augenblick. »Du hör mal, ich hab da ein besonderes Problem.«

»Ja?«

»Ich habe eine Wette mit Hotte laufen. Es geht um sein Passwort.«

»Passwort?«

»Genau. Also, ich, äh ... soll sein Passwort knacken.«

»Knacken?«

»Äh, genau.« Welscher konnte selbst nicht glauben, was er hier in das Telefon stotterte.

»Komische Wette«, meinte Bianca Willms skeptisch.

Er lachte unsicher. »Worauf Männer halt so kommen.«

»Und warum erzählst du mir das?« Der freudige Klang war aus ihrer Stimme verschwunden.

»Es ist so, ähm, ich bin tief beeindruckt, was du so alles mit Computern ...«

»Vergiss es«, unterbrach sie ihn barsch. »Du glaubst doch nicht wirklich, dass ich mich hinsetze und unser eigenes System hacke.«

Plötzlich war Welscher die ganze Situation peinlich. Bianca Willms' Zustimmung hätte sie den Kopf kosten können. »Du hast recht«, sagte er rasch, »ich ... ach weißt du, ich wollte einfach nur mal mit dir telefonieren und ein wenig scherzen. Wette, ha ha«, lachte er gekünstelt. »Du hast mir das doch nicht abgenommen, oder?«

Sekundenlang hörte er nichts. Dann seufzte sie und sagte: »Da bin ich aber froh.« Ihre Stimme klang jetzt wieder freundlicher. »Für einen kurzen Moment dachte ich wirklich, du wolltest mich zu etwas Unredlichem überreden.« Sie lachte.

Erleichtert stieß er Luft aus. »Gut, nicht?«

»Mach das ja nicht wieder.«

»Nein, sicher nicht, versprochen.« Er betrachtete das Foto von Bauernfeinds Haus, das Hans-Peter Körner ihm mitgegeben hatte und auf dem das Kennzeichen des Bentley noch nicht anonymisiert war.

Es lag neben dem Monitor. Er zog es heran. »Eigentlich rufe ich wegen einer ganz anderen Sache an. Hast du in deinen Unterlagen irgendwo das Kennzeichen von Barons Wagen?«

»Bestimmt. Warte mal.«

Er hörte sie tippen. »EU-BB 01«, sagte sie.

Welscher kontrollierte das Kennzeichen. »Treffer«, sagte er erfreut. »Du hast mir eine Halterabfrage erspart.«

»Bei so etwas helfe ich gerne«, säuselte Bianca Willms.

Vorsicht, Flirtalarm, leuchtete es in dicken Lettern in Welschers Hinterkopf auf. »Äh, ja, danke«, stammelte er. »Vielen Dank. Wir sehen uns gleich«, schob er nach und legte auf.

Er setzte sich wieder auf Fischbachs Stuhl. »Harley«, »Eifel«, »Kommern« und »AC/DC« waren seine nächsten erfolglosen Eingabeversuche.

Ärgerlich schob er die Tastatur fort. »Mist. Dieser Nickel, dieser verdammte.«

»Nickel ist nett«, sagte Fischbach, der gerade hereinrauschte. Erschrocken zuckte Welscher zusammen und räumte den Stuhl.

Fischbach setzte sich und berichtete von seinem Besuch bei Frau Sieper. »Armes Mädel«, sagte er zum Schluss. »Die wird es nicht einfach haben. Zwei Kinder und ein Haus.«

»Und? Was meinst du? Hat sie etwas mit der Sache zu tun?«

Fischbach zog den Mund schief. »Weiß nicht recht. Sie hat sich schon seltsam benommen. Diese Gefühlswandlungen von jetzt auf gleich waren schon auffällig.«

»Soll bei Frauen vorkommen«, gab Welscher zu bedenken.

Fischbach schmunzelte. »Hätte ich von dir nicht erwartet.«

»Was?«

»So einen Machospruch.«

»Hat damit gar nichts zu tun«, verteidigte Welscher sich. »Es ist doch wirklich so, dass Frauen ihre Gefühle offener zeigen.«

»Mag sein«, wiegelte Fischbach ab. »Ich habe auf jeden Fall ein Riesenproblem, mir diese kleine, zierliche Frau als Mörderin vorzustellen. Ganz davon abgesehen, dass mir kein Motiv einfallen will.«

»Mörderin, hm? Da laufen deine Gedanken aber irr. Auf die Idee bin ich überhaupt noch nicht gekommen. Meine Überlegungen gingen eher in die Richtung, dass sie vielleicht etwas mit Baron am Laufen hatte«, sagte Welscher.

Fischbach schüttelte den Kopf. »Dann hätte Baron sie doch in seine Fotosammlung aufgenommen. Und da war keine, die ihr ähnelte.«

»Du hast wohl ganz genau hingesehen«, frotzelte Welscher. »Ich habe die Frauen, die da digitalisiert wurden, nicht mehr so gut in Erinnerung.«

Fischbach verdrehte die Augen. »Ich kann mir ja alle noch mal anschauen, sicher ist sicher.«

»Sicher ist sicher, schon klar.« Welscher zog mit dem Zeigefinger sein Unterlid nach unten. »Alter Fuchs, du.«

Fischbachs Ohren färbten sich dunkelrosa. »Dienstlich wird das doch wohl erlaubt sein.«

Welscher lächelte anzüglich. »Dienstlich, ist klar.«

»Spinner«, urteilte Fischbach. »Übrigens haben wir, selbst wenn sie in der Fotosammlung auftauchen sollte und wir Eifersucht als Motiv annehmen, immer noch kein Motiv für den Mord an Bauernfeind.«

Welscher zuckte mit den Schultern. »Stimmt wohl. Aber wir wissen ja auch noch nicht mit Sicherheit, ob die Fälle zusammengehören.« Er sah auf die Uhr. »Wir müssen rüber. Gleich ist die Besprechung.«

»Geh schon mal vor.« Fischbach seufzte. »Ich muss vorher noch ein dringendes Geschäft erledigen.«

Fischbach war froh, dass ihm vor der Besprechung einige ungestörte Minuten blieben. Der Speckpfannkuchen vorhin war ihm offensichtlich auf den Magen geschlagen. Oder war es die Lebenssituation von Frau Sieper gewesen, die in ihm eine Saite angestoßen hatte? Es war aber auch egal, das Ergebnis war dasselbe, und viel länger hätte er es nicht mehr einhalten können.

Er hörte jemanden in die Toilette kommen. »Puh!«, murmelte eine Männerstimme, »man könnte meinen, hier ist jemand gestorben. Besser später.«

Die Tür fiel mit einem Klacken ins Schloss, und Fischbach war wieder allein. Manchmal stellen sich die Kollegen aber auch an, dachte er. »Bei mir rommelt et, wie wenn ich hondert Düvvele em Buch hätt«, hatte sein Vater immer gesagt. Der hatte für jede Lebenssituation einen Spruch parat gehabt. Dabei hatte er die unterschiedlichsten Mundarten frei Schnauze gemischt. Als Staubsaugervertreter war er quer durch das Rheinland gezogen und hatte so viel Platt aufgeschnappt, dass er die regionalen Unterschiede hinterher nicht mehr auseinanderhalten konnte. Jedes Wochenende hatte er in der Kneipe die Geschichten zum Besten gegeben, die er in der Woche erlebt hatte. Mit großen Ohren hatte Fischbach zugehört, mit seiner Limo in der Hand, wenn er seinen Vater zum Mittagessen abholen sollte. Der erzählte von gelangweilten Hausfrauen, die ihn im Negligé empfingen, Witwen, die ihm stundenlang das Herz ausschütteten, bis sie den Kaufvertrag unterschrieben, und wütenden Männern, die ihm barsch die Tür wiesen, weil er sie bei einem Schäferstündchen gestört hatte. Wie viele von den Geschichten wirklich wahr gewesen waren, hatte Fischbach nie in Erfahrung bringen können, aber sie hatten ihm so oder so recht früh die Erkenntnis eingebracht, dass es zwischen Mann und Frau mehr gab als einen feuchten Kuss auf die Lippen. Fischbach vermisste den alten Knaben, der mit seiner chronisch guten Laune alle zum Lachen gebracht hatte. Fünf Jahre war er bereits tot, mit dreiundsiebzig von einem Herzinfarkt dahingerafft, während er gerade beim Frühschoppen an der Theke einen Witz erzählte. Die Pointe war er seinen Zuhörern schuldig geblieben.

Fischbach überkam eine Gänsehaut, obwohl es hier auf dem Klo stickig warm war. Er musste unbedingt dran denken, gleich das Fenster auf Kipp zu stellen, bevor er ging.

Er blickte auf die Uhr. Es wurde Zeit. Er griff nach links zur Klorolle und spürte kalte Fliesen unter den Fingern. Als er seinen Blick folgen ließ, stellte er erschrocken fest, dass das Klopapier alle war. Hektisch suchend sah er sich um, doch eine Ersatzrolle fand er nicht.

»Mist«, fluchte er. Er zog seine Hosen ein Stück weit hoch, stand auf und drückte die Klospülung. Er musste die Kabine wechseln. Stumm lauschte er, niemand schien in der Zwischenzeit hereingekommen zu sein. Vorsichtig entriegelte er die Tür und spähte durch einen schmalen Spalt hinaus, wobei er seine Hosen auf Höhe der Oberschenkel hielt. Niemand zu sehen. Er riss die Tür auf, machte einen Schritt vor und wandte sich zur zweiten Kabine.

Ein spitzer Schrei ließ ihn herumfahren. Die Putzfrau stand mit weit aufgerissenen Augen in der Tür zum Flur und hielt die Hände vor den Mund.

Schweiß lief Fischbach in die Augen. Er spürte, wie er rot anlief. »Es ist nicht so ... äh ... kein Papier.«

Die Putzfrau rief irgendetwas in einer fremden Sprache, die sich für Fischbachs Ohren russisch anhörte, und flüchtete.

Resigniert blickte er auf die zufallende Tür. Er hoffte, dass die Frau selbst dahinterkam, warum er hier mit heruntergelassenen Hosen stand und es nicht fälschlicherweise als abartigen Eifelbrauch auslegte. Er sah in die Nachbarkabine und stellte erleichtert fest, dass dort mehrere Rollen Klopapier auf ihn warteten.

Ein paar Minuten zu spät stürmte er kurz darauf in den Besprechungsraum. Zu allem Überfluss zog die Schmitz-Ellinger einen Flunsch und sah demonstrativ auf ihre Armbanduhr.

»Du gehst großzügig mit unserer Zeit um«, warf Bönickhausen ihm mürrisch entgegen.

»Vielleicht hat ihn eine weitere Ausfahrt mit seiner neuen Freundin aufgehalten«, sagte Büscheler heiser und hustete.

Fischbach setzte sich. »Welche neue ...« Er brach ab, als er Büscheler und Andrea Lindenlaub grinsen sah. Bianca Willms kicherte los, und selbst Welscher konnte sich ein Schmunzeln nicht verkneifen. Fischbach biss die Zähne zusammen. War ja klar, dass seine zu schnelle Fahrt mit Schwester Regina nach deren unfreiwilligen Zoten nicht geheim bleiben würde. Dieser vermaledeite Thomas Gilles, fluchte er stumm und nahm sich vor, dem Kollegen bei nächster Gelegenheit die Leviten zu lesen. Blieb zu hoffen, dass die Putzfrau von eben kein Deutsch sprach, sonst wäre er in den nächsten Monaten erst recht die Zielscheibe des Spotts in der Dienststelle. Er widerstand dem instinktiven Wunsch, sich zu verteidigen. »Was haben wir?«, fragte er stattdessen. »Was hat die Obduktion ergeben?«

»Nicht viel«, berichtete Andrea Lindenlaub und wischte sich mit dem Handrücken eine Lachträne aus den Augenwinkeln. »Bauernfeind war kerngesund, sieht man mal von Krampfadern ab. Der Kopfschuss war definitiv die Todesursache. Anzeichen für einen Kampf gibt es nicht. Die Kugel traf ihn vermutlich aus heiterem Himmel. Die Rechtsmedizinerin hat sich beim Todeszeitpunkt auf zwischen zehn Uhr abends und zwei Uhr am frühen Morgen festgelegt. Somit können wir davon ausgehen, dass das zerbrochene Ziffernblatt tatsächlich genau den Zeitpunkt anzeigt, an dem Bauernfeind ermordet wurde. Aber ihr wisst ja alle, wie ungenau das Ganze ist.«

»Damit hatte der Täter Zeit genug, um gegen halb zwei Bauernfeinds Haus in Einruhr auseinanderzunehmen«, stellte Welscher fest.

Bönickhausen stand auf und schüttete sich frischen Kaffee ein. »Ich denke, wir sollten in diese Richtung weiterermitteln. Das passt alles zusammen. Und vielleicht finden wir tatsächlich einen Zusammenhang mit dem Mord an Baron.«

Feuersänger lehnte sich nach hinten. Seine Augen spielten Roulette und kreiselten wie Kugeln. »Ich kann euch ja mal erzählen, was meine ballistischen Untersuchungen der Projektile ergeben haben.«

Bönickhausen hörte auf, in seinem Kaffee zu rühren. »Bist du damit schon fertig?«

Feuersänger grinste zufrieden. »War doch dringend, oder?«

»Hast du auch schon was zu den Reifenspuren?«, fragte Fischbach.

Feuersängers Augen blieben plötzlich stehen. »Glaubst du, ich kann zaubern? Weißt du, was das für eine Arbeit ist, die Geschosse zu vergleichen? Riefen lesen ist ein schwieriges Handwerk«, ereiferte er sich. »Da kannst du nicht nebenbei noch bügeln und die Kinder hüten. Und ist man fast fertig damit, kommst du schon mit der nächsten angerannt.« Er verschränkte die Arme vor der Brust und schmollte.

Fischbach holte tief Luft. Er hatte ihm den großen Auftritt vermasselt. Sicher hatte Feuersänger ein dickes Lob erwartet. »Jetzt hab dich doch nicht so. Machst du die Reifenspuren eben später.«

»Ich weiß nicht, ob ich heute noch dazu komme«, sagte Feuersänger trotzig.

»Dann eben morgen«, bot Fischbach an.

Feuersänger entspannte sich ein wenig. Er legte die Unterarme auf den Tisch. »Morgen bestimmt.«

Fischbach atmete innerlich auf. Die Klippe war umschifft. Auffordernd sah er Feuersänger an. Der kostete die Situation aus und wartete mit der Antwort. »Sie stammen aus derselben Waffe. Alle drei Geschosse«, gab er endlich preis. Seine Augen rotierten jetzt wieder.

Alle sprachen plötzlich durcheinander. Fischbach klopfte mit der flachen Hand dreimal auf den Tisch. »Meine Herren, bitte.«

»Und Damen«, ergänzte Doris Schmitz-Ellinger und verzog die Mundwinkel.

Fischbach überging die Bemerkung. Er akzeptierte seine Kolleginnen voll und ganz. Doch überall und immer die weibliche und männliche Anrede zu gebrauchen, blähte seiner Meinung nach das menschliche Miteinander unerträglich auf.

Es wurde wieder ruhig im Raum, und Fischbach atmete tief durch. »Wenn wir voraussetzen, dass die Waffe nicht durch verschiedene Hände gewandert ist, dann haben wir es mit ein und demselben Täter zu tun. Damit ist Bertrand zunächst raus aus der Sache. Er saß schließlich zur fraglichen Zeit bei uns ein.« Er griff nach dem Telefon und wählte. »Fischbach hier. Lass den dicken Belgier laufen ... Ja, du hast richtig gehört, freilassen.« Er legte auf. »Jetzt heißt es, Verbindungen zwischen Baron und Bauernfeind zu suchen. Eine davon wird uns zum Täter führen.«

»Dazu kann ich etwas beitragen«, sagte Welscher und legte Körners Foto auf den Tisch. Er erklärte den anderen, was auf dem Abzug zu sehen war. Dann tippte er auf das Kennzeichen. »Der Bentley gehört Baron, kein Zweifel. Die Buchstaben und Zahlen sind klar zu erkennen.«

»Ja gut, aber was ist daran so ungewöhnlich?«, wollte Doris Schmitz-Ellinger wissen. »Wir wissen doch, dass die beiden sich kannten.«

Welscher gab Andrea Lindenlaub das Foto, die es betrachtete und weiterreichte. »Bauernfeind hat uns gesagt, dass er Baron nur ein einziges Mal persönlich begegnet ist. Und das vor Wochen. Er hat also gelogen. Denn das Bild wurde letzte Woche aufgenommen.«

»Und welche Schlüsse ziehen Sie daraus?«, erkundigte sich Doris Schmitz-Ellinger.

Welscher verschränkte die Arme. »Ich persönlich halte es für möglich, dass Bauernfeind dem todkranken Baron entgegen seiner Aussage Sterbehilfe vermittelte.«

»Die war dann aber ziemlich grausam«, urteilte Büscheler. »Und wenn Bauernfeind den Killer auf Barons Verlangen hin bestellt hatte, warum wurde er dann wenig später selbst getötet?«

Welscher zuckte mit den Schultern. »Vielleicht sollte er als unangenehmer Zeuge beseitigt werden.«

»Jans Theorie geht meiner Meinung nach in die richtige Richtung, wenn ich das sagen darf.«

Fischbach bemerkte, dass Bianca Willms Welscher beim Sprechen einen seltsam verklärten Blick zuwarf. Irgendwie ... Er beobachtete sie einen Moment lang irritiert, dann kam er drauf. Sie himmelte Welscher an, sie war verliebt. Ach du dickes Ei, hoffentlich würde das gut gehen.

»Wir sollten darüber hinaus der Frage nachgehen«, schlug Bianca Willms vor, »ob sie gemeinsame Bekannte hatten, also nach der Schnittmenge suchen.«

Doris Schmitz-Ellinger nickte. »Ja, das kann nicht schaden. Ich werde beantragen, dass wir die Telefonverbindungen der letzten Wochen bekommen.«

Bianca Willms' Wangen färbten sich rosa.

Eine nachdenkliche Stille trat ein, bis Büscheler heiser flüsterte: »Eigentlich fangen wir ja wieder bei null an.«

»Ja«, stimmte Fischbach zu, der eben den gleichen Gedanken gehabt hatte. »Unser bisheriger Hauptverdächtiger ist jetzt bestimmt schon auf dem Weg nach Belgien. Und bei Susanne Baron beziehungsweise bei ihrem Liebhaber fehlt mir ein Mordmotiv bezüglich Bauernfeind, immer vorausgesetzt, beide Morde hängen zusammen.« Er sah auf die Uhr. Schon weit nach sieben. »Ich denke, wir vertagen uns auf morgen acht Uhr. Macht euch bis dahin mal ein paar Gedanken, wo wir noch ansetzen können. Ich fahre gleich noch mal zur Baronin. Vielleicht kriege ich doch noch was raus. Die muss doch gewusst haben, dass ihr Mann sich mit Bauernfeind getroffen hat. Andrea, kommst du mit?«

Andrea Lindenlaub verzog gequält das Gesicht. »Muss das sein? Ich muss ... ich habe ...« Sie sah verstohlen zu Bönickhausen, der sinnend aus dem Fenster starrte.

Fischbach schaltete. Offensichtlich hatte sie einen privaten Termin, den sie unbedingt wahrnehmen musste, den sie aber nicht hier in der Runde äußern wollte. Vermutlich hing es mit ihren Kindern zusammen. Als alleinerziehende Mutter hatte sie es nicht einfach, und es war ein kleines Wunder, dass sie nur so selten Privates vor ihre Arbeit schob. Im fiel plötzlich auf, dass er der Einzige im Team war, der zurzeit eine intakte Beziehung führte. Büscheler zählte nicht, da er beharrlicher Junggeselle war. Ein wenig verlegen gestand sich Fischbach ein, dass er Sigrid in letzter Zeit vernachlässigt hatte. Aber gegen seine Winterdepressionen kam er nur schwer an. Er nahm sich vor, sie beizeiten mal wieder so richtig zu verwöhnen.

»Kein Problem«, sagte er rasch, bevor Doris Schmitz-Ellinger aufmerksam wurde, die mit gesenktem Kopf in ihrem Smartphone stöberte. Kurz überlegte er, Büscheler mitzunehmen. Er wollte verhindern, dass sich irgendjemand im Team zurückgesetzt fühlte, weil er so häufig mit Welscher unterwegs war. Doch sein fleißiges Arbeitstier schien eine Mütze Schlaf gebrauchen zu können. Er rieb sich schon seit einer halben Stunde fast ununterbrochen die Augen und unterdrückte krampfhaft Gähnattacken.

»Ich komme mit«, bot sich Welscher an und stand auf.

»Streber«, brummte Büscheler, nahm jedoch mit einem Lächeln der Bemerkung ihre Spitze.

Welscher beugte sich vor und stemmte sich mit den Fäusten auf den Tisch. »Geh du mal schlafen, alter Mann. Bis du wieder wach bist, haben wir den Fall gelöst.« Er zwinkerte Büscheler zu.

Fischbach stand auf und freute sich darüber, dass Welscher inzwischen zumindest mit einem Eifler klarkam.

VIERZEHN

Ein nachtblauer Fünfer-BMW parkte auf der gegenüberliegenden Straßenseite von Barons Haus. Fischbach stellte seine Maschine dahinter ab, Welscher parkte davor.

Surrend fuhr das Fenster auf der Fahrerseite hinunter. »Hotte! Was machst du denn so spät noch hier?«, röhrte der Mann, der mit einem Pappbecher in der Hand hinter dem Lenkrad des BMW saß.

Fischbach ging zu ihm rüber, stellte Welscher vor und sagte dann: »Das ist der Kollege Breitholz, der, wie ich sehe, wieder mal ein Fast-Food-Restaurant ausgeraubt hat.« Er deutete auf den Beifahrersitz, auf dem sich der Verpackungsmüll stapelte.

Breitholz zuckte mit den Schultern und trank einen Schluck. »Ich muss dir ja sicherlich nicht erzählen, wie langweilig eine Observierung ist. Noch dazu am Freitagabend. Ich wollte mit meinem Sohn zum Tivoli. Heute spielt Aachen gegen Fürth, die Karten hatte ich ihm zum Geburtstag geschenkt.« Ärgerlich zerknüllte er den Pappbecher und warf ihn in den Fußraum vor dem Beifahrersitz. »Ich weiß nicht mal, warum das überhaupt erforderlich sein soll, da drin passiert doch sowieso den ganzen Tag nichts.« Skeptisch sah er zu Fischbach hoch. »Kann ja eigentlich nur mit euch zusammenhängen. Aber der Chef wollte partout nicht mit Einzelheiten rausrücken.«

»Äh, na ja, du weißt ja, wie der Chef ist.« Fischbach lachte unsicher. »Mal hü, mal hott.«

»Red keinen Stuss«, fuhr Breitholz auf. »Gib schon zu, Mensch, *du* wolltest die Observierung.« Er tippte Fischbach auf die Brust. »Du bist schuld, dass mein Sohn heute mit seinem Onkel, der zu allem Überfluss auch noch Geißbock-Fan ist, zum Spiel muss.«

»Das mit deinem Sohn tut mir leid. Ich bring dir nachher ein paar Burger als Wiedergutmachung«, bot Fischbach vorsichtig an.

»Aber Doppelburger«, forderte Breitholz. Er verschränkte die Arme vor der Brust, schien aber ein wenig besänftigt.

Mit der flachen Hand hieb Fischbach auf das Autodach. »Abgemacht. Jetzt erzähl mal. Ist die Baronin im Haus?«

»Der Fernseher läuft.« Breitholz wies über die Straße. Dort flackerte hinter einem dunklen Fenster das bläuliche Licht. »Um acht in der Früh hat die erste Schicht Position bezogen. Susanne Baron war den ganzen Tag zu Hause, sieht man mal von der Beerdigung ab, die sie heute Morgen besucht hat.«

Fischbach spähte zum Haus. »Habt ihr irgendetwas bemerkt, was darauf hindeuten könnte, dass da noch jemand drin ist?«

»Nee, leider nicht. Das hätte wenigstens eine kleine Abwechslung bedeutet.«

»Wäre ja auch zu schön gewesen«, murmelte Fischbach und rieb sich die Nase. »Ich denke, wir unterbrechen mal das Fernsehprogramm«, entschied er. »Bis gleich.«

Sie gingen über die Straße und schellten. Während sie warteten, fragte Welscher: »Warum hast du den Wagen denn nicht abgezogen? Du hast doch vorhin selbst gesagt, dass Frau Baron als Täterin nicht mehr in Frage kommt.«

»Das ist nicht ganz richtig. Ich sagte, dass sie kein Motiv für den Mord an Bauernfeind hat. Nach unserem bisherigen Kenntnisstand, heißt das. Muss aber nicht richtig sein. Dann wäre sie immer noch im Rennen. Und«, Fischbach zwinkerte ihm zu, »ich kann Breitholz nicht leiden. Ist ein Großkotz.«

Welscher drückte erneut den Klingelknopf. Vernehmlich schlug die Glocke im Haus an.

»Außerdem kann es schließlich nicht schaden, noch eine Weile ein wachsames Auge auf sie zu haben. Vielleicht springt ja doch etwas dabei heraus.« Fischbach drückte wild auf den Klingelknopf. »Warum macht die denn nicht auf?«

In diesem Moment wurde die Tür aufgerissen.

»Ich will meine Ruhe haben«, brüllte Susanne Baron mit schriller Stimme.

»Den Wunsch können wir Ihnen vorerst nicht erfüllen«, entgegnete Welscher ungerührt und hielt ihr Körners Foto unter die Nase. »Kennen Sie das Haus?«

Sie packte sein Handgelenk und drehte es so, dass das Licht der Außenlampe auf das Bild fiel. »Nie gesehen«, antwortete sie patzig. Sie ließ sein Handgelenk wieder los. »Und jetzt entschuldigen Sie …«

»Dürfen wir reinkommen?«, unterbrach Fischbach sie.

»Ich wüsste nicht, warum. Suchen Sie lieber den Mörder meines Mannes.« Sie wollte die Tür ins Schloss drücken, doch Welscher hielt dagegen.

»Dann ziehen Sie sich bitte etwas über und folgen Sie uns zur Dienststelle.«

»Sie können mich …«

»… auch abführen«, vollendete er den Satz.

Der Druck auf die Tür wurde schwächer. Sie schien zu überlegen, ob sie nachgeben sollte.

»Frau Baron«, sagte Welscher jetzt versöhnlich, »es ist wichtig. Ich verstehe gar nicht, warum Sie sich hier so gebärden.«

Nach einigen Sekunden machte sie den Weg frei. Sie traten ein. Im Fernseher lief »Wer wird Millionär«.

»Warum haben Sie mir Ihre Bluthunde vor die Tür gesetzt?«, zischte Susanne Baron.

»Was stört Sie so sehr daran? Es ist zu Ihrem Schutz«, erklärte Fischbach. »Schließlich hat man Ihren Mann ermordet. Es könnte doch sein, dass der Mörder es auch auf Sie abgesehen hat.«

»Ach, Blödsinn.« Sie ballte die Fäuste. »Wenn Sie denken, dass ich meinen Mann ermordet habe, dann sagen Sie es doch endlich.«

»Nur zu Ihrer Sicherheit«, wiederholte Fischbach, der scheinbar ungerührt im Wohnzimmer umherschritt. »Wollen Sie eigentlich immer noch verreisen? Dann wäre es für uns schwierig, den Personenschutz aufrechtzuerhalten.«

Sie ging zur Bar, schüttete sich ein Glas Whisky ein und trank es zur Hälfte leer. Das schien sie ein wenig zu beruhigen. »Ich weiß es noch nicht. War eine spontane Idee, um allem zu entfliehen. In ein paar Tagen vielleicht.«

»Wohin sollte es denn gehen?« Fischbach winkte lachend ab. »Verzeihen Sie, ich bin indiskret. Das müssen Sie wirklich nicht beantworten. Ich bin da immer neugierig, weil ich selbst gerne verreise.«

Welscher horchte auf. Das hatte er dem alten Eifelkopp gar nicht zugetraut. Er hätte vermutet, dass die Grenzen des Kreises Euskirchen eine unüberwindbare Hürde für Fischbach darstellten.

Er bemerkte, dass Susanne Baron Fischbach prüfend ansah. Vermutlich dachte sie das Gleiche wie er. »Ist kein Geheimnis«, sagte sie. »Ich habe Freunde in Marokko.«

»Rabat?«

»Casablanca.«

Fischbach tigerte weiter. »Kennen Sie Jörg Bauernfeind, Frau Baron?«

Sie ließ den Whisky im Glas kreisen. Wieder musterte sie Fischbach eine Weile, bevor sie antwortete. »Ist das nicht der Kerl, der sich so vehement für Sterbehilfe ausspricht?«

»Genau«, bestätigte Fischbach. »Kennen Sie ihn zufällig persönlich?«

»Nein.«

»Und Ihr Mann? Wissen Sie, ob er mit Bauernfeind in Kontakt stand?« Fischbach nahm einen hölzernen Elefanten hoch, der auf der Fensterbank neben einer Schefflera stand, und betrachtete ihn gedankenverloren. Die Pflanze ließ die Blätter hängen. Ein Spritzer Wasser hätte ihr gutgetan.

»Ich habe keine Ahnung. Schließlich stand mein Mann nicht unter Aufsicht.« Sie trank das Glas aus und schüttete sich Whisky nach. Welscher vermutete, dass sie ein Alkoholproblem hatte. Sie soff wie ein Loch, ohne dass man es ihr bisher anmerkte.

Fischbach nickte ihm auffordernd zu.

Welscher legte das Foto vor Frau Baron auf die Bar und deutete auf den Bentley. »Das ist der Wagen Ihres Mannes. Und dies«, er tippte auf das Haus, »ist Jörg Bauernfeinds Anwesen. Das Foto wurde vor nicht einmal zwei Wochen aufgenommen. Wir vermuten nun, dass Ihr Mann und Bauernfeind sich kannten.«

Sie nahm das Foto hoch. Eine Weile betrachtete sie es, legte es dann wieder zurück. Ihre Hände zitterten kaum merklich. »Selbst wenn mein Mann diesen Bauernfeind kannte, sehe ich nicht, warum das wichtig sein sollte. Sind Sie denn wirklich sicher, dass er bei Herrn Bauernfeind zu Besuch war? Er könnte doch genauso gut irgendjemand anderen besucht haben. In der Straße werden doch noch mehr Häuser stehen, oder?«

Welscher nickte. »Durchaus. Daher werden wir die Nachbarn auch eingehend befragen.«

»Sehen Sie«, sagte sie mit einem triumphierenden Lächeln. »Aber selbst wenn sich herausstellen sollte, dass er bei Bauernfeind war, ist es ohne Bedeutung. Dass mein Mann sterbenskrank war, wissen Sie. Er wird sich von Bauernfeind Hilfe erhofft haben.«

Welscher wartete darauf, dass sie die Frage stellte, die in seinen Augen auf der Hand lag. Doch sie nippte nur an ihrem Glas und lächelte. Er blickte zu Fischbach, der den Elefanten wieder abgestellt hatte und nun in Richtung Küche schlich.

»Was sagen Sie eigentlich zu den Verhältnissen, die Ihr Mann pflegte?«, rief er Frau Baron in arglosem Tonfall über die Schulter hinweg zu, und Welscher wunderte sich, warum sein Kollege gerade jetzt dieses Thema aufs Tapet brachte.

Sie lachte verächtlich. »Die habe ich ihm verziehen. Er hatte außerdem damit aufgehört. Daraus können Sie kein Motiv zusammenstricken.«

Fischbach blieb stehen. »Oh!«, rief er aus, ohne seine Überraschung weiter auszuführen. Stattdessen umrundete er die frei stehende Kochinsel.

»Was soll das bedeuten? Glauben Sie mir nicht?«, wollte sie wissen.

»Nein, nein.« Fischbach zuckte mit den Schultern. »Ich weiß es nur besser.«

»Besser? Wovon reden Sie eigentlich?«

Er kam zurück ins Wohnzimmer und zeigte auf das Glas, das sie mit ihrer Hand umklammerte. »Vielleicht schenken Sie sich vorher noch einen Whisky ein.«

»Jetzt reden Sie schon, Mann!«, fuhr sie auf.

»Wir wissen, dass Ihr Mann ein Verhältnis mit einer gewissen Carola Poth hatte. Sie dürften sie kennen, ihre Band hat auf der Jubiläumsfeier gespielt. Es gibt keinen Zweifel, denn Ihr Mann hatte die Angewohnheit, seine zahlreichen Geliebten unbekleidet zu fotografieren und auf seinem Computer abzuspeichern.«

Das saß. Susanne Baron wurde kreidebleich, schwankte und ließ sich auf das Sofa sinken. »Sie lügen«, hauchte sie.

»Carola Poth hat es mir persönlich bestätigt«, sagte Fischbach.

Sie ließ ihr Glas fallen. Es zersprang klirrend, der Whisky lief über die schwarzen Granitfliesen. »Er hat es mir versprochen, das Schwein«, zischte sie.

Fischbach verschränkte die Arme hinter dem Rücken und wippte auf den Fußballen auf und ab. »Tut mir leid, dass Sie es von mir erfahren mussten. Aber es ist die Wahrheit.«

Welscher ging in die Küche, griff ein Schwammtuch aus der Spüle und wischte den Whisky auf. Die großen Glassplitter nahm er anschließend mit zur Spüle. Den Rest sollte sie selbst mit dem Handfeger zusammenkehren.

»Ich bring ihn um«, flüsterte sie und starrte ins Leere. »Ich bring das Schwein um.« Ihre Hände hatte sie zu Fäusten geballt, die Fingernägel in die Handflächen gedrückt. Sie zitterte am ganzen Körper.

»Na ja, das müssen Sie ja nicht mehr«, stellte Welscher salopp klar.

Verwirrt sah sie ihn an. »Wie?« Sie wirkte, als ob sie geistig in einer fremden Welt gefangen wäre, fern vom Hier und Jetzt. Sie blinzelte einige Male und lachte dann humorlos. »Ach so, das meinen Sie. Er hat ja bereits seine Strafe bekommen.« Sie schlug mit der Faust in das Polster der Couch. »Und ich habe noch um ihn getrauert. Hätte ich das alles vorher gewusst ...«

»Was dann?«, horchte Fischbach nach.

»Dann hätte ich für nichts garantieren können.«

»Es wundert mich ehrlich gesagt ein wenig, dass Sie so empört sind. Ihr Mann war doch kein Kind von Traurigkeit. Haben Sie uns selbst geschildert, als es darum ging, dass er in der Mordnacht nicht nach Hause gekommen ist.«

Sie sah auf. »Ich muss ja nicht jedem erzählen, wie sehr ich unter Bruce' Eskapaden gelitten habe, oder?« Sie hielt Daumen und Zeigefinger mit etwa einem Zentimeter Abstand aneinander. »So dicht standen wir vor einer Trennung. Nur weil er mir hoch und heilig versprochen hatte, endlich damit aufzuhören, habe ich ihm noch eine Chance gegeben.«

»Und er war bereit, Ihre Romanzen zu entschuldigen?«

Sie versteifte sich. »Da gibt es nichts zu entschuldigen.«

»Überhaupt nichts?«

»Und wenn, würde ich es Ihnen nicht auf die Nase binden.«

Fischbach kratzte sich den Kopf. »Hm, okay. Aber man muss ziemlich naiv sein, um jemandem, der mit der halben Eifel im Bett war, zu glauben, er würde sich ändern.«

Susanne Baron kniff wütend die Augen zusammen. »Oder verliebt, Herr Kommissar.«

Wenige Minuten später verabschiedeten sie sich. Als sie außer Hörweite waren, fragte Welscher: »Warum hast du ihr von seinen Gespielinnen erzählt?«

Fischbach trat mit seinem Lederstiefel gegen einen Stein, der quer über den Rasen flog und krachend im Unterholz verschwand. »Nenn es einen Versuchsballon. Sie war mir einfach zu selbstsicher und arrogant«, antwortete er. »Ich mag es nicht, wenn man meint, mich verarschen zu können. Wir hätten sie schon eher unter Druck setzen müssen. Noch ein Fehler, den ich einräumen muss.«

Es piepte zweimal. Fischbach sah auf sein Handy, sagte aber nichts.

»Was Wichtiges?«

Fischbach schüttelte den Kopf. »Privat.«

»Sei nicht so selbstkritisch«, nahm Welscher den Faden wieder auf und versuchte ihn aufzumuntern. »Ihre Reaktion auf deine Offenbarung war zwar sehr interessant, mehr aber auch nicht. Etwas anderes fand ich viel bezeichnender.« Er stoppte Fischbach, indem er ihn am Ärmel festhielt. »Sie hat die Frage der Fragen nicht gestellt.«

Fischbach strahlte ihn erfreut an. »Ah! Dir ist es also auch aufgefallen.« Er nickte. »Ja, sie war vollkommen zufrieden damit, dass wir die Nachbarn befragen wollen. Statt zu fragen, was denn Bauernfeind selbst zu der ganzen Angelegenheit zu sagen hat.«

»Das hätte sie interessieren müssen. Es sei denn …«

»… sie weiß, dass das nicht mehr geht«, vollendete Fischbach seinen Satz.

»Ihr war längst bekannt, dass Bauernfeind ermordet wurde.« Welscher wies mit dem Daumen auf den geparkten BMW, in dem der sichtlich gelangweilte Breitholz saß. »Ich würde den Wagen nicht abziehen.«

»Werde ich auch nicht. Jetzt nicht mehr«, stimmte Fischbach zu. Sie gingen über die Straße.

Breitholz stieg aus dem Wagen und zündete sich eine Zigarette an. »Und? Was Neues?«

»Das Alte, nur aufgewärmt«, erwiderte Fischbach einsilbig. »Jetzt schau ich mal zu, dass du was in den Bauch bekommst.«

»Beeil dich. Ich bin am Verhungern«, jammerte Breitholz übertrieben und klopfte sich auf den Bauch. »Mach also bitte zwischenzeitlich keine Tour mit einer Nonne oder wer noch alles so bei dir mitfahren will.« Er lachte und schlug Fischbach kräftig auf die Schulter.

Der Anlasser des Fiesta klackte, doch mehr passierte nicht. Der Motor blieb stumm. Welscher hieb wütend auf den Lenkradkranz. »Mist, verfluchter.« Ohne Erfolg drehte er den Zündschlüssel noch einige Male.

Im Wagen hinter ihm saß Breitholz, von Welschers Bemühungen, den Wagen zu starten, gänzlich ungerührt, mit einer Zeitung in der Hand. »Arschloch«, fluchte Welscher, öffnete mit einem Griff unter das Lenkrad die Motorhaube und stieg aus. Zumindest stand er im Licht einer Straßenlaterne und konnte so die Bauteile des öligen Motors gut unterscheiden. Nur half ihm das recht wenig. Er hatte von Autotechnik nämlich so viel Ahnung wie ein Schimpanse von Mikrochirurgie. Hilfesuchend blickte er sich um. Fischbach war bereits vor einigen Minuten losgedonnert, und Breitholz sah zwar durch die Frontscheibe und winkte ihm zu, hielt es aber nicht für nötig, auszusteigen.

»Arschloch«, wiederholte Welscher. Jetzt verstand er, warum Fischbach den Kollegen nicht leiden konnte.

»Kann ich Ihnen helfen?«

Welscher zuckte zusammen. Weil er seine Aufmerksamkeit und seinen Ärger auf Breitholz gerichtet hatte, war ihm entgangen, dass sich ein Jogger genähert hatte. Der Mann stieß weiße Atemwolken aus und lief auf der Stelle. An seinem Stirnband war eine LED-Lampe befestigt, die Welscher je nach Kopfhaltung des Mannes blendete. Er hielt die Hand vor die Augen. »Könnten Sie das Licht bitte ausmachen?«

»Oh, klar.« Der Jogger riss sich das Stirnband vom Kopf und knipste das Licht aus.

Welscher nickte dankbar. »Die Karre will nicht anspringen«, erklärte er und wies in den Motorraum. »Verstehen Sie etwas davon?«

Der Mann gab ihm die Hand. »Das will ich wohl meinen. Alfred Gräper«, stellte er sich vor. Sein Händedruck war kräftig. »Ich besitze einige Autohäuser.«

Welscher war froh, als er den menschlichen Schraubstock wieder loslassen konnte. Seine Finger schmerzten. Er zweifelte ein wenig an Gräpers Fähigkeiten. Die Eigentümer von Autohäusern fand man selten in der Werkstatt, sondern eher in einem warmen Büro vor einem Bildschirm mit den aktuellen Umsatzzahlen.

»Lassen Sie mal sehen«, murmelte Gräper und beugte sich über den Motor. »Können Sie bitte mal starten?«

Welscher setzte sich in den Wagen und drehte den Schlüssel. Der Anlasser klackte.

»Stopp!«, hörte er Gräper rufen.

Welscher ließ den Schlüssel los und stellte sich so, dass er Gräper über die offene Wagentür hinweg bei der Arbeit zusehen konnte.

»Das haben wir gleich«, machte der ihm Hoffnung. »Haben Sie einen großen Schraubenschlüssel dabei?«

»Ich denke schon«, antwortete Welscher und kramte im Kofferraum. Er fand nur eine Zange. Die brachte er Gräper. »Geht die auch?«

»Ja klar«, erwiderte Gräper lapidar, packte sie fest und schlug auf ein Bauteil ein.

»Was soll das?«, rief Welscher ärgerlich und hielt ihn am Arm davon ab, weitere Schläge auszuführen.

»Der Anlasser hing fest. Versuchen Sie es jetzt noch mal.«

Welscher nahm sicherheitshalber die Zange mit. Er setzte sich und drehte den Zündschlüssel. Sofort sprang der Motor an.

Gräper schloss die Haube und kam zu ihm rum. »Sehen Sie? Kein Attentat.«

Welscher musste lachen. »Das hätte ich nicht für möglich gehalten.«

»Sie sollten sich aber einen neuen Anlasser einbauen lassen. Das kann immer wieder passieren«, warnte Gräper. »Sie finden mich im Telefonbuch. Ich mache Ihnen einen Vorzugspreis.« Er zwinkerte ihm zu.

»Aber nicht schwarz«, gab Welscher zurück.

»Nein, sicher nicht«, erwiderte Gräper lachend. Plötzlich verschwand sein heiterer Gesichtsausdruck. Respektvoll tippte er auf die Christophorus-Plakette, die auf der Lenksäule klebte. »Ein wahrer Christ«, hauchte er anerkennend.

Welscher zuckte unbestimmt mit den Schultern. Die Plakette stammte vom Vorbesitzer des Fiesta. Dass er nur zu faul gewesen war, sie abzureißen, behielt er für sich.

»Die christlichen Werte kommen heutzutage viel zu kurz.« Gräper deutete auf das Haus der Barons. »Nehmen Sie als Beispiel den Sündenpfuhl dort drüben. Das wiederauferstandene Sodom und Gomorrha. Männerbesuch fast jeden Tag, und ihr Mann schien nichts dagegen zu haben, geschweige denn, dem Treiben ein Ende setzen zu wollen.«

Welscher horchte auf. Stand hier ein wichtiger Zeuge vor ihm? Aus Sorge, der Anlasser könnte wieder hängenbleiben, ließ er den

Motor laufen und stieg aus. »Wieso sind Sie so gut über das im Bilde, was dort drinnen vor sich geht?«

Gräper lachte unlustig. »Auf meiner Joggingstrecke laufe ich jeden Tag auch hinter dem Haus entlang. Und bei den riesigen Fenstern wird der Blick ja fast magisch angezogen. Ich kannte Bruce Baron ganz gut. Er war mein Kunde. *Er* hat dort in letzter Zeit nicht mit seiner Frau im Wohnzimmer gesessen.«

Interessant, dachte Welscher, dann haben wir uns Frau Barons geheimen Liebhaber wohl doch nicht eingebildet. »Könnte doch auch nur ein Freund gewesen sein«, bemerkte er.

»Über Wochen hinweg? Nee, glaube ich nicht. Aber wissen Sie, was mir noch aufgefallen ist?«

Welscher schüttelte gespannt den Kopf.

»Seit Baron tot ist, ist auch der Liebhaber verschwunden. Die Rollläden sind jetzt oft schon früh am Vormittag unten. Schon seltsam, oder? War früher nicht so. Da gibt es doch bestimmt einen Zusammenhang. Ich vermute ja, dass sie doch noch einen kleinen Funken Anstand besitzt und sich zumindest in der ersten Trauerzeit nichts nachsagen lassen möchte.« Gräper rückte näher an Welscher heran und flüsterte: »Meiner Meinung nach steht zu befürchten, dass ihr Liebhaber den lästigen Ehemann um die Ecke gebracht hat.« Er hob die Augenbrauen und machte ein schlaues Gesicht.

Welscher sagte nichts darauf. »Können Sie den Mann beschreiben?«

Gräper wiegte den Kopf. »Es war nicht Baron, er bewegte sich anders. Und dünner war er auch. Aber so vom Gesicht her, nein, da war er dann doch zu weit entfernt.«

Einige Sekunden blickten sie beide stumm zu Barons Haus hinüber.

»Ich muss jetzt weiter«, sagte Gräper schließlich und drückte Welscher die Finger matschig. Dann trabte er gemütlich davon.

***

Fischbach hatte nie die Absicht gehabt, Breitholz auch nur einen einzigen Burger zu bringen. Sollte der doch da oben Kohldampf schieben, bis man auf seinen Rippen ein Xylofonkonzert geben konnte. Entspannt bretterte er die B 266 entlang, durch Schaven, Firmenich, Obergartzem und Wißkirchen, um dann kurz vor dem Ortseingang

Euskirchen seine Harley vor der Alten Tuchfabrik auf den Ständer zu wuchten.

Karlo Nettersheim empfing ihn auch heute persönlich an der Hintertür. Er schob Fischbach vor sich her in sein Büro und hielt ihm den Zigarrenkasten hin. »Eine De Leon gefällig?«

Mit skeptischer Miene griff Fischbach zu, zog die braune Stange unter seiner Nase her und schnupperte daran. »Von der Marke habe ich noch nie etwas gehört. Das Auspuffrohr meiner Harley ist kaum größer.« Er lachte gackernd. »Was sagtest du: De Leon?«

»Ja, De Leon Torpedo, um genau zu sein. Hierzulande noch ziemlich unbekannt. Kommt aus der Dominikanischen Republik. Milde Stärke, aber kräftig im Aroma. Die Spitzbuben da drüben haben jahrelang an der Mischung herumexperimentiert.«

Fischbach nahm sich den Roundcutter vom Tresen und bohrte ein kleines Loch ins Mundende. Nettersheim hielt ihm Feuer hin. Er paffte die Zigarre an und ließ den Rauch über seine Zunge rollen. »Nicht schlecht, wirklich nicht schlecht«, urteilte er nach den ersten drei Zügen. Anerkennend hob er die Zigarre und nickte. »Klasse Rohr.« Sofort kribbelte es in seiner Nase.

Nettersheim strahlte. »Freut mich, dass es dir schmeckt«, sagte er und schüttete für sich einen Bourbon und für Fischbach einen doppelten Eifelschnaps ein. »Von Faber. Ein echter Bierbrand.«

Fischbach nahm das Glas und roch daran. Der aromatische Duft nach Äpfeln und Birnen stieg ihm in die Nase. »Köstlich«, sagte er. »Aber du weißt doch: Wenn ich noch fahren muss, dann trinke ich keinen Alkohol.« Er stellte das Glas auf den Tisch.

Nettersheim lachte. »Stimmt. Hatte ich für einen Augenblick vergessen. Prinzipien sind richtig und wichtig.«

Sie setzten sich in die braunen Clubsessel. Fischbach liebte diese Möbelstücke. Die Lehnen waren hoch und oben flach. So konnte man gemütlich die Arme auflegen. »Was kann ich für dich tun?«, fragte er und hoffte inständig, dass sein Freund die SMS nicht geschrieben hatte, weil er rückfällig geworden war.

Nettersheim erahnte anscheinend Fischbachs Sorgen und schüttelte den Kopf. »Nicht, was du jetzt denkst. Ich bin und bleibe sauber, keine Sorge.«

Fischbach atmete erleichtert aus. »Gott sei Dank. Um was geht es dann?«

Nettersheim lehnte sich zurück und schmunzelte. »Ziemlich gefährliche Gegend hier in letzter Zeit.«

»Dem kann ich nicht widersprechen.«

»Ihr habt den Belgier laufen lassen?«

Fischbach nickte.

»Ist nur vorübergehend, nicht wahr?«, mutmaßte Nettersheim. »Der ist zu blöd für das Geschäft.«

»Vielleicht.« Fischbach mochte sich diesbezüglich nicht festlegen. Er schätzte Wout Bertrand als hinterlistig und lernfähig ein. Eine gefährliche Kombination.

»Jörg Bauernfeind«, sagte Nettersheim und zog an seiner Zigarre. Die Spitze glühte hell auf.

»Du weißt schon davon?« Fischbach fragte, obwohl es ihn eigentlich nicht überraschte.

Nettersheim zuckte als Antwort nur mit den Schultern. »Der war ein ganz anderes Kaliber. Manche werden sagen, dass es ausnahmsweise mal den Richtigen getroffen hat.«

Fischbach winkte ab. »Sterbehilfe polarisiert. Wenn jetzt das eine Lager vor Freude jubelt, dann ist es kein Wunder.«

»Das meine ich nicht.«

»Nicht?«

»Nicht, genau.«

»Was dann?« Neugierig blickte er Nettersheim an.

»Bauernfeind war ein gerissener Hund. Der war richtig gefährlich. Er nutzte die Leute aus, spielte sie gegeneinander aus und hatte keine Bedenken, jemanden zu hintergehen, wenn es für seine Sache nützlich war.« Nettersheims Stimme hatte an Schärfe zugenommen. Ein deutliches Zeichen dafür, dass er den Ermordeten nicht ausstehen konnte.

»Und das wolltest du mir persönlich erzählen? Dass Bauernfeind vermutlich mehr Feinde hatte als das Universum Planeten?«

Nettersheim leerte sein Glas auf ex. »Nein. Das hättet ihr auch selbst herausbekommen.« Er schmunzelte. »Ich habe heute Nachmittag aus alter Verbundenheit zu dir mal ein paar Freunde angerufen.« Er stellte sein Glas auf die Lehne und ließ den Zeigefinger über den Rand kreisen. »Der Name Bauernfeind ist ihnen in letzter Zeit häufiger begegnet.«

»Begegnet?«, echote Fischbach. »Wie muss ich mir das vorstellen? Hast du nichts Konkreteres?«

Nettersheim lachte auf. »Mann, glaubst du wirklich, dass mir jeder sofort alle Informationen auf einem goldenen Tablett serviert?« Er tippte sich an die Stirn. »Du bist vielleicht lustig.«

Fischbach verdrehte die Augen und sah dem Rauch seiner Zigarre hinterher, der zur Decke strebte. »Wäre aber schön gewesen.«

»Sicher«, stimmte Nettersheim zu. »Aber so wissen wir zumindest, dass da irgendetwas Illegales gelaufen sein muss. Es könnte der Schlüssel für die Morde sein. Oder zumindest für den Mord an Bauernfeind.«

Fischbach kratzte sich an der Stirn und betrachtete seine Zigarre. De Leon Torpedo. Könnte Bauernfeind einen menschlichen Torpedo arrangiert haben, um Baron beseitigen zu lassen? Aber warum sollte er das tun? Welches Motiv hätte er gehabt? Wusste Baron vielleicht irgendetwas über ihn, was sonst niemand wissen sollte? War Erpressung im Spiel? Aber wer hatte dann Bauernfeind auf dem Gewissen? Hatte sich der Torpedo gegen ihn gewandt, um alle Spuren zu verwischen? Das war doch auch Welschers Vermutung gewesen. Aber so liefen die Geschäfte in dem Gewerbe nicht. Man legte nicht einfach einen Auftraggeber um. Warum auch? Der konnte üblicherweise sowieso nichts beweisen. Die Torpedos hatten schließlich Hirn und sicherten sich ab. Unmut regte sich in Fischbach. Er rutschte auf dem Sessel hin und her, als ob die Sitzfläche heiß geworden wäre. So funktionierte das nicht. Er musste sich von seinen alten Gedankengängen befreien, die brachten ihn nicht weiter. Frische Ideen, neue Ansätze, ein freier Kopf waren dringend notwendig. »Hast du etwas gehört, was uns Aufschluss darüber geben könnte, ob die Morde zusammen–«

»Lass das«, forderte Nettersheim heiter. »Es war dieselbe Tatwaffe. Die Morde hängen zusammen.«

»Davon weißt du auch schon?« Fischbach schüttelte ungläubig den Kopf. »Das sind Polizeiinterna.«

»Ja«, bestätigte Nettersheim, ohne näher darauf einzugehen.

Fischbach bedrängte ihn nicht, nahm sich aber vor, irgendwann mit Bönickhausen über die Möglichkeit einer undichten Stelle zu sprechen. »Gut, dann sag mir, wie das alles zusammenhängen könnte?«

Nettersheim wiegte den Kopf. »Ich tippe auf irgendeine Beziehungskiste. Immer wenn es richtig kompliziert ist, sind Frauen im Spiel.« Er lachte donnernd.

»Frauen«, wiederholte Fischbach nachdenklich. »Davon gab es in Barons Umfeld einige. Aber bei Bauernfeind?«

»Vielleicht eine gemeinsame Geliebte?«

Fischbach ging im Geiste die Bilder durch, die sie auf Barons Festplatte gefunden hatten. Bei keiner konnte er sich vorstellen, dass sie an Bauernfeind, der längst nicht mehr zur attraktivsten Ausgabe seiner Gattung gehört hatte, Gefallen gefunden hätte. Allerdings umgab ihn als Person der medialen Öffentlichkeit ein gewisser Glamour, den Frauen möglicherweise anziehend fanden.

Fischbach spürte, wie die Wärme des Raumes und der Tabak ihm die Sinne vernebelten. Er löschte die Zigarre im Aschenbecher. »Sei mir nicht böse, aber ich muss an die frische Luft. Mir gehen einfach zu viele Dinge durch den Kopf, als dass ich mir die Zeit gönnen kann, hier gemütlich zu sitzen.«

Nettersheim winkte ihm zum Abschied wie ein König. »Mach es gut, aber nicht zu oft.«

Fischbach hörte gar nicht mehr richtig zu. In Gedanken versunken eilte er aus dem Gebäude, startete seine Maschine und fuhr ziellos durch die Nacht.

FÜNFZEHN

Ein Erdbeben! Welscher stand in seiner Wohnung, denn endlich hatte er den Mut gefunden, für eine Aussprache dorthin zurückzukehren. Doch plötzlich schwankte der Boden, die Wände zitterten. Er taumelte in Richtung Haustür. Unter dem Sturz wäre er sicher. Panisch schrie er auf, als die Decke auf ihn fiel. Schwärze hüllte ihn ein.

»Jan!«, rief jemand in seiner Nähe. Das Beben nahm zu. »Mann, Jan, dreh nicht durch! Wach auf.«

Welscher schlug die Augen auf, sein Herz raste. Angsterfüllt krallte er sich in das Bettlaken und blickte sich gehetzt um, sekundenlang desorientiert, bis er endlich die dunkle Gestalt erkannte, die auf einem Stuhl an seinem Bett saß und an seinem Oberarm rüttelte.

»Hotte?«, murmelte Welscher mit belegter Stimme und stemmte sich auf die Unterarme. Verschwitzt klebte sein T-Shirt am Rücken, die Decke hatte er zum Fußende getrampelt.

»Du hast aber lebhafte Träume«, meinte Fischbach und ließ ihn los. »Deine Freundin kann einem ja leidtun, so wie du dich aufführst. Ihr solltet über getrennte Betten nachdenken.«

Welscher ließ sich wieder auf das Bett zurückfallen. »Ja, klar«, sagte er gleichgültig. »Meine Freundin, die Arme.« Sollte Fischbach doch denken, was er wollte. »Was machst du hier? Mitten in der Nacht?«

»Arbeiten«, erläuterte Fischbach. »Ich bin lange rumgefahren und habe nachgedacht. Über die beiden Morde.«

Welscher zog die Bettdecke nach oben. Bei dem Gedanken daran, dass der Eifelkopp in der nächtlichen Kälte eine Sightseeingtour unternommen hatte, stellten sich bei ihm alle Haare auf. »Schön. Morgen früh um acht bin ich wieder im Dienst. Du erreichst mich in deinem Büro«, sagte er. Ein Kälteschauer trieb ihm Gänsehaut auf die Arme. Die Decke war zu weit hochgerutscht, und seine Füße lagen frei. Mit ein paar gezielten Tritten versuchte er, die Decke nach unten zu befördern.

»Jetzt hör doch mal zu«, drängte Fischbach. »Ich will wissen, was du von meiner Theorie hältst.«

Welscher schloss die Augen, ohne etwas zu entgegnen. Dumpfe Kopfschmerzen plagten ihn.

»Es könnte doch sein ...«, begann Fischbach und beugte sich etwas vor. Welscher hatte den Eindruck, dass seine Lederjacke die Kälte der nächtlichen Fahrt gespeichert hatte. Im fahlen Schein des Mondlichtes leuchteten Fischbachs Augen zudem diabolisch. »... dass die Baronin Bauernfeinds Geliebte war.«

Ruckartig richtete sich Welscher auf. »Wie kommst du denn darauf?«

»Es passt zusammen«, erläuterte Fischbach. »Hör zu: Die Baronin will mit Bauernfeind ein ganz neues Leben beginnen. Finanziell abgesichert ist er ja. Im Gegensatz zu ihrem Mann. Nun ist es aber so, dass die beiden hier in der Eifel schwerlich in aller Ruhe ihr Liebesglück genießen können. Also beschließen sie, ihr Heil in der Ferne zu versuchen. Und jetzt rate mal, wo?«

Ohne hinzusehen, wusste Welscher, dass Fischbach zufrieden grinste. »Die Flugreise?«

»Richtig.«

»Marokko war es, oder?«

»Noch mal richtig. Und jetzt pass gut auf. Die entsetzte Reaktion auf unsere Mitteilung, du erinnerst dich?«

»Als wir ihr sagten, dass ihr Mann fremdgeht?«

»Ja, ja. Genau.«

»Psst«, mahnte Welscher, denn Fischbachs Stimme war lauter geworden. Er fürchtete um Sigrids Schlaf.

»Als die Trennung kurz bevorsteht, kriecht Baron bei seiner Frau zu Kreuze, schwört Stein und Bein, niemals wieder einer anderen in den Ausschnitt zu schauen. Die verbitterte und eifersüchtige Baronin zweifelt zwar, doch insgeheim liebt sie ihren Mann immer noch. Sie gibt ihm eine letzte Chance.«

Der Stuhl knarrte. Schemenhaft erkannte Welscher, dass Fischbach sich zurückgelehnt hatte und die Beine übereinanderschlug.

»Okay, okay«, flüsterte Welscher, von dem nun jede Müdigkeit abgefallen war. »Spinn mal weiter.«

»Bauernfeind ist sauer. Sauer und maßlos eifersüchtig auf Baron, der ihm die Geliebte streitig macht. Worte helfen nicht, die Baronin zögert und zweifelt vielleicht, aber sie verlässt ihren Mann nicht. So brütet Bauernfeind den perfiden Plan aus, Baron umzulegen. Er bittet Baron zum inoffiziellen Schlichtungsgespräch, abseits jedweder Öffentlichkeit. Baron ist dies recht. Er will seine letzten Tage in Ruhe verbringen, ohne Streitigkeiten. Das Angebot kommt ihm daher gelegen. Argwohn hegt er nicht. Warum auch? Bauernfeind vermittelt nicht gerade den Eindruck eines gefährlichen Gegners. Und dies war vermutlich die größte Fehleinschätzung seines Lebens, das ihn dasselbige kostete.«

Fischbach verstummte.

Welscher ging das Gesagte noch mal im Geiste durch.

»Bauernfeind hätte trotzdem nur warten brauchen. Er wusste ja von Barons schwerer Krankheit«, gab er dann zu bedenken.

»Ein verprellter Liebhaber, dem es nicht schnell genug gehen konnte. Ich gebe zu, an dieser Stelle arbeite ich noch.«

»Und die Sache mit dem Wasser im Mund?«

»Er wollte auf Nummer sicher gehen. So hatte Baron absolut keine Chance, den Schuss zu überleben. Vielleicht fürchtete Bauernfeind sich vor seiner eigenen Courage. Einen zweiten Schuss traute er sich möglicherweise nicht zu. Er war ja schließlich kein Profikiller.«

»Stopp, jetzt mal langsam.« Welscher grübelte einen Moment. »Die Reiseutensilien standen bei unserem ersten Besuch nicht auf dem Tisch. Die tauchten erst später auf. Nach dem Mord haben Bauernfeind und die Baronin ihren Plan, nach Marokko abzuhauen, also wieder aufgegriffen.«

»Sie hat sich in Bauernfeinds Arme geworfen und trösten lassen.«

»Okay.« Welscher gab sich zunächst zufrieden. »Damit hättest du einen Mord erklärt. Ich bin gespannt, wie du den zweiten aufklärst.«

»Die Mordwaffe ist der Schlüssel«, erläuterte Fischbach. »Bauernfeind hat sich nicht selbst getötet. Somit muss es jemand aus seinem Umfeld gewesen sein, der Zugang zu der Pistole hatte.«

»Moment, Moment.« Welscher setzte sich auf die Bettkante. Die Decke zog er mit sich und hüllte sich darin ein. »Du willst darauf hinaus, dass die Baronin ...«

»Genau!«, jubelte Fischbach.

»Psst!«, mahnte Welscher erneut. In dem Moment klopfte es leise, und die Tür schwang auf. Sigrid steckte den Kopf herein.

»In zehn Minuten Kaffee in der Küche«, trällerte sie, machte kehrt und ging die knarrende Treppe hinunter.

»Jetzt ist sie wach«, stellte Welscher schuldbewusst fest.

Fischbach lachte. »Sigrid ist das gewöhnt, mach dir deswegen mal keinen Kopp.« Übergangslos wurde er wieder ernst. »Ich stelle mir das so vor: Bauernfeind hat der Baronin seine Tat gestanden.«

»Warum? Bauernfeind hatte doch erreicht, was er wollte. Es war doch gar nicht nötig, ihr irgendetwas von der Tat zu erzählen.«

»Reue. Oder vielleicht war Alkohol im Spiel. So ein paar Hochprozentige lockern die Zunge.«

»Na ja.« Welscher war nicht überzeugt.

»Lass uns mal weitersehen«, sagte Fischbach. »Die Feinarbeit machen wir später. Also, rasend vor Wut entschließt sie sich, dem Exgeliebten den Garaus zu machen. Sie entwendet die Tatwaffe, möglicherweise schwatzt sie sie ihm unter einem Vorwand ab, lockt ihn nach Wachendorf und legt ihn kaltblütig um.«

Welscher stützte den Kopf in seine Hände und grübelte. »Warum Wachendorf?«

»Ich vermute, dass sie sich da immer getroffen haben, als es zwischen ihnen noch hoch herging.«

»Ein romantisches Revival?«

»Von mir aus nenn es so.«

»Ich weiß nicht. In Bauernfeinds Alter bevorzugt man vermutlich ein Bett in einem Hotel.«

»Dann eben ein nächtlicher Ausflug, um die Sterne zu beobachten. Vielleicht werden wir nie den Grund erfahren, warum sie gerade Wachendorf gewählt hat.«

Welscher kombinierte. »Also gut, dann müssten aber die Reifenspuren, die Feuersänger gesichert hat, von Barons Bentley stammen. Ansonsten kannst du meine Zweifel nicht beseitigen.«

Fischbach gluckste freudig. »Da würde ich glatt meine Seele drauf verwetten.«

»Du bist dir aber sehr sicher«, meinte Welscher. Er stand auf und zog seine nagelneue Jeans von dem Fußende des Bettgestells.

»Ich gehe sogar noch weiter: Ich wette, dass wir den Namen Jörg Bauernfeind auf der Passagierliste einer vermutlich marokkanischen Fluggesellschaft direkt neben dem von Susanne Baron finden.« Fischbach klatschte mit der Faust in seine Hand.

Welscher streifte sich die Hose über. Nach dem Alptraum freute er sich auf einen Tee, auch wenn der Digitalwecker erst kurz nach zwei anzeigte. »Dann lass uns diese beiden Punkte morgen als Erstes klären«, schlug er vor. »Wenn sich die Reifenspuren und die Passagierliste bestätigen, dann bin ich geneigt, deiner Theorie zu folgen.«

Voller Elan sprang Fischbach auf und stürmte aus dem Schlafzimmer. »Ich rufe sofort die Schmitz-Ellinger an«, röhrte er über die Schulter zurück. »Die soll uns so schnell wie möglich einen Beschluss besorgen, damit wir an die Passagierlisten rankommen.«

»Mitten in der Nacht?«, rief Welscher ihm alarmiert hinterher. Doch Fischbach trampelte bereits zufrieden lachend die Treppe hinunter.

Langsam zog Welscher den Nassrasierer über die Wange. Die Rasur erfrischte ihn und vertrieb seine Müdigkeit. Den Kaffee hatte er nicht angerührt. Für ihn hatte Sigrid einen Earl Grey aufgebrüht. Sie hatten zwei Stunden Fischbachs Theorie diskutiert. Gräpers Beschreibung des Fremden in Barons Haus passte dabei bestens ins Bild. Es könnte Bauernfeind gewesen sein. Zwar gab es Ungereimtheiten, die sie mit Vermutungen auffüllen mussten, aber tatsächlich war es eine brauchbare Hypothese. Gegen halb fünf hatte Sigrid sie dann noch mal ins Bett gescheucht. Er war auch sofort eingeschlafen, um sechs allerdings vom donnernden Röhren der Harley wieder wach geworden. Das war vor einer Stunde gewesen. Fischbach war jetzt bereits im Büro.

Er klopfte den Rasierer an der Keramik des Waschbeckens aus und betrachtete sich im Spiegel, während er das Aftershave verteilte. Trotz der kurzen Nacht wirkten seine Augen wach. Er strich mit den Händen über seine Wangen. Glatt wie eine Eisfläche. Zufrieden griff er ein Handtuch, trocknete sich ab und verließ das Bad.

»Möchtest du frühstücken?« Sigrid empfing ihn, wie immer gut gelaunt, in der Küche. Sie trug eine geblümte Schürze um die Hüften und hantierte mit einem Schneebesen.

Er setzte sich an den liebevoll gedeckten Tisch. »Gerne.« Er fühlte sich wie in einem Hotel. Sigrids Gastfreundschaft sprengte seine Vorstellungen. Nie hätte er erwartet, dass sie ihn hier im Haus länger als eine Nacht dulden, geschweige denn verwöhnen würde. Sein schlechtes Gewissen regte sich. Insgeheim gestand er sich ein, dass das auch ein Grund war, warum er sich seinen Problemen bisher nicht gestellt hatte. Er fühlte sich bei Sigrid geborgen. Sein Aufenthalt hier erinnerte ihn an seine Kindheit, an sein Elternhaus, bevor der Stress mit seinem Vater losgegangen war.

Das Telefon schrillte, und Sigrid ging in den Flur. Er hörte sie sprechen, es war Fischbach. Kurz darauf kam sie zurück. »Du sollst sofort rüberkommen. Auf die Rühreier musst du leider verzichten.«

Sehnsüchtig blickte er auf die selbst gemachte Bratapfelmarmelade. Darauf dann wohl auch. »Ach, Mist«, jammerte er.

Sigrid lachte. »Ich schmier dir schnell ein Brötchen. Kannst du dann unterwegs verdrücken.« Sie griff sich ein Messer und schnitt ein Brötchen auf, bevor Welscher protestieren konnte. Er schmunzelte. Diese Frau war wirklich unglaublich herzlich. Ob Fischbach wusste, was er an ihr hatte?

***

Als Welscher das Büro betrat, stand Feuersänger hinter Fischbach an dessen Schreibtisch. Gemeinsam blickten sie auf den Monitor.

»Hier, schau!«, sagte Fischbach, als er ihn bemerkte. Seine Wangen waren rosa, die Augen leuchteten.

»Moin«, grüßte Feuersänger knapp. Er sah müde und erschöpft aus.

Welscher ging um den Tisch herum und stellte sich so, dass er ebenfalls auf Fischbachs Monitor blicken konnte. »Reifenabdrücke«, stellte er fest. Er verglich die Bilder. »Wenn du mich fragst: eindeutig identisch.«

»Ja«, jubelte Fischbach. »Heinz war so lieb und hat heute Morgen den Abdruck aus Wachendorf mit den Reifen des Bentley verglichen.« Freudig hieb er mit der Faust auf Welschers Oberarm. Der zuckte zurück und rieb mit der Hand über die schmerzende Stelle.

»Dafür muss man mich aber nicht unbedingt mitten in der Nacht aus dem Bett holen«, brummte Feuersänger. »So dringend kann es gar nicht sein.«

»Doch, doch«, widersprach Fischbach. »Eine heiße Spur kann rasch kalt werden.«

Feuersänger verdrehte die Augen. »Aber nicht zwei Fotografien in einer Datenbank.«

»Komm, hab dich nicht so«, sagte Fischbach versöhnlich. »Du hast was gut bei mir.«

»Woher haben wir denn die Gegenprobe?«, fragte Welscher, um zur Sache zurückzukommen.

»Wenn ich einen Wagen untersuche, archiviere ich immer auch die Profile der Reifen«, erklärte Feuersänger.

»Ist das denn Standard?«, fragte Welscher erstaunt.

»Mehr eine Gewohnheit von mir. Hat mir mein Lehrmeister, Gott hab ihn selig, beigebracht. Ist, wie du siehst, mitunter ganz praktisch.«

»Ja, ja«, rief Fischbach fröhlich, »der Heinz ist schon eine Nummer. Wenn wir den nicht hätten.«

Feuersänger zuckte bloß mit den Schultern. Welscher vermutete, dass der Kriminaltechniker nicht mit Lob umgehen konnte. Er wirkte immer noch, als hätte er gerade einen Anschiss erhalten. Wie festgeschraubt und mit hängenden Schultern stand er im Büro.

»An den Passagierlisten arbeiten Guido, Andrea und Bianca bereits«, berichtete Fischbach. »Staatsanwältin Schmitz-Ellinger, die alte Eule, hat Wort gehalten und uns alles Notwendige besorgt. Die kann ganz unkompliziert sein, wenn sie will.« Fischbach zwinkerte Welscher zu und lehnte sich zurück. Der Stuhldämpfer knarzte. »Mann, wenn das tatsächlich die Lösung ist, dann wandere ich auf dem Jakobsweg von Monreal bis Santiago de Compostela.«

Feuersänger runzelte die Stirn. »Von Monreal aus?«

»Sicher«, bestätigte Fischbach. »Da war ich letztes Jahr mit den Jungs auf Tour. Der Jakobsmuschel begegnest du dort überall.«

»Man lernt nie aus«, brummte Feuersänger. »Braucht ihr mich noch? Ich bin noch mit dem Leiter der Einruhrer Tatortgruppe verabredet. Wir wollen Bauernfeinds Haus heute ein zweites Mal durchkämmen. Die haben endlich einen Spezialisten gefunden, der den Safe öffnen kann.«

»Lass dich nicht aufhalten«, rief Fischbach heiter.

Feuersänger verabschiedete sich und verschwand durch die Tür.

»Guter Mann«, sagte Welscher. »Den könnten wir in Köln auch gut gebrauchen.«

Über Fischbachs Gesicht huschte ein Schatten. »Köln, hm«, meinte er und blickte Welscher sekundenlang mit einem finsteren Blick an. Dann hellte sich seine Miene wieder auf. »Hast du mein Passwort schon geknackt?«

Welscher schüttelte den Kopf.

»Unsere Abmachung gilt noch?«

»Klar. Ich stehe zu dem, was ich sage.«

Fischbach sprang auf. »Gut. Man wird sehen, was die Zukunft bringt. Jetzt lass uns den Fall zu Ende bringen. Komm, wir gehen rüber zu den anderen. Mal sehen, wie weit die sind.«

»Da kommt ja unser Langschläfer«, rief Büscheler mit kratziger Stimme, als Welscher eintrat. Sein verschmitztes Lächeln bewies, dass er es nicht ernst meinte.

Bianca Willms saß wie immer am Notebook und tippte. Andrea Lindenlaub stand am Faxgerät und wartete offensichtlich auf eine Nachricht. Sie klopfte nervös mit ihren manikürten Fingernägeln auf das Gehäuse des Gerätes.

»Die Fluggesellschaft will uns die Passagierliste faxen«, erklärte Bianca Willms, ohne aufzusehen. »Es grenzt schon fast an ein Wunder, dass wir Susanne Baron so schnell gefunden haben, obwohl die Baronin geflunkert hat. Sie wollte nach Kuba, nicht nach Marokko.«

»Die haben kein Auslieferungsabkommen mit uns«, flüsterte Büscheler.

»Von wo wollte sie denn fliegen?«, fragte Fischbach.

»Frankfurt«, antwortete Bianca Willms.

»Aber nicht Hahn, oder?«

Bianca Willms schaute auf. »Hahn ist für mich nicht Frankfurt. Ist unglaublich, dass der sich überhaupt so nennen darf. Zwischen Hahn und Frankfurt liegen gut und gerne einhundertzwanzig Kilometer. Die hätten dem Flughafen einen anderen Namen verpassen müssen.«

»Zum Beispiel Eifel-Airport«, schlug Büscheler vor.

Welscher schlug die Hände vor das Gesicht. Eifel-Airport, was für eine geniale Idee, höhnte er stumm. Die Taxis halten am Vulkan-Gate, Einchecken in der Bitburg-Halle, selbstverständlich trägt das Personal schwarz-weiß gefleckte Kleidung. So etwas garantierte natürlich mehr internationales Flair, als den Namen Frankfurt zu führen.

»Weiß ich doch alles«, sagte Fischbach. »Trotzdem wird Hahn halt unter Frankfurt geführt, egal, wie deine persönliche Einstellung dazu ist, Bianca.«

Das Fax brummte.

»Es geht los«, sagte Andrea Lindenlaub überflüssigerweise.

Sie scharten sich um das Gerät und sahen ungeduldig zu, wie es Zentimeter um Zentimeter ausspuckte.

»Eine Kuh scheißt schneller«, witzelte Büscheler.

Nach drei Seiten war Schluss. Andrea Lindenlaub riss die Blätter herunter und hielt sie so, dass alle die Namen auf der Liste lesen konnten.

»Ist alphabetisch geordnet«, murmelte Bianca Willms.

Adam, Aller, Azur, Baron, las Welscher stumm, Biblig, Damm, Dorint. Er stoppte, ging zurück, suchte zwischen Baron und Biblig.

»Kein Bauernfeind«, stellte Büscheler fest und tippte auf die Stelle.

Fischbach riss Andrea Lindenlaub ungeduldig die Liste aus der Hand. »Das kann nicht sein. Vielleicht falsch eingeordnet.« Er ließ seinen Zeigefinger über die Anfangsbuchstaben huschen, kam zum Ende, wiederholte das Ganze.

Welscher wusste, dass sich Fischbach jetzt an einen Strohhalm klammerte. Die Listen wurden von einem Computer sortiert. Und die produzierten bei solch einfachen Aufgaben keine Fehler.

»Scheiße!«, fluchte Fischbach und knallte die Seiten auf den Tisch. »Scheiße! Scheiße! Scheiße!« Er ballte die Fäuste und stützte sich wild schnaufend auf die Tischplatte. Sein Kopf hing tief zwischen den Schultern. »Ich war mir so sicher«, presste er hervor.

Welscher setzte sich, Bianca Willms tat es ihm gleich. Die anderen blieben stehen.

»Die Fluglinie hat mir jetzt auch die Datei geschickt«, sagte sie leise und klickte auf den Anhang der Mail. Sie starrte eine Weile auf den Bildschirm. »Auch kein Bauernfeind«, verkündete sie. »Ich lass die Liste mal quer durch meine Datenbank laufen. Vielleicht ergibt sich was.«

Da Fischbach nicht reagierte, sah sie Welscher fragend an. Der nickte zustimmend. Sofort begann sie mit ihrer Arbeit.

Fischbach richtete sich auf. »Bin mal gerade an der frischen Luft«, verkündete er mit kraftloser Stimme und rannte aus dem Raum.

Im Flur lehnte sich Fischbach gegen die Wand und schloss die Augen. Wieder nichts. Wie sie es auch angingen, immer nur Sackgassen. Die Enttäuschung schnürte ihm den Hals zu. Selbstzweifel nagten an ihm. Hatten sie etwas Wichtiges übersehen? Vielleicht ein winziges Detail nur, aber entscheidend für die Auflösung? Oder lief vielleicht einfach nur ein Irrer durch die Gegend und ballerte wild Leute zusammen? Wie bei einem Videospiel. Sein Neffe hatte ihm mal so eins gezeigt. »Counter Strike«, ja, so hatte es geheißen. Wenn dem so wäre, würde es weitere Tote geben, und nur der Zufall würde sie auf die richtige Spur bringen. Er öffnete die Augen. Eine Neonröhre flackerte über ihm. Er stieß sich von der Wand ab und trat ärgerlich gegen einen leeren Papierkarton, den ein Kollege vor dem Büro zur Entsorgung durch die Reinigungskraft abgestellt hatte. Der Karton traf den Kopierer, der in einer Flurnische stand, und fiel zerfleddert Bönickhausen vor die Füße, der gerade um die Ecke kam. Er blieb ruckartig stehen. »Oha, was ist dir denn über die Leber gelaufen?«

Fischbach kämpfte gegen seinen Ärger an. »Wir kommen nicht weiter«, presste er hervor.

Bönickhausen bückte sich, hob die Pappe auf und stopfte sie in den Mülleimer neben dem Kopierer. »Es ist noch viel zu früh, um ein solches Fazit zu ziehen«, sagte er, als er sich wieder Fischbach zuwandte.

Es tröstete Fischbach ein wenig, dass Bönickhausen nicht drängte. Doch sofort übermannte ihn wieder die Enttäuschung, auf der Stelle zu treten. Seit Tagen drehten sie sich im Kreis, kamen nicht voran, und seine Theorie von Bauernfeinds Liaison mit der Baronin war gerade geplatzt wie ein Schokokuss in der Mikrowelle. »Vielleicht war es doch keine so gute Idee«, gab er zu bedenken.

»Jetzt kann ich dir nicht mehr folgen. Was meinst du?«

»Dass wir die Sache hier allein meistern wollen.«

»Blödsinn«, schimpfte Bönickhausen. »Du und die anderen, ihr seid gestandene Kriminalisten. Ihr habt alle schon an zahlreichen Mordkommissionen teilgenommen, ihr wisst, wie das Geschäft funktioniert.«

»Mag sein«, lenkte Fischbach ein. »Aber wie man eine Mordkommission leitet, darin haben wir keine Erfahrung.« Er fühlte sich plötzlich leer und ausgebrannt. Nicht nur die schlaflose Nacht zerrte an seinem Nervenkostüm. Er zweifelte an seiner Fähigkeit, eine Gruppe in einem Mordfall führen zu können.

Bönickhausen sah sich im Gang um, kam näher und flüsterte: »Du bist der Beste. Du wirst es schaffen.«

»Was macht dich da so sicher?«, wollte Fischbach wissen und rieb sich die Augen.

Bevor Bönickhausen antworten konnte, tauchte Andrea Lindenlaub im Rahmen der Tür zum Besprechungszimmer auf. »Hotte! Wir haben etwas, das solltest du dir anschauen«, rief sie.

Bönickhausen schob Fischbach in die Richtung. »Siehst du. Wenn ihr da auf etwas gestoßen seid, dann kann deine Arbeit gar nicht so verkehrt sein«, sagte er und folgte Fischbach lachend.

Bianca Willms drückte ihm stumm einen Ausdruck in die Hand. Es war die Passagierliste. Fischbach runzelte die Stirn und blickte sie fragend an. Bönickhausen stand abwartend neben ihm, Andrea Lindenlaub grinste, Büscheler hustete trocken, und Welscher nahm sich ein Wasser aus dem Kasten.

Bianca Willms schmunzelte. »Diesmal ist es ein Farbausdruck, aus unserem Drucker, nicht aus dem Fax. Ich habe dir die Stelle eingefärbt.«

Fischbach überflog die Zeilen und vermisste einmal mehr den Namen Bauernfeind. Die Enttäuschung darüber zwickte in seiner Magengrube. Die Mineralwasserflasche zischte, als Welscher den Verschluss öffnete. Fischbach achtete nicht weiter darauf, nahm das oberste Blatt und sortierte es hinter das letzte. Die zweite Seite begann mit Kaymaz, Abdalah und endete mit Reudenbach, Johanna. Er sah kurz zu Bianca Willms auf, die ihm auffordernd zunickte, und sortierte die dritte Seite nach oben. Er fing wieder mit der ersten Zeile an, doch diesmal blieb er bereits an der vierten hängen. Sekundenlang war er sprachlos, das hatte er nicht erwartet. »Das gibt es doch nicht«, murmelte er.

Welscher trat näher und nahm einen tiefen Schluck aus der Flasche. Er tippte auf den Namen. »Wenn du mich fragst, müssen wir deine Theorie jetzt um mindestens eine Person erweitern.«

»Kann mich bitte jemand aufklären?«, forderte Bönickhausen.

Fischbach schluckte trocken, sein Hals schmerzte. Er nahm Welscher die Flasche aus der Hand und trank gierig.

»Setzen wir uns. Dann erklär ich dir alles«, schlug er vor. Seine Müdigkeit war wie weggeblasen. Er schob sich auf einen Stuhl, legte die Liste vor sich auf den Tisch und las den Namen ein weiteres Mal. Wie war ihm das nur entgangen? Eindeutig ein Fall von selektiver Wahrnehmung.

»Sieper, René« stand dort in roten Lettern. Der Halter des weißen Corsa.

SECHZEHN

Wie elektrisiert nahm Fischbach den Telefonhörer ab und rief bei Gisela Brockmeyer in der Zentrale an. »Die sollen mir die Baronin herschaffen …«, bellte er. »Wie? … Ja, genau, die meine ich. Außerdem will ich … Moment mal.« Er schirmte die Sprechmuschel mit einer Hand ab. »Wie heißt die Sieper eigentlich mit Vornamen, Bianca?«

Bianca Willms griff nach der Maus. Welscher bemerkte, wie ihre Finger vor Aufregung zitterten.

»Lydia«, antwortete sie kaum drei Sekunden später.

Fischbach nahm die Hand von der Muschel. »Und Lydia Sieper will ich auch sehen … Sieper, ja. Bianca schickt dir gleich die Adresse.« Er legte auf. Mit einem Nicken signalisierte er Bianca Willms, die Adresse an die Zentrale weiterzugeben. Dann sprang er plötzlich auf und schlug die flache Hand vor die Stirn. »Leute, wie blöd sind wir eigentlich?« Er wandte sich an Bönickhausen, der still in einer Kaffeetasse rührte. »Kannst du die Schmitz-Ellinger anrufen? Wir brauchen die Telefonverbindungen vom privaten Anschluss der Barons. Ich denke, es ist an der Zeit zu erfahren, mit wem sie in letzter Zeit alles telefoniert hat.«

Bönickhausen stürzte seinen Kaffee hinunter und stand auf. »Kein Problem, besorg ich dir so schnell wie möglich.« Er verließ den Raum.

»Das lobe ich mir.« Büscheler lachte rau. »Ein Chef, der selbst im Dreck wühlt.«

»Gefällt mir auch«, stimmte Fischbach zu. »Gut, also René Sieper. Wie passt er ins Bild?«, fragte er in die Runde. »Gehen wir mal davon aus, dass er der Geliebte der Baronin ist. Wäre schon ein großer Zufall, wenn die sich unabhängig voneinander in der gleichen Maschine auf den Weg nach Kuba begeben hätten.«

»Zunächst frage ich mich, wohin und warum er abgetaucht ist«, warf Andrea Lindenlaub ein. Sie tippte auf ein Blatt Papier, das vor ihr auf dem Tisch lag. Wilde Kreise, Pfeile und Namen konnte Welscher darauf erkennen.

»Wir wissen nicht, ob er abgetaucht ist«, stellte Welscher richtig. »Wir haben schließlich noch gar nicht nach ihm suchen lassen. Und seine Frau hat ausgesagt, dass er schlicht und einfach abgehauen ist.« Er hob die Augenbrauen und blickte Fischbach fragend an. Der nickte, nahm den Hörer, rief die Zentrale an und ordnete die Suche nach René Sieper an.

»Weiter«, forderte Fischbach, als er aufgelegt hatte.

»Wenn wir aber einmal hypothetisch annehmen, dass Sieper untergetaucht ist …« Andrea Lindenlaub sah zu Welscher.

Der forderte sie mit einer Handbewegung auf weiterzusprechen.

»… dann liegt die Frage nach dem Warum nahe. Ich meine, er hat seine Frau verlassen. Und sein Name taucht plötzlich im Umfeld von Susanne Baron auf. Für mich ist damit klar, dass er ihr Geliebter ist. Aber warum taucht er unter?« Sie unterstrich einen Pfeil auf ihrem Blatt.

Welscher stand auf, holte das Flipchart aus der Ecke und stellte es so auf, dass alle die Tafel gut sehen konnten.

»Nutzen wir doch mal die hochmodernen Medien«, sagte er und lächelte süffisant. »Auf dieses Ding können wir Kreise für alle draufmalen.« Er zwinkerte Andrea Lindenlaub zu, die mit Zeigefinger und Daumen eine Pistole formte und auf ihn anlegte.

Fischbach schüttelte belustigt den Kopf. »Mein Vater würde sagen: Dä hät en Muul, do kamme en bedresse Botz dren uswäsche«, sagte er und grinste Welscher an.

Zwei Stunden später fasste Fischbach ihr Ergebnis zusammen.

»Also mal sehen.« Er stellte sich neben das von Welscher vollgekritzelte Blatt auf dem Flipchart. »Sieper ist der Geliebte der Baronin. Bruce Baron ist schwer krank. Er bittet Bauernfeind um Hilfe bei seiner Selbsttötung, und der stimmt zu. Damit ist aber die Versicherungssumme in Gefahr, was seiner Frau und Sieper gar nicht in den Kram passt. Gemeinsam planen sie, Bruce Baron umzulegen, um doch noch die Lebensversicherung zu kassieren. Damit soll der Neuanfang in Kuba ermöglicht werden.« Fischbach tippte auf den Namen Bauernfeind. »Der hat uns belogen, schließlich hat er uns mitgeteilt, dass er Baron nicht helfen wollte. Doch das Foto mit dem Bentley vor der Tür beweist das Gegenteil. Sie haben sich mindestens einmal mehr getroffen, als Bauernfeind zugegeben hat. Das ergibt nur Sinn, wenn sie irgendwelche Modalitäten ausgehandelt haben. Stellt sich also die Frage, warum Bauernfeind uns angelogen hat.« Fischbach tippte auf ein Fragezeichen, neben dem »Bauernfeinds Lüge« stand. »Vielleicht hat Baron sich bei Bauernfeind ausgeheult und ihm erzählt, dass seine Frau was mit Sieper am Laufen hat. Als Bauernfeind nun von dem Mord an Baron hört, zählt er eins und eins zusammen und kommt zu dem gleichen Schluss wie wir. Damit konfrontiert er die Baronin. Er erpresst sie mit seinem Wissen. Daher verschiebt sie den Abflug nach Kuba. Bauernfeind könnte sie jederzeit auffliegen lassen, und ihr geplanter Neuanfang würde sich hinter schwedische Gardinen verlagern. Da nun aber Barons Firma pleite ist, die Konten leer und die Zahlung der Lebensversicherung noch nicht eingegangen, wird die Sache heikel. Bauernfeinds Forderungen können nicht erfüllt werden.«

Fischbach hielt kurz inne und dachte an Nettersheim und dessen Hinweis, dass Bauernfeinds Name im Untergrund keine unbekannte Größe war. Vermutlich hatte er sich dort jemanden gesucht, der seinen Drohungen der Baronin gegenüber Nachdruck verleihen konnte.

»Für Bauernfeind muss es so ausgesehen haben, als ob die Baronin ihn hinhalten wollte. Seine Drohungen werden an Schärfe zugenommen haben. So in die Ecke gedrängt, sahen die Verliebten nur einen Ausweg: Bauernfeind musste weg. Treffpunkt Wachendorf, zack, Kugel durch den Kopf und wieder untergetaucht. Dabei war Sieper so blöd, den Bentley zu nehmen und uns eine schöne Spur zu hinterlassen. Das war sein erster Fehler. Um eine falsche Fährte zu legen, tötet er diesmal ohne Wasser im Mund, damit die Verbindung zwischen den beiden Morden nicht zu offensichtlich ist. Nur hätte er dann nicht die gleiche Waffe verwenden sollen. Sein zweiter Fehler.« Fischbach pausierte und sah nachdenklich auf das Flipchart. »Wisst ihr was?«, murmelte er. »Mir kommt da etwas in den Sinn. Die Sieper, also die Ehefrau – was ist, wenn sie von alldem wusste? Also davon, dass ihr Mann Baron ermordet hat. Oder wenn sie es zumindest ahnte?«

Er nahm sich einen schwarzen Filzschreiber und schrieb Lydia Siepers Namen unter den ihres Mannes. »Sie hatte Mitleid mit Baron, zündete daher für ihn ein Licht an, ging sogar zu seiner Beerdigung. Vielleicht liegt darin auch die Lösung für Siepers Untertauchen. Er konnte sich schließlich nicht darauf verlassen, dass seine Frau den Mund hält. Besser von der Bildfläche verschwinden, als von ihr ans Messer geliefert zu werden.«

Welscher wiegte den Kopf. »Aber warum sollte sie ihren Mann decken?«

»Aus Liebe«, antwortete Andrea Lindenlaub. »Und wegen der Zwillinge. Sie will bestimmt nicht, dass sie mit der Belastung aufwachsen müssen, dass der Vater ein Mörder ist. Vielleicht hofft sie sogar, dass er eines Tages wiederkommt.«

»Ist ja irgendwie romantisch«, flüsterte Bianca Willms mit brüchiger Stimme. Welscher bemerkte, dass sie sich mit der Schulter eine Träne aus den Augen strich. Ganz schön sensibel. Sicher hatte sie auch bei Prinzessin Dianas Tod geweint.

»Also gut, setzen wir die Sieper damit ein wenig unter Druck«, postulierte Fischbach. »Sind die beiden schon im Haus?« Er sah Bianca Willms an.

Die griff zum Hörer und telefonierte. Kurz darauf berichtete sie: »Sie sind beide hier. Die Baronin ist im Vernehmungszimmer, Sieper bei euch im Büro.«

»Gut!«, bemerkte Fischbach erfreut. »Dann gehen wir die Sache mal an.« Er legte den Filzschreiber weg.

»Wartet mal besser noch einen Moment«, bat Bianca Willms und starrte konzentriert auf ihren Monitor. »Bönickhausen hat mir die Telefonverbindungen der Barons geschickt.« Während sich die anderen um sie scharten, um einen Blick auf den Bildschirm zu erhaschen, drückte sie ein paar Tasten. Der Cursor huschte ohne ihr weiteres Zutun über die Liste, hier und da tauchten plötzlich Namen hinter den Telefonnummern auf. »Eine Routine gleicht die Daten, die ich auf der Festplatte gesammelt habe, mit der Liste ab«, erklärte sie. »Immer wenn es Übereinstimmungen gibt, wird der Name automatisch eingetragen.«

»Da, Bauernfeind!«, rief Fischbach triumphierend, als der Computer den Namen einfügte.

»Du hast Bauernfeinds Telefonnummer in deiner Datenbank?«, fragte Welscher erstaunt.

Bianca Willms sah auf. Ihre Augen leuchteten. »Sicher. Ich habe für jeden Namen, den ihr mir gebracht habt, alle Informationen gesammelt, die ich bekommen konnte.«

»Da musst du doch ewig für recherchiert haben. Das ist ja absolut klasse.«

Ihre Wangen färbten sich zartrosa. »Nicht so wild. Ich habe einfach eine Suchmaschine programmiert, die das Internet abgrast und mir die Informationen von ganz allein in eine Datenbank schreibt.«

Welscher schüttelte den Kopf. »Genial.«

Bianca Willms' Wangen glühten auf.

»Druck das mal aus, Bianca«, sagte Fischbach. »Das nehmen wir zu unseren Unterredungen mit den Damen mit. Guido, Andrea, ihr sprecht mit der Sieper, Jan und ich nehmen uns die Baronin vor. Später tauschen wir.«

Er nahm das Papier. »Und ruf bitte die Schmitz-Ellinger an, Bianca. Ich denke, wir sollten das Haus der Barons umkrempeln und dort nach der Tatwaffe suchen. Vielleicht finden wir dabei ja zufällig auch René Sieper. Die Schmitz-Ellinger soll uns einen Durchsuchungsbeschluss besorgen.« Er drehte sich um und stürmte aus dem Zimmer.

Welscher hatte Mühe, mit ihm Schritt zu halten.

***

Stimmen.

Er schreckte aus dem Schlaf hoch und spähte durch das Fenster hinaus. Gelbe und rote Punkte standen auf der Wiese vor der Hütte. Zwei Männer und zwei Frauen in schreiend grellen Regenjacken. Einer der Männer deutete mit dem Wanderstock auf die Hütte.

Für einen kurzen Moment fürchtete er, dass die vier ihre Rucksäcke auspacken würden, um hier eine Brotzeit zu genießen. Die würden ganz schön blöde Gesichter machen, wenn sie ihn hier drinnen fanden. Er hielt die Luft an. Die keifende Stimme der Frau trug die Worte bis zu ihm. »Versprochen ... ein ordentliches Mittagessen ... und nicht in so einer Bruchbude.« Sie zeigte anklagend auf die Hütte. Wütend drehte sich der Mann um und trabte den Wanderweg in Richtung Urfttalsperre hinunter, die anderen folgten ihm.

Erleichtert atmete er aus, verfolgte, wie sie zwischen den Bäumen verschwanden. Er setzte sich auf die Kante der Pritsche und rieb sich mit den Händen durch das Gesicht. Die Bartstoppeln kratzten, seine Haare waren fettig, und die Kopfhaut juckte. Er sehnte sich nach einer Dusche und einem ordentlichen Frühstück. Doch zurück konnte er im Moment nicht. Vermutlich nie mehr, korrigierte er sich. Wütend hieb er auf die Pritsche. Dass die Bullen tatsächlich Posten bezogen, um Susanne zu überwachen, damit hatten sie nicht gerechnet. Wie auch? Schließlich sah ihr Plan vor, so schnell wie möglich Deutschland zu verlassen. Nur dieser geldgeile Arsch von Bauernfeind hatte ihnen alles versaut!

Und jetzt saß ihnen die Polizei im Nacken. Susanne war der Wagen vor der Tür sofort aufgefallen. Hätte sie nicht achtgegeben, wäre er den Bullen direkt in die Arme gelaufen.

Sie hatte ihn im Kofferraum des Bentleys herausgeschmuggelt, als sie gestern zur Beerdigung gefahren war. Toughe Frau, seine Susanne, er war stolz auf sie. Er stand auf und griff nach seinem Handy, das auf dem wackeligen Campingtisch lag. Es wurde Zeit abzuhauen. Sie mussten ihr Glück mit dem Auto versuchen und einfach hoffen, dass sie ungeschoren über die offenen Grenzen kamen.

Er schaltete das Handy ein. Susanne hatte es einem Jugendlichen für fünfhundert Euro abgeschwatzt. Mit Karte! Sie konnte sehr überzeugend sein. Der Junge würde zu Hause eine Menge Ärger bekommen, wenn seine Eltern von dem Deal erfuhren.

Wie vereinbart sendete er eine SMS mit dem Treffpunkt und der Uhrzeit. Als die Sendebestätigung kam, schaltete er das Gerät sofort wieder aus. Sicher war sicher. Man wusste ja nie, ob die Eltern des kleinen Rackers das Handy nicht inzwischen als gestohlen gemeldet hatten.

Er setzte sich wieder und lehnte seinen Kopf gegen die raue Holzwand. Es blieb ihm noch etwas Zeit, bevor er aufbrechen musste.

Jetzt musste Susanne nur noch sehen, wie sie die Bullen abhängte. Doch er war sich sicher, dass sie es schaffen würde.

***

Welscher betrat den Raum und dachte an Wout Bertrand, den dicken Belgier. Vorgestern hatte er auf dem Stuhl gesessen, auf dem jetzt die Baronin Platz genommen hatte. Wie schnell doch mitunter Ermittlungen die Richtung änderten.

Fischbach grüßte nicht, setzte sich ihr gegenüber und feuerte die erste Frage ab. »Woher kennen Sie René Sieper?«

Welscher lehnte sich mit dem Rücken so an die Wand, dass er Mimik und Gesten der Baronin sehen konnte. Sie saß mit verschlossener Miene am Tisch, die Hände gefaltet, mit festem Blick auf Fischbach. Ihre etwas strähnigen Haare und das ungeschminkte Gesicht bewiesen, dass die Kollegen unbarmherzig zum Aufbruch gedrängt hatten.

»Sieper? René?« Sie schürzte die Lippen und überlegte. »Habe ich nie gehört.«

»Erzählen Sie mir keine Märchen«, erregte sich Fischbach. »Er war auf denselben Flug gebucht wie Sie.«

Der kleine Finger ihrer linken Hand zuckte nach oben wie eine Antenne, die den Empfang auf erhöhte Aufmerksamkeit justierte. Welscher verschränkte die Arme vor der Brust. Die Baronin wusste jetzt, dass sie ihre Lüge mit der Reise nach Marokko durchschaut hatten.

Spöttisch hob sie eine Augenbraue. »Da in einem Flugzeug mehr als zweihundert Personen Platz finden, werden sicher noch mehr Namen auf der Passagierliste zu finden sein. Was ist an diesem René Sieber denn so Besonderes?«

»Sieper«, korrigierte Fischbach. »Warum haben Sie mir erzählt, dass Sie nach Marokko wollen?«, überging er ihre Frage. »Warum haben Sie mich angelogen? Kuba war doch in Wirklichkeit Ihr Ziel.«

Sie lächelte und wirkte dabei sehr arrogant. »Nichts von Bedeutung. Nennen Sie es von mir aus Trotz. Sie haben mich mit Ihrem Auftreten und Ausfragen einfach genervt.«

»Und deswegen lügen Sie?«

Sie lachte verächtlich. »Machen Sie kein Drama daraus.«

Fischbachs Augen formten sich zu Schlitzen. »Sie nehmen es mit der Wahrheit anscheinend nicht ganz so genau. Ich überlege gerade, bei welcher Frage Sie uns noch trotzig angelogen haben.«

Sie zeigte Fischbach die Handflächen und spreizte die Finger. »Ansonsten bin ich gänzlich unbescholten. Daher wundere ich mich auch, dass Ihre Kollegen mich vorhin abgeführt haben wie eine Verbrecherin. Noch nicht einmal Zeit für einen Toilettengang wollten sie mir einräumen, diese Rüpel.«

»Lenken Sie nicht ab«, fuhr Fischbach sie an. »Die Schonzeit ist vorbei. Sie sitzen hier offiziell als Verdächtige und nicht als Zeugin.«

Das saß. Susanne Baron zuckte wie unter einem Stromschlag zusammen. Ihre Augen wurden größer, mit zittrigen Fingern strich sie sich eine Strähne hinters Ohr. »Was soll ich denn angestellt haben?«, fragte sie, die Stimme lange nicht mehr so kräftig wie noch wenige Minuten zuvor.

»Beteiligung an einem Mord«, sagte Fischbach unbarmherzig.

Sie schluckte heftig. »Beteiligung ... Mord?« Sie lachte wie irr. »Aberwitzig. Sie spaßen.«

»Es ist mein voller Ernst. Woher kennen Sie Herrn Sieper?«

Ihr Kichern blieb ihr im Hals stecken, ihr Gesicht wurde zu einer Maske. »Ich will meinen Anwalt sprechen«, sagte sie, jetzt wieder mit fester Stimme.

»Später«, erklärte Fischbach, lehnte sich zurück und schlug die Beine übereinander. »Wissen Sie, ich denke, Sie wollten nach Kuba, weil es dort kein Auslieferungsabkommen mit der Bundesrepublik gibt.«

»Ich habe Bekannte in Kuba«, antwortete sie. »Können Sie überprüfen.«

»Ja, ja«, Fischbach winkte ab. »Glaube ich Ihnen diesmal sogar. Aber praktisch ist das doch schon, oder? Ein neues Leben mit René Sieper, das Geld aus der Lebensversicherung. Damit könnten Sie auf Kuba vermutlich die maroden Staatsfinanzen sanieren. Dazu Strand, Sonne und Zigarren.«

»Ich rauche keine Zigarren«, erwiderte Susanne Baron wütend. »Und warum Sie mir immer diesen mir unbekannten Sieper an den Hals hängen wollen, ist mir auch schleierhaft.«

Es klopfte. Bianca Willms schob ihren Kopf durch den Türspalt. »Hotte, ich muss dich mal gerade stören. Es ist wichtig.«

Welscher dachte, Fischbach würde sie aufgeregt davonscheuchen. Doch der entspannte sich und nickte. »Jan, mach mal weiter«, beschied er ihn, ging hinaus und schloss die Tür hinter sich.

»Die Schmitz-Ellinger will dich sprechen. Sie ist noch nicht ganz überzeugt«, erklärte Bianca Willms, während sie zum Besprechungsraum eilten.

»Nicht überzeugt?«, grummelte Fischbach. »Manchmal ist die Frau echt anstrengend. Ich han ene Hals bes Muffendorf.«

»Hä?«

»Zitat von meinem Vater«, erklärte Fischbach. »Muffendorf ist ein Stadtteil von Bonn, Bad Godesberg, um genau zu sein.«

Bianca Willms runzelte die Stirn. »Eifeler Platt ist das aber nicht.«

Sie betraten das Konferenzzimmer. »Mein Vater hat alles gemischt, was er so gehört hat«, erklärte Fischbach und nahm den Hörer vom

Apparat. »Und jetzt werde ich der roten Zora mal erklären, warum die Baronin in den Kerker soll. Die soll mal ihren Hintern bewegen. Die scheint nach dem Motto zu leben: Wer nix määt, määt och nix verkiehrt.«

Bianca Willms erbleichte und schüttelte heftig den Kopf. Sie deutete wild auf das Telefon, dass Fischbach in der Hand hielt. »Die Leitung steht«, hauchte sie.

Fischbach wurde es heiß, als er auf das Display blickte. »Frau Schmitz-Ellinger ist schon dran?«, flüsterte er, obwohl er die Antwort bereits kannte.

Bianca Willms nickte.

Fischbach wischte sich den Schweiß von der Stirn und drückte den Hörer an sein Ohr. »Guten Morgen, Frau Staatsanwältin.«

Sekundenlang blieb es still. »Hauptkommissar Fischbach?«, hörte er ihre rauchige Stimme schließlich fragen.

»Zur Stelle. Ich, also, eben das, ähm ...« Er brach ab und räusperte sich.

»Schwamm drüber, Herr Kommissar«, sagte sie. »Ich denke, Sie bewegen jetzt besser mal selbst Ihren Arsch und schaffen mir ein paar handfeste Beweise oder Indizien heran, die eine Hausdurchsuchung rechtfertigen. Bis dahin auf Wiedersehen.«

Es knackte in der Leitung. Sie hatte aufgelegt.

»Mist«, schimpfte Fischbach. Dass er aber auch immer wieder in solche Fettnäpfchen tappen musste. Er legte den Hörer weg und stützte sich mit den Händen auf dem Tisch ab. Mit geschlossenen Augen kämpfte er gegen seinen Ärger an. Im Hintergrund hörte er das Faxgerät anspringen. Bianca Willms würde sich darum kümmern und eine erste Einschätzung vornehmen, das wusste er. Er hielt die Augen geschlossen und konzentrierte sich auf seine Atmung.

Das Telefon schrillte, und Bianca Willms meldete sich. »Ja«, sagte sie. »Ist gerade durch, Moment mal ...«

Er öffnete ein Auge. Bianca Willms nahm das Papier aus dem Faxgerät, während sie den Hörer ans Ohr gepresst hielt. Sekundenlang betrachtete sie das Papier. »Das gibt es doch nicht«, stieß sie aus. »... Ja, selbstverständlich ...«, sagte sie dann dem Anrufer, »er ist sogar hier im Büro. Ich gebe es ihm sofort. Bis später.« Sie drückte das Gespräch weg.

Fischbach öffnete jetzt beide Augen. »Was ist?«

»Das war Feuersänger«, berichtete sie. »Er hat da was gefunden. Sieh selbst!« Sie drückte ihm das Fax in die Hände.

Er runzelte die Stirn, überflog das Papier. Zunächst dachte er, seine Augen würden ihm einen Streich spielen. Sein Herz vollführte einen Extrasprung. »Wo hat er das her?«, fragte er aufgeregt.

»Aus Bauernfeinds Tresor. Der Spezialist hat ihn vorhin geknackt.« Sie lächelte schelmisch. »Ich denke, das wird die Schmitz-Ellinger überzeugen, oder?«

Fischbach ballte die freie Faust und hielt sie siegessicher auf Brusthöhe. »Aber sicher, da kannst du Gift drauf nehmen. Kopier das bitte sofort. Und bring Andrea und Guido ebenfalls eine Ausfertigung.«

Mit versteinerter Miene saß Susanne Baron Welscher gegenüber.

Er beugte sich vor. »Frau Baron, arbeiten Sie doch mit. So können Sie sich selbst am besten entlasten«, appellierte er an ihren Drang zum Selbstschutz.

Sie presste ihre Lippen fest aufeinander.

Welscher seufzte und schüttelte den Kopf. »Woher kennen Sie René –« Er wurde von der auffliegenden Tür unterbrochen.

Fischbach stürmte herein und knallte der Baronin ein Papier auf den Tisch. »Können Sie uns das erklären?«, fragte er.

Welscher stand auf und sah sich das Blatt an.

»Der Reisepass von René Sieper«, murmelte er. Doch dann stutzte er und tippte auf das Passfoto. »Den kenne ich doch.«

»Genau«, rief Fischbach triumphierend aus. »Frau Baron, erklären Sie uns doch bitte mal, wie das Bild Ihres Mannes in den Pass kommt.« Er tippte nachdrücklich auf Bruce Barons Konterfei.

»Ich bin selbst überrascht«, sagte sie ungerührt. »Woher haben Sie diese plumpe Fälschung?«

Fischbachs Handy klingelte. Er nestelte es umständlich aus der Hosentasche. »Ja?«, fragte er brüsk und hörte einige Sekunden schweigend zu. Mit einem »Danke« beendete er das Gespräch und setzte sich lächelnd auf die Tischkante. »Das war mein Kollege, Frau Baron. Der sitzt gerade mit Frau Sieper in meinem Büro und hat ihr ebenfalls dieses Fax vorgelegt. Und raten Sie mal, wie Frau Sieper darauf reagiert hat.«

»Was weiß denn ich?«, fuhr sie trotzig auf. »Ich kenne die Frau doch gar nicht, kann sie also somit auch nicht einschätzen.«

»Ob Sie das können oder nicht, werden wir gleich wissen. Frau Sieper ist angesichts der Beweislage nämlich geständig. Sie packt gerade bei meinen Kollegen aus.«

Die Farbe wich aus ihrem Gesicht. »Nein … das war nicht …«, stammelte sie, hielt inne und schrie gellend auf: »Dieses Miststück!«

SIEBZEHN

Sieben Wochen zuvor

Die beiden Hunde lagen träge wie Vorleger vor dem Kamin, in dem ein Feuer heimelig prasselte. Ihre Augen reflektierten die Flammen.

Die beiden Paare, die sich auf den Sofas gegenübersaßen, beäugten sich ein wenig argwöhnisch. Sie hatten sich gerade erst kennengelernt, und niemand wusste so genau, warum Jörg Bauernfeind sie heute Abend eingeladen hatte.

Bauernfeind setzte sich in den Sessel, lehnte sich zurück und legte die Hände ineinander. »Es freut mich, dass Sie meiner Einladung gefolgt sind«, sagte er und lächelte gütig. »Sie werden sich vermutlich wundern, warum ich diese kleine Runde einberufen habe.«

»Allerdings«, knurrte Bruce Baron. »Ich kann mir nicht vorstellen, was uns verbinden sollte.« Er deutete auf das Pärchen auf dem anderen Sofa. »Nichts für ungut«, murmelte er. »Ist aber doch so.«

René Sieper zuckte mit den Achseln. Man sah ihm seine schwere Krankheit inzwischen an. Abgemagert hockte er in seiner Kleidung, die ihm viel zu groß geworden war, auf dem Polster. Sein Gesicht wirkte eckig, die Haut spannte sich über den vorstehenden Knochen.

Die beiden Ehefrauen schwiegen, doch ihre umherhuschenden Blicke zeigten, dass sie alles um sich herum aufsogen.

Bauernfeind lachte freundlich und hob beschwichtigend die Hände. »Gut, gut, ich verstehe«, gab er sich einsichtig. »Offensichtlich brauche ich keine große Einführungsrede zu halten.« Er zwinkerte verschwörerisch. »Kommen wir zum Punkt. Ich möchte Ihnen ein unmoralisches Angebot unterbreiten.«

»Unmoralisch?«, echote Bruce Baron. »Was für ein geschwollener Scheiß.«

René Sieper ballte die Fäuste. Offensichtlich gefiel ihm Barons polternde Art nicht. Seine Frau legte ihm besänftigend eine Hand auf den Unterarm. »Denk an die Kinder«, flüsterte sie.

»Sie haben Kinder?«, fragte Susanne Baron mit warmer Stimme.

Lydia Siepers Gesicht zeigte einen Anflug von Liebe und Stolz. »Zwillinge.«

Susanne Baron nickte langsam. »Ich habe mir auch immer Kinder gewünscht.« Ein verstohlener Blick zu ihrem Mann verdeutlichte, dass sie mit diesem Wunsch offenbar allein dastand.

Bauernfeind räusperte sich, um die Aufmerksamkeit wieder auf sein Anliegen zu lenken. »Ich spreche jetzt ganz offen mit Ihnen. Können wir uns aber vorher auf etwas einigen?« Er sah seine Gäste der Reihe nach an und wartete ihr Kopfnicken ab. »Sämtliche Dinge, die wir heute besprechen, bleiben unter uns. Ich versichere Ihnen, dass ich keine Kameras oder Wanzen hier versteckt habe.« Er blickte sie eindringlich an. »Also gut, das hätten wir geklärt. Jetzt mein Angebot.«

Die Standuhr schlug achtmal. Die automatischen Rollladen fuhren herunter und verstärkten so den Eindruck eines konspirativen Treffens. Bauernfeind wandte sich an René Sieper. »Sie baten mich vor einigen Tagen um Hilfe. Und ich denke, ich muss den Barons nicht erklären, was Ihr Wunsch war. Schließlich dürften mein Name und das, wofür ich einstehe, jedem bekannt sein.« Ein flüchtiger Blick zu den Barons.

Beide nickten stumm.

René Sieper ergriff die Hand seiner Frau und drückte sie fest.

»Schon verstanden«, sagte Bruce Baron, »aber wie kommen wir ins Spiel?« Er wandte sich an seine Frau. »Du bist doch gesund, oder?« Es sollte wie ein Scherz klingen. Doch in Anwesenheit des todkranken Sieper wirkte es nur platt und abgegriffen.

Bauernfeind wartete einige Sekunden mit der Antwort. »Eine zufällige Bemerkung brachte mich auf eine Idee. Ich habe gehört, dass es um Ihre Geschäfte nicht gut bestellt ist«, erklärte er. »Nichts, was mir absichtlich verraten wurde, um das gleich vorwegzuschicken. Es war bei einem Plausch …«

»Wer?«, forderte Baron mit schneidender Stimme.

»Ich möchte nicht …«, druckste Bauernfeind herum.

»Wer?« Barons Stimme hatte noch einen Zacken an Schärfe zugelegt.

»Wir haben den selben Finanzberater.«

Baron entspannte sich ein wenig. »Bald nicht mehr«, gab er bekannt. »Gut, Sie kennen also meine Situation. Trotzdem verstehe ich nicht, warum Sie uns eingeladen haben.«

»Ihre Lebensversicherung …«, begann Bauernfeind.

Baron sprang auf. Sein Hals färbte sich rot. »Ein Plausch? Zufällig ausgeplaudert?«, spie er aus.

Die Hunde hoben den Kopf und stellten die Ohren auf. Aufmerksam verfolgten sie jede Bewegung, jederzeit bereit, ihr Herrchen zu verteidigen.

»Herr Baron, ich verspreche Ihnen nochmals«, versicherte Bauernfeind, »dass nichts, aber auch überhaupt nichts von dem, was hier besprochen wird, an die Öffentlichkeit gelangen wird. Ich weiß, es wird Sie zunächst nicht besänftigen, doch geben Sie mir bitte eine Chance, Ihnen meinen Vorschlag zu unterbreiten. Es könnte für Sie von Bedeutung sein. Danach können Sie frei entscheiden.« Er versuchte einen flehentlichen Blick.

Baron setzte sich wieder. »Da bin ich ja mal gespannt«, presste er hervor.

Erleichtert atmete Bauernfeind auf. »Frau Baron, Herr Baron, erlauben Sie mir, Ihre nahe Zukunft kurz zu skizzieren?«

»Sind Sie jetzt auch noch unter die Wahrsager gegangen?«, knurrte Baron. Argwöhnisch beäugte er die Siepers. Dann gab er nach. »Ach, von mir aus, kommt jetzt auch nicht mehr drauf an«, sagte er dann. »Aber nur, wenn ich einen Drink bekomme. Whisky wäre gut.«

»Nichts leichter als das.« Bauernfeind lächelte, stand auf und goss ihm ein. Er reichte Baron das Glas und fragte: »Sonst noch jemand?«

Niemand meldete sich. So setzte er sich wieder und wartete, bis Baron den ersten Schluck getrunken hatte.

»Ihnen geht die Puste aus«, setzte Bauernfeind an. »Gartenzwerge werden heute billiger und besser in Osteuropa oder sogar Asien hergestellt. Sie sind nicht mehr konkurrenzfähig.«

Baron öffnete den Mund, wollte protestieren, doch Bauernfeind hob die Hand und gebot ihm so Einhalt. Tatsächlich presste Baron die Lippen aufeinander und schwieg.

»Sie haben Ihre letzten Reserven in die Firma gepumpt, Ihr Privatvermögen ist aufgebraucht, die Kreditlinien bis zur Grenze ausgeschöpft. Sie sind Privatunternehmer, haften also mit Ihrem privaten Vermögen. Eine Insolvenz wird Sie Jahre Ihres Lebens kosten. Ein Leben am Existenzminimum erwartet Sie. Ihrer Frau werden Sie nichts mehr bieten können, und wer weiß, wie lange sie sich das bieten lassen wird.« Er beugte sich vor und berührte Susanne Baron am Unterarm. »Kleine Wortspielerei, bitte verzeihen Sie mir. Selbstverständlich werden Sie sagen: Wie in guten, so auch in schlechten Zeiten oder bis dass der Tod uns scheidet. Doch glauben Sie mir: Ich habe einige Ehen an so etwas Schiffbruch erleiden sehen.«

Frau Baron verzog keine Miene. Sie saß starr wie ein Stock auf dem Sofa.

Bauernfeind zog seine Hand zurück. »Aber vielleicht erleben Sie diese schwere Zeit gar nicht mehr, Herr Baron.«

Bruce Baron verschluckte sich an seinem Whisky. »Was soll denn das heißen? Sieper ist doch hier der Todgeweihte.«

Beide Siepers zuckten zusammen, als ob ihnen jemand mit der Peitsche ins Gesicht geschlagen hätte.

»Ein wenig mehr Feingefühl, bitte«, mahnte Bauernfeind. »Ich ziele auf etwas ganz anderes ab.« Er machte eine Pause und musterte Baron. Der schien unter seinem Blick zu schrumpfen.

»Ich weiß nicht, was Sie meinen«, nuschelte er.

»Mit der Drogenmafia ist nicht gut Kirschen essen.«

Barons Kopf ruckte hoch. »Pah! Mit denen werde ich auch noch fertig«, zischte Baron. »Ist sowieso alles ein Missverständnis.«

»Ohne Geld wird da nichts zu regeln sein«, stellte Bauernfeind eisig fest. »Sie machen sich etwas vor. Die werden Ihnen zunächst einige Wehwehchen angedeihen lassen, einen gebrochenen Finger, vielleicht auch zwei oder drei. Dann wird ein Backenzahn dran glauben müssen, abgebrochen versteht sich, nicht nur gezogen. Die Augen sind auch immer eine nette Spielwiese. Später wird die Familie mit …«

»Hören Sie auf!«, schrie Susanne Baron und hielt sich mit den Händen die Ohren zu.

Er nickte und gab ihr Gelegenheit, sich zu beruhigen. Unaufgefordert schenkte er ihr ebenfalls einen Whisky ein.

Mit zittrigen Fingern trank sie gierig einen großen Schluck. »Warum quälen Sie uns so?«, hauchte sie. »Es ist doch so schon alles schwer genug.«

»Es ist notwendig, um Ihnen zu verdeutlichen, welches Potenzial in meinem Vorschlag steckt, um das, was ich Ihnen jetzt unterbreite, richtig schätzen und beurteilen zu können.« Er setzte sich, schlug die Beine übereinander und legte die Fingerkuppen aufeinander. »Ich komme noch mal auf Ihre Lebensversicherung zurück, Herr Baron. Eine Million Euro.« Langsam und eindringlich wiederholte er: »Eine Million Euro, die Ihre Frau im Falle Ihres Todes bereichern würde.«

»Genau das ist der Punkt«, warf Baron oberlehrerhaft ein. »Ich bin nicht tot und habe auch nicht vor, den Löffel abzugeben. Das Leben geht weiter, auch wenn ich Änderungen zu erwarten habe«, sagte er.

»Aber würden Sie ein anderes Leben nicht vorziehen?«, fragte Bauernfeind. »Eins, in dem Sie weiterleben dürfen, mit Ihrer bezaubernden Frau zusammen«, lockte er. »Vielleicht nicht ganz so pompös wie bisher, doch ohne Geldsorgen und Mafiagangster, die Sie jagen?«

Baron runzelte die Stirn. »Ich wüsste nicht, wie.«

»Rollentausch«, platzte Bauernfeind heraus.

»Rollentausch?«, echote Susanne Baron.

René Sieper nahm seine Frau in den Arm. Sie legte den Kopf an seine Schulter.

»Ja. Sie, Herr Baron, tauschen Ihre Identität mit Herrn Sieper.« Bauernfeind zeigte von Baron zu dem Todkranken.

Die Furchen auf Barons Stirn wurden noch tiefer. »Ich verstehe immer noch nicht.«

Bauernfeind nickte gelassen. »Ich gebe zu, dass wir ein wenig daran arbeiten müssen. Aber an sich ist es ein absolut genialer Schachzug. Sie tauschen die Identität mit Herrn Sieper und sind alle Sorgen los.«

Baron lachte verächtlich auf. »Wie soll denn so etwas funktionieren? Ich glaube, Sie haben zu viel an Ihrem Johnnie Walker gerochen.« Er stellte das Glas klirrend auf dem Wohnzimmertisch ab und stand auf. »Komm, Susanne, lass uns gehen. Hier will uns jemand verarschen.«

Sie stand ebenfalls auf.

Bauernfeind schürzte die Lippen. »Sie enttäuschen mich, Herr Baron. Früher waren Sie anders.«

Baron kümmerte sich nicht darum und zog seine Frau am Sofa vorbei. »Wie Sie meinen«, sagte er nur.

»Mutiger, pfiffiger, dynamischer. Ein Fuchs.«

Baron war, unablässig den Kopf schüttelnd, bereits am Sessel vorbei.

Plötzlich sprang Lydia Sieper auf und ergriff Susanne Barons Oberarm. »Bitte. Bleiben Sie«, schluchzte sie auf. »Helfen Sie uns, bitte.«

Susanne Baron blieb stehen und sah die andere Frau stumm an, während Bruce Baron an ihrer Hand zog. »Komm!«, befahl er in scharfem Ton.

Sie zögerte. »Wir bleiben hier«, sagte sie entschlossen. »Wir haben nichts mehr zu verlieren. Herr Bauernfeind hat recht.«

Überrascht sah Bruce Baron seine Frau an. »Du wirst doch nicht ...«

»Doch! Werde ich!« Sie riss sich los und setzte sich demonstrativ zackig wieder hin.

»Na dann«, gab Bruce Baron kleinlaut nach und schlenderte zur Bar. Ohne um Erlaubnis zu bitten, schenkte er sich nach.

Bauernfeind ließ ihn gewähren.

Einer der Hunde streckte sich und trottete zu Bauernfeind, wo er sich neben dem Sessel fallen ließ. Bauernfeind kraulte ihm den Kopf. »Im Prinzip ist es ganz einfach«, erklärte er. »Wir müssen alle glauben machen, dass Sie gestorben sind, Herr Baron.«

»Na klar, ganz einfach«, echote Baron sarkastisch.

»Herr Sieper hat nur noch wenige Wochen zu leben. Die soll er selbstverständlich haben.« Bauernfeind warf dem Mann einen gütigen Blick zu. »In dieser Zeit bereiten wir alles vor.«

Er pausierte und streichelte weiter mechanisch den Hund.

»Was müssen wir vorbereiten?«, fragte Susanne Baron.

»Zunächst muss Ihr Mann abnehmen«, erläuterte Bauernfeind. »Das ist ganz wichtig. Er muss auf Siepers Gewicht kommen. Zwei Fliegen schlagen wir damit: Zum einen wird die Gewichtsabnahme jedermann verdeutlichen, dass er todkrank war. Zum anderen müssen sie sich ähnlich sehen, zumindest von der Statur her.«

Susanne Baron blickte erst René Sieper an, dann ihren Mann. »Okay, gleiche Körpergröße, das passt schon. Aber das Aussehen an sich? Nicht im Geringsten.«

Bauernfeind lachte freundlich. »Da haben Sie recht. Daher muss Herr Sieper leider auch so sterben, dass«, er stockte, »nun, dass nichts mehr zu erkennen ist.«

Lydia Sieper wurde kreidebleich, sagte aber nichts.

»Wie soll das gehen? Verbrennen?«, hakte Bruce Baron ein und setzte sich neben seine Frau.

»Sprechen Sie es ruhig aus«, forderte Lydia Sieper Bauernfeind auf. »Ich halte das aus. Sie haben ja bereits alles mit uns besprochen und mir schlaflose Nächte beschert.«

»Ah so. Die Dame und der Herr sind bereits eingeweiht«, ätzte Baron.

Bauernfeind ging nicht darauf ein. »Also gut. Herr Sieper wird Wasser in den Mund nehmen, den Lauf der Pistole mit den Lippen umschließen, ohne das Wasser herunterzuschlucken, und dann wird abgedrückt. Folge: Der Kopf platzt wie eine Melone.«

Susanne Baron stöhnte auf. »Oh mein Gott!«

Ihr Mann schürzte die Lippen. »Dazu gehört viel Mut.« Er sah Sieper an. »Sind Sie dazu wirklich in der Lage? Können Sie wirklich abdrücken und sich so das Leben nehmen?«

»Nein«, gab René Sieper zu.

Baron warf die Arme in die Luft. »Na dann: Auf Wiedersehen.«

»Nicht ich werde abdrücken, meinte ich«, verdeutlichte Sieper.

»Wer dann?«

»Ich werde jemanden damit beauftragen«, erklärte Bauernfeind. »Es wird nicht billig werden, aber es geht nicht anders. Denn bei einem Selbstmord zahlt Ihre Versicherung nicht. Die Vertragslaufzeit lässt das noch nicht zu. Aber wir …«

»Moment mal.« Baron wedelte mit dem Zeigefinger in der Luft herum. Er stand auf und lief hinter dem Sofa auf und ab. »So langsam verstehe ich, wie das Ganze laufen soll«, dozierte er. »Unterbrechen Sie mich, wenn ich irren sollte. Sieper hier«, er zeigte auf den Hageren, »möchte nicht das Endstadium seiner Krankheit erleben. Daher hat er sich an Sie gewandt.« Sein Zeigefinger flog in Richtung Bauernfeind. »Sie wittern ein dickes Geschäft, denn kurz vorher haben Sie von meinen Problemen gehört. Herr Sieper wird also ermordet, nennen wir es ruhig beim Namen. Nur sollen alle denken, man hätte mir die Pistole auf die Brust gesetzt. Oder von mir aus in den Mund gesteckt.« Er kicherte aufgeregt über seinen makaberen Witz. »Ich lebe dann fortan als René Sieper, tauche eine Weile unter und genieße das Leben mit dem Geld der Lebensversicherung. Und damit das Ganze eine Win-win-Situation für alle wird, drücken wir von der Versicherungssumme eine Kleinigkeit ab.« Er blieb stehen und sah in die Runde. »An wie viel haben Sie gedacht?«

»Hunderttausend für die Siepers, dreihunderttausend für mich.«

»Dreihunderttausend?«, horchte Baron nach.

»Inklusive Bezahlung für den Täter, den ich anheure, Fälschung der Dokumente, Ausweise und so weiter. Ein geeigneter Tatort muss auch gefunden werden. Er sollte auf der einen Seite sicherstellen, dass das Geschäft gefahrlos und ungestört über die Bühne gehen kann. Zum anderen sollte die Leiche aber auch zeitnah gefunden werden«, erklärte Bauernfeind gelassen.

Baron nahm seine Wanderung wieder auf. Den Kopf hielt er tief gesenkt.

Lydia Sieper beugte sich vor und sah Susanne Baron eindringlich an. »Ich benötige das Geld, um das Haus zu halten. Und für die Zwillinge. Wir haben nichts gespart.« Verzweiflung schwang in ihrer Stimme mit.

Plötzlich unterbrach Bruce Baron seine Wanderung. »Unheilbar?«, wollte er von René Sieper wissen.

Der nickte.

»Und Sie wollen wirklich, äh … vorher sterben? Ich meine, ein paar Tage wären ja noch …«

»Es ist mein Wunsch, ja«, sagte Sieper mit fester Stimme.

Baron nickte langsam. »Dann mache ich es.«

Alle sprangen hoch, nur Bauernfeind blieb sitzen und lächelte.

»Das kannst du nicht machen.« Susanne Baron fand als Erste die Stimme wieder. »Dass du in der Geschäftswelt über Leichen gehst, weiß ich. Aber doch nicht …«

»Normalerweise nicht, da hast du recht, Schatz.« Er nahm seine Frau in die Arme, die steif wie ein Stock vor ihm stand. »Aber hier? Herr Sieper möchte es so. Und wenn ich es mache, bleibt uns Geld für einen Neuanfang.« Er ließ sie wieder los. »Darum schlage ich vor, wir setzen uns wieder und schauen mal, was wir noch alles tun müssen, um ein perfektes Verbrechen hinzubekommen.«

Er wandte sich an Bauernfeind. »Hunderttausend«, beschied er ihn. »Ihr Anteil, mehr nicht. Das muss reichen.«

Bauernfeind sah ihn einen Moment lang prüfend an. »In Ordnung, hunderttausend«, sagte er schließlich.

»Abgemacht.«

»Wir sind uns also alle einig?«, fragte Bauernfeind in die Runde. Niemand erhob Protest. Auf René Siepers Gesicht zeichnete sich sogar so etwas wie Erleichterung ab. »Dann sollten wir noch ein paar Details besprechen. Herr Sieper wird eine Weile bei Ihnen einziehen. Er wird quasi Ihre Stelle einnehmen, Herr Baron, überall im Haus. Im Bett, auf dem Klo und so weiter. Sie sollten sich im Gästezimmer einquartieren und sich so wenig wie möglich im übrigen Haus bewegen.«

»Ich kann ja auch bei Ihnen einziehen.«

Bauernfeind schüttelte den Kopf. »Sie können gerne ab und an vorbeikommen und mit mir eine Runde plaudern, wenn es Ihnen im Haus zu eng wird. Aber Sie müssen schon den Anschein erwecken, dass alles in Ordnung ist. Dazu gehört auch: Morgens zur Arbeit gehen und abends wieder nach Hause kommen.«

»Ist es nicht gefährlich, wenn der gute René bei uns gesehen wird?«, erkundigte sich Baron.

»Ja, ist es. Es geht aber nicht anders. Die Polizei wird die DNA vom Mordopfer mit persönlichen Utensilien vergleichen wollen. Vielleicht auch die Fingerabdrücke. Schließlich wird das Gesicht nicht mehr erkennbar sein. Sie verstehen schon. Und man kann nie wissen, ob die Staatsdiener sich nicht irgendetwas greifen, einen Kamm, eine Zahnbürste, was weiß ich. Wir müssen auf Nummer sicher gehen. Bei der Kleidung müssen wir uns auch etwas einfallen lassen.«

Susanne Baron erhob sich. »Mir ist nicht gut. Wenn ich mir das alles … Ich werde mich kurz auf die Toilette …« Sie schwankte. Sofort sprang Lydia Sieper auf und stützte sie.

»Ich komme mit. Den Rest können die Herren ohne uns regeln.«

»Nichts für schwache Nerven«, stellte Baron mitleidslos fest. »Hoffentlich macht uns das in den nächsten Wochen keinen Strich durch die Rechnung.«

***

Susanne Baron saß im Fond von Welschers Fiesta. Sie hatte darauf bestanden, sie selbst zum Treffpunkt zu führen. Andrea Lindenlaub und Büscheler folgten ihnen in einem Dienstwagen, Fischbach auf seiner Harley. Sie fuhren durch das Gemünder Gewerbegebiet, das die kerzengerade Kölner Straße teilte wie ein scharfes Messer einen Brotlaib.

»Was ist schiefgegangen?«, wollte Welscher wissen und sah kurz in den Rückspiegel. Susanne Baron blickte müde auf. Nach Frau Siepers Geständnis hatte auch sie jeden Widerstand aufgegeben und die Aussage der wahren Witwe bestätigt.

»Bauernfeind hat uns unter Druck gesetzt. Er wollte ursprünglich dreihunderttausend Euro abhaben, hatte sich wohl nur zum Schein auf weniger eingelassen. Als mein Mann den Pass einforderte, hat Bauernfeind ihn erpresst. Ein Zurück gab es ja nicht mehr, die Weichen waren gestellt. Bauernfeind wollte Geld sehen, bevor er den Pass herausrücken würde.«

»Und deshalb musste er sterben.«

Sie nickte. »Ja. Bruce musste an den Pass kommen. Darum gab er vor, Bauernfeinds Forderung erfüllen zu wollen. Aber er war nicht der Einzige, der mit leeren Händen zum Treffpunkt kam. Also hoffte er, die Papiere in Bauernfeinds Haus zu finden.« Sie beugte sich vor und deutete nach rechts. »Nehmen Sie jetzt bitte die Dürener Straße hoch nach Wolfgarten.«

Welscher lenkte seinen Fiesta an der Einmündung nach rechts. Er achtete darauf, dass die anderen seiner Richtungsänderung folgten. »Daher der Einbruch. Die Hunde haben nicht angeschlagen, da sie Ihren Mann kannten. Und damit das auch so blieb, bekamen sie sicherheitshalber jeder eine Kugel verpasst.«

Die Straße wand sich kurvenreich durch den dichten Wald des Nationalparks. Feuchtigkeit färbte den Teer dunkel, Laub machte ihn glitschig. Welscher sah in den Rückspiegel. Das grelle Licht des Harley-Scheinwerfers blendete ihn. Zumindest kam Fischbach mit den widrigen Straßenverhältnissen bisher bestens zurecht. Nach einer Rechtskurve schnitt die B 265 wieder gerade durch den Wald.

»Gleich müssen Sie links rein«, sagte Susanne Baron. »Dann weiter und wieder links in die Straße Am Merrchen. Bis zum Ende durch, da ist ein kleiner Parkplatz. Die letzten Meter müssen wir zu Fuß gehen.«

Welscher steuerte seinen Fiesta wie angegeben. »Er ist auf dem Turm, nicht wahr?«, sagte er.

Sie nickte. »Bruce liebt die Eifel. Es hat ihm das Herz gebrochen, von hier fort zu müssen.«

»Er gönnt sich also einen letzten Blick«, stellte Welscher fest.

Sie nickte wieder.

»Ein besseres Plätzchen hätte er kaum finden können.« In der fünften oder sechsten Klasse, daran erinnerte Welscher sich noch genau, hatte ihr Erdkundelehrer mit ihnen eine Exkursion zu diesem ehemaligen Feuerwachturm inmitten der ausgedehnten Wälder des Nationalparks Eifel unternommen. Früher hatte man von dort oben das Gebiet auf Waldbrände überwacht. Heute war es ein beliebter Aussichtspunkt für Wanderer. Welscher wusste noch, dass sich in der obersten Etage früher ein Wohnraum befunden hatte, sodass der Wachturm in Dürreperioden ständig besetzt werden konnte.

Er parkte, öffnete die Tür und half ihr, aus dem Fond zu klettern.

Andrea Lindenlaub und Büscheler stellten ihren Dienstwagen neben Welschers Fiesta und stiegen aus. Fischbach klappte den Ständer aus und stellte seine Maschine darauf.

»Auf dem Turm«, sagte Welscher lapidar, um sie in Kenntnis zu setzen, und gemeinsam trabten sie auf dem gefrorenen Waldweg in den Wald hinein. Die für die Region typischen Eichen und Buchen hatten ihr Laub weitestgehend abgeworfen. Nur vereinzelte Blätter hingen hier und da an den Bäumen. Nach einhundert Metern gabelte sich der Weg an einem Holzkreuz, in das kunstvoll gefertigte Kacheln eingelassen waren. Sie nahmen die linke Abzweigung. Der Weg knickte nach Norden ab und zielte jetzt genau in Richtung Turm.

Ein Schuss peitschte durch die Stille. Fünf Meter vor Welscher spritzte Erdreich auf.

Wie auf Kommando sprangen sie zur Seite und suchten Schutz hinter den Baumstämmen. Nur Susanne Baron hastete aufrecht weiter.

»Machen Sie keinen Blödsinn«, rief Fischbach. Doch sie hörte nicht auf ihn. Er verließ seine Deckung und wollte sie in Sicherheit ziehen, doch sofort pfiff ihm eine Kugel um die Ohren und schlug irgendwo hinter ihm in einem Stamm ein. Er duckte sich wieder hinter den Baum. Sein Puls raste, sein Herz schlug Kapriolen.

»Alles in Ordnung?«, hörte er Andrea Lindenlaubs besorgte Stimme rufen. Er suchte und entdeckte sie etwas weiter hinten auf der anderen Seite des Weges.

Er hob den Daumen. »Ruf Verstärkung!«, wies er sie an und schloss die Augen. Er schluckte heftig, kämpfte gegen den aufsteigenden Mageninhalt an. Gleichzeitig brannte die Wut in seiner Kehle. Er hatte einen Bock geschossen, den fast jemand mit dem Leben hätte bezahlen müssen. Bei Wout Bertrands Festnahme hatte sie ein Einsatzkommando begleitet. Wie richtig diese Entscheidung gewesen war, zeigte sich gerade. Die Jungs vom SEK waren für eine solche Situation besser ausgebildet, Fachleute eben. Züll hätte in Sekundenschnelle reagiert und die richtigen Befehle gegeben. Fischbach fluchte stumm. Warum nur hatte er darauf verzichtet? Zwar hatte ihm die Baronin gesagt, dass ihr Mann unbewaffnet sei. Doch das hätte er ihr nicht abkaufen dürfen, ein Fehler, der seine Knie weich werden ließ. Du verdammter, arroganter Idiot, schalt er sich selbst. Du hast doch allen Ernstes gedacht, du fährst hier raus, schnappst dir Bruce Baron und kommst als strahlender Held zurück. Er zwang sich, nicht den Kopf zu verlieren. In dieser Situation half es nichts, sich Vorwürfe zu machen. Das musste warten. Zu viel hing jetzt von seinem bedachten Vorgehen ab, er durfte sich keine weitere Fehleinschätzung erlauben. Er öffnete die Augen und sah zu Susanne Baron. Sie schritt unbehelligt den Weg entlang und blieb am Fuß des Turms stehen.

»Bruce! Es ist vorbei. Die Sieper hat ausgepackt«, rief sie mit kräftiger Stimme hinauf.

Was macht die denn da?, fragte sich Fischbach verzweifelt. Trotz der Kälte schwitzte er am ganzen Körper. Er beugte sich ein wenig mehr zur Seite, um sie besser erkennen zu können. Sofort ertönte ein weiterer Schuss. Viel zu hoch krachte das Geschoss durch das Geäst.

»Bruce, bitte, ergib dich«, flehte Susanne Baron lautstark. »Es ist doch ausweglos.«

Minutenlang rührte sich nichts. Mehrmals wiederholte sie ihre Bitte. Die Kälte biss in Fischbachs Waden. Er ging auf der Stelle, achtete dabei darauf, nicht aus der Deckung zu geraten.

Unvermittelt erschien eine Gestalt auf der Treppe des Turms. Langsam schritt Bruce Baron die Stufen hinunter.

Fischbach bemerkte, dass Welscher seine Walther zog und Schussposition einnahm. »Ist doch viel zu weit«, rief er gerade so laut, dass Welscher ihn hören konnte. Doch der reagierte nicht darauf, legte die Waffe an und stützte den Lauf auf einem Ast ab.

Bruce Baron war unten angekommen und stand jetzt direkt vor seiner Frau. Er ließ die Arme baumeln, in der Hand hielt er immer noch seine Pistole.

»Gib sie mir.« Fischbach verstand Susanne Baron kaum noch. Der aufkommende Wind ließ die Baumkronen rauschen.

Bruce Baron hielt ihr die Waffe hin. Sie ergriff den Lauf und riss sie ihm aus den Händen. Fischbach atmete erleichtert auf, kam aus der Deckung und rannte den Weg entlang.

»Stehen bleiben«, kreischte Susanne Baron, sprang eilig drei Schritte nach hinten und richtete den Lauf auf ihren Mann.

Fischbach blieb wie angewurzelt stehen. Hinter sich spürte er die Anwesenheit der anderen. Was war denn jetzt los?

»Du Schwein!«, kreischte sie. »Du hast mir versprochen, nicht mehr fremdzugehen. Du wolltest ein neues Leben mit mir beginnen, ein Leben voller Zuneigung und Treue. Den Himmel hast du mir versprochen.«

»Schatz, ja. Und dazu …« Bruce Baron wurde gleich wieder von der schrillen Stimme seiner Frau unterbrochen.

»Du hast mich das letzte Mal angelogen!«

Der Schuss war ohrenbetäubend.

Fischbach schloss die Augen. Er konnte nicht glauben, was hier gerade passierte. Jemand schrie vor Schmerzen, gellend. Als er die Augen wieder öffnete, sah er, wie Welscher vorstürmte, dicht gefolgt von Büscheler und Andrea Lindenlaub. Er sprintete ebenfalls los, rammte den eigenartigerweise immer noch aufrecht stehenden Bruce Baron und fiel mit ihm zu Boden. Schützend blieb er auf ihm liegen. Aus den Augenwinkeln sah er, wie Welscher die Pistole außer Reichweite von Susanne Barons Hand kickte. Andrea Lindenlaub und Büscheler lagen auf ihr und drückten sie auf den Boden.

Baron wehrte sich nicht, er sah Fischbach nur mit einem gleichgültigen Blick an.

»Wo hat es Sie erwischt?«, fragte Fischbach besorgt.

Baron schüttelte den Kopf. »Ihr Kollege hat mein Scheißleben gerettet.«

Fischbach sah auf. Rauch quoll aus dem Lauf von Welschers Walther. Hastig schaute er zu Susanne Baron. Die schien ebenfalls unverletzt. Nur ihre Hand, die sie an ihren Körper drückte, blutete. Er richtete fragend den Blick auf Welscher.

»Du hast ja nicht gerade viel mitbekommen«, lästerte der. »Ich habe ihr die Waffe aus der Hand geschossen.«

»Aus *der* Entfernung?«

Welscher zuckte mit den Schultern. »Ich schieß dir auf fünfzig Meter das linke Ei ab, wenn es denn sein muss.«

***

Begleitet von dem nicht allzu fernen Läuten der Glocken der katholischen St. Severinus Kirche trampelte Welscher am nächsten Morgen die Treppe hinunter und blieb im Flur wie angewurzelt stehen. »Äh, Hotte ... schick«, war das Einzige, was ihm in diesem Moment einfiel.

Fischbach stand mit sauertöpfischer Miene in schreiend orangefarbenen Stoff gehüllt am Fuß der Treppe. Ein Fesselballon wäre eleganter. Welscher verkniff sich das Lachen.

»Hochzeit«, brummte Fischbach.

Sigrid kam aus der Küche. Sie trug ein rosafarbenes Gewand, das an den Säumen mit goldenem Brokat abgesetzt war. Der leichte Stoff schmeichelte ihrer Figur. »Fährst du jetzt nach Hause?«, fragte sie Welscher.

Er nickte. »Länger kann ich es nicht mehr hinauszögern. Danke für alles.« Er nahm Sigrid in die Arme und drückte sie.

»Viel Erfolg«, flüsterte sie ihm ins Ohr.

Er ließ sie los und stand einen Moment unschlüssig vor Fischbach.

»Ich bring dich noch raus«, sagte der und erlöste ihn so aus der peinlichen Situation.

»Ich geh mich schminken«, trällerte Sigrid, winkte ihm zum Abschied und verschwand im Bad.

Welscher nahm den Beutel, in den er die Sachen gestopft hatte, die er für die Zeit hier gekauft hatte, und ging hinaus. Der Fiesta stand im Hof. Er warf den Beutel in den Kofferraum und drückte Fischbach die Hand. »Dir danke ich selbstverständlich auch.«

»Wir sehen uns dann am Montag. In alter Frische«, beschied ihn Fischbach.

»Verrätst du mir denn zum Abschied noch dein Passwort?«

Fischbach grinste. »Der Hersteller des Monitors.«

Welscher sah den Schriftzug vor sich. Wie oft hatte er daraufgestarrt, während er sich Passwörter überlegt hatte.

»Scheiße. Darauf wäre ich nie gekommen«, gab er zu. »Was ich übrigens noch sagen wollte: Wir sollten uns unbedingt um eine Verbesserung der Datensicherheit kümmern. Ich konnte eine Unmenge Passwörter ausprobieren, ohne dass ich gesperrt wurde.«

»Hatte ich mit Bönickhausen abgesprochen«, erklärte Fischbach. »Er fand unsere Abmachung fair und hat die IT-Organisation gebeten, die automatische Sperre nach drei Fehlversuchen abzuschalten.«

»Ihr seid doch alles verflixte …« Er winkte ab und setzte sich hinters Lenkrad.

»Viel Erfolg«, wünschte Fischbach. »Und wenn ihr merkt, es funktioniert nicht mehr, dann nimm es nicht so schwer. Andere Mütter haben auch schöne Töchter.« Er lächelte und warf die Autotür zu.

Amüsiert schüttelte Welscher den Kopf. Der Eifelkopp scherzte nicht auf seine Kosten, da war er sich inzwischen sicher. Er wusste es einfach nicht besser. Welschers tief verwurzelter Argwohn gegen jede zweideutige Bemerkung, die ihm im Umgang mit seinen Mitmenschen schwer zu schaffen machte, verflog für einen Augenblick. Er kurbelte das Fenster hinunter. »Hotte, mal unter uns.«

Fischbach beugte sich vor. »Ja?«

»Erstens: Du wiederholst dich.«

»Ach so? Ist mir gar nicht aufgefallen. Und zweitens?«

»Ich will keine anderen Töchter.«

Fischbach nickte wie ein Wackeldackel auf einer Hutablage. »Dann streng dich an, dass du deine Maus wieder einfängst.«

Welscher stöhnte. »Mensch, Hotte, ich will überhaupt keine Töchter.«

»Keine Töchter, aha«, murmelte Fischbach und runzelte die Stirn. Er sah aber immer noch nicht so aus, als ob er verstanden hätte, daher ergänzte Welscher: »Ich bin schwul.«

Fischbach zuckte zurück. »Schwul?«

»Schwul.«

»Mit Männern?«

»Üblicherweise schon.«

»Habe ich nicht bemerkt. Tut mir leid, ich wollte nicht …«

»Vergiss es.«

Fischbach schnaufte durch. »Dann korrigiere ich mich und sage: Andere Mütter haben auch nette Söhne.«

»Schon besser.« Welscher lachte, startete den Motor und kurbelte das Fenster hoch. Als Fischbach gegen das Glas klopfte, ließ Welscher es erneut hinunter.

Fischbach beugte sich zu ihm hinunter und zwinkerte Welscher zu. »Du darfst morgen trotzdem wiederkommen.«

ENDE

Danksagung

Zwei Jahre ist es jetzt her, dass mir Fischbach »erschien«. Ich saß gerade auf dem Sofa, sah mir einen langweiligen Krimi an, und plötzlich war er da. Mit dem Motorrad brauste er durch meine Gedanken, ganz so wie im Roman durch die Eifel, und forderte meine Aufmerksamkeit. Ja, ja, mein lieber Freund, dachte ich, können wir machen. Aber du bekommst einen Partner zur Seite, über den du dich wundern wirst. Einen, der deine Heimat hasst. Der ganz andere Vorlieben hat und am liebsten sofort wieder das Weite suchen würde. Kurz gesagt: Jemanden, an dem du dich reiben kannst. Und so kam Jan Welscher ins Spiel.

Das war der Anfang einer arbeitsintensiven Freundschaft zwischen Autor und Figuren, deren Auswüchse Sie hier und jetzt in den Händen halten.

Zwar schreibe ich den Roman in meinem stillen Kämmerlein, doch ohne Hilfe von außen würde es nicht funktionieren. Und so haben mir auch diesmal wieder überaus nette und hilfsbereite Menschen dabei geholfen, meinen Figuren Leben einzuhauchen und die Story sattelfest zu machen. Ein Dank an dieser Stelle ist für mich eine Herzensangelegenheit.

Aller Anfang ist schwer: Beim Exposé und der Durchsicht des Handlungsschemas stand mir Matthias Babczyk mit Rat und Tat zur Seite. Herzlichen Dank.

Ich danke meinen beiden Testlesern Harald Kill und Harald Hürtgen. Ich hoffe, dass ich auch beim nächsten Mal auf eure Kritik zählen darf.

Polizeihauptkommissar Hans-Lothar Willems wurde nie müde, mir meine Fragen zum Alltag auf der Polizeibehörde Euskirchen zu beantworten. Vielen Dank dafür.

Uwe Hartig vom Berliner Kriminaldauerdienst gilt mein Dank für den Einblick in die tägliche Polizeiarbeit.

Meiner Lektorin Marit Obsen danke ich für ihr bemerkenswertes Engagement und die angenehme und kreative Zusammenarbeit.

Walter Regh versorgt mich tagtäglich mit dem Regionalteil Euskirchen des Kölner Stadt-Anzeigers, damit ich auf dem Laufenden bleibe. Herzlichen Dank dafür.

Abschließend danke ich meiner Frau Susanne. Wofür? Es würde den Rahmen sprengen, alles aufzuführen. Aber drei Worte, die ich viel zu selten sage, hat sie sich (nicht nur dafür) verdient: Ich liebe dich.